버드박스

KB049425

조시 맬러먼 장편소설 ― 이경아 옮김

새장 속에 갇힌 사람들

버드 박스

검은숲

'포스트 아포칼립스'의 도입부 같은 소설

김봉석(대중문화평론가)

지금 인류의 문명이 한순간에 끝난다면, 어떻게 가능할까?

공룡이 지구상에서 사라진 것은 소행성의 충돌이라고 추정한다. 우주 멀리에서 날아온 소행성이 지구에 충돌하며 생긴 충격파, 먼지가 대기를 뒤덮으며 변해버린 기후 때문에 공룡 등이 사라졌다는 것이다. 성경의 대홍수나 영화 〈2012〉, 〈투모로우〉 등에서도 문명을 사라지게 하는 자연재해의 파괴력을 실감할 수 있다.

1950년대 할리우드에서는 외계인 침공 영화가 유행이었다. 〈우주 전쟁〉, 〈바디 스내치〉 등은 화성이나 우주 저편에서 온 외계인이 대규모 침공을 하거나 교묘하게 숨어들어 지구를 장악하는 모습을 보여준다. 핵전쟁과 사회주의 국가인 소련에 대한 공포심이 외계인의 침략으로 나타났다고 평가한다.

21세기 들어 대중화된 좀비들의 습격은 어떨까? 〈월드워Z〉에서는 한국에서 시작된 좀비 바이러스가 순식간에 세계를 뒤덮는다. 한 번 물리면 이성을 잃고, 인간은 죽은 후 오로지 식욕만을 갈구하는 좀비가 된다. 초자연적인 존재로 시작한 좀비 캐릭터는 이제 치유 가능한 일종의 바이러스 감염자가 되기도 한다. 할리우드 영화에서 좀비 바이러스는 외계에서 왔거나 은밀한 전쟁 무기 등으로 설정된다. 좀비 바이러스까지는 아니어도, 지금 직면한 코로나 바이러스 같은 전염병의 급속한 확산이 문명을 사라지게 할 가능성은 충분하다.

《버드 박스》에서 종말의 이유는 초자연적 존재다. 러시아에서 이상한 일들이 벌어진다는 소문이 들린다. 무엇인가를 본 사람들이, 정신이 나가 사고를 일으키고 자살한다. '크리처'라고 부르는 그것이 무엇인지, 어디서 왔는지, 어떤 목적이 있는지는 모른다. 아니 실재하는 것인지조차 의심스럽다. 혹시 집단 환각은 아닐까?

2018년 넷플릭스에서 공개한 영화 〈버드 박스〉를 처음 봤을 때, 구로사와 기요시 감독의 〈회로〉(2001)가 떠올랐다. 세기말을 넘긴 도쿄에서 사람들이 하나둘 사라진다. 유령 같은 무엇인가를 본 사람들이다. 그것을 본 이들은 서서히 유령이 되어 세상에서 사라진다. 죽음을 예감한 이들은 차라리 자살을 택한다. 주인공 남녀는 텅 빈 도시를 떠나 먼 곳으로 향한다. 무엇인가를 보았다는 것만으로 죽어가는, 사라지는 사람들. 〈회로〉의 공포는 느리지만 치명적이었다. 종말이 온다고 했던 세기말이 지나도 소멸의 공포는 사라지지 않았다.

무엇인가를 보면 미치고 죽는다는 것을 안 《버드 박스》의 사람들은 현관과 창문을 담요나 판자로 막고, 바깥으로 나가지 않는다. 맬로리의 언니도 그것들을 보고 죽었다. 임신을 한 맬로리는 살아남아야 한다. 하지만 어떻게? 밖을 나가지 않으면 먹을 것을 구할 수 없고, 병원에 갈 수도 없다. 모든 것이 무너진 세상에서 맬로리가 살아남을 수 있는 방법은 무엇일까.《버드 박스》는 아이들과 함께 피난처로 떠나는 지금과 이상한 일들이 벌어지며 우리가 알던 세계가 한순간에 끝났던 4년 전을 번갈아 보여준다.

'크리처'는 대체 무엇일까? 인간의 탐욕과 오만을 벌하기 위해 내려온 종말의 천사들일까? '이 모든 게 크리처에서 비롯된 거라면 우리의 뇌가 그걸 이해할 능력이 없어서 그 대가를 치르는 걸 거야.' 그런데 그것을 보고도 죽지 않은 이들이 있다. 이미 미쳐버린 자들은 크리처를 보고도 멀쩡하게 살아 있다. 이유가 무엇일까? 혹시 '크리처'는 인간의 죄책감, 후회나 절망 같은 것을 극대화시키는 존재일까? 사이코패스가 아니라면 누구에게나 마음속에 상처가 남아 있기 마련이다. 내가 저지른 잘못과 실수의 흔적이 마음 깊은 곳에 켜켜이 쌓여 있을 것이다. 그것이 한 번에 헤집어진다면, 한꺼번에 들고 일어나 해일처럼 덮친다면 아마 나도 죽고 싶어질 것 같다. 차라리 죽어버릴 것이다. 안타깝고 미안해서, 내가 너무나 밉고 가여워서.

《버드 박스》를 먼저 영화로 보고, 소설을 읽었다. 약간 다른 부분들이 있다. 둘 다 좋다. 글로 쓰인 것을 영상으로 각색할 때는 더 직접적으로 사건의 세부 사항을 보여주고, 평면적인 상황을 극적으로 만드는 경우가 많다. 영화 〈버드 박스〉도 그렇다. 맬로리가 언니와 함께 병원에 갔다가, 갑자기 사람들이 죽고 사고가 터지면서 대피하는 과정의 박진감은 매우 뛰어나다. 아이를 낳고 4년 동안 맬로리가 어떻게 살아남았는지, 영화는 인물과 상황을 추가하여 더욱 상세하게 보여준다. 맬로리가 살던 은신처에 들어와 사람들을 분열시키고, 최악의 상황으로 추락하게 한 게리라는 인물의 이야기도 풍부해진다.

반면 소설에서 확실하게 강조되는 주제는 관계, 연대다. 타인과의 관계가 원만하지 못했던 맬로리는 아이를 낳고, 올림피아의 아이까지 함께 키우면서 강한 책임감을 느낀다. 그들이 세상에 태어났다면, 그들에게 무엇인가를 주어야 한다고 생각한다. 단순히 모든 것을 희생하겠다는 마음이 아니다. 부모로서만이 아니라 먼저 태어나고 살아온 이로서, '상자' 바깥으로 나가야만 하는 다음 세대에게 더 많은 것을 보여주고 무엇인가를 남겨야 한다는 마음을 갖게 된다. 맬로리를 포함한 어른들이 처한 상황이 너무나 끔찍하기에, 이것 이상의 세계가 미래에 존재한다는 것을 보여주려 한다. 맬로리가 아이들을 데리고, 앞을 보지 못하는 상태에서 강을 타고 새로운 '낙원'을 찾아 떠나는 이유다.

'포스트 아포칼립스'는 종말이 온 후에 사람들이 살아가는 세계를 그린다. 우리가 아는, 익숙하고도 답답한 세계를 확 부숴버리는 아포칼립스의 매력도 좋지만, 종말 이후 사람들의 관계가 어떻게 재정립되며, 어떻게 생존의 지도를 그려가는지 보여주는 포스트 아포칼립스의 세계도 무궁무진하다. 만화 원작이며 AMC에서 드라마로 만든 〈워킹 데드〉는 좀비가 창궐하여 모든 것이 박살나고 기존의 모든 질서와 권위가 사라진 세계에서 살아가는 사람들의 고군분투를 그려 대단한 인기를 끌었다.

《버드 박스》는 종말의 풍경과 함께 '포스트 아포칼립스'의 도입부 같은 소설이다. 4년을 버틴 맬로리는 마침내 아이들과 함께, 아니 아이들의 도움을 받아 새로운 은신처를 찾게 된다. 겨우 4살이지만 이미 아이들은 새로운 세계에 적응하며 살아갈 준비가 되어 있다. 그래서 다음 이야기가 매우 궁금하다. 아직 드러나지 않은 크리처의 존재도 궁금하고, 맬로리와 아이들이 어떻게 새로운 세계를 만들어갈지도 궁금하다. 다음 이야기가 펼쳐질, 조시 맬러먼의 신작《맬로리》의 출간이 기다려지는 이유다.

때로 나는 건축가가 될 걸 그랬다고 생각한다. 그랬다면 누군가에게 건물을 바칠 수도 있었을 테니 말이다. 위로는 구름을 뚫고 아래로는 심연으로 이어진 어마어마한 건물을. 만약 이 소설이 글자가 아닌 벽돌로 만들어졌다면 나는 개관식을 열어 나의 흐릿한 기억들을 모두 초대하고 작은 도끼로 리본을 잘라 모두에게 최초로 그 건물의 이름을 공개할 것이다. 그 건물의 이름은 '데비'다.

이 책을 어머니께 바칩니다.

일러두기

———————

하나, 모든 표기는 출판사 편집매뉴얼의 교정 규칙에 따르되, 작가의 의도에 따라 필요하다 판단될 경우 절충하여 표기하였습니다.

둘, 원저자 주는 괄호 안에 표기하였고, 옮긴이 주는 괄호 안에 '옮긴이' 표기를 별도로 하였습니다.

셋, 책 제목은 《 》로, 그 외 저작물과 영화, 그림 등은 〈 〉로 표기하였습니다.

넷, 원문에서 이탤릭체 혹은 대문자로 강조된 부분은 고딕체 혹은 작은따옴표로 구분하여 표기하였습니다.

1

맬로리는 생각에 잠긴 채 주방에 서 있다.

양손이 축축하다. 몸을 벌벌 떨면서 초조한 듯 발끝으로 금이 간 타일 바닥을 톡톡 치고 있다. 이른 새벽이니 지금쯤 저 멀리 지평선 위로 태양이 빼꼼히 고개를 내밀고 있을 것이다. 맬로리는 여전히 생각에 골몰한 채 희끄무레한 빛에 두꺼운 검은색 커튼의 색조가 부드럽게 바뀌는 모습을 지켜본다.

'안개가 끼었어.'

아이들은 복도 끝의 검은 천을 씌운 철조망 아래에 잠들어 있다. 아마도 조금 전 그녀가 마당을 기어 다니는 소리를 들었을지도 모른다. 그녀가 무슨 소리를 내든 마이크를 통해 잠자리 옆에 놓아둔 스피커로 전달될 테니 말이다.

촛불에 비친 자신의 손이 살짝 번들거렸다. 역시 손은 젖어 있다. 아침 이슬이 아직 마르지 않은 것이다.

맬로리는 숨을 깊이 들이마신 후 촛불을 불어 끄고는 자그마한 방을 둘러보았다. 녹이 슨 조리 기구와 금이 간 접시들이 눈에 들어온다. 쓰레기통으로 쓰는 종이 상자도 있다. 의자도 여러 개 있는데, 일부는 무너지지 않도록 노끈으로 묶어두었다. 벽마다 때가 덕지덕지 묻어 있다. 아이들의 손자국과 발자국으로 더러워진 것이다. 하지만 그보다 더 오래된 얼룩도 많다. 복도 벽 아래쪽은 아예 변색되었는데, 진한 자주색이 시간이 흐르면서 흐릿해져 갈색이 되었다. 핏자국이다. 거실 카펫도 맬로리가 박박 문질러 닦는 보람도 없이 점점 제 색을 잃어간다. 얼룩을 지울 세제가 있을 리만무하다. 오래전 맬로리는 우물에서 길어온 물과 헌옷으로 만든 걸레로 온 집 안의 얼룩을 박박 닦았다. 하지만 얼룩은 끝내 지워지지 않았다. 비교적 쉽게 지워진 얼룩들도 지금은 흔적만 남았다고 하나 여전히 잘 보여서 볼 때마다 섬뜩하다. 현관의 얼룩은 양초 박스로 가려놓았다. 거실에는 소파가 이상한 각도로 놓여 있는데, 얼룩 두 개가 자꾸 늑대 머리처럼 보여서 임시방편으로 소파를 끌어다 가려놓았기 때문이다. 2층으로 가면 다락으로 올라가는 계단 옆에 퀴퀴한 냄새가 나는 코트가 쌓여 있다. 벽 아래쪽에 깊게 패인 자주색 자국을 가리기 위해서다. 그곳에서 3미터가량 떨어진 곳에는 그 집에서 가장 짙은 얼룩이 있다. 맬로리는 2층의 안쪽 공간을 사용하지 않는다. 그 얼룩을 차마 지나다닐 자신이 없기 때문이다.

여기도 원래는 디트로이트의 쾌적한 교외에 자리한 아늑한 집이었다. 한때는 언제라도 가족을 들일 준비가 된 안전한 집이었다. 고작 5년 전만 해도 부동산 중개인이 어깨에 힘을 주고 고객에게 소개를 했으리라. 하지만 오늘 아침, 이 집의 창이란 창은 죄다 종이 상자와 널빤지로 가려져 있다. 수돗물은 벌써 끊어졌다. 조리대 위에 놓인 커다란 나무 양동이에서는 퀴퀴한 냄새가 난다. 이 집에는 아이들이 가지고 놀 만한 장난감이 아무것도 없다. 나무 의자 몇 개를 잘라서 사람의 얼굴을 그려 인형 삼아 놀 뿐이다. 찬장도 텅 비었고 벽은 그림 한 장 없이 휑하다. 전선이 뒷문 아래를 지나 1층 침실로 들어간다. 이 전선과 연결된 스피커는 집 밖에서 나는 소리를 맬로리와 아이들에게 알려준다. 맬로리네 세 식구는 이렇게 산다. 그들은 장시간 외출을 하지 않으며 혹시라도 집 밖으로 나가게 되면 반드시 눈을 가린다.

아이들은 태어나서 바깥세상을 한 번도 못 봤다. 창문을 내다본 적도 없다. 맬로리조차 창으로 바깥 풍경을 못 본 지 4년이 넘었다.

'벌써 4년이야.'

오늘 당장 결론을 내릴 필요는 없다. 지금은 10월이고 미시간의 10월은 춥다. 강을 따라 30킬로미터 넘게 가야 하는 여행이 아이들에게는 힘겨울 것이다. 이런 여행을 하기에 너무 어릴지도 모른다. 혹시라도 아이가 물에 빠지기라도 하면 어떡하나? 그런 사태가 벌어지면 눈을 가린 맬로리가 무엇을 할 수 있을까?

'사고라도 나면 어떻게 해? 너무 끔찍하고 무서워. 지금까지 얼마나 고생했는데. 어떻게 살아남았는데. 그런 사고로 죽을 수는 없어.'

머릿속으로 이런 생각이 스쳐 지나간다.

맬로리는 커튼으로 시선을 돌렸다. 와락 울음이 터졌다. 무작정 소리라도 지르고 싶다. 자신의 이야기를 들어줄 수 있는 사람이 있다면 하소연을 하고 싶다. 그럴 수만 있다면 맬로리는 이렇게 소리치리라.

"이건 불공평해요. 너무 잔인하다고요!"

그녀가 어깨 너머로 주방 입구에서 아이들의 침실로 이어지는 복도를 돌아본다. 문짝은 사라지고 틀만 남은 입구 너머로 아이들이 시야와 빛으로부터 몸을 숨겨줄 검은 천을 덮고 잠든 채 쌔근쌔근 숨을 쉬는 소리가 들린다. 아이들은 꼼짝도 하지 않는다. 잠에서 깰 기색은 전혀 없다. 하지만 보이는 것과 달리, 실은 맬로리의 울음소리를 들었을지 모른다. 평소 아이들에게 늘 귀를 쫑긋 세우고 소리를 잘 들어야 한다고 귀에 못이 박이게 잔소리를 하다 보니 가끔은 이 아이들이 자신의 생각마저 듣는 것 같다.

더 청명하고 따뜻한 날이 올 때까지 기다려도 된다. 그동안 타고 갈 보트도 좀 더 손볼 수 있을 것이다. 아이들에게 계획을 말해주고 의견을 들어볼 수도 있다. 의외로 좋은 생각을 들려줄지도 모른다. 두 아이는 겨우 네 살이지만 '듣는' 훈련만큼은 확실하게 받았다. 눈을 가린 채 노를 저으며 방향을 잡으려면 아이들이 도움이 될 수도 있을 것이다. 이 아이들이 없다면 맬로리는 여행을 결코 할 수 없을 것이다. 그녀는 아이들의 귀가 필요하다. 아이들의 조언에 기대도 좋을까? 고작 네 살밖에 되지 않은 아이들이 집을 영원히 버리고 떠나기에 가장 좋은 '때'에 대해 귀담아들을 만한 말을 해줄 수 있을까?

맬로리는 식탁 의자에 털썩 주저앉으며 애써 울음을 삼킨다.

여전히 맨발 끝으로 빛바랜 리놀륨 바닥을 탁탁 두드리고 있다. 그녀는 천천히 고개를 들고 지하실로 가는 계단으로 시선을 돌렸다. 예전에 그녀는 이 지하실에서 돈이라는 남자에 대해 톰이라는 남자와 이야기를 나누었다. 그녀의 시선이 이제 싱크대로 향한다. 돈은 밖으로 나가야 한다는 사실에 벌벌 떨며 우물물을 길은 양동이들을 그곳으로 가져왔다. 앞으로 몸을 내밀면 현관이 보인다. 셰릴은 그곳에서 새 모이를 준비하곤 했다. 그리고 맬로리와 현관문 사이, 지금은 고요하고 컴컴한 거실에는 많은 이들에 대한 떠올리기도 벅찬 수많은 추억이 깃들어 있다.

'4년이 흘렀어.'

이 생각만 하면 주먹으로 벽을 마구 때리고 싶다.

그 4년이 훌쩍 8년이 될 수도 있다는 사실을 그녀는 잘 안다. 8년이 눈 깜박할 새에 12년이 될 수도 있다. 그때가 되면 아이들은 성인이다. 하늘을 한 번도 본 적이 없는 성인 말이다. 창밖의 풍경을 본 적도 없는. 도축될 송아지처럼 산 12년이 아이들의 마음에 어떤 영향을 미칠까? 하늘의 구름이 비현실적인 존재일 뿐이고 검은 천으로 된 안대를 하지 않으면 결코 마음을 놓을 수 없는 삶에 도대체 무슨 의미가 있을까? 맬로리는 이렇게 자문했다.

맬로리는 힘겹게 울음을 삼키며 아이들이 10대가 될 때까지 자라는 모습을 떠올려보았다.

과연 해낼 수 있을까? 앞으로 10년을 더 지금처럼 아이들을 지킬 수 있을까? 아이들이 그녀를 지켜줄 수 있을 때까지 그녀가 아이들을 보호해줄 수 있을까? 도대체 무엇을 위해서? 이렇게 필사적으로 지켜주어 봤자 아이들은 앞으로 어떤 삶을 살게 될까?

'난 형편없는 엄마야.'

그녀는 자신을 책망했다.

저 하늘이 얼마나 광활한지 알려줄 방법을 찾아내지 못하는 엄마니까. 마당과 골목, 빈 집으로 가득한 동네와 주차된 채 낡아가는 자동차들 사이에서 마음껏 뛰어놀게 할 방법도 모르는 엄마니까. 검게 물들어가다가 어느덧 별들이 찬란하게 반짝이는 저 하늘을 단 한 번도 보여주지 못한 엄마니까.

'난 아이들이 살 가치도 없는 삶을 살도록 보호해주고 있을 뿐이야.'

눈물로 흐릿해진 시야 사이로 좀 전보다 더 부드러운 색조로 변한 커튼이 보인다. 지금 안개가 끼었다고 해도 곧 개일 것이다. 두 아이를 데리고 강가에 묶어놓은 나룻배까지 무사히 가기 위해 짙은 안개의 도움을 받아야 한다면 지금 당장 아이들을 깨워야 한다.

그녀는 손바닥으로 식탁을 탁 치고는 눈물을 닦았다.

그리고 벌떡 일어나 주방을 나와 복도를 지나 아이들의 침실로 들어갔다.

"보이! 걸! 얼른 일어나."

침실은 어두컴컴하다. 하나 있는 창문은 담요로 꽁꽁 막아놓아 한낮에도 햇빛이 들지 않는다. 양쪽 벽에 하나씩 붙은 매트리스 위에는 검은 돔이 있다. 이 돔은 반구형 철조망에 검은 천을 씌워놓은 것인데, 철조망은 본디 뒷마당에 있는 우물 옆 작은 텃밭의 울타리였다. 하지만 지난 4년 동안 그 철조망은 아이들이 볼지도 모를 것으로부터 아이들을 지켜주는 방패였다. 그 돔 아래에서 아이들이 뒤척이는 소리가 들린다. 그러자 맬로리는 엎드려서 마룻바닥에 박아놓은 못에 고정된 철사를 헐겁게 했다. 아이들이 잠이 덜 깬 놀란 표정으로 맬로리를 보았다. 그녀는 벌써 주머니에서 안대를 꺼내 들고 있었다.

"엄마?"

"일어나. 꾸물거리면 안 돼."

아이들은 두말 않고 엄마의 말을 따른다. 두 아이는 징징거리거나 불평하는 법이 없다. 걸이 물었다.

"지금 어디 가요?"

맬로리가 아이에게 안대를 건네며 말했다.

"이것부터 써. 강에서 배를 타고 어디로 갈 거야."

두 아이는 안대를 받아 검은 천을 눈에 대고 머리에 단단히 묶었다. 아이들의 손놀림이 능숙하다. 고작 네 살에도 무슨 일에서든 전문가가 될 수 있다면 이 아이들은 전문가다. 그런 생각에 맬로리는 새삼 마음이 아려온다. 둘은 아직 아이일 뿐이다. 호기심이 왕성해야 할 시기인 것이다. 지금도 왜 강을 타고 가는지 물어야 했다. 하물며 강은 태어나서 한 번도 간 적이 없는 곳 아닌가.

하지만 아이들은 엄마의 말을 묵묵히 따를 뿐이다.

맬로리는 아직 안대를 하지 않았다. 일단 아이들부터 먼저 하게 했다.

"퍼즐 챙겨. 그리고 너희 둘 다 담요도 챙기고."

맬로리가 다시 이른다.

그녀는 자신이 지금 느끼는 흥분을 뭐라 말해야 할지 알 수 없었다. 굳이 표현하자면 히스테리에 빠진 것 같다. 맬로리는 이 방에서 저 방으로 발을 옮기며 필요할지도 모를 소소한 물건들을 챙긴다. 떠날 준비가 전혀 안 되어 있다는 생각에 덜컥 겁이 난다. 이 집과 이 집이 서 있는 단단한 땅이 흔적도 없이 사라져 그녀가 바깥세상에 완전히 노출된 것처럼 불안하다. 미칠 것만 같은 불안감이 밀려오는 순간에도 안대를 해야 한다는 사실만큼은 잊지 않는다. 어떤 연장을 챙긴들, 집 안의 물건을 어떤 무기로 쓴들 안대만큼 그들을 확실하게 보호해줄 것은 없다는 사실을 그녀는 잘 알기 때문이다.

"담요 꼭 챙겨!"

맬로리는 아이들이 준비하는 소리를 들으며 다시 한 번 강조하고 아이들을 도우러 방으로 들어간다. 나이에 비해 조금 작지만 제법 강단이 있어서 맬로리가 내심 자랑스러워하는 보이가 자신에게 한참 큰 셔츠 두 벌을 놓고 망설이고 있다. 오래전에 죽은 어른들이 입던 옷들이다. 맬로리는 보이에게 옷을 골라준 후 보이의 검은 머리가 옷 속으로 들어갔다가 목 부분으로 쏙 튀어나오는 모습을 지켜본다. 몹시 불안한 가운데에도 보이가 최근에 부쩍 컸다는 생각이 든다.

제 또래의 체격인 걸은 원피스를 머리부터 끼워 입는 중이었다. 맬로리가 아이와 함께 낡은 침대 시트로 지은 옷이다.

"걸, 밖은 추워. 그러니 원피스는 안 돼."

걸이 얼굴을 찌푸린다. 막 일어난 탓에 금발 머리도 마구 헝클어져 있다.

"바지도 입을게요, 엄마. 그리고 담요도 가지고 가잖아요."

맬로리는 화가 났다. 그녀는 어떠한 반항도 원치 않았다. 설령 걸의 말이 일리가 있다고 해도 오늘만큼은 절대 받아줄 수 없다.

"오늘은 안 돼."

텅 빈 쇼핑몰과 식당들, 쓰는 이 없이 버려진 자전거 수천 대, 가게 선반 위에 놓인 채 아무도 찾지 않는 물건들 그 모두가 있는 바깥세상이 집 안으로 밀려들어오는 것 같다. 그 모두가 바깥세상에서 무엇이 세 사람을 기다리고 있는지 속삭인다.

맬로리는 아이들의 방에서 나와 옆의 작은 방으로 들어가 옷장에서 코트를 꺼내 들고 나왔다. 다시는 이 방에 들어가는 일이 없으리라.

복도에서 기다리고 있던 걸이 그녀가 방에서 나오자 물었다.

"엄마. 자전거 경적도 가져가야 해요?"

맬로리는 깊이 숨을 들이쉬며 대답했다.

"아니. 우리는 계속 함께 있을 거야. 여행하는 내내."

걸이 뒤돌아 방으로 들어가는 모습에 맬로리는 가슴이 미어진다. 자전거 경적은 두 아이가 가장 좋아하는 물건이기 때문이다. 지금껏 아이들은 그것을 장난감 삼아 가지고 놀았다. 어릴 때부터 내내 거실에서 삑삑거리며 놀았다. 요란한 소리가 날 때마다 맬로리는 신경이 바짝 곤두섰지만 경적을 빼앗지 않았다. 숨기지도 않았다. 아직 모든 게 서툴고 불안한 초보 엄마였을 때조차 맬로리는 뭐든 아이들을 깔깔거리며 웃게 만드는 것은 좋은 일이라고 생각했다.

함께 지냈던 빅터를 겁에 질리게 만들 때조차 말이다.

오, 빅터가 얼마나 그리운지! 그녀는 젖먹이 둘을 홀로 키우면서도 모두 함께 강을 타고 가는 여행을 상상했다. 그 상상 속에는 늘 보더콜리종인 빅터가 있었다. 나룻배에서 그녀의 옆자리에 앉아 근처에 동물이 다가오면 경고를 해주었을 것이다. '그것'을 겁주어 멀리 쫓아버렸을지도 모른다.

"좋아. 다 됐어. 이제 그만 출발하자."

깡마른 맬로리가 문지방에 서서 말했다.

맬로리는 아이들에게 이런 날이 곧 온다고 늘 말해왔다. 조용한 오후일 때도 있고 폭풍우가 휘몰아치는 저녁일 때도 있었다. 물론 강에 대해서도 말했다. 그리고 지금 떠나려는 이 여행에 대해서도. 그때마다 맬로리는 '도망'이라는 표현을 쓰지 않으려고 각별히 조심했다. 자신들의 일상이 무엇인가로부터 도망치는 과정이라고 여겨야 하는 상황을 도저히 견딜 수 없었기 때문이다. 대신 언젠가 찾아올 그날에 대해서만은 미리 알려두었다. 그날이 찾아오면 엄마가 아침 일찍 깨워서 서둘러 집을 영영 떠날 준비를 시킬 것이라고 말이다. 맬로리는 거미 한 마리가 커튼을 친 유리창을 기어 올라가는 소리까지 알아들을 수 있는 이 아이들이라면 제 엄마가 확실히 아는 게 아무것도 없다는 사실도 알아차릴 것 같았다. 오랫동안 찬장 한구석에는 먹을 것이 든 작은 주머니가 놓여 있었다. 맬로리는 이 주머니를 퀴퀴한 냄새가 날 때까지 두었다. 냄새가 나면 늘 새 식량으로 바꿔 넣었다. 늘 그래왔다. 맬로리에게 그것은 경고한 대로 언제든지 어느 날 아침 '깨울 수 있다'는 증거였다. 그녀는 초조하게 커튼을 살피며 생각하곤 했다. '그래, 찬장 한구석의 식량은 이 계획의 일부분이야.'

마침내 때가 되었다. 오늘 아침. 이 시간. 안개가 자욱한 바로 지금.

보이와 걸이 다가오자 맬로리는 두 아이 앞에 무릎을 꿇고 안대를 잘 썼는지부터 살폈다. 안대는 단단히 묶여 있다. 눈앞의 작은 얼굴을 번갈아 바라본 순간 맬로리는 비로소 자신들의 여행이 막 시작되었다는 사실이 실감났다.

그녀는 두 아이의 턱을 쥐고 주의사항을 이른다.

"엄마 말 잘 들어. 우리는 오늘 나룻배를 타고 강을 따라갈 거야. 아주 긴 여행이 될지도 몰라. 너희는 무슨 일이 있더라도 이 엄마의 말을 잘 따라야 해. 알겠니?"

"네."

"네."

"바깥은 추워. 담요를 잘 챙겨. 안대도 잘 챙기고. 지금은 안대가 제일 중요해. 알겠니?"

"네."

"네."

"무슨 일이 있어도 절대 안대를 풀면 안 돼. 그러면 엄마가 때릴 거야. 알겠니?"

"네."

"네."

"너희가 엄마의 귀가 되어야 해. 둘 다 최대한 주의해서 소리를 들어줘. 강에서는 물 밖에서 나는 소리도 듣고 숲 너머에서 나는 소리도 다 들어야 해. 숲에서 동물 소리가 나면 엄마에게 말해줘. 물속에서 들리는 소리도 다 알려줘야 해. 알겠니?"

"네."

"네."

"강과 관계없는 질문은 '절대' 하지 마. 네가 앞에 앉아."

맬로리는 그렇게 말하며 보이를 톡톡 쳤다. 그리고 걸을 톡톡 치며 말을 이었다.

"너는 뒤에 앉아. 배가 있는 곳에 도착하면 자리에 데려다줄게. 엄마는 너희들 사이에 앉아서 노를 저을 거야. 숲속에서나 강에서 무슨 소리가 들리는 게 아니면 너희 둘이 이야기를 하면 안 돼. 알겠니?"

"네."

"네."

"우리는 무슨 일이 있어도 멈추지 않을 거야. 목적지에 도착하기 전에는. 그곳에 도착하면 알려줄게. 배가 고프면 이 주머니에 있는 걸 먹어."

맬로리는 아이들의 작은 손바닥으로 주머니를 가져갔다.

"잠들면 안 돼. '절대' 졸지 마. 오늘은 그 어느 때보다 너희들의 귀가 필요하니까."

"마이크를 가져갈 거예요?"

걸이 물었다.

"아니."

맬로리는 이렇게 대답하며 안대를 한 아이들의 얼굴을 번갈아 본다.

"집에서 나가면 모두 손을 잡고 우물가로 난 오솔길을 따라갈 거야. 그다음에는 집 뒤의 숲에 난 작은 공터를 지나갈 거고. 강으로 가는 오솔길은 풀이 잔뜩 자랐어. 그래서 그 길에서 걸을 때는 손을 놓아야 할지도 몰라. 그럴 때는 꼭 엄마 코트나 서로의 코트를 꼭 잡아야 해. 알았니?"

"네."

"네."

'아이들 목소리가 겁을 먹은 것 같나?'

"엄마 말 잘 들어. 이제 너희가 한 번도 가본 적이 없는 곳으로 갈 거야. 지금까지 너희가 집에서 나가본 것보다 훨씬 더 멀리 가야 해. 엄마 말을 잘 듣지 않으면 너희를 해치거나 엄마를 해칠 수 있는 것들이 지금 집 밖을 돌아다니고 있어."

아이들은 아무 말도 하지 않는다.

"무슨 말인지 알겠니?"

"네."

"네."

맬로리는 아이들에게 교육을 확실히 시켰다.

"좋아. 이제 출발하자. 지금 당장. 가자."

그녀의 목소리에서 히스테리 기운이 살짝 느껴진다.

그녀는 두 아이의 머리를 자신의 이마에 갖다 대었다.

그리고 두 아이의 손을 잡았다. 세 사람은 잰걸음으로 뒷문으로 향했다. 맬로리는 벌벌 떨면서 주방에서 눈물을 닦고 주머니에든 자신의 안대를 꺼냈다. 그리고 얼굴에 안대를 대고 길고 검은머리카락 뒤로 단단하게 묶었다. 그녀는 수도 없이 양동이로 물을길어 날랐던 오솔길로 난 문의 손잡이를 가만히 잡고 섰다.

마침내 이 집을 떠날 시간이다. 이 사실에 벌써부터 자신감이사라진다.

문을 열자 차가운 공기가 확 밀려들어온다. 밖으로 한 걸음 내디디는 맬로리의 마음의 눈은 아이들 앞에서 너무 무서워 입에 담을 수조차 없는 공포와 앞으로 일어날지도 모르는 일들로 흐릿해졌다. 그녀는 고함을 지르다시피 더듬더듬 말했다.

"엄마 손을 꼭 잡아. 너희 둘 다."

보이가 맬로리의 왼손을 잡았다. 걸은 그녀의 오른손으로 작은손가락을 밀어 넣었다.

세 사람은 안대로 눈을 가린 채 비로소 집을 나섰다.

우물은 문에서 20미터가량 떨어져 있다. 원래 액자였던 나무조각들을 우물로 난 오솔길의 가장자리에 꽂아 표시해두었다. 두아이는 신을 신은 채 발끝으로 그 나무 조각들을 수도 없이 건드렸다. 맬로리는 예전에 아이들에게 쓸 수 있는 약이라고는 우물의물밖에 없다고 한 적이 있다. 그런 연유로 아이들이 우물을 숭배한다는 사실을 맬로리는 안다. 아이들은 그녀와 우물에 물을 길으러 가는 일에 대해 한 번도 불평하지 않았다.

이제 우물에 도착했는지 발밑이 울퉁불퉁했다. 부자연스러울 정도로 부드럽다.

"이제부터가 공터야."

맬로리가 알렸다.

그녀는 아이들을 조심스럽게 이끈다. 두 번째 오솔길은 우물에서 10미터가량 떨어진 곳에서 시작된다. 이 길로 들어가는 입구는 폭이 좁고 숲으로 갈라진다. 이곳에서 1백 미터를 못 가서 강이 나온다. 숲에서 맬로리는 순간적으로 아이들의 손을 놓았다. 찾기 어려운 입구를 감각만으로 찾아내기 위해서다.

"엄마 코트를 꼭 잡아!"

그녀는 나뭇가지를 잡고 죽 훑다가 마침내 길 입구에 묶어놓은 민소매 티셔츠를 찾았다. 그 옷을 묶어둔 지 벌써 3년도 더 지났다.

보이는 그녀의 주머니를 잡고 있다. 그녀는 걸이 보이의 주머니를 잡고 있음을 느낌으로 안다. 맬로리는 걸어가며 수시로 아이들이 서로를 잘 잡고 있는지 물어본다. 자꾸 나뭇가지에 얼굴이 찔려도 그녀는 애써 비명을 삼킨다.

이윽고 그들은 맬로리가 땅에 꽂아놓은 표식에 도착했다. 길 한가운데에 쪼개진 식탁 의자 다리가 꽂혀 있는데, 가다가 발이 걸려서 알아차릴 수 있도록 미리 그곳에 박아둔 것이다.

타고 갈 나룻배는 4년 전에 발견했는데, 이웃집 다섯 채를 지나간 곳에 매여 있었다. 배를 마지막으로 확인한 지 한 달도 더 지났지만 그녀는 여전히 배가 있으리라 믿어 의심치 않았다. 물론 최악의 상황을 쉽게 상상할 수 있다. 누군가 먼저 배를 타고 떠났으면 어떻게 하나? 반대 방향으로 난 다섯 채의 집 어딘가에 살면서 지난 4년 동안 하루같이 도망칠 용기를 그러모은 여자가 또 있다면 어떻게 하나? 과거에 이 미끄러운 강둑을 비틀거리며 내려오다가 나룻배의 강철로 된 뾰족한 끝부분을 만지고 구원의 가능성을 알아차린 여자가 또 있다면 말이다.

바람이 불자 얼굴에 난 상처가 따끔거린다. 아이들은 여전히 불평 한 마디 없다.

'어린 시절을 이렇게 보내선 안 돼.'

두 아이를 강으로 데려가는데 불쑥 그런 생각이 들었다.

바로 그때 소리가 들렸다. 선창가에 도착하기도 전에 배가 물결에 떠밀리며 출렁이는 소리가 들린 것이다. 그녀는 발걸음을 멈추고 아이들의 안대가 꽉 묶여 있는지 다시 확인했다. 그리고 선창가로 아이들을 데리고 갔다.

'역시, 아직도 있어.'

바깥 골목에 세워져 있는 자동차들처럼. 그리고 텅 빈 채 여전히 골목을 지키고 있는 집들처럼.

집에서 멀리 떨어진 데다 숲을 지나왔더니 더 춥다. 강물이 철썩이는 소리는 기꺼운 만큼이나 무섭다. 배가 있을 만한 곳에 무릎을 꿇은 후 아이들의 손을 놓고 강철로 된 끝부분을 더듬더듬 찾았다. 손끝에 배를 고정해놓은 밧줄이 느껴진다.

맬로리는 얼음처럼 차가운 배의 앞머리를 선창가로 끌면서 아이들을 불렀다.

"보이. 앞으로 가. 너는 앞에 타."

그녀는 아이를 배에 태웠다. 보이가 안전하게 자리를 잡고 앉자 양손으로 아이의 얼굴을 감싸 쥐고는 또다시 강조한다.

"잘 들어야 해. 강 너머까지 귀를 기울여. 잘 들어."

맬로리는 걸에게 선창가에 가만히 있으라고 한 후 밧줄을 풀고는 조심조심 배의 중앙에 있는 좌석으로 올라갔다. 그리고 엉거주춤한 자세로 걸을 배에 태웠다. 배가 한 번 크게 요동치는 바람에 맬로리가 걸의 손을 부서져라 꽉 잡고 말았다. 하지만 아이는 비명 한 번 지르지 않는다. 이 모든 일을 안대를 한 채 해낸다.

배의 바닥에는 낙엽과 나뭇가지들이 흩어져 있고 물이 고여 있다. 맬로리는 그것들 사이를 더듬어 배의 오른쪽에 미리 넣어둔 노를 찾았다. 노는 차가웠다. 게다가 축축하게 젖어 있다. 퀴퀴한 곰팡내도 난다. 그녀는 노를 강철로 된 홈에 집어넣었다. 노 하나로 선창을 밀어 배를 강으로 띄우는데, 노가 튼튼하고 단단하게 느껴진다. 마침내…….

세 사람은 배를 타고 강을 내려가기 시작했다.

강은 잔잔하다. 하지만 근처에서 이런저런 소리가 들린다. 숲에서 뭔지 모를 기척이 느껴진다.

맬로리는 안개를 떠올렸다. 안개가 도망치는 그들의 모습을 가려주기를 바랐다.

하지만 조만간 안개는 걷힐 것이다.

맬로리가 숨을 헐떡이며 다시 말했다.

"얘들아. 엄마 말 잘 들어."

지난 4년 동안 기다리고, 연습을 하고, 떠날 용기를 긁어모은 결과 비로소 그녀는 선창가를, 강둑을, 그녀와 아이들이 진짜 삶과 비슷한 삶을 살 수 있도록 안전하게 지켜주었던 집을 뒤로한 채 노를 젓기 시작했다.

2

아이들이 태어나기 9개월 전의 일이었다. 맬로리는 언니인 섀넌과 삭막한 분위기의 셋집에서 같이 살았는데, 둘 다 집을 꾸미는 데 관심이 없었다. 친구들의 걱정을 뒤로한 채 이사를 온 지도 벌써 3주가 지났다. 맬로리와 섀넌은 똑똑하고 친구들 사이에서 인기도 많았지만, 두 사람이 이삿짐 상자들을 새집으로 옮기던 날 알 수 있듯이 친구들과 함께 있을 때는 서로 잘 어울리지 못했다.

"내가 큰 방을 쓰는 게 더 말이 돼. 내 옷장이 더 크잖아."

섀넌이 2층 층계참에 서서 말했다.

"무슨 소리야. 그 방 채광이 더 좋단 말이야."

맬로리가 읽지 않은 책이 든 우유 상자를 안은 채 그렇게 대꾸했다.

자매는 어느 방을 쓰느냐를 놓고 한참을 설왕설래했다. 하지만 둘은 이사 온 첫날 오후부터 옥신각신하면서 친구와 가족이 옳았다는 사실을 증명하고 싶지 않았다. 결국 맬로리는 동전 던지기를 하자는 언니의 제안을 받아들였고 결과는 섀넌의 뜻대로 되고 말았다. 맬로리는 왠지 이렇게 될 줄 알았다는 생각을 지울 수가 없었다.

하지만 적어도 오늘만큼은 언니가 자신을 미치게 만드는 소소한 일들에 신경 쓰고 싶지 않았다. 그녀는 섀넌이 어지르고 지나간 자리를 따라다니며 치우지 않았다. 선반 문을 대신 닫지도 않았다. 복도에 줄줄이 벗어놓은 스웨터와 양말을 치우지도 않았다. 그녀는 각자의 방으로 가려면 지나쳐야 하는 거실 중앙에 쌓인 뜯지도 않은 언니의 이삿짐 상자들 사이를 돌아다니거나 식기세척기를 돌리면서도 체념한 듯 고개를 절레절레 저으며 씩씩거리지 않았다. 대신 1층 욕실 거울 앞에 서서 옷을 다 벗은 채 거울에 비친 배를 유심히 살펴보았다.

"전에도 생리를 건너뛴 적이 있잖아."

그녀는 혼잣말했다. 그렇지만 마음은 전혀 편해지지 않았다. 그녀는 지난 몇 주 동안 불안에 떨며 헨리 마틴과 좀 더 안전하게 하지 않은 것을 후회했다.

검은 머리가 어깨 언저리에서 치렁거렸다. 답답한 듯 얼굴을 찌푸리는 바람에 입꼬리가 아래로 쳐졌다. 그녀는 양손을 납작한 배에 올린 채 천천히 고개를 끄덕였다. 아무리 이런저런 변명거리를 찾아내도 아이를 가진 것 같다는 예감을 지울 수가 없었다.

바로 그때 거실에서 섀넌이 큰 소리로 그녀를 불렀다.

"맬로리! 너 거기서 뭐 해?"

맬로리는 아무 말도 하지 않았다. 그녀는 고개를 갸우뚱한 채 옆으로 돌아섰다. 푸른 눈동자가 욕실의 흐릿한 불빛 속에서 회색으로 보였다. 그녀는 분홍색 세면대를 잡은 채 허리를 뒤로 젖혔다. 그리고 배를 더 납작하게 만들어보려고 했다. 그러면 배 속에 생명이 없다는 것이 증명이라도 될 것처럼 말이다.

"맬로리! TV에 또 다른 보도가 나왔어. 알래스카에 무슨 일이 일어났대."

섀넌이 다시 소리쳤다.

맬로리는 언니의 말을 똑똑히 들었지만 바깥세상에서 무슨 일이 벌어지고 있든 지금 자신에겐 문제가 아니었다.

요즘 들어 인터넷은 '러시아 리포트'라는 이야기로 소란스러웠다. 상트페테르부르크 외곽의 눈 덮인 고속도로를 달리는 트럭의 조수석에 타고 있던 남자가 운전하던 친구에게 갑자기 차를 세우라고 한 후 그를 공격했다. 그 남자는 손톱으로 친구의 입술을 잡아 뜯기까지 했다. 그리고 자신은 짐칸에 있던 테이블 톱으로 눈밭 속에서 목숨을 끊었다. 소름 끼치는 이야기였다. 하지만 맬로리는 이 이야기가 이렇게까지 유명세를 떨치게 된 건 다 인터넷 때문인 것 같았다. 더 정확히 말하자면 어쩌다 일어난 사건을 유명하게 만들어버리는 인터넷 특유의 터무니없는 속성 탓이었다. 그런데 두 번째 사건이 터졌다. 비슷한 사건이었다. 이번에는 상트페테르부르크에서 동쪽으로 8천 킬로미터나 떨어진 야쿠츠크 지역이었다. 그곳에 사는 어느 모로 보나 '멀쩡한' 여자가 자신의 아이들을 마당에 생매장한 후 자신은 깨진 접시로 목숨을 끊었다는 이야기였다. 곧 상트페테르부르크에서 동남쪽으로 3천 킬로미터 이상 떨어진 옴스크에서 세 번째 사건이 발생했다. 이 사건은 온라인을 뜨겁게 달구며 온갖 종류의 소셜 미디어에서 큰 논란을 불러일으켰다. 이번에는 동영상이 공개되었다. 도끼를 든 남자가 등장하는 그 영상을 맬로리는 차마 끝까지 다 볼 수 없었다. 도끼를 든 남자는 턱수염을 피로 물들인 채 그를 찍느라 화면에 등장하지 않는 남성을 공격해 이내 목적을 달성했다. 맬로리는 그 부분을 볼 수 없었다. 그녀는 러시아에서 벌어진 이런 종류의 사건에 대해 더 이상 알고 싶지 않았다. 하지만 호들갑스러운 구석이 있는 섀넌은 이 끔찍한 뉴스를 지치지도 않고 전해주었다.

"알래스카라고! 거긴 미국이잖아!"

섀넌이 욕실 문틈으로 다시 소리쳤다.

언니의 금발 머리는 핀란드계인 엄마에게서 물려받았다. 맬로리는 아빠를 더 닮았다. 강인함이 느껴지는 깊게 파인 눈과 하얀 피부가 북부 출신다웠다. 자매는 미시간 주의 상부 반도에서 자랐다. 둘은 남쪽으로 내려와 디트로이트 근처에서 사는 꿈을 늘 꾸었다. 그곳에는 늘 파티와 연주회가 열리고 일자리가 있고 남자도 많을 거라고 생각했기 때문이다.

디트로이트로 오는 꿈은 이뤘지만 맬로리의 남자 운은 별로였다. 그러다가 헨리 마틴을 만났다.

섀넌은 여전히 큰 소리로 떠들었다.

"젠장. 캐나다에서도 비슷한 일이 일어날지 몰라. 맬로리, 사태가 정말 심각해. 그런데 넌 거기서 뭐 하는 거니?"

맬로리는 손에 차가운 수돗물을 받아 얼굴에 끼얹었다. 고개를 들어 거울을 보며 아직도 상부 반도에 살고 있는 부모님을 떠올렸다. 두 분은 아직 헨리에 대해 모른다. 사실 그녀도 그와 하룻밤을 보낸 후로 제대로 이야기조차 나누지 못했다. 하지만 그녀는 그에게 영원히 발목을 잡힌 것만 같았다.

바로 그때 욕실 문이 벌컥 열렸다. 맬로리는 수건을 향해 팔을 뻗었다.

"뭐야, 언니."

"지금 내가 한 말 못 들었어? 사방에서 그런 이야기가 쏟아지고 있어. 사람들 말로는 뭔가를 본 것과 관련이 있대. 이상하지 않니? 방금 CNN에서 들었는데, 모든 사건에 공통점이 하나 있대. 희생자들이 사람들을 공격하고 자살을 하기 전에 뭔가를 '봤다'는 거야. 이 이야기가 믿어지니? 믿어져?"

맬로리는 천천히 언니를 돌아보았다. 그녀는 무표정했다.

"맬로리, 너 괜찮니? 몸이 안 좋아 보여."

맬로리는 그만 울음을 터트렸다. 그녀는 아랫입술을 깨물었다. 타월을 잡았지만 몸을 가릴 틈이 없었다. 그녀는 자신의 드러난 배를 살피듯 여전히 거울 앞에 서 있었다. 그 순간 섀넌은 모든 상황을 알아차렸다.

"세상에. 너 혹시."

맬로리는 고개를 끄덕였다. 자매는 분홍색 욕실에서 서로를 향해 다가갔다. 섀넌은 동생을 꼭 안고, 검은 머리카락이 치렁거리는 등을 토닥거리며 안심시켰다.

"괜찮아. 겁먹을 필요 없어. 일단 확인부터 하자. 다 그렇게 하잖아. 알겠지? 걱정 마. 장담하는데, 임신 테스트를 한 사람들 반

이상은 결과가 음성이래."

맬로리는 아무 말도 하지 않았다. 그저 땅이 꺼져라 한숨만 쉬었다.

"좋아. 가자."

섀넌이 말했다.

3

사람은 얼마나 멀리서 나는 소리까지 들을 수 있을까?

눈을 가리고 노를 젓는 일은 맬로리가 짐작했던 것보다 훨씬 힘들다. 벌써부터 배가 강둑에 처박혀 몇 분씩 오도 가도 못 하다가 간신히 빠져나오기를 반복하고 있다. 그럴 때마다 그녀는 보이지 않는 손이 아이들의 눈을 가린 안대로 손을 뻗는 환상에 사로잡혔다. 강이 뭍과 만나는 진흙탕에서나 물속에서 손가락들이 스멀스멀 올라온다. 아이들은 비명을 지르지도 불평을 늘어놓지도 않는다. 그러기엔 참을성이 너무 강하다.

그런데 사람은 얼마나 멀리서 나는 소리까지 들을 수 있을까?

보이가 자리에서 일어나 이끼로 뒤덮인 나무의 줄기를 밀며 배가 다시 움직이도록 힘을 보탠다. 마침내 맬로리는 다시 노를 젓기 시작했다. 벌써부터 장애물이 여럿 나타났지만 조금씩 앞으로 나아간다는 느낌이 든다. 덕분에 새삼 기운이 난다. 해가 떴는지 나무 사이에서 새들이 지저귄다. 주위에 펼쳐진 숲속의 무성한 녹음 사이로 들짐승들이 돌아다닌다. 물고기가 수면 위로 뛰어올라 철썩하고 물을 튀길 때마다 맬로리는 신경이 극도로 날카로워진다. 이 모든 것을 소리로 파악했을 뿐 눈으로 직접 본 것은 아무것도 없다.

아이들은 태어나자마자 숲에서 나는 소리를 알아듣는 훈련을 받았다. 두 아이가 아직 아기였을 때조차 맬로리는 티셔츠를 안대 삼아 아기들의 눈을 가린 채 숲의 가장자리까지 데리고 다녔다. 아기들이 너무 어려서 말을 전혀 알아듣지 못한다는 사실도 아랑곳하지 않고 숲에서 들리는 소리를 설명해주었다.

"이건 나뭇잎이 바스락거리는 거야. 그건 토끼처럼 작은 동물이란다."

이런 식으로 말이다.

물론 그보다 훨씬 더 끔찍한 것일지도 모른다는 사실은 절대로 잊지 않았다. 곰보다 더 무서운 것 말이다. 그 시절을 보내고 아이들이 웬만큼 배울 수 있는 나이가 되자 맬로리는 아이들을 훈련시키면서 자신도 훈련을 했다. 하지만 아이들의 청력을 결코 따라갈 수 없었다. 빗방울이 창문을 두드리는 소리와 뭔가가 창문을 똑똑 두드리는 소리를 청각에만 의지해 구분하게 되었을 때 그녀는 스물네 살이었다. 그 나이까지 줄곧 '시각'에 의지해 살았다. 그런 자신이 이 아이들을 제대로 가르칠 수 있을까? 나뭇잎을 가지고 와서 아이들에게 안대를 한 채 나뭇잎을 밟았을 때 나는 소리와 손으로 쥐어 바스러뜨리는 소리를 구별해보라고 한 훈련은 효과적이었을까?

사람은 얼마나 멀리서 나는 소리까지 들을 수 있을까?

보이는 물고기를 좋아한다. 그녀는 지하실에서 찾은 녹슨 우산으로 낚싯대를 만들어 종종 강에서 물고기를 잡았다. 보이는 부엌에 둔 우물물이 담긴 양동이에서 물고기들이 철썩거리는 모습을 즐겁게 지켜보았다. 그림을 그리는 것도 좋아한다. 맬로리는 지구에 사는 온갖 야생동물의 생김새를 아이들에게 가르쳐주려면 그 동물들을 모두 잡아 집으로 데려와야겠다고 생각했던 일을 아직도 잊을 수 없다. 볼 수 있는 기회가 생긴다면 아이들은 또 뭐가 보고 싶을까? 걸은 여우를 어떻게 생긴 동물로 생각할까? 너구리는? 자동차는 신화 속 물건이라고 여길지도 모른다. 아이들이 참고할 만한 교재라고는 맬로리가 서툴게 그린 그림밖에 없으니 말이다. 장화와 덤불, 정원, 가게 진열대, 건물, 거리, 별마저도 마찬가지리라. 그녀는 아이들을 위해 지구를 다시 만들어주어야 했다. 하지만 아이들에게 줄 수 있는 것은 기껏해야 물고기 정도다. 그 물고기를 보이는 몹시 좋아한다.

강에서 또 물이 철썩이는 소리가 난다. 그 순간 맬로리는 보이가 호기심에 안대를 벗지나 않을지 덜컥 겁이 났다.

인간은 얼마나 멀리서 나는 소리까지 들을 수 있을까?

맬로리는 아이들이 나무 사이로, 바람 속으로, 생명체가 사는 세상으로 이어진 강둑으로 귀를 기울여주기를 바랐다. 강은 원형극장이니까. 맬로리는 노를 저으며 이렇게 생각했다.

하지만 무덤이기도 하다.

아이들은 '반드시' 들어야 한다.

어둠 속에서 튀어나온 손들이 아이를 지켜주는 안대를 슬며시 풀어버리는 상상이 좀처럼 사라지지 않는다.

그녀는 식은땀을 흘리고 숨을 몰아쉬며 사람에게 자신을 지킬 수 있을 만큼 들을 수 있는 능력이 있기를 간절히 빌었다.

4

운전은 맬로리가 했다. 자매는 맬로리의 1999년형 포드 페스티바를 타고 갔다. 그 차에 기름이 더 많이 있었기 때문이다. 집에서 나와 고작 5킬로미터 남짓 달렸을 뿐인데 벌써 심상치 않은 기운이 느껴졌다.

"저기 좀 봐! 창문을 담요로 가렸어!"

섀넌이 지나가는 길가의 집들을 가리키며 말했다.

맬로리는 언니의 말에 관심을 기울여보려고 했지만 임신에 대한 걱정만으로도 머리가 터질 것 같았다. 언론에서 요란하게 떠드는 러시아 리포트가 걱정스럽지 않은 건 아니었다. 하지만 그녀는 언니처럼 심각하게 받아들이지 않았다. 네티즌들도 맬로리처럼 회의적인 사람이 많았다. 맬로리는 여러 블로그를 살펴보는데, 그중에서도 '어리석은 사람들'이라는 블로그를 자주 간다. 벌써 예방 조치를 취한 사람들에 대한 각종 사진을 올리고 그 아래에는 재치 넘치는 평을 달아놓는 곳이다. 섀넌이 한 집 걸러 창을 가리키며 눈을 가리자 맬로리는 그 블로그에서 본 사진이 문득 떠올랐다. 어떤 여자가 창문을 담요로 가리는 사진이었다. 그 아래에는 이런 만평이 곁들여져 있었다. '여보, 우리 침대를 여기로 옮기는 게 어때요?'

"이게 믿기니?"

섀넌이 물었다.

맬로리는 말없이 고개만 끄덕였다. 그리고 좌회전을 했다.

"너도 인정해야 할걸. 상황이 점점 흥미진진하게 돌아가고 있단 말이야."

맬로리도 완전히 부정할 수는 없었다. '어떤 의미'에서는 정말 흥미진진했다. 남녀가 신문을 관자놀이에 댄 채 걸어가는 모습이 보였다. 어떤 운전자들은 백미러를 접어 올린 채 운전을 했다. 맬로리는 이런 현상들이 뭔가가 잘못되어가고 있다는 사실을 이 사회가 믿기 시작했다는 증거일지 모른다는 생각이 어렴풋이 들었다. 그렇다면 그 뭔가란 뭘까?

맬로리는 머릿속에서 이런 상념을 몰아내고 언니의 관심을 끌려는 심산으로 말문을 열었다.

"나는 이해가 안 돼."

"뭐가?"

"정말 밖을 보면 위험하다고 생각해서 저러는 걸까? '어디든' 보는 게?"

그러자 섀넌이 냉큼 대답했다.

"그래. 사람들은 지금 그렇게 생각하고 있어. 내가 지금까지 한 말이 그거잖아."

맬로리는 섀넌이 무슨 일이든 호들갑을 떤다고 생각했다.

"미친 것 같아. 저 남자 좀 봐!"

섀넌은 동생이 가리킨 곳을 보자마자 이내 시선을 돌렸다. 양복을 잘 차려입은 남자가 맹인용 지팡이를 든 채 걷고 있었다. 물론 눈을 감고서 말이다.

"이런 일을 하면서도 아무도 창피하게 생각하지 않나 봐."

섀넌은 자신의 구두를 내려다보며 말을 덧붙였다.

"점점 이상해지고 있어."

마침내 맬로리는 약국에 도착해 차를 세웠다. 섀넌이 잽싸게 손을 올려 눈을 가렸다. 맬로리는 그 모습을 보고 주차장으로 시선을 돌렸다. 눈을 가린 사람들이 한둘이 아니었다.

"뭘 볼까 봐 그렇게 걱정하는 거야?"

맬로리가 물었다.

"뭘 보는지 아무도 모르잖아."

맬로리는 그 대형 약국의 커다란 노란색 간판을 1천 번도 더 보았을 것이다. 하지만 이때만큼 그 간판이 꺼림칙하게 보인 적은 없었다.

'내 인생 첫 임신 테스트기를 사러 가보는 거야.'

맬로리는 차에서 내리며 마음속으로 말했다. 자매는 주차장을 가로질렀다.

"그건 의약품 코너 옆에 있을 거야."

섀넌이 여전히 눈을 가린 채 가게 문을 열며 소곤거렸다.

"언니, 그만해."

맬로리는 가족계획 통로로 향했다. 그곳에는 퍼스트 리스펀스와 클리어블루 이지, 뉴 초이스를 비롯해 여섯 개 브랜드가 더 있었다.

"종류가 정말 많네. 이제 콘돔은 아무도 안 쓰는 거야?"

섀넌이 선반에서 하나를 집어 들며 말했다.

"어떤 걸로 할까?"

섀넌이 어깨를 으쓱하며 대답했다.

"이 정도면 되지 않을까."

통로 끝에서 어떤 남자가 붕대 상자를 열더니 붕대를 자신의 눈으로 가져갔다.

자매는 테스트기를 계산대로 가져갔다. 마침 섀넌과 동갑으로 그녀에게 데이트 신청을 했던 앤드루가 계산대에 있었다. 맬로리는 얼른 끝내고 그 자리를 뜨고 싶었다.

"와우."

앤드루가 기계로 바코드를 읽으며 알은체를 했다.

"입 다물어, 앤드루. 우리 개가 쓸 거야."

섀넌이 다짜고짜 쏘아붙였다.

"너희들 요즘 개 키워?"

그러자 테스트기를 넣은 비닐 봉투를 섀넌이 받아 들며 대답했다.

"그래. 그 개가 우리 동네에서 인기가 좀 많아."

맬로리는 집으로 차를 운전해 오는 내내 고문을 받는 기분이었다. 자신과 언니 사이에 놓인 비닐 봉투는 네 인생이 이미 바뀌었다고 말하는 것 같았다.

"저길 봐."

섀넌이 눈을 가리고 있던 손으로 창밖을 가리켰다.

빨간불에 맬로리가 천천히 차를 세웠다. 모퉁이에 선 집을 보니 어떤 여자가 작은 사다리에 올라서서 못으로 퇴창에 이불을 박고 있었다. 그 모습을 보며 섀넌이 말했다.

"집에 도착하면 나도 당장 저렇게 해야겠어."

"언니."

집에 도착하니 평소 뛰노는 아이들로 시끌벅적하던 골목이 텅 비어 있었다. 스티커가 덕지덕지 붙은 파란색 세발자전거도 없고 위플볼(구멍이 난 플라스틱 공으로 하는 약식 야구 게임―옮긴이) 방망이도 보이지 않았다.

집으로 들어서자마자 맬로리는 욕실로 향했고 섀넌은 TV부터 틀었다.

"거기에 오줌만 싸면 돼! 맬로리!"

섀넌이 소리쳤다.

욕실에서도 뉴스 소리가 다 들렸다.

섀넌이 욕실에 와서 보자 맬로리는 검사기에 생긴 분홍색 띠를 보며 고개를 절레절레 흔들고 있었다.

"이런."

섀넌이 소리쳤다.

"엄마와 아빠에게 전화를 해야겠어."

맬로리가 말했다. 그녀는 마음을 단단히 먹었다. 비록 미혼이지만 결국 아이를 낳아 키우게 될 것을 예감했기 때문이다.

"헨리에게 전화해봐."

맬로리는 재빨리 언니를 보았다. 그와 알고 지낸 단 하루가 이 아이의 양육에 큰 의미를 지닐 일은 없을 것이다. 어떤 식으로든 그녀는 이미 이 사실을 받아들였다. 섀넌은 동생을 부축해 거실로 갔다. 거실에는 아직 뜯지도 않은 이삿짐 상자들이 TV 앞에 쌓여 있었다. TV에서는 장례식 영상이 흘러나오고 있고 CNN 앵커들이 그 장례식에 대해 열띤 토론을 벌이고 있었다. 섀넌은 TV로 다가가 소리를 낮췄다. 맬로리는 소파에 앉아 휴대전화로 헨리에게 전화를 걸었다.

하지만 그는 전화를 받지 않았다. 그녀는 일단 문자 메시지를 보냈다.

'중요한 일이야. 시간 나면 전화 줘.'

바로 그때 섀넌이 소파에서 벌떡 일어나며 소리쳤다.

"저거 봤니, 맬로리? 미시간에서 일어난 사건이래! 상부 반도라고 한 것 같은데!"

맬로리는 그곳에 계신 부모님이 덜컥 걱정되었다. 섀넌이 소리를 높이고 방송을 들어보니 아이언마운틴에 사는 노부부가 근처 숲에서 목이 매달린 채 발견되었다는 것이 아닌가. 앵커는 그 노부부가 자신들의 허리띠를 사용했다고 덧붙였다.

맬로리는 당장 엄마에게 전화를 걸었다. 신호음 두 번 만에 엄마가 전화를 받았다.

"맬로리."

"엄마."

"방금 뉴스 보고 전화했지?"

"아뇨. 엄마, 저 임신했어요."

"오, 세상에, 맬로리!"

엄마는 한참 동안 말을 잇지 못했다. 전화기 너머로 TV 소리가 들렸다.

"사귀는 사람이 있었니?"

"아뇨, 실수였어요."

섀넌은 아예 TV 앞을 막아선 채 보고 있었다. 그녀는 눈을 휘둥그레 뜨고 맬로리에게 그 사건이 얼마나 중요한지 일깨워주려는 듯이 화면을 향해 손짓을 했다. 엄마는 한참 동안 아무 말도 하지 않았다.

"엄마, 괜찮아요?"

"그래. 나는 네가 더 걱정이구나."

"괜찮아요. 타이밍이 별로 안 좋네요."

"얼마나 됐니?"

"5주. 6주일 수도 있고요."

"낳을 거니? 벌써 결심을 했지?"

"네. 확인은 방금 했어요. 고작 몇 분 전에요. 하지만 결심이 섰어요. 낳을 거예요."

"애 아빠에게는 알렸니?"

"문자 보냈어요. 전화도 할 거고요."

맬로리는 잠자코 있었다. 이윽고 말문을 열었다.

"거기는 안전한 것 같아요, 엄마? 괜찮은 거예요?"

"모르겠구나. 모르겠어. 그건 아무도 몰라. 너무 무섭구나. 하지만 지금은 네가 더 걱정이야."

화면에서는 어떤 여자가 그림으로 사건의 정황을 설명하는 중이었다. 그 여자는 죽은 노부부의 차가 버려져 있던 작은 도로에 선을 하나 그렸다. 맬로리의 엄마는 그 노부부의 지인에게서 들은 이야기를 들려주었다. 그들의 성이 미코넨이라고 했다. 화면 속 여자는 혈흔이 남은 것처럼 보이는 풀밭에 서 있었다.

"이럴 수가."

섀넌이 불쑥 말했다.

"지금 네 아빠가 집에 있으면 좋겠는데. 네가 임신을 하다니. 오, 맬로리."

엄마가 말했다.

바로 그때 섀넌이 맬로리의 손에서 전화기를 빼앗더니 엄마에게 TV에 나온 것 말고 더 아는 소식이 있는지 물었다. 그곳 사람들은 뭐라고 해요? 이런 사건이 저것뿐이래요? 예방책으로 뭘 하고 있어요?

속사포처럼 엄마에게 질문을 퍼붓는 섀넌을 혼자 두고 맬로리가 소파에서 일어나 현관으로 갔다. 그리고 문을 열고 거리를 유심히 살펴보았다.

'상황이 이 정도로 심각한가?'

마당에 나와 있는 사람이 한 명도 없었다. 창가로는 얼씬도 하지 않았다. 마침 차가 한 대 지나갔는데, 운전자의 얼굴을 볼 수 없었다. 그가 손으로 자신의 얼굴을 가렸기 때문이다.

집 앞으로 이어진 보행로 옆 풀밭에는 오늘자 조간신문이 떨어져 있었다. 맬로리가 신문에 다가가 1면을 보았다. 1면의 기사는 이상한 사건이 증가하고 있다는 내용이었다. 헤드라인은 간단했다. '한 건 더!' 신문이라고 해도 섀넌이 들려준 소식 외에 다른 소식은 없을 게 분명했다. 맬로리는 신문을 집어 들고 뒤집어 뒷면을 본 순간 그대로 굳어버렸다.

그곳에는 광고 하나가 실려 있었다. 리버브릿지의 어느 집이 낯선 이들을 받아준다는 내용이었다. 이른바 '안전 가옥'이었다. 피난처 말이다. 암울한 뉴스가 매일 쏟아지는 때에 자신의 집을 '성소'로 만들고자 하는 집주인들이 마련한 곳이었다.

맬로리는 그 광고를 본 순간 비로소 공포로 피부가 따끔거리는 느낌에 사로잡혔다. 그녀는 다시 거리를 바라보았다. 이웃집의 문이 열렸다가 재빨리 닫혔다. 맬로리는 여전히 신문을 손에 든 채 고개를 돌려 자신의 집을 보았다. TV 소리가 웅얼웅얼 들렸다. 섀넌이 거실의 안쪽 벽에 난 창문에 담요를 박고 있었다.

바로 그때 섀넌이 소리쳤다.

"거기서 뭐 해. 얼른 문 닫고 들어와."

5

아이들이 태어나기 반년 전이었다. 맬로리의 배는 이제 제법 티가 났다. 창문들은 죄다 담요로 가려져 있었다. 현관문은 늘 잠가 두고 절대 열어두지 않았다. 기묘한 사건들에 대한 보도가 무시무시할 정도로 늘어났다. 얼마 전까지만 해도 뉴스 특보는 일주일에 두 번씩 방송되었는데 이제 매일 새로운 특보가 보도되었다. 정부 관리가 TV에 나와 인터뷰를 했다. 비슷한 사건들이 동쪽으로는 메인 주와 남쪽으로는 플로리다 주에서까지 벌어지자 섀넌과 맬로리도 예방책을 취하기로 했다. 섀넌은 매일 수십 개의 블로그를 드나들며 온갖 말도 안 되는 주장과 글을 읽으며 두려움에 떨었다. 맬로리는 무엇을 믿어야 할지 갈피를 잡을 수 없었다. 인터넷에서는 새로운 소식이 매시간 속속 올라왔다. 소셜 미디어도 신문도 오로지 이 사태에 대해서만 떠들었다. 이 사태가 전개되는 양상만을 다루는 웹사이트도 속속 생겼다. 어떤 사이트에는 세계지도만 있는데, 괴사건이 벌어진 도시마다 작고 빨간 얼굴이 걸려 있었다. 맬로리가 마지막으로 확인했을 때 지도에 걸린 얼굴은 3백

개도 넘었다. 온라인에서는 이 사태를 '문제'라고 불렀다. 사람들 사이에 빠르게 확산되고 있는 공통된 주장은, '문제'가 뭔지는 모르지만 사람이 '뭔가를 보면서부터' 시작되는 게 확실하다는 것이었다.

맬로리는 되도록 그 주장을 믿지 않으려 했다. 자매는 줄곧 언쟁을 했는데, 맬로리는 집단 히스테리를 조롱하는 사이트를, 섀넌은 그 외 모든 사이트를 근거로 들었다. 하지만 맬로리도 언니의 주장을 받아들일 수밖에 없는 때가 찾아왔다. 맬로리가 자주 가는 사이트들에 사랑했던 사람들에 대한 이야기가 슬슬 올라오고 운영자들도 급기야 우려를 표했기 때문이다.

'말도 안 돼. 회의주의자들도 슬슬 이 상황을 받아들이기 시작했어.'

맬로리가 일종의 이중생활을 하는 동안에도 세월은 속절없이 흘러갔다. 자매는 더 이상 외출하지 않았다. 두 사람 모두 창문이 확실히 가려졌는지 늘 확인했다. 그리고 CNN과 MSNBC, 폭스뉴스에서 똑같은 보도 내용을 지쳐 나가떨어질 때까지 보았다. 시간이 흐를수록 섀넌은 상황을 점점 더 심각하게 받아들이고 침울해진 반면, 맬로리는 모든 상황이 곧 정리되리라는 실낱같은 희망을 버리지 않았다.

하지만 희망은 희망일 뿐이었다. 상황은 점점 나빠졌다.

감금되다시피 산 지 석 달째에 최악의 두려움이 현실이 되었다. 부모님이 더 이상 전화를 받지도 않고 이메일에도 답장을 보내지 않기 시작한 것이다.

맬로리는 차를 몰고 부모님이 계시는 상부 반도로 가려고 했지만 섀넌은 반대했다.

"부모님이 지금 안전하게 계시다고 바라는 수밖에 없어, 맬로리. 전화가 불통이기를 바라는 수밖에 없다고. 어디든 지금 당장 차를 몰고 나가다니, 바보 같은 짓이야. 근처 가게에도 못 나가는 마당에 9시간을 운전하겠다고? 그건 자살행위야."

'문제'는 항상 자살로 끝이 났다. 폭스뉴스는 자살이라는 단어를 너무 많이 사용하자 다른 표현으로 대체하기도 했다. 가령 '자기파괴'나 '자기희생', '할복' 같은 단어로 말이다. 어떤 앵커는 '자기삭제'라는 표현을 썼지만 유행어가 되지는 못했다. TV는 정부의 지시사항을 반복해서 방송했다. 정부는 전국적으로 통행금지령을 내리고 집집마다 문을 잠그고 창문을 가리고 무엇보다 밖을 내다보지 말라고 강조했다. 라디오에서는 더 이상 음악이 나오지 않았다. 그 빈자리를 토론이 가득 채웠다.

'정전이 된 것 같아. 바깥세상이 모두 폐쇄되었어.'

맬로리는 이런 생각이 들었다.

이 사태에 대해 해답을 아는 이는 아무도 없었다. 무슨 일이 벌어지고 있는지 아는 사람은 어디에도 없었다. 사람들이 뭔가를 보면 미쳐서 남을 해치고 결국 자신까지 해치고 말았다.

사람들이 죽어나갔다.

도대체 왜?

맬로리는 배 속에서 무럭무럭 자라는 아기만 생각하며 마음을 가라앉히려고 노력했다. 그 무렵 맬로리는 출산 안내서인《아기와 함께》에 나오는 모든 증상을 한꺼번에 다 겪는 것 같았다. 살짝 하혈을 하고, 가슴이 부드러워지고, 피곤했다. 섀넌은 맬로리의 기분이 수시로 바뀐다고 했지만, 정작 그녀를 미치게 하는 것은 충족되지 않은 열망이었다. 무서워서 운전을 할 수 없었던 자매는 임신 테스트기를 산 직후에 잔뜩 사둔 식료품으로 버텼다. 그런데 임신 후 맬로리는 입맛이 변해 평범한 음식은 구역질이 났다. 임시방편으로 이런저런 재료를 섞어 조리해보았다. 오렌지 브라우니를 만들거나 칵테일소스를 곁들인 닭고기 요리를 먹고 토스트에 날생선을 올려 먹기도 했다. 그녀는 아이스크림을 먹는 꿈을 꾸었다. 가끔 현관문을 바라보면서 집을 박차고 나가서 차를 몰고 가게까지 가는 일이 얼마나 간단할지 생각하곤 했다. 15분이면 될 터였다. 하지만 매번 밖으로 나가고 싶은 충동에 지려고 할 때마다 TV에서는 새로운 끔찍한 소식을 전해주었다. 게다가 종업원들이 가게에 계속 출근한다는 보장도 없지 않은가.

"사람들이 본 게 과연 뭘까?"

맬로리가 물었다.

"몰라. 모르겠어."

자매는 서로에게 끊임없이 이 질문을 던졌다. 인터넷에서 만들어진 가설은 셀 수도 없이 많았다. 맬로리는 그런 가설을 읽을 때마다 넋이 나갈 만큼 두려웠다. 무선기술을 이용한 라디오파로 인한 정신병이라는 가설이 있는가 하면 인류가 잘못된 진화적 도약을 했다는 주장도 있었다. 뉴에이지 신봉자들은 지구가 곧 폭발을 앞두고 있다거나 태양이 죽어가고 있기 때문이라고 했다.

어떤 사람들은 밖에 어떤 생물이 돌아다니고 있다고 믿었다.

정부는 문을 걸어 잠그라는 말밖에 하지 않았다.

어느 날 맬로리가 홀로 소파에 앉아 배를 살살 문지르며 TV를 보던 중이었다. 기분을 밝게 만들어줄 프로그램이 하나도 없는 것도 걱정스럽고 배 속의 아기가 그녀의 불안을 느낄까 봐 또 걱정스러웠다. 책에는 그럴 수도 있다고 나와 있었다. 아기가 엄마의 감정을 느끼기도 한다고 말이다. 그런데도 TV에서 눈을 뗄 수 없었다. 뒤쪽 벽에 붙여놓은 책상 위 컴퓨터도 항상 켜져 있었다. 라디오도 소리를 줄인 채 틀어놓았다. 그런 거실에 앉아 있으면 마치 전시의 작전실에 온 것 같았다. 온 세상이 산산이 부서지는, 그 모든 상황의 중심에 있는 것처럼. 지금 벌어지는 상황은 너무나 압도적이었다. 슬슬 무서워졌다. 방송에는 더 이상 광고가 나오지 않았다. 광고가 나가야 할 동안 아나운서들은 그냥 앉아 있다가 새로운 소식이 들어올 때마다 경악에 찬 표정을 그대로 보여주었다.

라디오와 TV 소리로 둘러싸인 와중에 맬로리는 섀넌이 2층으로 올라가는 소리를 들었다.

CNN의 주요 앵커 중 한 명인 가브리엘 타운즈가 막 건네받은 원고를 차분하게 읽는데 위층에서 쿵 하는 소리가 들렸다. 그녀는 그대로 굳어버렸다.

"언니? 괜찮아?"

그녀가 큰 소리로 물었다.

가브리엘 타운즈는 몸이 안 좋은 듯했다. 최근에 그는 방송에 자주 나왔다. CNN은 기자들 중 다수가 방송국에 나오지 않고 있다고 알렸다. 타운즈도 방송국에서 숙식을 해결했다. "모두 함께 헤쳐 나갈 것입니다." 이것의 그의 새 슬로건이었다. 헤어스타일은 더 이상 완벽하지 않고 분장도 거의 하지 않았다. 그가 뉴스를 전달할 때 지쳐 보이는 모습은 점점 보는 이의 신경을 긁었다. 무엇보다 그는 우울해 보였다.

"언니? 안 내려오고 뭐 해? 타운즈가 새 소식을 알려주려나 봐."

그런데 섀넌은 아무 대답도 하지 않았다. 2층은 정적만이 감돌았다. 맬로리는 자리에서 일어나 TV 소리를 줄였다.

"언니?"

가브리엘 타운즈는 톨레도에서 벌어진 참수 사건에 대해 차분하게 전했다. 톨레도라면 이 집에서 고작 130킬로미터가량 떨어진 곳이었다.

"섀넌? 안 내려오고 거기서 뭐 해?"

이번에도 대답이 없다. 소식을 전하는 타운즈는 여전히 침착하다. 뉴스에는 더 이상 자료 화면이 나오지 않는다. 음악도 없고 중간 광고도 없다.

맬로리는 방 한가운데 서서 고개를 들어 천장을 보았다. 그녀는 TV 소리를 더 낮추고 라디오는 아예 꺼버린 후 계단으로 갔다.

난간을 잡고 천천히 고개를 들어 양탄자가 깔린 층계참을 보았다. 불이 꺼져 있는데도 햇빛처럼 보이는 엷은 빛이 벽을 비추었다. 그녀는 목재 난간을 잡고 양탄자 위로 올라섰다. 고개를 돌려 현관을 바라보았다. 지금까지 들었던 온갖 뉴스가 뒤엉킨 채 머릿속을 스쳐 지나갔다.

그녀는 계단을 하나씩 올라가기 시작했다.

"섀넌?"

마침내 계단을 다 올라갔다. 몸이 부들부들 떨렸다. 복도로 들어서니 햇빛이 섀넌의 침실에서 새어 들어오고 있었다. 천천히 침실 문을 열고 안을 들여다보았다.

유리창 한구석이 드러나 있었다. 담요를 고정한 부분이 헐거워져 덜렁거리고 있었다.

맬로리는 재빨리 시선을 돌렸다. 주위는 온통 고요했고 아래층에 틀어놓은 TV 소리만이 웅웅거리듯 들려왔다.

"언니?"

복도 끝에 있는 욕실 문이 열려 있었다. 불도 켜져 있었다. 맬로리는 천천히 그곳으로 다가갔다.

섀넌은 천장을 보며 바닥에 누워 있었는데, 가슴에 가위가 꽂혀 있었다. 그녀 주위는 온통 피로 물들어 있었다. 타일 바닥에는 피가 고여 있었다. 언니의 몸에 흐르던 피보다 훨씬 더 많은 양을 흘린 것처럼 보일 정도였다.

문틀을 잡고 선 맬로리는 그 모습을 보자마자 비명을 질렀다. 그러다가 그만 바닥에 미끄러졌다. 욕실의 잔인한 불빛에 모든 것이 또렷하게 눈에 들어왔다. 부릅뜬 채 깜박이지 않는 언니의 눈이며 가위의 칼날과 함께 셔츠가 몸속으로 딸려 들어간 것까지도 똑똑히 말이다.

맬로리는 욕실로 기어가 속을 게워냈다. 언니의 피가 묻었다. 섀넌에게 정신 차리라고 했지만 소용없다는 걸 그녀는 알고 있었다. 맬로리는 그곳에 서서 섀넌에게 지금 당장 도움을 청하겠다고 말했다. 정신을 차리고 손에 묻은 피를 씻은 후 맬로리는 아래층으로 내려가 소파에서 휴대전화를 찾았다. 그리고 경찰에 신고했지만 아무도 전화를 받지 않았다. 다시 걸었지만 결과는 마찬가지였다. 부모님에게 전화를 했다. 아무도 전화를 받지 않았다. 그녀는 몸을 돌려 현관문으로 달려갔다. 도움을 받아야 했다. 손잡이를 움켜쥐었지만 차마 문을 열 수 없었다.

'세상에, 언니가 자발적으로 저런 짓을 할 리 없어. 다 사실이었던 거야! 저 밖에 뭔가가 있어.'

이런 생각이 빠르게 스쳐 지나갔다.

섀넌이 무엇을 보았든 그것은 집 근처에 있는 게 틀림없었다.

나무로 된 벽 저편에 언니를 죽인 것이 있었다. 아니, 언니가 본 것이 있었다.

벽 뒤로 바람 소리가 났다. 오직 바람 소리뿐이었다. 차가 지나가는 소리도, 이웃들의 소리도 들리지 않았다. 고요했다.

그녀는 혼자였다. 그녀는 불현듯 누군가가 필요하다는 사실을 뼈저리게 느꼈다. 안전한 곳으로 가야 했다. 어떻게든 이 집을 나갈 방법을 찾아야 했다.

여전히 눈앞에 생생한 섀넌의 마지막 모습을 떠올리며 맬로리는 주방으로 달려가 다짜고짜 싱크대 아래에 쌓아놓은 신문을 꺼냈다. 그녀는 미친 듯이 신문을 뒤졌다. 눈을 부릅뜨고 거칠게 숨을 쉬며 신문의 뒷면을 하나하나 확인했다.

마침내 찾던 것을 발견했다.

광고란. 리버브릿지. 낯선 이들을 자신들의 집으로 부르는 낯선 이들. 맬로리는 그 광고를 읽고 또 읽었다. 그리고 한 번 더 읽었다. 그녀는 신문을 움켜쥐고 바닥에 주저앉았다.

리버브릿지라면 30킬로미터가량 떨어진 곳이다. 섀넌은 집 밖에 있는 뭔가를 보았고 결국 그것 때문에 목숨을 잃었다. 맬로리는 반드시 자신과 아이의 안전을 확보해야 했다.

거칠게 몰아쉬던 숨은 결국 오열로 바뀌었다. 뜨거운 눈물이 쉼 없이 흘렀다. 뭘 어떻게 해야 할지 알 수 없었다. 이렇게 무서운 적은 처음이었다. 몸 안의 모든 것이 불에 타는 것처럼 뜨거웠다.

그녀는 소리 내어 엉엉 울었다. 눈물 젖은 눈으로 그 광고를 다시 읽었다.

굵은 눈물이 신문지 위로 뚝뚝 떨어졌다.

6

"왜 그러니, 보이?"

"엄마도 들었어요?"

"뭘? 무슨 소리를 들었니? 어서 말해봐!"

"들어보세요."

맬로리는 귀를 쫑긋했다. 노를 젓던 손을 멈추고 귀에 온 신경을 집중한다. 바람 소리가 난다. 강물 소리도 들린다. 저 멀리 찢어질 듯 꽥꽥거리는 새소리와 간간이 나무 위로 작은 동물들이 부산하게 돌아다니는 소리도 들린다. 자신의 숨소리와 심장이 두근거리는 소리도 들린다. 바로 그때 이 모든 소리 너머로, 듣자마자 공포가 솟구치는 소리가 들렸다.

물속에 뭔가가 가까이 있었다.

"조용!"

아이들이 입을 꾹 다문다. 그녀는 구부린 다리에 노의 손잡이 부분을 내려놓고 꼼짝도 하지 않았다.

그들 앞 물속에 뭔가 커다란 것이 있었다. 그 뭔가는 물속에서 불쑥 나와 물을 튀겼다.

맬로리는 아이들을 광기로부터 지키기 위해 그토록 애를 썼지만 과연 이 현실에 맞설 정도로 충분히 준비를 시켰는지 덜컥 겁이 났다.

더 이상 사람이 찾지 않는 강을 되찾으려는 들짐승일지도 모른다.

배의 선수가 맬로리의 왼쪽으로 돌아간다. 노가 걸려 있는 강철 고리를 만지는 알 수 없는 존재의 열기가 느껴진다.

이제 나무에 내려앉은 새들조차 입을 다물었다.

맬로리는 숨을 멈춘 채 아이들 생각만 했다.

배의 선수로 무슨 장난을 하는 걸까?

'크리처인가? 제발 아니어야 할 텐데. 하느님, 제발 들짐승이게 해주세요. 제발요!'

그녀는 미친 듯이 빌고 또 빌었다.

맬로리는 아이들이 안대를 풀어버려도, 그래서 아이들이 비명을 지르며 미쳐간다고 해도 절대 눈을 뜨지 않으리라 생각했다.

노를 젓지도 않는데 배가 움직이기 시작한다. 그녀는 노를 단단히 쥐고 여차하면 휘두를 준비를 했다.

바로 그때 물살이 갈라지는 소리가 들렸다. 그것이 움직였다. 이윽고 멀어지는 소리가 들린다. 그제야 맬로리는 훅 하고 참았던 숨을 내쉬었다.

배 왼쪽의 강둑으로 뻗은 나뭇가지 사이로 더듬더듬 만지는 소리가 난다. 그것이 강둑으로 기어오른 것이 분명했다.

'아니면 걸어갔거나.'

크리처가 그곳에 계속 서 있을까? 사방에 뻗은 나뭇가지와 발치의 진흙을 살피면서?

이런 생각을 하다 보니 문득 톰이 떠올랐다. 매일 매 순간 지옥이 된 이 세상에서 살아남는 법을 알아내려고 애썼던 다정했던 톰. 지금 톰이 내 곁에 있다면 얼마나 좋을까. 그러면 무슨 소리인지 알아낼 수 있을 텐데.

'흑곰일 거야.'

새들이 다시 지저귄다. 나무 위에서의 삶이 다시 이어진다.

"너희 둘 다 잘했어."

그녀가 숨을 헐떡이며 칭찬을 했다. 극도로 긴장한 탓에 목소리가 꽉 막힌 것 같다.

맬로리는 다시 노를 저었다. 잠시 후 노가 물살을 헤치는 소리 사이로 걸이 퍼즐을 이리저리 맞추는 소리가 들린다.

맬로리는 태양빛 아래 모든 것이 선명한 이 상황에 검은 안대를 하고 강물을 따라 둥둥 흘러가는 아이들을 머릿속에 그려본다. 머리에 단단히 동여맨 안대가 축축하고 귀 옆의 피부가 따끔거린다. 이 느낌을 완전히 무시할 수 있을 때도 있지만 긁고 싶어 미칠 때도 있다. 추웠지만 그녀는 개의치 않고 때때로 손끝으로 강물을 떠 안대 여기저기를 적신다. 귀 바로 윗부분과 콧대, 매듭을 지은 뒤통수처럼 모두 천에 쓸리는 부분이다. 물을 적시면 한결 도움이 된다. 하지만 맬로리는 얼굴에 닿는 천의 감촉이 도무지 익숙해지지 않는다. 노를 젓는 동안 눈과 심지어 속눈썹조차 천에 쏠려 점점 더 불편해졌다.

'흑곰일 거야.'

그녀는 다시 한 번 이렇게 자신을 안심시켰다.

그렇지만 확신이 서지 않는다.

이렇게 마음이 양편으로 나뉘어 옥신각신하자 맬로리는 지난 4년 반 동안 자신이 했던 일들을 조목조목 따져보기 시작했다. 신문에 난 광고를 보고 연락을 하고 리버브릿지의 그 집에 도착한 순간부터 말이다. 그 후로 그녀는 무슨 소리를 들을 때마다 지구상의 그 어떤 짐승보다 훨씬 더 끔찍한 것을 떠올리게 되었다.

"너희들 참 잘했어."

맬로리는 몸을 벌벌 떨며 아이들을 칭찬했다. 아이들에게 기운을 북돋아주려고 그랬지만 정작 그녀의 목소리에서 두려움이 묻어났다.

7

리버브릿지.

맬로리는 이 동네에 딱 한 번 와봤다. 그것도 몇 년 전 한 해의 마지막 날이었다. 그날 이곳에서는 새해를 축하하는 파티가 열렸다. 파티 주최자의 이름은 잘 기억나지 않았다. 마시 뭐였나? 아니, 마리벨이었나? 그 여자는 섀년이 아는 사람이었고 그날 밤 맬로리를 차로 데려간 사람도 섀년이었다. 길은 질척거렸고 도로 양옆으로 지저분한 눈이 쌓여 있었다. 사람들은 지붕에서 가져온 얼음으로 칵테일을 만들었다. 옷을 반만 걸친 사람이 눈 위에 2009년이라고 쓰고 있었다. 하지만 지금은 더위가 기승을 부리는 7월 중순이고 운전대는 맬로리가 잡고 있다. 겁에 질렸고 혼자인 데다 가족을 잃은 슬픔에 잠겨 있었다.

운전은 고통이었다. 1시간 동안 고작 20킬로미터를 조금 넘게 이동하는 동안 맬로리는 필사적으로 표지판과 다른 차를 찾았다. 내내 눈을 감고 있다가 잠깐 뜨고 다시 차를 움직였다.

도로는 텅 비어 있었다. 지나치는 집마다 창문이 담요나 판자로 가려져 있었다. 가게에는 아무도 없었다. 상가의 주차장은 휑하니 차 한 대 보이지 않았다. 그녀는 가는 길을 표시한 지도를 옆에 두고 바로 앞의 길만 바라보며 차를 몰았다. 운전대를 쥔 손에는 힘이 없고 너무 울어 눈이 아팠다. 언니의 시신을 욕실 바닥에 그대로 두고 왔다는 죄책감을 떨쳐낼 수가 없었다.

그녀는 언니를 묻어주지 않은 채 그냥 집을 나왔다.

어느 병원도 그녀의 전화를 받지 않았다. 장의사도 마찬가지였다. 그래서 맬로리는 푸른색과 노란색이 섞인 스카프로 시신의 일부를 덮어주었다. 언니가 좋아하던 스카프였다.

라디오는 나오다 말다 했다. 어떤 남자가 전쟁 가능성에 대해 말하는 중이었다. 그가 "인류가 힘을 모으면"이라고 말하는 순간 치지직 잡음이 나왔다. 길가에 버려진 자동차를 지나치는데, 차 문은 모두 열려 있고 조수석에 놓인 재킷이 길바닥까지 축 늘어져 있었다. 맬로리는 재빨리 앞으로 시선을 돌리고 눈을 감았다가 다시 떴다.

라디오가 다시 나왔다. 남자는 여전히 전쟁에 대해 떠들고 있었다. 바로 그때 오른쪽에서 뭔가가 움직였다. 시야의 가장자리로 움직이는 뭔가가 보인 것이다. 그녀는 고개를 돌려 그게 뭔지 확인하는 일 따위는 하지 않았다. 대신 오른쪽 눈을 감았다. 저 앞으로 도로에 새 한 마리가 내려앉나 싶더니 다시 날아올랐다. 새가 앉았던 지점에 다가가자 그 새가 죽은 개 위에 내려앉았다는 사실을 알 수 있었다. 맬로리는 그대로 차를 몰았다. 순간 차가 덜컹하면서 그 충격으로 머리가 차 지붕에 부딪히고 뒷좌석에 놓아둔 옷가방이 덜컹거렸다. 몸이 벌벌 떨렸다. 개는 그저 죽기만 한 게 아니라 벌써 부패가 진행된 것 같았다. 그녀는 다시 눈을 감았다가 이내 눈을 떴다.

아까 그 새인 것 같은 새 한 마리가 하늘에서 깍깍 울었다. 맬로리는 라운드트리 스트리트를 지나갔다. 밸럼 스트리트와 호튼도 지났다. 목적지가 멀지 않았다. 왼쪽에서 뭔가가 획 지나갔다. 이번에는 왼쪽 눈을 질끈 감았다. 텅 빈 우편 트럭을 지나쳤다. 배달 중이던 우편물이 콘크리트 바닥에 다 떨어져 있었다. 새 한 마리가 너무 낮게 날다가 하마터면 자동차 앞 유리와 부딪힐 뻔했다. 맬로리는 눈을 감으며 비명을 질렀다. 잠시 후 다시 눈을 떴다. 바로 그때 그녀가 찾고 있던 표지판이 보였다.

실링엄.

그녀는 브레이크를 밟으며 우회전을 해서 실링엄 레인으로 접어들었다. 목적지인 273번지를 찾으려고 지도를 다시 확인할 필요도 없었다. 운전을 하고 오는 동안 벌써 다 외워버렸기 때문이다.

오른편 집 앞에 세워진 차 몇 대를 제외하면 거리는 텅 비어 있었다. 평범한 교외의 주택지였다. 얼핏 보이는 집들은 다 비슷비슷했다. 마당의 잔디는 무성하게 웃자라 있고 창문마다 커튼이 쳐져 있었다. 그녀는 흥분을 감추지 못한 채 차가 몇 대 서 있는 집이 자신이 찾는 곳임을 직감했다.

그녀는 눈을 감고 브레이크를 세게 밟았다.

차를 멈추고 숨을 헐떡이는데 감은 눈앞으로 방금 본 집의 이미지가 어렴풋이 떠올랐다.

차고는 오른쪽에 있었다. 베이지색 차고 문은 닫혀 있었다. 흰색 외장용 자재와 벽돌을 쌓아 지은 차고 위로 지붕널을 덮은 갈색 지붕이 놓여 있었다. 현관문은 고동색이었다. 창문은 모두 가려져 있고 다락방도 있었다.

그녀는 여전히 눈을 감은 채 마음을 다잡으며 몸을 돌려 옷가방의 손잡이를 잡았다. 집은 그녀가 차를 세운 곳에서 15미터가량 떨어져 있었다. 연석과 그리 가깝지 않은 듯했다. 그래도 상관없었다. 그녀는 흥분을 가라앉히기 위해 숨을 천천히 깊이 들이쉬었다. 옷가방을 조수석에 내려놓았다. 그녀는 눈을 감은 채 밖에서 나는 소리에 귀를 기울였다. 아무 소리도 나지 않는다는 사실을 확인하자 비로소 운전석의 문을 열고 소지품을 챙겨 들며 차에서 내렸다.

바로 그때 태동이 느껴졌다.

맬로리는 숨을 헉 하고 들이쉬며 옷가방을 들고 잠시 버둥거렸다. 하마터면 배를 보려고 눈을 뜰 뻔했다. 하지만 눈을 감은 채 양손을 배에 대고 살살 문지르며 아기에게 속삭였다.

"다 왔어."

그녀는 옷가방을 단단히 쥐고 눈을 꼭 감은 채 조심스럽게 앞마당으로 걸어갔다. 구둣발에 풀밭이 느껴지자 좀 더 속도를 높여 키 작은 덤불로 향했다. 바늘처럼 뾰족한 잎들이 그녀의 손목과 엉덩이를 콕콕 찔렀다. 그녀는 뒤로 물러나 다시 무슨 기척이 없는지 귀를 기울였다. 구둣발에 콘크리트가 느껴지자 조심스럽게 현관이 있을 만한 곳으로 다가갔다.

그녀의 판단은 옳았다. 그녀는 가방을 포치에 덜컹거리며 내려놓고 벽돌을 더듬어 초인종을 찾았다. 마침내 벨을 눌렀다.

처음에는 아무도 대답하지 않았다. 이렇게 끝나는구나 싶어 마음이 무거워졌다. 죽자 사자 차를 몰고 온 결과가 고작 이건가? 그녀는 다시 벨을 눌렀다. 다시. 또다시. 여전히 집 안에서는 아무 소리도 나지 않았다. 그녀는 문이 부서져라 두드리기 시작했다.

아무런 대답이 없다.

바로 그때……. 안에서 잔뜩 소리를 낮춘 말소리가 들렸다.

'세상에. 누군가 여기 있어! 누가 이 집에 살고 있어!'

"아무도 안 계세요?"

맬로리가 작은 목소리로 말을 걸었다. 텅 빈 거리에 울리는 자신의 목소리에 덜컥 겁이 났다.

"아무도 없어요? 신문에 난 광고를 읽고 왔어요!"

여전히 대답이 없다. 맬로리는 귀를 쫑긋 세우고 잠시 기다렸다. 이윽고 누군가 그녀에게 물었다.

"누구세요? 어디서 왔어요?"

남자의 목소리였다.

맬로리는 안도감과 함께 희망이 솟았다. 와락 눈물이 터질 것 같았다.

"전 맬로리라고 해요. 웨스트코트에서 차를 몰고 왔어요."

또다시 침묵인가 싶더니 질문이 이어졌다.

"눈을 감고 있어요?"

이번에는 다른 남자의 목소리였다.

"네! 눈을 감고 있어요."

"오랫동안 감고 있었나요?"

'나를 들여보내줘! 들여보내 달라고!'

그녀는 속으로 절규했다.

"아뇨. 어, 그렇다고 할 수 있어요. 웨스트코트에서 차를 몰고 왔거든요. 눈을 감을 수 있는 한 감고 있었어요."

또다시 나지막한 목소리들이 들렸다. 노기를 띤 목소리도 있었다. 그들은 맬로리를 집으로 들일지 의논을 했다.

"전 아무것도 못 봤어요! 맹세해요. 전 미치지 않았어요. 눈을 감고 왔어요. 제발요. 신문에서 광고를 봤어요."

마침내 남자 목소리가 들렸다.

"눈을 계속 감고 있어요. 이제 문을 열게요. 그러면 최대한 빨리 들어와요. 알겠죠?"

"네, 알았어요. 그럴게요."

그녀는 기다렸다. 공기조차 정지한 듯 착 가라앉았다. 잠시 동안 아무 일도 일어나지 않았다. 그러더니 찰칵 문이 열리는 소리가 들렸다. 그녀는 잽싸게 앞으로 달려 들어갔다. 앞에서 손이 나와 그녀를 집 안으로 잡아당겼다. 그 뒤로 문이 쾅 닫혔다.

여자 목소리가 들렸다.

"잠시 기다려요. 주위의 기척을 느껴봐야 해요. 당신뿐인지 확인해야 하니까요."

맬로리는 눈을 꼭 감은 채 귀를 쫑긋 세우고 가만히 있었다. 사람들이 빗자루로 벽을 훑으며 확인하는 소리가 났다. 손 여러 개가 그녀의 어깨와 목, 다리를 만졌다. 누군가 그녀 뒤에 있었다. 잠긴 문을 더듬는 소리가 났다.

"좋아. 우리는 괜찮아."

남자 소리가 들렸다.

맬로리가 눈을 뜨자 자신 앞에 나란히 서 있는 다섯 사람이 보였다. 그들은 현관을 가득 메운 채 어깨를 맞대고 서 있었다. 그녀는 그들을 빤히 바라보았다. 그들도 그녀를 빤히 바라보았다. 그들 중 한 명은 헬멧 같은 것을 쓰고 있었고 양팔은 탈지면과 테이프 같은 것으로 뒤덮여 있었다. 아이가 조잡하게 만든 중세 무기처럼 테이프에는 펜이나 연필처럼 뾰족한 물건들이 달려 있다. 다른 두 사람은 빗자루를 쥐고 있었다.

헬멧을 쓴 남자가 자신을 소개했다.

"안녕하세요. 난 톰이라고 해요. 우리가 왜 이렇게 문을 여는지 당연히 이해하시겠죠. 당신이 들어올 때 뭐가 따라 들어올지 모르거든요."

맬로리는 헬멧을 썼지만 상대방 머리카락이 금발에 가까운 갈색이라는 사실을 알아차렸다. 지저분하게 자란 수염을 보니 뿌리 부분은 거의 빨간색이었다. 반짝이는 푸른 눈이 지적으로 보였다. 외모에서 강인함이 느껴졌다.

"이해합니다."

맬로리가 말했다.

"웨스트코트라. 한참 동안 운전을 했겠군요. 그건 말로 할 수 없을 만큼 용감한 행동이에요. 좀 앉아요. 여기까지 오면서 목격한 것들을 얘기해줘요."

톰이 이렇게 말하며 그녀에게 다가왔다. 맬로리는 고개를 끄덕였지만 꼼짝도 하지 않았다. 가방을 어찌나 꼭 쥐고 있었던지 손가락의 관절이 하얗게 변하고 아프기까지 했다. 톰보다 키도 덩치도 더 큰 남자가 다가와 말했다.

"그거 이리 줘요. 내가 들어줄게요."

"고맙습니다."

"나는 줄스라고 해요. 여기 온 지 두 달 됐어요. 우리 대부분이 그래요. 톰과 돈이 우리보다 조금 더 일찍 왔죠."

줄스라고 자신을 소개한 남자는 짧은 검은 머리가 지저분했다. 마치 밖에서 무슨 작업이라도 한 것 같았다. 그는 친절해 보였다.

맬로리는 앞으로 함께 지낼 사람들의 얼굴을 하나씩 보았다. 여자 한 명에 남자 네 명이었다.

"나는 돈이에요."

다른 남자도 인사를 했다. 줄스처럼 검은 머리였지만 길이는 좀 더 길었다. 돈은 검은 바지에 보라색 버튼다운 셔츠를 입고 소매를 팔꿈치까지 걷어 올렸다. 맬로리보다 연상인 듯했는데, 스물일고여덟 정도 된 것 같았다.

"당신 때문에 우리는 정신이 나갈 정도로 놀랐어요. 몇 주 동안 아무도 문을 두드리지 않았거든요."

"정말 죄송해요."

"괜찮아요. 우리도 다 거친 일이니까. 나는 펠릭스예요."

네 번째 남자가 말했다.

펠릭스라고 자신을 소개한 남자는 피곤해 보였다. 맬로리 눈에는 그가 스물한둘 정도로 어려 보였다. 코가 길고 덥수룩한 갈색 머리카락 때문에 만화 주인공 같은 분위기가 났다. 그도 줄스처럼 키가 컸지만 체격은 더 마른 편이었다.

그러자 그 집의 유일한 여자였던 동료가 손을 내밀며 자기소개를 했다.

"그리고 난 셰릴이에요."

맬로리는 그녀가 내민 손을 잡았다.

셰릴은 톰과 펠릭스만큼 맬로리를 반기는 표정이 아니었다. 갈색 머리카락이 얼굴을 살짝 가렸고 탱크 탑 차림이었다. 그녀도 무슨 일을 하던 중에 온 것 같았다.

"줄스. 이걸 벗게 좀 도와줘."

톰이 말했다. 그는 끙끙거리며 헬멧을 벗으려고 했는데 직접 만든 갑옷이 방해가 되었던 것이다. 줄스가 그를 거들었다.

톰이 헬멧을 벗자 맬로리는 그를 좀 더 잘 볼 수 있었다. 하얀 얼굴 위로 연한 금발 머리가 헝클어져 있었다. 주근깨 흔적이 얼굴에 혈색을 더해주었다. 턱수염은 까칠하게 자란 정도였지만 콧수염은 훨씬 더 길었다. 체크무늬의 버튼다운 셔츠와 갈색 바지를 보니 예전 학교 선생님이 문득 떠올랐다.

맬로리는 그를 처음으로 제대로 보았을 때 비로소 그가 자신의 배를 보고 있다는 사실을 알아차렸다.

"실례를 범할 생각은 없지만 혹시 아기를 가졌나요?"

"네."

그녀는 임신 사실이 문제가 될지도 모른다는 생각에 덜컥 겁이 나 힘없이 대답했다.

"이거 미치겠네. 지금 농담하는 거죠?"

셰릴이 대뜸 물었다.

"셰릴, 네가 지금 이분을 겁주고 있어."

톰이 말했다.

"이봐요, 맬로리라고 했죠? 이런 말 한다고 못되게 군다고 생각하지는 말아요. 하지만 임신부를 이 집에 들이는 건 어마어마한 책임을 지는 거예요."

셰릴이 말했다.

맬로리는 잠자코 있었다. 그녀는 그들의 표정을 살피며 얼굴을 차례로 마주 보았다. 그들도 그녀를 요모조모 뜯어보는 것 같았다. 출산을 앞둔 여자를 집에 들여야 할지 말지를 고민하면서 말이다. 맬로리는 출산에 대해서는 생각도 못 했다는 사실을 그제야 깨달았다. 운전을 하고 오는 내내 이곳에서 아기를 낳을지도 모른다는 생각은 단 한순간도 떠오르지 않았던 것이다.

금세 눈물이 차올랐다.

셰릴이 고개를 절레절레 흔들더니 조금은 누그러진 표정으로 그녀에게 다가왔다.

"세상에. 이리 와요."

"줄곧 혼자는 아니었어요. 언니인 섀넌과 같이 지냈어요. 그런데 언니가 죽었어요. 그래서 집을 떠날 수밖에 없었어요."

맬로리가 누구에게랄 것도 없이 말했다.

그녀는 그만 엉엉 울고 말았다. 눈물로 흐릿해진 눈으로 자신을 지켜보는 네 남자를 보았다. 그녀를 동정하는 듯 보였다. 순간 맬로리는 그들도 각자의 방식으로 애도를 하고 있다는 사실을 깨달았다.

"이리 와요. 집을 보여드리죠. 계단 꼭대기에 있는 침실을 써요. 내가 여기 아래서 잘 테니까."

톰이 말했다.

"그럴 순 없어요. 다른 분의 방을 제가 차지할 수는 없어요."

맬로리가 말했다.

"그렇게 하세요. 셰릴은 복도 끝 방에서 자. 펠릭스의 방은 당신 옆방이에요. 당신은 아기를 가졌잖아요. 할 수 있는 한 도와야죠."

그들은 복도를 따라 걷기 시작했다. 왼쪽에 침실 하나와 욕실이 있었다. 맬로리는 거울에 비친 자신의 모습을 보고 재빨리 눈을 돌렸다. 왼쪽에 주방이 보였다. 조리대에 커다란 양동이가 있었다.

"여기가 거실이에요. 주로 여기서 모여 지내죠."

톰이 집 소개를 했다.

맬로리는 고개를 돌려 더 큰 방을 가리키는 톰의 손을 보았다. 그곳에는 소파가 있었다. 전화기를 올려놓은 작은 테이블 하나와 스탠드도 몇 개 있었다. 큰 안락의자가 있고 바닥에는 카펫이 깔려 있었다. 그림 액자 사이의 벽에는 마커 같은 것으로 달력이 그려져 있고 창문은 모두 검은 담요로 가려놓았다.

그때 불쑥 개 한 마리가 빠른 걸음으로 거실로 들어왔다. 맬로리가 고개를 들어 보니 보더콜리종이었다. 개는 호기심 가득한 눈빛으로 그녀를 보더니 발치에 다가와 토닥여주기를 기다렸다.

"녀석은 빅터예요. 이제 여섯 살이죠. 어릴 때부터 키웠어요."

줄스가 소개했다.

맬로리는 개를 토닥였다. 문득 언니도 빅터를 봤다면 좋아했을 거라는 생각이 들었다. 줄스가 그녀의 가방을 들고 거실을 나가 양탄자가 깔린 계단을 올라갔다. 벽을 따라 액자가 걸려 있었다. 어떤 것은 사진이고 어떤 것은 그림이었다. 줄스가 위층에 올라가 침실로 들어가는 모습이 보였다. 아래층 거실에서도 그 방의 창문에 걸린 담요가 보였다.

셰릴이 맬로리를 소파로 데려갔다. 그녀는 슬픔과 충격으로 기진맥진해 소파에 주저앉았다. 셰릴과 돈이 음식을 좀 준비하겠다고 했다.

"통조림이죠. 내가 여기 온 날 우리는 통조림을 잔뜩 사들였어요. 상부 반도에서 첫 번째 사건이 보도되기 직전이었죠. 가게 점원은 우리가 미쳤다고 생각했어요. 어쨌든 그때 우리는 석 달 정도 버틸 통조림을 장만했어요."

펠릭스가 말했다.

"이제 그보다 좀 덜 버티겠군."

돈이 부엌으로 들어가며 말했다. 맬로리는 자신이 도착해 먹여 살릴 입이 하나 더 늘었다는 뜻이겠거니 싶었다.

그때 톰이 소파 옆자리에 앉으며 운전하는 동안 무엇을 보았는지 물었다. 그는 모든 것을 궁금해했다. 톰은 맬로리가 무슨 소식을 들려줘도 유용하게 활용할 사람 같았다. 하지만 맬로리는 자신이 목격한 시시한 풍경들이 무슨 쓸모가 있을까 싶었다. 어쨌든 그녀는 톰에게 죽은 개에 대해 말했다. 우편물 트럭도 빼놓지 않았고 텅 빈 가게와 거리, 좌석에 상의가 걸쳐진 채 버려진 차에 대해서도 들려주었다.

"당신이 알아둬야 할 사실이 있어요. 먼저, 이 집은 여기 사는 어느 누구의 소유도 아니에요. 집주인은 죽었죠. 그 이야기는 나중에 들려줄게요. 인터넷은 먹통이에요. 우리가 여기 온 후로 끊어졌거든요. 아무도 기지국에 출근하지 않는 것 같아요. 직원들도 다 죽었을지 모르죠. 우편물도, 신문도 더 이상 배달되지 않아요. 최근에 휴대전화를 확인한 적 있나요? 우리 거는 한 3주 전부터 불통이에요. 우리가 과연 전화를 할 일이 있을지 모르겠지만 다행히 유선전화는 아직 괜찮아요."

그때 셰릴이 당근과 완두콩이 담긴 접시를 들고 방으로 들어왔다. 마실 물도 잊지 않았다.

"유선전화로는 아직도 전화를 걸 수 있어요. 전기가 들어오는 것과 같은 이유죠. 이 지역 전기는 수력발전소에서 생산해요. 앞으로 발전소가 언제 작동을 멈출지는 알 수 없지만 그곳 직원들이 수문을 열어두었다면 전기는 자동으로 생산이 될 거예요. 다시 말해서 강물이 이 집에 전기를 공급해주는 거죠. 우리 집 뒤에 강이 있다는 걸 아나요? 그 강물이 흐르는 동안에는 재앙을 막아주고 있으니 우리는 운이 좋은 셈이죠. 살아남을 수도 있을 테니까요. 강이 계속 흐르기를 바라는 게 무리한 요구일까요? 어쩌면 그럴지도 모르죠. 우리는 우물물로 모든 걸 다 해결하고 있는데, 물을 길으려고 뒷마당에 있는 우물로 나가면 집 뒤로 70미터가량 떨어진 곳에서 흐르는 강물 소리가 들릴 거예요. 이제 수돗물이 안 나와요. 내가 도착한 직후에 끊어졌죠. 욕실을 쓰려면 양동이로 물을 길어 날라야 해요. 그리고 순서를 정해서 오물을 모은 양동이를 화장실로 가져가죠. 화장실이라고 해봐야 우리가 숲에 판 도랑이에요. 물론 눈을 가리고 작업을 했죠."

줄스가 아래층으로 내려왔다. 그 뒤를 빅터가 따랐다.

"방이 다 준비됐어요."

그가 맬로리에게 고개를 끄덕이며 말했다.

"고맙습니다."

그녀가 조용히 대답했다.

톰이 벽에 붙어 있는 작은 테이블 위의 종이 상자를 가리켰다.

"안대는 저기 있어요. 필요하면 저기서 아무 거나 꺼내 써요."

이제 모두의 시선이 그녀를 향했다. 셰릴은 안락의자에 앉아 있고 돈은 주방 입구에 서 있었다. 줄스는 계단에서 빅터 옆에 무릎을 꿇고 있고 펠릭스는 담요를 덮은 창문 옆에 서 있었다.

'이 사람들은 모두 슬픔에 잠겨 있어. 이들도 나처럼 끔찍한 일을 겪었어.'

맬로리는 셰릴이 건네준 물을 마시며 톰 쪽으로 몸을 돌렸다. 섀넌 생각이 자꾸 났지만 지친 목소리로 말문을 열었다.

"내가 여기 도착했을 때 당신이 입고 있던 건 뭐죠?"

"갑옷이요?"

"네."

톰이 미소를 지으며 말했다.

"나도 아직 잘 모르겠어요. 보호복을 만들고 싶어요. 눈뿐 아니라 그 이상을 보호해줄 수 있는 걸 말이에요. 그것들이 우리를 만지면 어떤 일이 일어나는지 우리는 전혀 모르잖아요."

맬로리는 그곳에 모인 사람들을 둘러본 후 톰을 보며 말했다.

"여러분은 저 밖에 그것들이 있다고 믿나요?"

"그럼요. 원래 이 집의 주인이었던 조지는 그걸 봤어요. 죽기 직전에요."

톰의 대답에 맬로리는 무슨 말을 해야 할지 몰랐다. 본능적으로 손을 배로 가져갔다.

"당신을 겁주려는 게 아니에요. 곧 조지에 대해서 말해줄게요. 라디오에서 계속 그런 이야기가 나왔잖아요. 이제 그 점에 대해서는 이견이 없는 것 같아요. '살아 있는' 뭔가가 우리에게 이런 짓을 하고 있어요. 단 1초만 봐도 그렇게 되는 거죠. 어쩌면 1초도 안 걸릴지 몰라요."

톰이 말했다.

방 안의 사물이 더 어둡게 보이는 듯했다. 그녀는 머리가 어질어질했다.

"그것들이 뭐든 우리의 머리로는 이해할 수 없을 거예요. 그것들은 무한대와 같아요. 너무 복잡해서 이해하기 어려운 거죠. 내 말 알겠어요?"

맬로리는 톰의 말이 잘 들리지 않았다. 빅터는 줄스의 발치에서 헉헉거리고 있었다. 셰릴이 괜찮냐고 물었다. 톰은 계속 이야기를 했다.

크리처들……. 무한대……. 우리의 머리는 천장 같은 한계가 있어요, 맬로리……. 이것들은……. 그 한계 너머에 존재해요……. 천장보다 더 높은 곳……. 우리가 닿을 수 없는……. 도저히.

맬로리는 그대로 정신을 잃었다.

8

정신을 차린 맬로리의 눈에 낯선 침실이 들어왔다. 주위가 컴컴했다. 잠에서 깨어나기 직전 은총과도 같은 순간 맬로리는 크리처와 그로 인한 광기에 대한 소식이 모두 악몽이었다고 생각했다. 일순 운전을 한 일과 리버브릿지, 톰, 빅터 같은 일들이 흐릿하게 떠올랐지만 불확실할 뿐이었다. 그러나 천장을 본 순간 자신은 이런 방에서 잠든 적이 없다는 사실이 퍼뜩 떠올랐다.

그렇다면 섀넌은 정말 이제 죽고 없는 것이다.

침대에서 천천히 몸을 일으키며 그 방의 유일한 창문으로 시선을 돌렸다. 벽에 고정된 검은 담요가 그녀를 바깥세상으로부터 안전하게 지켜주었다. 발 너머에 낡은 분홍색 세면대가 하나 있었다. 색은 바랬지만 거울은 깨끗해 보였다. 거울에 비친 얼굴이 평소보다 더 창백했다. 그래서인지 검은 머리가 더 까맣게 보였다. 거울의 아랫부분에는 여분의 못과 나사못, 망치, 렌치가 놓여 있었다. 침대를 제외하면 이런 물품들이 이 방의 세간이라고 할 만한 것들이었다.

매트리스 가장자리를 스치듯 다리를 내리며 일어나 앉는데 바닥에 깔린 잿빛 양탄자 위에 단정하게 개켜진 검은 담요가 눈에 들어왔다. 남는 담요 같았다. 그 옆으로 책이 몇 권 쌓여 있었다.

침실 문을 보자 아래층에서 사람들의 목소리가 들렸다. 누구의 목소리인지는 아직 구별할 수 없었다. 유일한 여자인 셰릴이나 앞으로 몇 년 동안 그녀의 길잡이가 되어줄 톰 외에는 누구의 목소리인지 잘 구별되지 않았다.

침대에서 일어서자 발에 밟히는 양탄자에서 조악하고 낡은 느낌이 났다. 그녀는 방을 걸어 나가 복도를 내다보았다. 몸은 괜찮은 것 같았다. 잠을 잔 덕분인지 더 이상 현기증도 일지 않았다. 맬로리는 어제 입고 있던 옷차림 그대로 계단을 내려가 거실로 향했다.

마룻바닥에 발을 내려놓으려는 찰나 줄스가 옷을 잔뜩 들고 지나갔다.

"잘 잤어요?"

그가 고개를 까닥 숙이며 지나갔다. 맬로리는 그가 복도 끝에 있는 욕실로 들어가는 모습을 지켜보았다. 잠시 후 욕실에서는 물양동이에 가져간 옷을 담그는 소리가 들렸다.

몸을 돌려 주방으로 향하자 설거지 중인 돈과 셰릴이 보였다. 주방으로 들어가니 마침 돈은 양동이에서 잔을 꺼냈고 셰릴은 맬로리가 들어오는 기척을 듣고 몸을 돌려 그녀를 보았다.

"어젯밤에는 걱정 많이 했어요. 이제 몸은 괜찮아요?"

맬로리는 그제야 자신이 지난밤에 기절을 했다는 사실을 떠올리고는 얼굴을 붉히며 대답했다.

"네. 괜찮아요. 너무 많은 이야기를 한꺼번에 들었더니 그만."

"우리도 다 그랬어요. 곧 익숙해질 거예요. 조금만 있으면 우리가 사치스럽게 산다고 말하게 될 걸요."

돈이 끼어들었다.

"돈은 냉소적이에요."

셰릴이 사람 좋게 말했다.

"그럴 리가. 내가 여길 얼마나 좋아하는데."

돈이 대뜸 말했다.

바로 그때 맬로리는 누군가 손을 핥는 바람에 화들짝 놀랐다. 빅터였다. 그녀가 몸을 숙여 개를 토닥이는데 식당에서 음악이 들려왔다. 그녀는 부엌을 가로질러가 그곳을 살짝 들여다보았다. 방에는 아무도 없는데 라디오가 켜져 있었다.

그녀는 고개를 돌려 싱크대 앞에 서 있는 셰릴과 돈을 보았다. 두 사람 뒤로 지하실 문이 보였다. 맬로리가 그 문에 대해서 물으려는데 거실에서 펠릭스의 목소리가 들렸다. 그는 이 집의 주소를 반복해서 말했다.

"실링엄 273번지……. 저는 펠릭스라고 합니다……. 우리는 살아 있는…… 생존자들을 찾고 있습니다."

맬로리가 거실로 머리를 밀어 넣었다. 펠릭스가 통화 중이었다.

"아무 번호나 돌려보는 거예요."

맬로리는 느닷없이 들린 목소리에 또다시 화들짝 놀랐다. 톰이었다. 톰도 맬로리처럼 거실을 들여다보던 중이었다.

"여기엔 전화번호부가 없나요?"

그녀가 물었다.

"네. 전화번호부 생각만 하면 힘이 쭉 빠져요."

펠릭스가 다른 번호로 전화를 걸었다. 톰은 종이와 연필을 쥔채 그녀에게 물었다.

"같이 지하실 보러 갈래요?"

맬로리는 그를 따라 다시 주방으로 들어갔다.

"재고 조사?"

톰이 지하실 문을 열자 돈이 물었다.

"그래."

"얼마나 남았는지 알려줘."

"알았어."

톰이 먼저 들어갔다. 맬로리도 그를 따라 나무 계단을 내려갔다. 지하실 바닥은 흙이었다. 어둠 속에서 흙냄새가 나고 맨발에는 흙의 감촉이 느껴졌다.

톰이 전깃줄을 잡아당기자 갑자기 환하게 밝아졌다. 맬로리는 눈에 들어온 장면에 충격을 받았다. 가정집의 지하실이라기보다 창고처럼 보였기 때문이다. 끝도 없어 보이는 나무 선반에는 통조림이 잔뜩 있었다. 천장에서 흙바닥까지 그곳은 벙커 같았다.

"이건 다 조지가 만들었어요. 선견지명이 있는 사람이었죠."

톰이 한 손으로 선반을 가리키며 말했다.

왼쪽으로 불빛이 잘 들지 않는 곳을 보니 뒤가 다 비치는 태피스트리가 걸려 있었다. 그 뒤로 세탁기와 건조기가 있었다. 톰이 통조림 더미를 가리키며 말했다.

"많아 보이죠? 하지만 그렇지 않아요. 식량이 얼마나 남았는지 제일 걱정을 많이 하는 사람이 돈이죠."

"재고 조사는 얼마마다 해요?"

맬로리가 물었다.

"일주일에 한 번요. 때로 마음이 불안해지면 여기 내려와서 바로 전날 살펴봤던 통조림들도 다시 살펴보죠."

"여긴 시원하네요."

"네. 전통적인 냉장 저장고죠. 잘 지었어요."

"통조림을 다 먹으면 그때는 어떻게 해요?"

톰이 그녀를 보았다. 불빛에 비친 그의 표정이 부드러웠다.

"그러면 더 구해와야죠. 식료품점에서 쓸어 담고 가정집들도 가보고요. 뭐든 해야죠."

"그렇겠군요."

맬로리가 고개를 끄덕이며 맞장구를 쳤다.

톰이 종이에 표시를 하는 동안 맬로리는 지하실을 좀 더 자세히 살폈다.

"이 집에서 여기가 가장 안전하겠네요."

맬로리의 말에 톰은 선뜻 대답하지 않았다. 잠시 생각을 하는 듯했다.

"아닐걸요. 내 생각에는 다락이 더 안전해요."

"왜요?"

"여기 오면서 자물쇠를 봤나요? 문이 정말 오래되었어요. 단단히 잘 잠기죠. 하지만 부서지기 쉬워요. 마치 여기는 집에 지하실을 만들기로 결정하기 한참 전에 따로 만들어둔 것 같아요. 그런데 다락문은…… 빗장이 정말 튼튼해요. 안전한 곳으로 가야 할 상황이라면, 혹시 그것들 중 하나가 집으로 들어온다면 다락에 몸을 숨기고 싶을 거예요."

맬로리는 본능적으로 고개를 들어 위를 보았다. 그리고 어깨를 문질렀다.

'안전한 곳으로 가야 할 상황이라.'

"지금 있는 양으로 볼 때 우리는 앞으로 서너 달은 더 버틸 수 있을 거예요. 그 정도면 꽤 길다 싶겠지만 여기서는 순식간이에요. 며칠이 한 덩어리처럼 지나가죠. 그래서 거실 벽에 달력을 만들어둔 거예요. 사실 시간이 더 이상 의미가 없어요. 그래도 시간은 우리에게 남은 것들 가운데 유일하게 예전 삶과 비슷한 것 중 하나잖아요."

"흘러가는 세월요?"

"네. 그리고 그 시간에 우리가 하는 일도요."

맬로리는 다리가 짧은 나무 의자로 가 앉았다. 톰은 계속 재고를 조사했다.

"올라가면 이 집에서 다 같이 하는 작업들을 알려줄게요."

톰은 이렇게 말하더니 선반과 태피스트리 사이의 공간을 가리켰다.

"저거 보여요?"

맬로리는 그가 가리킨 곳을 보았지만 정확히 뭘 말하는지 알 수 없었다.

"이리 와요."

톰이 그녀를 벽으로 데려갔다. 벽돌 몇 개가 깨져 있고 그 뒤로 흙이 드러나 있었다.

"나는 저게 두려운 건지 마음에 드는 건지 잘 모르겠어요."

그가 말했다.

"무슨 뜻이죠?"

"음, 흙이 드러나 있잖아요. 그렇다면 땅을 팔 수도 있지 않을까요? 그래서 굴을 만들 수도 있잖아요? 새 저장고나 새 방은 어떨까요? 뒤집어 생각하면 집으로 들어오는 방법이 될 수도 있지 않을까요?"

불빛에 톰의 눈이 날카롭게 반짝였다. 그가 덧붙이듯 말했다.

"만약 크리처가 정말 이 집으로 들어오려 한다면…… 아무 문제 없이 들어올 거예요. 벌써 그런 경우가 있었을지도 모르죠."

맬로리는 말없이 흙이 드러난 부분을 유심히 바라보았다. 부른 배를 안고 굴을 기어 다니는 모습을 상상해보았다. 벌레가 떠올랐다.

이윽고 그녀가 말문을 열었다.

"이렇게 되기 전에는 무슨 일을 했어요?"

"직업이요? 교사였어요. 8학년을 가르쳤죠."

맬로리가 고개를 끄덕이며 말했다.

"교사처럼 보였어요."

"그거 아세요? 전에도 그런 이야기를 들었어요. 수도 없이요.

제가 그렇게 생겼나 봐요."

그는 셔츠의 옷깃을 바로잡는 시늉을 하더니 이렇게 말했다.

"얘들아. 오늘은 통조림 식품에 대해서 샅샅이 배울 거야. 그러니 다들 조용!"

맬로리가 웃음을 터트렸다.

"당신은요?"

톰이 물었다.

"아직 일자리를 구하지 못했어요."

"언니를 잃었죠, 그렇죠?"

톰이 부드러운 목소리로 물었다.

"네."

"유감이에요. 나는 딸을 잃었죠."

"오, 세상에. 톰."

톰은 입을 꾹 다물었다. 그녀에게 좀 더 이야기를 할지 고민하는 듯했다.

"로빈의 엄마는 출산 중에 숨을 거뒀어요. 임신 중인 당신에게는 이런 이야기가 잔인하게 들리겠군요. 하지만 우리는 서로에 대해 알아야 하니 이 이야기도 알아두는 게 좋을 것 같아요. 로빈은 대단한 아이였어요. 고작 여덟 살인데 저보다 더 똑똑했죠. 그 애는 괴상한 것들을 좋아했어요. 장난감보다 장난감 사용 설명서를 더 좋아했고 영화보다 영화의 엔딩 크레디트를 더 좋아했고요. 뭔가가 쓰인 방식이나 내 표정 같은 것들요. 한번은 내가 태양을 닮았다더군요. 머리카락 때문이라나요. 그래서 내가 태양처럼 빛나

086

냐고 물어봤어요. 그랬더니 뭐랬게요. '아뇨. 아빠는 캄캄한 하늘의 달처럼 빛나요.'

뉴스에서 사건을 보도하고 사람들이 점점 사태를 심각하게 받아들여도 나는 그 아이에게 두려움 속에서 살지 않을 거라고 말했어요. 나는 전과 다름없는 일상을 보내려고 애썼죠. 유난히 로빈에게 내 생각을 이해시키려고 했어요. 그래도 아이는 학교에서 온갖 이야기를 듣고 왔어요. 나는 로빈이 겁을 먹는 게 싫었지만 시간이 흐르면서 나도 의연한 척하기가 힘들더군요. 학부모들이 아이들을 학교로 보내지 않게 되었어요. 학교에 휴교 조치가 내려졌죠. 임시로요. 아니, '학부모들이 학교가 아이들에게 안전한 곳이라고 확신할 수 있을 때'까지라고 해야겠네요. 암울한 시기였어요, 맬로리. 나는 학부모지만 교사이기도 했죠. 그 시기에 내가 근무하던 학교도 휴교를 했어요. 그 바람에 갑자기 나와 로빈은 오랜 시간 집에서 함께 지내게 되었어요. 아이가 얼마나 자랐는지 그때 비로소 눈에 들어오더군요. 정신적으로 무척 성숙해져 있었죠. 하지만 뉴스에서 보도되는 이야기들이 얼마나 무서운지 이해하기에는 너무 어렸던 겁니다. 나는 아이에게 상황을 숨기지 않으려고 최선을 다했어요. 하지만 내 안의 또 다른 아버지는 때때로 얼른 다른 채널로 바꾸라고 했어요.

라디오에서 전하는 소식들이 아이에게는 너무 끔찍했어요. 로빈은 악몽을 꾸기 시작했죠. 나는 오랜 시간 아이를 달래야 했어요. 아이에게 거짓말하고 있다는 기분이 들더군요. 우리는 더 이상 창밖을 내다보지 않기로 약속했어요. 어떻게든 아이에게 상황이 안전하면서도 동시에 끔찍하도록 위험하다는 사실을 믿게 해야 했어요.

결국 로빈은 제 침대에서 같이 자기 시작했어요. 어느 날 아침 눈을 떠보니 애가 없더군요. 전날 밤 아이는 예전처럼 살고 싶다는 이야기를 했어요. 한 번도 보지 못한 엄마가 보고 싶다고도 했죠. 고작 여덟 살짜리 애가 엄마를 그리워하고 인생은 불공평하다는 이야기를 하는 걸 듣고 있자니 가슴이 갈기갈기 찢어지더군요. 아침에 일어나 아이가 보이지 않자 저는 아이도 곧 익숙해질 거라고 생각했어요. 새로운 현실에요. 한편으로는 어쩌면 지난밤 로빈의 어린 시절이 영영 끝나버렸을지도 모른다는 생각이 들더군요. 내가 미처 알아차리기도 전에 밖에서 벌어지는 상황이 얼마나 심각한지 아이가 깨달았으니까요."

톰은 묵묵히 지하실 바닥만 내려다보았다.

"아이는 욕조에 있었어요. 가느다란 손목을 면도날로 그었더군요. 그 면도날로 내가 수염 깎는 모습을 수도 없이 지켜보았을 텐데. 물이 새빨갰어요. 피가 욕조 가장자리에서 뚝뚝 떨어지고 있었고요. 벽이 온통 피투성이였죠. 아직 어린아이였어요. 여덟 살이었어요. 밖을 내다보았을까요? 아니면 그냥 자살하기로 결심했을까요? 나는 끝내 답을 알 수 없겠죠."

맬로리가 손을 뻗어 그를 잡았다.

그는 울지 않았다. 가만히 있더니 잠시 후 선반으로 다가가 재고를 다시 확인하기 시작했다.

문득 섀넌이 떠올랐다. 그녀도 욕실에서 죽어 있었다. 그녀도 스스로 목숨을 끊었다.

톰은 작업을 마치자 맬로리에게 나갈지 물었다. 전깃줄로 손을 뻗는 순간 그는 벽돌이 깨져 드러난 흙벽을 또 보고 있었다.

"으스스하죠, 안 그래요?"

그가 물었다.

"그래요."

"겁먹지 말아요. 이건 단지 옛날부터 전해져 내려오는 오래된 공포일 뿐이에요."

"그게 뭔데요?"

"공포의 지하실."

맬로리가 고개를 끄덕였다.

그러자 톰이 줄을 당겨 불을 껐다.

9

'크리처라니 이름도 참 대충 지었네.'

맬로리는 문득 이런 생각이 든다.

아이들은 조용하고 강둑도 고요하다. 노가 강물을 가르는 소리가 들린다. 그녀는 자신의 심장 박동에 맞춰 노를 젓는다 싶었는데, 어느새 노 젓는 박자가 자꾸 불안정해진다. 박자가 어긋나면 그녀는 금방이라도 숨이 멎어버릴 것만 같다.

'크리처.'

맬로리는 그 존재를 이렇게 부르는 게 영 마뜩잖다. 어쩐지 적절하지 않다는 생각이 든다. 지난 4년이 넘게 그녀를 지긋지긋하게 괴롭힌 그것들은 그녀에게는 '생물'이 아니다. 정원의 민달팽이가 생물이다. 호저(몸과 꼬리의 윗면이 가시처럼 변화된 가시털로 덮인 동물─옮긴이)가 생물이다. 하지만 커튼을 친 창문 뒤에 웅크리고 있고 그녀가 안대를 풀 수 없게 만든 그것들은 살충제나 다른 약으로 제거할 수 있는 종류가 아니다.

'야만족도 정확하지 않아. 야만인은 경솔하지. 야수도 마찬가

지고.'

저 멀리 하늘 높은 곳에서 새 한 마리가 운다. 노는 이쪽저쪽 번갈아가며 물살을 가른다.

'베헤못(히브리어로 짐승이라는 뜻으로 의미가 명확하지는 않으나 대개 몸집이 큰 짐승을 가리킨다.—옮긴이)이라니 그걸 누가 알아. 의외로 손톱만큼 작을지도 모르잖아.'

이른 새벽부터 배를 타고 노를 젓기 시작한 탓에 온몸이 뻐근하고 욱신거렸다. 셔츠는 땀으로 푹 젖었다. 발이 얼음장처럼 차갑고 안대에 닿는 부분이 자꾸 안대에 쓸린다.

'귀신', '악마', '악당.' 어쩌면 이 모든 것일지 모른다.

섀넌은 자신이 본 것 때문에 죽었다. 그녀의 부모님도 같은 운명을 맞이했을 것이다.

'임프(옛날이야기에 나오는 작은 도깨비나 악마—옮긴이)는 어감이 너무 부드러워. 미개인이라니 너무 인간적이야.'

맬로리는 지금도 강 속에서 돌아다닐지도 모르는 그것들이 두렵기도 했지만 한편으로는 매혹적이기도 했다.

'그것들은 자신들이 무슨 짓을 하는지 알까? 일부러 그런 짓거리를 하는 걸까?'

지금 이 순간 온 세상이 죽어버린 것 같다. 맬로리 가족이 탄작은 배가 지구에서 생명체를 찾을 수 있는 마지막 장소라도 된 것 같다. 나머지 세상은 배의 선수에서부터 부채처럼 펼쳐진다. 양쪽 노 외에 아무것도 없이 활짝 부풀어 오른 텅 빈 구(球)에 불과하다.

'자신들이 무슨 짓을 하고 있는지 모른다면 악당이라고 부를 수도 없겠지.'

아이들은 한참이나 말이 없다. 저 위에서 또다시 새의 노랫가락이 들린다. 물고기 한 마리가 철썩 물을 튀긴다. 맬로리는 이 강을 한 번도 본 적이 없다. 어떤 곳일까? 강둑에는 나무가 빽빽하게 들어서 있을까? 강변에 집들이 늘어서 있나?

'그것들은 괴물이야.'

하지만 맬로리는 그것들이 괴물 그 이상이라는 사실을 안다. 그것들은 '무한'이다.

"엄마!"

보이가 갑자기 소리쳤다.

맹금류 한 마리가 까악거리자 강 주위로 메아리가 울려 퍼진다.

"왜 그러니, 보이?"

"엔진 소리 같은 게 들려요."

"뭐라고?"

맬로리는 노 젓던 손을 멈췄다. 그리고 귀를 기울였다.

저 멀리, 심지어 강물 소리가 들리는 곳 너머에서 희미하게 엔진 소리가 난다.

맬로리는 그 소리를 금세 알아들었다. 멀리서 배가 다가오는 소리다.

맬로리는 이 강에서 다른 사람을 만날지도 모른다는 생각에 가슴이 들뜨기보다 덜컥 겁부터 났다.

"얘들아, 몸을 숙여."

맬로리가 아이들에게 다급하게 말했다.

그녀는 노의 손잡이를 무릎 위에 놓고 배가 흘러가는 대로 내버려두었다.

'보이가 들었어. 보이는 내가 잘 키운 덕분에 그 소리를 들은 거야. 저 애는 눈보다 귀가 훨씬 더 좋아.'

맬로리는 심호흡을 하며 가만히 기다렸다. 엔진 소리가 점점 더 커진다. 그러는 와중에도 배는 계속 흘러간다.

"아야!"

보이의 비명이 들렸다.

"왜 그러니, 보이?"

"내 귀! 나무에 부딪혔어요."

맬로리는 차라리 다행이다 싶다. 보이가 나무에 부딪혔다는 말은 세 사람이 강둑과 가까운 곳에 있다는 뜻이니까. 어쩌면 신의 가호가 있어 나무가 그들의 모습을 가려줄지도 모른다.

의문의 배와는 거리가 훨씬 줄어들었다. 안대를 내리고 눈을 뜨면 보일 정도로 가까이 다가온 게 틀림없다.

"절대 안대를 풀지 마."

맬로리가 일렀다.

마침내 엔진 소리가 옆에서 나란히 들린다. 그런데 맬로리 일행이 탄 배를 앞서서 지나가는 소리가 들리지 않는다.

'배에 누가 타고 있든 지금 우리가 다 보일 거야.'

바로 그때 엔진 소리가 뚝 그쳤다. 휘발유 냄새가 난다. 갑판일 게 분명한 곳을 가로지르는 발소리가 들린다.

"안녕하시오! 이봐요! 괜찮아요. 안대를 벗어도 돼요! 나는 그냥 평범한 사람이오."

남자의 목소리가 들렸다. 그러나 맬로리는 묵묵부답이다.

"안 돼. 절대 벗지 마."

맬로리는 아이들에게 재빨리 소곤거렸다.

"이봐요. 여기엔 우리밖에 없어요. 내 말을 믿어도 돼요. 우리밖에 없어요."

맬로리는 한동안 꼼짝도 하지 않았다. 하지만 계속 입을 다물고 있을 수는 없다는 생각에 할 수 없이 대답을 했다.

"그걸 어떻게 아세요?"

"그거야 지금 보고 있으니까 알죠. 오늘 배를 모는 내내 눈을 뜨고 있었던 걸요. 어제도 그랬고요."

"그렇게 눈을 뜨고 다니면 안 되잖아요. 다 아시잖아요."

그녀의 말에 낯선 남자가 껄껄 웃음을 터트린다.

"겁낼 거라고는 아무것도 없어요. 날 믿어도 된다니까요. 이 강에는 우리밖에 없어요. 길을 가다가 마주친 평범한 두 사람뿐이라고요."

"안 돼!"

맬로리는 비명을 지르듯 아이들에게 다시 말했다.

그녀가 잡고 있던 걸의 손을 놓고 다시 노의 손잡이를 꼭 쥐자 남자가 한숨을 푹 쉰다.

"이봐요. 이렇게 살 필요가 없어요. 그 아이들을 생각해봐요. 이렇게 청명하고 아름다운 날을 볼 기회를 그 아이들에게서 빼앗을 작정이오?"

"우리 배에서 떨어져요."

맬로리의 음성이 단호하다.

침묵. 남자는 아무 말도 하지 않는다. 맬로리는 자신의 어깨를 양팔로 감쌌다. 덫에 걸린 기분이다. 무력했다. 강둑에 걸려버린 작은 배에서. 강 위에서. 이런 세상에서.

물속에서 뭔가가 철썩하자 맬로리가 헉 하고 놀랐다.

"아주머니! 옅은 안개도 상관없다면 지금 이 풍경은 너무나 아름다워요. 바깥 풍경을 마지막으로 본 게 언제요? 몇 년 전인가? 이 강을 직접 본 적은 있소? 날씨는? 날씨가 어떤 것인지도 다 잊었을 것 같군요."

그녀는 바깥세상을 너무나도 잘 기억하고 있다. 학창 시절 양쪽으로 단풍잎이 무성한 길을 따라 집으로 돌아가던 기억이 났다. 이웃집의 마당이며 정원, 집들도 떠올랐다. 뒷마당에 깔린 잔디에 섀넌과 드러누워 어떤 구름이 같은 반의 누구와 닮았는지 떠들던 날도 떠올랐다.

"우리는 안대를 풀지 않을 거예요."

"나는 안대를 풀었지요. 앞으로 나가기로 한 거요. 당신도 나와 같이 해보면 어떻겠소?"

남자가 설득했다.

"우리를 그냥 내버려둬요."

맬로리가 단호하게 쏘아붙였다.

남자는 다시 한숨을 쉬더니 살살 구슬렸다.

"그들이 영원히 당신을 따라다닐 수는 없어요. 영원히 이런 식으로 살도록 할 수도 없고요. 아주머니도 잘 알잖아요?"

맬로리가 배를 강둑에서 밀어낼 수 있을 만한 위치에 오른쪽 노를 내려놓는다.

"그렇다면 내가 직접 안대를 풀어버릴 수도 있어요."

갑자기 남자가 위협을 했지만 맬로리는 미동도 않는다.

그의 목소리가 거칠게 들렸다. 살짝 화가 난 듯도 하다.

"여기는 우리 둘뿐이잖소. 이 강에는. 저 어린 것들까지 치면 넷이겠군. 저렇게 키운 건 당신이니 애들을 탓할 수는 없겠지. 여기서 주위를 바라볼 배짱이 있는 사람은 나뿐인가. 걱정을 해봐야 그런 걱정은 걱정할 수 있는 동안만 당신을 안전하게 지켜줄 거요."

이번에는 그의 목소리가 다른 곳에서 들린다. 맬로리는 그가 자신의 배 앞으로 다가온 모양이라고 생각했다. 그녀는 그가 그냥 지나가쳤으면 하는 마음뿐이다. 오늘 아침 자신들이 떠난 집으로부터 한시바삐 멀어지고 싶은 마음뿐이다.

"한 가지 이야기를 해드리리다. 나는 그걸 봤어요."

느닷없이 남자의 목소리가 들렸다. 그것도 무시무시할 정도로 가까이서.

맬로리가 팔을 뻗어 보이의 셔츠 등을 잡아당기는 바람에 아이가 강철이 깔린 보트 바닥에 픽 주저앉으며 비명을 질렀다.

그 모습에 남자가 웃음을 터트린다.

"그들은 당신이 생각하는 만큼 흉하지 않아요."

그녀는 배를 밀어내려고 노를 강둑으로 뻗었다. 하지만 생각대로 되지 않고 버둥대기만 했다. 단단한 것을 찾기가 쉽지 않다. 주위는 잔가지와 드러난 뿌리 천지인 듯하다. 그리고 진흙까지.

'저 남자는 지금 미쳐가고 있어. 결국 우리에게 해코지를 하고 말 거야.'

"어디로 갈 거요? 나뭇가지가 부러지는 소리가 들릴 때마다 징징거릴 거요?"

남자가 소리쳤다.

맬로리는 여전히 배를 강둑에서 밀어내지 못해 버둥거리는 중이다.

"절대 안대를 벗지 마!"

남자는 그것을 봤다고 했다. 언제? 도대체 언제?

"내가 미쳤다고 생각하는군, 그렇지?"

마침내 노가 단단한 땅에 닿았다. 맬로리는 끙 소리를 내며 힘껏 밀었다. 마침내 배가 움직인다. 이제 그곳을 빠져나갈 수 있겠구나 싶다. 그런데 하필 그 남자의 배에 부딪히고 말았다. 맬로리가 비명을 꽥 질렀다.

'저 남자가 나를 덫에 가둬버렸어. 억지로 눈을 뜨게 하려는 걸까?'

"여기서 누가 미친 걸까? 지금 당신을 봐. 강에서 두 사람이 만났어……"

맬로리는 배를 앞뒤로 움직여보았다. 배 뒤쪽으로 틈이 생긴 것 같다. 약간의 공간이 생긴 것이다.

"……그중 한 명은 하늘을 보고……"

노가 땅에 푹 빠지는 느낌이 든다.

"……나머지 한 명은 안대를 한 채 배를 몰려고 안간힘을 쓰지."

배가 거의 다 빠져나왔다.

"그러니 나는 이렇게 자문하지 않을 수 없었어."

"비켜!"

그녀가 소리쳤다.

"……여기서 미친 사람이 누구야?"

남자가 껄껄 웃는다. 웃음소리는 남자가 방금 말한 하늘로 점점 멀어지는 것 같다. 그녀는 이렇게 물어보고 싶다. 도대체 그것을 본 게 언제냐고. 하지만 차마 입이 떨어지지 않는다.

"우리를 내버려둬!"

맬로리가 다시 소리쳤다.

그녀가 버둥거리자 차가운 강물이 배 안으로 튀어 들어왔다. 걸이 비명을 질렀다. 맬로리는 언제 봤는지 물어보고 싶다고 중얼거렸다. 저 남자에게 광기가 아직 자리 잡지 않았을지 모른다. 저 남자에게는 효과가 천천히 나타날지도 모르지 않는가. 그가 현실 감각을 모두 잃기 전에 마지막으로 자비를 베풀어줄지도.

마침내 배가 강둑에서 벗어났다.

예전에 톰은 미치는 속도가 사람마다 다를 수도 있다고 했다. 미친 사람이라면 더 이상 미칠 수도 없을 테고 반대로 아주 멀쩡한 사람은 완전히 미치기까지 그렇지 않은 사람에 비해 더 오래 걸릴지도 모른다고 말이다.

"제발 눈을 떠요."

남자는 이제 고래고래 소리를 지른다.

그의 목소리가 변했다. 아까와 다른데, 술에 취한 것 같다.

"가지 말아요. 눈을 떠요!"

이제 간청을 한다.

"저 아저씨 말을 들으면 안 돼!"

맬로리가 아이들에게 소리쳤다. 보이가 그녀에게 안기고 걸이 그녀의 등에 얼굴을 대고 훌쩍인다. 온몸이 벌벌 떨린다.

"너희들 엄마는 미쳤어, 얘들아. 안대를 풀어."

갑자기 가래가 끓는 듯한 목소리로 남자가 울부짖었다. 목 안에서 숨이 끊어지는 듯한 소리다. 그는 언제쯤 난간에 쳐놓은 밧줄로 자신의 목을 조르거나 돌아가는 프로펠러에 몸을 집어넣을까?

맬로리는 미친 듯이 노를 저었다. 안대가 좀 헐거워진 것 같다.

'그가 본 것이 근처에 있어. 그가 본 것이 여기 이 강에 있어.'

"절대로 안대를 벗으면 안 돼! 엄마 말 알아들었어? 대답해!"

맬로리는 아이들에게 다시 주의를 주며 노를 저어 남자의 배를 지나갔다.

"네."

보이가 대답했다.

"네."

걸도 대답했다.

남자는 다시 울부짖었지만 이제 그들과 멀리 떨어졌다. 고함을 지르고 싶지만 어떻게 하는 것인지 잊은 것 같다.

40미터 남짓 배를 몰아 뒤에서 엔진 소리도 거의 들리지 않을 즈음 맬로리는 앞으로 손을 뻗어 보이의 어깨를 만져본다.

"걱정 마세요, 엄마."

보이가 말했다.

그러자 맬로리는 뒤로 손을 뻗어 걸의 손을 꼭 쥔다. 마침내 두 아이를 놓아준 후 그녀는 다시 노를 잡는다.

"물에 젖었니?"

"네."

"담요로 물기를 닦아. 지금 당장."

공기가 다시 신선해졌다. 나무도. 물도.

휘발유 연기는 저 멀리 뒤에 있다.

'그 집에서 어떤 냄새가 났는지 기억나?'

배를 탄 남자를 만나 잔뜩 겁에 질렸지만 그 냄새만큼은 똑똑히 기억났다. 그 집에서 나던 고인 듯한 텁텁한 냄새 말이다. 그 집에 도착한 날 처음으로 그 냄새를 맡았다. 그 냄새는 결코 가시지 않았다.

그녀는 배를 탄 남자를 미워하지 않는다. 다만 슬플 뿐이다.

"잘했어, 얘들아."

맬로리는 벌벌 떨며 노를 강에 더 깊이 담그며 아이들에게 말했다.

10

맬로리가 그 집에 온 후로 벌써 2주가 흘렀다. 동료들은 지하실에 보관된 통조림과 냉동실에 남아 있는 냉동 고기로 간신히 허기를 채웠다. 매일 아침 맬로리는 여전히 전기가 들어온다는 사실을 확인하고 안도의 한숨을 쉬었다. 바깥세상에 대해 들을 수 있는 방법은 라디오뿐이었다. 하지만 아직 라디오에서 방송하는 유일한 진행자인 로드니 바렛도 더 이상 새로운 소식을 알지 못했다. 그저 횡설수설할 따름이었다. 때로는 화를 내고 때로는 욕을 퍼부었다. 동료들은 그가 방송 도중에 잠에 곯아떨어진 적도 있었다고 했다. 그런데도 그들은 그 방송을 계속 들었다. 맬로리는 그 이유를 알 것 같았다. 로드니의 목소리가 조용하게 흘러나오거나 라디오를 놓아둔 식당을 채울 때면 로드니는 동료들과 바깥세상을 이어주는 유일한 고리였다.

이곳에 온 후로 맬로리는 금고 속에 갇힌 것만 같았다. 자신과 태아가 느끼는 폐소공포는 이루 다 말할 수 없었다.

그런데 그날 밤에는 동료들이 파티를 열자고 했다.

그들 여섯 명은 식당의 식탁에 둘러앉았다. 식탁 위에는 통조림과 화장지, 배터리, 양초, 담요, 지하실에서 찾은 물건들도 있었다. 럼주도 몇 병 있고 한쪽에는 펠릭스가 가져온 마리화나까지 있었다. (그는 이곳에서 똑똑한 엘리트 같은 사람들이 아니라 좀 더 히피 같은 사람들을 만날 줄 알았다고 수줍게 털어놓았다.) 아기를 생각해서 맬로리만 술과 마리화나를 하지 않았다. 이렇게 암울한 상황에서도 어떤 분위기는 전염이 되었다. 로드니 바렛이 그답지 않게 말랑말랑한 음악을 틀어주자 그곳을 짓누르는 이름 모를 두려움 속에서도 맬로리는 간간이 미소를 지었고 때로 소리 내어 웃기도 했다.

식당에는 피아노가 한 대 있었다. 그녀 방의 옷장 옆에 쌓여 있는 유머 책처럼 그 피아노도 다른 인생의 잔재인 듯 그곳과 전혀 어울리지 않았다.

그날 밤 톰이 그 피아노를 연주했다.

"이 노래의 키가 어떻게 되지? 혹시 알아?"

톰은 맞은편 식탁에 앉아 있는 펠릭스에게 땀을 뻘뻘 흘리며 고함을 쳤다.

펠릭스는 미소를 지으며 고개를 가로저었다.

"그걸 내가 어떻게 알아? 하지만 네 반주에 맞춰서 노래를 부를 수는 있어."

"제발 그러지 마."

돈이 술잔의 럼주를 한 모금 마시며 미소 띤 얼굴로 만류했다.

"부를 거야. 말리지 마. 나 정말 노래 잘 불러."

펠릭스가 웃으며 말했다.

펠릭스가 비틀거리며 자리에서 일어났다. 그는 피아노를 치는 톰과 함께 노래를 불렀다. 두 사람은 〈잇츠 드 러블리〉를 불렀다. 라디오에서는 마지막 연주 부분이 흘러나오는 중이었다. 로드니 바렛이 틀어주는 음악은 콜 포터의 노래와 조용하게 충돌했다.

"어때요, 맬로리? 여기서 살아보니 어떤 것 같아요?"

돈이 맞은편에 앉으며 말을 걸었다.

"괜찮아요. 요즘은 아기 생각을 많이 해요."

돈이 미소를 지었다. 맬로리는 그가 그런 미소를 지을 때면 오히려 슬퍼 보인다는 생각이 들었다. 돈은 여동생을 잃었다고 했다. 동료들 모두 누군가를 끔찍한 방식으로 잃었다. 셰릴의 부모님은 겁에 질려 남쪽으로 피난을 갔는데, 그 후로 소식이 끊겨졌다. 펠릭스는 혹시나 형제들을 다시 만날 수 있을까 하는 마음에 무작위로 전화를 건다. 줄스는 약혼녀였던 시드니에 대해 종종 이야기를 한다. 그는 아파트 밖 배수구에서 죽어 있는 시드니를 발견한 직후 맬로리가 보았던 그 광고를 보고 연락을 했다. 하지만 맬로리는 톰의 사연이 최악인 것 같았다. 이 비극들을 놓고 뭐가 최악인지 감히 가릴 수나 있다면 말이다.

피아노를 치고 있는 그를 보니 맬로리는 다시 마음이 아팠다.

두 사람의 노래가 끝나갈 즈음에 라디오 소리를 다시 들을 수 있었다. 로드니 바렛이 틀어준 노래도 끝이 났다. 그러자 로드니가 말을 시작했다.

"모두 라디오 좀 들어봐. 잘 들어봐. 이 사람, 평소에 비해 많이 우울해하는 것 같아."

셰릴이 모두에게 말했다. 그녀는 라디오로 다가가 그 앞에 웅크리더니 소리를 크게 키웠다.

톰은 라디오 소리에 신경 쓰지 않았다. 땀을 삐질삐질 흘리고 술잔을 홀짝이며 거슈윈의 〈아이 갓 리듬〉 첫 소절을 더듬더듬 쳤다.

돈이 셰릴의 말에 몸을 돌려 라디오를 바라보았다. 빅터를 토닥이던 줄스는 바닥에 앉아 등을 벽에 기댄 채 고개를 천천히 라디오로 돌렸다.

로드니 바렛이 말했다. 그의 목소리에 힘이 하나도 없었다.

"이 크리처들아! 우리에게서 뭘 빼앗아 간 거야? 여기서 뭘 하고 있어? 도대체 왜 이러는 거야?"

돈이 식탁에서 일어나 셰릴에게 다가가 라디오에 귀를 기울였다. 톰도 연주를 그쳤다.

"로드니가 저렇게 크리처에 대해 직접 말하는 건 처음 들어."

톰이 피아노 의자에서 일어서며 말했다.

"우리는 모두 어머니와 아버지, 형제자매를 잃었어. 아내와 남편을 잃었지. 사랑하는 이와 친구들도 잃었어. 하지만 네놈들이 우리에게서 아이들을 데려간 것만큼 가슴이 찢어지는 일이 또 있는 줄 알아? 어떻게 감히 아이에게 너를 보라고 할 수 있지?"

맬로리가 톰을 바라보았다. 그는 라디오에 귀를 기울이고 있었다. 그의 눈빛은 마치 먼 곳을 바라보는 듯했다. 그녀는 일어나 톰에게 다가갔다.

"로드니는 전에도 침울해한 적이 있었어. 하지만 이런 적은 처음이야."

셰릴이 말했다.

"맞아. 평소보다 술을 더 많이 마신 것 같아."

돈도 맞장구를 쳤다.

그때 맬로리가 톰의 옆자리에 앉으며 그를 불렀다.

"톰."

"지금 자살하려나 봐."

돈이 불쑥 말했다.

맬로리는 돈에게 닥치라고 하고 싶어 고개를 들었다. 그러다 돈이 무엇을 알아차렸는지 깨달았다. 로드니의 목소리에서 삭막할 정도로 아무 감정도 느껴지지 않았다.

"오늘 나는 네놈들에게 한 방 먹일 거야. 선수를 쳐서 빼앗겠어. 네놈들이 내게서 유일하게 남겨놓은 걸."

"오, 세상에."

셰릴이 소리쳤다.

라디오에서는 아무 소리도 나지 않았다.

"셰릴, 어서 꺼. 어서 *끄라고.*"

줄스가 소리쳤다.

그녀가 라디오를 향해 손을 뻗는 순간 스피커에서 총성이 들렸다.

셰릴이 비명을 지르고 빅터가 마구 짖었다.

"지금 무슨 일이 벌어진 거야?"

펠릭스가 멍한 눈빛으로 라디오를 보며 말했다.

"정말 저질러버렸어. 믿어지지 않아."

줄스가 멍하니 대답했다.

정적이 찾아왔다.

톰이 피아노 의자에서 일어나 라디오를 껐다. 펠릭스는 자신의 잔에 든 술을 마셨다. 줄스는 한쪽 무릎을 세우고 앉아 빅터를 진정시켰다.

바로 그때였다. 마치 방금 난 총성의 메아리처럼 현관문을 쿵 두드리는 소리가 났다.

곧장 두 번째 노크 소리가 들렸다.

펠릭스가 문 쪽으로 걸어가자 돈이 그의 팔을 잡았다.

"무턱대고 문을 열어주지 마. 정신 차려. 왜 그래?"

"문을 열려는 게 아니야!"

펠릭스가 발끈하며 팔을 잡아 뺐다.

다시 노크 소리가 들렸다. 밖에서 여자 목소리가 났다.

"아무도 안 계세요?"

그들은 미동도 않은 채 잠자코 서 있었다.

"아무나 대답해줘요."

맬로리는 자신이라도 대답하겠다는 듯 피아노 의자에서 일어나는데 톰이 먼저 대답했다.

"있어요! 여기 있어요. 누구세요?"

"올림피아! 저는 올림피아라고 해요. 들여보내주세요."

톰이 말문을 닫았다. 그는 술에 취한 듯했다.

"혼자예요?"

그가 물었다.

"네!"

"눈은 감았어요?"

"네. 감고 있어요. 무서워 죽겠어요. 제발 들여보내주세요, 네?"

톰이 돈을 보았다.

"누가 빗자루 좀 가져와."

톰이 말하자 줄스가 냉큼 달려갔다.

"우리는 새 식구를 받아들일 여유가 없을 텐데."

돈이 반대하고 나섰다.

"그걸 말이라고 해? 밖에 여자가……."

펠릭스가 냉큼 말하자 돈이 화를 내며 펠릭스의 말허리를 잘랐다.

"나도 그 정도는 알아, 펠릭스. 우리가 이 나라를 전부 먹여 살릴 수는 없잖아."

"하지만 여자가 지금 밖에 있어."

펠릭스도 단호했다.

"그리고 우리는 취했어."

돈이 말했다.

"왜 그래, 돈."

톰이 말했다.

"날 나쁜 놈으로 만들지 마. 지금 지하실에 통조림이 몇 개나 있는지 너도 잘 알잖아."

"여보세요?"

밖의 여자가 다시 말을 걸었다.

"잠시 기다려요!"

톰이 대답했다.

톰과 돈이 서로 노려보았다. 줄스가 현관으로 오더니 가져온 빗자루 중 하나를 톰에게 건넸다.

"맘대로 해. 하지만 이번 일 때문에 우리는 조만간 배를 곯게 될 거야."

돈이 마침내 말했다.

그 말에도 개의치 않고 톰이 문을 향해 돌아섰다.

"모두 눈을 감아."

맬로리는 현관의 나무 바닥을 걸어가는 그의 발소리를 들었다.

"올림피아?"

"네!"

"지금 문을 열 거예요. 내가 문을 여는 소리가 들리면 최대한 빨리 안으로 들어와요. 알겠어요?"

"네."

현관문이 열리는 소리가 들렸다. 곧이어 약간 소란스러운 소리가 났다. 맬로리는 2주 전에 동료들이 그녀를 끌어당겼듯이 지금 톰이 올림피아를 안으로 잡아당기는 모습을 상상했다. 뒤이어 문이 쾅 닫히는 소리가 났다.

"눈을 감고 있어요! 당신 주위를 만져볼 거예요. 당신을 따라 들어온 게 없는지 확인해야 하니까요."

톰이 설명했다.

빗자루가 벽과 바닥, 천장, 마지막으로 현관문을 요란하게 훑는 소리가 났다.

"좋아요. 이제 모두 눈을 뜹시다."

마침내 톰이 말했다.

눈을 뜨자 톰의 옆에는 매우 안색이 창백한 검은 머리의 예쁘장한 여자가 서 있었다.

"고마워요."

그녀는 숨을 헐떡이며 인사를 했다.

톰이 그녀에게 뭔가를 물으려고 하자 맬로리가 그의 말허리를 자르며 물었다.

"임신했어요?"

올림피아는 자신의 배를 내려다보았다. 그녀는 몸을 부들부들 떨면서 고개를 들어 끄덕였다.

"4개월이에요."

"말도 안 돼. 나도 4개월이에요."

맬로리가 그녀에게 다가가며 말했다.

"젠장."

돈이 불쑥 내뱉었다.

"저는 이 동네에 살아요. 이렇게 여러분을 놀라게 해서 정말 미안해요. 내 남편은 공군이에요. 그런데 몇 주째 아무 소식도 못 들었어요. 아무래도 죽은 것 같아요. 그러다가 여러분 소리를 들었어요. 피아노 소리요. 여기까지 걸어오는 데 얼마나 용기가 필요했는지 몰라요. 컵케이크를 좀 가져왔어요."

그곳에 있던 사람들 모두가 방금 전 들었던 끔찍한 소리의 기억이 채 가시지도 않았지만 올림피아의 순진한 모습이 어둠을 가르고 들어와 집 안을 밝혀주는 것 같았다.

"환영해요. 들어오세요."

톰은 그렇게 말했지만 맬로리는 그의 목소리에서 임신부를 둘이나 보살피게 된 상황에 대한 피로감과 중압감이 느껴졌다.

그들은 올림피아를 데리고 복도를 지나 거실로 들어갔다. 올림피아는 계단의 발치에서 숨을 헉 하고 들이쉬더니 벽에 걸린 사진 한 장을 가리키며 물었다.

"어머! 이분이 지금 여기에 계시나요?"

"아뇨. 이제 없어요. 그를 아시겠군요. 이 집의 원래 주인이었던 조지요."

톰이 대답했다.

올림피아가 말없이 고개를 끄덕였다.

"네. 그분을 자주 봤어요."

마침내 모두 거실에 모였다. 톰은 올림피아와 함께 소파에 앉았다. 맬로리는 톰이 올림피아에게 그녀의 집에 있는 물건들에 대해 차분하게 질문하는 모습을 가만히 지켜보았다. 그는 그녀가 무엇을 가져오고, 무엇을 두고 왔는지 물었다.

이 집에서 무엇을 쓸 수 있는지를.

11

　노를 젓기 시작한 지 3시간 정도 흐른 것 같다. 양팔이 타는 듯
아프다. 배 바닥에 고인 차가운 물이 자꾸 철벅거린다. 노를 강에
담글 때마다 조금씩 튀어 들어온 물이다. 조금 전 걸이 오줌이 마
렵다고 했다. 맬로리는 배에 누라고 했다. 걸의 오줌이 섞인 탓에
신발에 닿는 강물이 따뜻하게 느껴진다. 그녀는 내내 방금 지나간
배에 타고 있던 남자를 생각했다.

　'아이들은 결국 안대를 풀지 않았어. 태어나서 난생처음 살아
있는 다른 사람의 목소리를 들었는데도. 아이들은 그 남자의 말
을 듣지 않았어.'

　그랬다. 그녀가 아이들을 잘 훈련한 덕분이었다. 하지만 그런
생각을 하면 마음이 편치 않다. 아이들을 '훈련한다'는 말은 아이
들을 겁주어서 어떤 상황에서도 복종하도록 만든다는 뜻이니 말
이다. 맬로리는 어렸을 때 걸핏하면 부모님의 말을 듣지 않았다.
맬로리는 부모님이 단것을 못 먹게 하자 집으로 단것을 몰래 들여
왔다. 부모님이 집에서 공포 영화를 못 보게 하자 맬로리는 자정에

살금살금 아래층으로 내려와 TV에서 공포 영화를 보았다. 부모님이 거실 소파에서 잠을 자지 말라고 하자 아예 침대를 그곳으로 옮긴 적도 있었다. 모두 어린 시절의 치기 어린 행동이었다. 맬로리의 두 아이는 이런 걸 모른다.

맬로리는 아이들이 아기였을 때부터 잠에서 깰 때 눈을 뜨지 않도록 연습을 시켰다. 파리채를 들고 아이들의 철조망 침대를 내려다보며 기다렸다. 누구라도 잠에서 깨어 눈을 뜨기라도 하면 그녀는 파리채로 사정없이 팔을 내리쳤다. 난데없이 얻어맞은 아기들은 울음을 터트렸다. 맬로리는 상관하지 않고 몸을 숙여 아기의 눈을 감겼다. 눈을 계속 감고 있으면 맬로리는 셔츠를 올려 젖을 먹였다. 그게 상이었다.

"엄마, 방금 전에 그 아저씨는 라디오에서 노래를 부르는 아저씨였어요?"

걸이 불쑥 말을 걸었다.

걸이 말하는 아저씨란 펠릭스가 즐겨 들었던 카세트테이프에 녹음된 목소리다.

"아니야."

보이가 끼어들었다.

"그럼 누구였어요?"

걸이 다시 묻는다.

맬로리는 걸이 소리를 더 잘 들을 수 있도록 몸을 돌려 마주 향했다.

"강과 관계없는 질문은 아무것도 하지 않기로 정한 것 같은데.

이 약속을 깰 거니?"

"아뇨."

걸이 조용히 대답했다.

아이들이 세 살이 되자 맬로리는 우물에서 물을 길어오는 법을 가르쳤다. 그녀는 자신의 허리에 밧줄을 단단히 묶고 반대쪽 끝을 보이에게 묶었다. 그리고 발끝으로 길을 느끼라고 말해준 후 직접 느껴보도록 밖으로 내보냈다. 그런 상태로 서툴게 양동이를 끌어올리는 소리며, 고군분투하며 양동이를 가져오는 소리를 들었다. 아이가 양동이를 손에서 놓치는 소리를 얼마나 많이 들었던지. 그때마다 맬로리는 가서 다시 물을 떠오라고 아이를 돌려보냈다.

걸은 그 연습을 몹시 싫어했다. 우물 주위의 땅이 너무 울퉁불퉁하다고 불평했다. 풀밭 아래에 사람들이 사는 것 같다고도 했다. 그럴 때면 맬로리는 걸이 말을 들을 때까지 먹을 것을 주지 않았다.

두 아이가 아장아장 걷기 시작하자 맬로리는 아이들을 거실 양쪽에 한 명씩 앉힌 후 양탄자 위를 서성거리며 자신이 어디에 있는지 물었다. 그러면 보이와 걸이 손짓으로 가리켰다. 다음으로는 위층으로 올라갔다가 다시 내려온 후 아이들에게 물었다. "방금 엄마가 어디에 있었지?" 아이들은 그녀가 있었던 곳을 손으로 가리켰다. 아이들이 틀리면 맬로리는 큰 소리로 야단을 쳤다.

그런데 아이들은 그리 자주 틀리지 않았다. 그러더니 어느새 절대로 틀리는 법이 없게 되었다.

'톰이 이걸 보면 뭐라고 할까? 내가 이 세상에서 가장 좋은 엄

마라고 할 거야. 톰이 그렇다면 나는 그렇게 믿을 거야.'

톰이 죽자 맬로리가 의지할 사람은 자기 자신뿐이었다. 맬로리는 아이들을 방에 재워놓고 혼자 식탁에 앉아 있을 때면 어김없이 떠오르는 생각에 수도 없이 자문했다.

'나는 좋은 엄마일까? 좋은 엄마라는 게 더 이상 이 세상에 존재하기는 할까?'

이런저런 생각에 한참 골몰해 있는데 뭔가가 그녀의 무릎을 톡톡 쳤다. 그녀는 깜짝 놀랐다. 다름 아닌 보이였다. 아이가 음식 주머니를 달라고 했다. 맬로리는 상의의 주머니에서 먹을 것을 꺼내 보이에게 주었다. 오늘 아침에 꺼낼 때까지 무려 4년 하고 반년 동안 지하실에 있었던 통조림에서 꺼낸 땅콩을 작은 이로 오도독 오도독 씹어 먹는 소리가 들린다.

다음 순간 맬로리는 노 젓는 손을 멈췄다. 덥다. 너무 덥다. 마치 지금이 6월이라도 되는 듯이 땀이 뻘뻘 흐른다. 그녀는 상의를 벗어서 자신의 옆자리에 내려놓았다. 그녀의 등을 뭔가가 톡톡 두드렸다. 걸도 배가 고프다고 한다. 그녀는 두 번째 주머니를 걸에게 건네며 또다시 자문한다.

'나는 좋은 엄마일까?'

별을 보려고 고개를 들어 올릴 수도 없는데 아이들이 어떻게 저 하늘의 별처럼 원대한 꿈을 가지기를 기대할 수 있을까?

맬로리는 그 질문의 답을 도무지 알 수 없었다.

12

톰은 낡은 기타 케이스와 소파 쿠션으로 뭔가를 만드는 중이었다. 올림피아는 2층 맬로리의 옆방에서 잠들어 있었다. 톰이 맬로리에게 방을 양보했듯이 그 방을 쓰던 펠릭스도 올림피아에게 방을 양보하고 앞으로 거실의 소파를 잠자리로 쓰기로 했다. 전날 밤 톰은 올림피아가 들려준 내용을 바탕으로 그녀의 집에 있는 물품 목록을 꼼꼼하게 작성했다. 희망찬 분위기에서 시작된 대화는 사용할 수 있는 물건 몇 가지를 위험을 감수하면서까지 가져올 필요는 없다는 결론으로 끝났다. 종이와 여분의 양동이, 올림피아의 남편이 쓰던 공구 상자 같은 것들 말이다. 하지만 펠릭스는 어차피 이런 물건들이 꼭 필요해 위험을 무릅쓸 수밖에 없는 날이 오면 결국 가지러 가게 될 거라는 주장을 굽히지 않았다. 돈도 어떤 물건은 조만간 필요할 경우가 생길 것이라고 말을 보탰다. 통조림 땅콩과 참치, 파스타, 각종 조미료들 말이다. 대화의 주제가 식량으로 넘어가자 톰이 지하실에 식료품이 얼마나 남았는지 알려주었다. 언젠가는 바닥이 드러나리라는 사실에 맬로리는 불쑥 걱정이 들었다.

지금 줄스는 복도 끝에 있는 골방에서 자고 있다. 방바닥 한쪽에 깔린 매트리스가 그의 잠자리이다. 맞은편 벽에는 돈의 매트리스가 있다. 두 사람은 각자의 매트리스 사이에 높은 목제 탁자를 놓고 그 위에 소지품을 올려두었다. 빅터도 그 방에 있다. 줄스가 코를 골았다. 잔잔한 음악이 작은 카세트 라디오에서 흘러나온다. 음악이 들리는 곳은 식당으로, 그곳에서 펠릭스와 돈이 카드를 치고 있다. 셰릴은 싱크대에서 양동이에 옷을 넣어 빨래를 하는 중이었다.

맬로리는 톰과 단둘이 거실 소파에 앉아 있었다.

맬로리가 말문을 열었다.

"이 집 주인이었던 분 말이에요. 조지라고 했나요? 그분이 광고를 냈어요? 당신이 여기 왔을 때 아직 그분이 있었나요?"

자동차의 앞 유리에 보호용 덮개를 덧대고 있던 톰이 그녀의 눈을 똑바로 보았다. 전등 불빛에 그의 머리카락이 바래 보였다.

"신문에 실린 광고를 보고 여기에 제일 먼저 찾아온 사람이 바로 나였어요. 조지는 정말 대단한 분이었죠. 다른 사람들이 모두 문을 꽁꽁 걸어 잠글 때 그는 오히려 낯선 이들을 받아들였으니까요. 게다가 진취적이고 뛰어난 '아이디어맨'이었죠. 끊임없이 새로운 아이디어를 내놓았거든요. 렌즈를 통해 밖을 볼 수는 없을까? 굴절 거울은? 망원경은? 쌍안경이라면 어떨까? 이 점이 바로 그분의 뛰어난 발상이었죠. 만약 이 모든 게 눈의 문제라면 보는 방법을 달리해보면 어떨까. 혹시 우리가 사물을 보는 물리적인 방법에 변화를 주면 안 될까. 어떤 물체를 '통해' 본다면 크리처한테 아무 해도 입지 않는 건 아닐까. 그래서 조지와 나는 이 문제의 해답을 찾기 시작했어요. 조지는 그런 종류의 사람이 으레 그렇듯이 탁상 공론으로 만족하지 않았죠. 여러 가설을 현실에 적용해보고 싶어 했어요."

톰이 말하는 동안 맬로리는 계단을 따라 붙어 있는 사진 속 얼굴을 떠올렸다.

"돈이 이곳에 온 날 밤이었어요. 우리 세 사람은 부엌에서 라디오를 듣고 있었죠. 그런데 조지가 이 모든 상황을 초래한 것은 '생명'의 다양성일지도 모른다는 말을 꺼내더군요. MSNBC에서도 그런 가설을 내놓은 적이 있었죠. 조지는《가능한 불가능들》이라는 오래된 책에서 아이디어를 얻었다고 했어요. 양립할 수 없는 생명체에 관한 이야기였죠. 성분이 완전히 이질적인 두 세계가 교차하게 되면 서로에게 해를 미칠 수도 있다는 내용이었어요. 조지는 이런 식으로 상황을 설명했죠. 다른 생명체가 어떤 식으로든 이곳에 올 수 있다면 어떨까. 그래서 그것들이 의도적이든 아니든 이곳을 여행하는 방법을 알아냈다면 말이에요. 나는 그 이야기가 마음에 들었어요. 하지만 돈은 달랐죠. 그 무렵 돈은 인터넷에 붙어살았어요. 인터넷에서 온갖 화학물질이나 감마파 같은 육안으로 보이지 않는 것들을 조사했어요. 우리가 그것을 본다는 인식조차 없이 보기 때문에 자신도 모르게 해를 입을 수 있는 것들 말이에요. 돈은 조지와 내가 엉터리 같은 생각을 한다며 나무랐어요. 조지는 열정적이었죠. 당신이 봤다면 화를 낸다고 생각했을지도 몰라요. 하지만 조지는 일단 어떤 생각을 하면 아무리 위험해도 직접 실험을 해봐야 직성이 풀리는 사람이었어요."

"펠릭스와 줄스가 합류했을 즈음 조지는 굴절된 시야에 대한 자신의 가설을 확인할 준비를 시작했어요. 나는 조지가 인터넷에서 찾아낸 자료라면 빠짐없이 다 읽었어요. 시력이 뭔지, 눈이 어떻게 사물을 보는지, 착시 현상과 굴절된 빛이 무엇인지, 망원경은 어떻게 작동하는지. 시각에 관한 자료가 있는 사이트를 수도 없이 들락거렸어요. 이 주제에 대해 끊임없이 이야기를 나눴죠. 돈과 펠릭스, 줄스가 잠이 들면 나는 조지와 함께 식탁에 앉아 설계도를 그렸어요. 한번은 조지가 부엌을 서성거리다가 우뚝 멈춰서더니 나를 돌아보며 이렇게 묻더군요. '희생자들 가운데 안경을 쓴 사람이 있었을까? 만약 닫아놓은 유리창이 우리를 보호해줄 수 있다면, 특정한 각도를 적용하면 어떨까?' 그런 식으로 시작된 이야기가 1시간씩 이어지곤 했어요."

"우리는 뉴스를 빠짐없이 확인했어요. 사람들이 자신을 보호할 수 있는 방법을 찾는 데 도움이 될 만한 다른 실마리나 새로운 정보를 혹시라도 발견할 수 있을까 싶어서요. 하지만 어느새 뉴스에서는 같은 소식이 반복적으로 나오더군요. 조지는 점점 초조해했어요. 자신의 '대체 시각' 이론을 테스트해보자는 이야기를 하면 할수록 직접 실행에 옮기겠다는 마음도 커졌죠. 나는 겁이 났어요, 맬로리. 하지만 조지는 가라앉는 배의 선장 같더군요. 죽음을 두려워하지 않았죠. 그의 가설을 입증할 수 있다면 어떻겠어요? 사상 최악의 전염병으로부터 이 세상을 치료하는 데 힘이 될 수 있다는 말이잖아요."

톰이 이런 이야기를 하는 동안 불빛은 그의 푸른 눈동자에서 너울너울 춤을 추었다.

"조지는 무엇으로 테스트를 했나요?"

"비디오카메라요. 2층에 한 대가 있었거든요. 오래된 VHS 카메라였어요. 그는 우리에게 아무 말도 없이 실험을 했어요. 어느 날 밤 그는 카메라를 식당에 걸어놓은 담요 뒤에 설치했어요. 다음 날 아침 내가 제일 먼저 일어났는데, 조지가 식당 바닥에 누워 자고 있더군요. 내가 온 소리를 듣고 잠에서 깬 조지가 카메라로 허둥지둥 달려갔어요. '톰. 내가 해냈어. 5시간 동안 촬영을 했다고. 여기 있어. 바로 여기, 이 카메라 안에. 이 현상을 치료할 수 있을지도 몰라. 간접 시각인 필름으로 말이야. 우리 모두 이 영상을 봐야 해.'"

"나는 좋은 생각이 아닌 것 같다고 했어요. 고작 5시간 동안 카메라를 돌렸다고 뭐가 찍혔을 거라는 생각도 들지 않았고요. 그랬더니 우리에게 자신의 계획을 들려주더군요. 2층에 있는 방에서 그 영상을 보겠다는 거예요. 그리고 자신을 의자에 꼭 묶어달라고 하더군요. 의자에 몸을 묶은 채 영상을 본다면 최악의 경우에 자해는 못 할 테니까요. 돈은 불같이 화를 냈어요. 모두를 위험에 빠트릴 거라 했죠. 우리가 지금 어떤 존재를 상대하고 있는지 아무것도 모르는 데다 그 영상으로 조지에게 무슨 일이 생긴다면 나머지 사람들도 무사하겠냐고도 했어요. 맞는 말이었죠. 반면 펠릭스와 나는 조지의 계획을 반대하지 않았어요. 결국 우리는 투표를 했고 유일하게 돈만이 조지의 계획을 반대했죠. 이 집에서 나가겠다는 말까지 하더군요. 우리는 돈을 설득해서 남게 했어요. 급기야 조지는 자기 집에서 자신이 무슨 짓을 하든 다른 사람에게 허락받을 필요는 없다는 말까지 해버렸고요. 그래서 내가 그랬어요. 의자에 묶어주겠다고."

"정말 묶었어요?"

"네."

톰의 시선이 양탄자 위를 한참 동안 머물렀다.

"처음에 조지는 숨을 헉 하고 들이쉬더군요. 마치 목에 뭔가가 걸린 것처럼요. 처음 2시간 동안은 아무 소리도 나지 않았어요. 그러더니 우리를 부르기 시작했죠. '톰! 야, 이 자식아. 얼른 올라와. 여기로 오라고!' 그는 낄낄거리더니 비명을 지르고 울부짖기 시작했어요. 개처럼 짖기도 했죠. 의자를 바닥에 세게 내리치는 소리도 들렸어요. 상스러운 욕설도 계속 들렸어요. 줄스가 당장 그에게 달려가려고 했지만 내가 팔을 잡고 만류했어요. 그가 발악하는 소리를 참고 듣는 것 외에 우리가 할 수 있는 일은 없었으니까요. 우리는 그 소리를 고스란히 다 들었어요. 마침내 의자가 부서지는 소리가 나면서 비명이 뚝 그쳤죠. 우리는 기다렸어요. 한참을 기다렸죠. 마침내 모두 함께 2층으로 올라갔어요. 일단 안대를 한 후에 비디오부터 끄고 안대를 풀었죠. 그제야 조지가 무슨 짓을 했는지 눈에 들어오더군요. 자신의 몸을 묶은 밧줄을 어찌나 세게 잡아당겼던지 밧줄이 근육을 뚫고 뼈에 닿아 있었어요. 온몸이 케이크에 설탕을 입힌 것 같았어요. 가슴과 배, 목, 손목과 다리를

120

묶은 밧줄 위로 피와 피부가 겹겹이 흘러내려 있었거든요. 펠릭스는 그 모습을 보자마자 구토를 했어요. 돈과 나는 조지 옆에 무릎을 꿇고 시신을 수습하기 시작했죠. 작업이 다 끝나자 돈이 테이프를 태워버려야 한다고 하더군요. 그래서 태워버렸어요. 그것이 타는 모습을 보고 있으니 우리가 처음으로 만든 가설이 이렇게 재가 되는구나 싶었어요. 어떤 프리즘을 통해 보더라도 우리는 무사할 수 없을 거예요."

맬로리는 아무 말도 하지 않았다.

"그런데 그거 알아요? 조지는 옳았어요. 어떤 점에서는요. 조지는 뉴스에서 사실을 보도하기 오래전부터 미지의 크리처가 있을 거라고 생각했거든요. 그는 성공했을지도 몰라요. 그가 다른 방향으로 가설을 발전시켰다면 이 세상을 바꿀 수 있었을지도 몰라요."

톰이 눈물을 글썽이며 물었다.

"그 이야기에서 내가 제일 걱정스러운 게 뭔지 알아요, 맬로리?"

"뭐죠?"

"카메라는 고작 5시간 동안 켜져 있었어요. 그런데도 카메라에는 그것이 찍혔죠. 저 밖에는 그런 것들이 얼마나 많을까요?"

맬로리는 창문을 덮고 있는 담요를 하나씩 바라보았다. 그리고 다시 톰으로 시선을 돌렸다. 그는 자동차 앞 유리로 만들고 있던 방패를 마무리하느라 여념이 없었다. 식당에서는 여전히 잔잔한 음악이 흘러나왔다.

그때 손에 들고 있던 물건을 들어 올리며 톰이 말했다.

"이런 것이 도움이 되면 좋겠어요. 조지가 그렇게 죽었다고 가만히 있을 수는 없어요. 그 일로 돈이 깊은 상처를 받았을 거라는 생각이 들어요. 확실히 그 사건에 영향을 받았을 거예요."

톰이 자리에서 일어나 커다란 방패를 앞으로 들었다. 바로 그때 뭔가 뚝 끊어지는 소리가 나더니 방금 완성한 방패가 부서져 그의 발치로 와르르 떨어졌다.

그는 맬로리를 돌아보며 말했다.

"가만히 있을 수는 없어요."

13

펠릭스는 우물로 난 길을 따라 걷고 있었다. 집에 있는 양동이 여섯 개 중 하나를 오른손에 들고 있다. 나무 양동이로 검은색 철제 손잡이를 보면 꽤 낡은 것 같다. 다른 양동이들보다 무겁기도 했다. 하지만 펠릭스는 상관없었다. 오히려 그 점이 더 좋았다. 그 양동이를 들고 있으면 땅에 단단히 붙어 있을 수 있으니까. 그는 그렇게 말하곤 했다.

허리에는 밧줄이 묶여 있다. 밧줄의 반대쪽은 집의 뒷문 바로 밖에 있는 쇠기둥에 묶여 있다. 길이가 여유로워 땅에 늘어져 있는 탓에 밧줄이 다리와 구두에 자꾸 쓸렸다. 그는 혹시라도 밧줄에 걸려 넘어질까 걱정스러워 왼손으로 밧줄을 들고 몸에서 멀찌감치 떨어뜨렸다. 그는 안대를 하고 있었다. 하지만 우물까지 난 길의 가장자리에 낡은 액자 조각들을 박아놓아 길에서 너무 멀리 벗어나지 않았는지 확인할 수 있었다.

"이거 꼭 오퍼레이션 게임 같지 않아? 그 게임 기억해? 내 발가락이 나무 조각을 건드릴 때마다 어디선가 버저 소리가 들리는 것 같아."

펠릭스가 안대를 하고 기둥 옆에서 대기하고 있는 줄스에게 소리쳐 말했다.

펠릭스가 우물을 향해 출발한 후로 줄스는 계속 이런저런 이야기를 했다. 그게 그들이 물을 긷는 방식이었다. 한 명이 물을 뜨러 가면 나머지 한 명이 계속 말을 해서 집에서 얼마나 멀리 떨어져 있는지 짐작할 수 있게 했다. 줄스는 특별한 말을 하지 않는다. 그가 대학에서 딴 학점을 줄줄 외우고 대학을 졸업한 후 전전했던 직장 세 곳도 말했다. 펠릭스가 있는 곳에서는 단어가 드문드문 들렸다. 그래도 상관없다. 줄스가 무슨 말이든 계속하는 한 펠릭스는 망망대해에 홀로 있는 느낌을 덜 수 있으니 말이다.

물론 그런 느낌이 크게 줄지는 않았지만.

펠릭스는 우물가에 도착하자마자 우물에 쾅 부딪혔다. 조약돌을 깔아놓은 가장자리에 허벅지가 찔렸다. 펠릭스는 천천히 걸어와도 이렇게 아픈데 무턱대고 달려오면 상처를 입을 수도 있었겠다 싶어서 간이 철렁했다.

"우물에 다 왔어, 줄스! 지금 양동이를 묶는 중이야."

펠릭스를 기다리는 사람은 줄스만이 아니다. 꼭 닫힌 뒷문 뒤에는 셰릴도 있다. 그녀는 주방에서 문을 통해 밖에서 나는 소리에 귀를 기울였다. 밖에서 뭔가 잘못될 경우를 대비해 주방에는 누구든 대기를 한다. 그녀는 오늘의 '안전망'인 자신이 나설 일이 없기만 바랐다.

입을 쩍 벌리고 있는 우물 위로 나무로 만든 가로대가 있고 그

가로대의 양쪽 끝에는 쇠갈고리가 달려 있다. 이 갈고리 때문에 펠릭스는 우물에 올 때마다 나무 양동이를 가져온다. 갈고리에 꼭 맞는 양동이는 그것뿐이기 때문이다. 그는 가로대의 밧줄을 양동이에 묶었다. 단단히 묶고 나면 핸들을 돌려 밧줄이 최대한 팽팽하게 당겨지도록 했다. 양손이 자유롭게 되자 손을 청바지에 문질러 닦았다.

바로 그때 뭔가가 움직이는 기척이 느껴졌다.

그는 고개를 재빨리 돌리며 얼굴 앞으로 양손을 올렸다. 하지만 아무 일도 일어나지 않았다. 아무것도 그를 덮치지 않았다. 뒷문에서 줄스가 하는 말이 여전히 들렸다. 뭔가 고치는 이야기를 하는 걸 보면 정비사로 일했던 시절에 대해 말하는 것 같다.

펠릭스는 가만히 기척을 살폈다.

거칠게 숨을 몰아쉬며 아까와 반대 방향으로 핸들을 돌렸다. 물론 귀를 마당 쪽으로 향하게 고개를 돌리는 것도 잊지 않았다. 양동이를 갈고리에서 빼내자 밧줄이 헐거워져 우물 위로 덜렁거리며 걸렸다. 그는 가만히 기척을 살폈다. 그때 줄스가 그에게 소리쳤다.

"별일 없어, 펠릭스?"

펠릭스는 좀 더 기척을 살핀 후 비로소 대답을 했다. 대답을 하는 순간 목소리 때문에 자신의 위치가 고스란히 드러나는 듯한 기분이 들었다.

"괜찮아. 무슨 소리를 들은 것 같아."

"뭐라고?"

"무슨 소리를 들은 것 같다고! 지금 물 길어 갈게."

펠릭스는 핸들을 돌려 양동이를 내렸다. 우물 안쪽 벽에 양동이가 부딪히는 소리가 들렸다. 우물 안에서 텅 하고 메아리가 울렸다. 양동이가 수면에 닿으려면 핸들을 스무 번가량 돌려야 했다. 그는 숫자를 세기 시작했다.

"열하나, 열둘, 열셋⋯⋯."

열아홉까지 세었을 때 우물 아래에서 철썩하는 소리가 났다. 그는 물이 가득 찼다고 생각이 되자 양동이를 끌어올리기 시작했다. 양동이를 다시 갈고리에 잘 걸고 밧줄을 푼 후 몸을 돌려 줄스를 향해 걷기 시작했다.

이런 작업을 두 번 더 해야 한다.

"첫 번째 양동이 가지고 가."

펠릭스가 소리쳤다.

줄스는 아직도 자동차 고치는 이야기를 하고 있다. 펠릭스가 다가가자 줄스가 그의 어깨를 만졌다. 평소대로라면 이때 쇠기둥에서 기다리던 사람이 뒷문을 두드려 안에서 대기하는 사람에게 양동이를 가지고 들어가라고 신호를 보낸다. 하지만 오늘따라 줄스는 선뜻 문을 두드리려 하지 않았다. 대신 이렇게 물었다.

"거기서 무슨 소리를 들었어?"

펠릭스가 무거운 양동이를 든 채 잠시 생각을 해보더니 대답했다.

"사슴 소리였을 거야. 나도 잘 모르겠어."

"숲에서 들렸어?"

"어디서 난 소리인지도 모르겠어."

줄스가 이내 입을 다물었다. 그때 펠릭스는 줄스가 움직이는 소리를 들었다.

"우리밖에 없는지 확인해보려는 거야?"

"응."

줄스는 원하는 만큼 주위를 살핀 후에야 비로소 뒷문을 두 번 두드리더니 펠릭스의 손에서 양동이를 받아 들었다. 셰릴이 문을 재빨리 열자 줄스가 양동이를 넘겼다. 순식간에 문이 닫혔다.

"두 번째 양동이야."

줄스가 펠릭스에게 양동이를 건네며 말했다.

펠릭스는 다시 우물로 향했다. 이번 양동이는 금속 재질이다. 집에는 이런 양동이 세 개가 있다. 양동이 안에는 무거운 돌멩이 두 개를 넣어둔다. 양동이가 물속으로 들어갈 정도로 무겁지 않다며 톰이 넣어둔 것이다. 덕분에 무거워지기는 했어도 나무 양동이만큼은 아니다. 줄스가 다시 떠들기 시작했다. 이번에는 전에도 들은 적이 있는, 개를 키우는 이야기이다. 줄스는 예전에 하얀 래브라도 리트리버를 키웠다. 이름이 셰릴였는데, 줄스는 지금껏 본 가장 소심한 개였다고 했다. 발이 땅에 박힌 나무를 건드리자 펠릭스는 휘청했다. 너무 급하게 걸은 탓이다. 펠릭스는 그렇게 생각해서 일부러 발걸음을 늦추었다. 이번에는 우물이 가까워지자 손을 뻗어 우물의 위치를 가늠했다. 우물 가장자리에 양동이를 내려놓고 가로대의 밧줄을 손잡이에 묶었다.

무슨 소리가 들렸다. 또다시 말이다. 저 멀리 숲에서 펑 하는 소리가 난 것 같았다.

펠릭스가 몸을 홱 돌리는 순간 실수로 우물 가장자리에 둔 양동이를 치고 말았다. 양동이가 우물 속으로 떨어지면서 핸들이 마구 돌아갔다. 잠시 후 양동이가 물 위로 요란하게 떨어졌다. 금속이 돌과 충돌하는 소리가 무시무시하게 울렸다. 줄스가 그를 소리쳐 불렀다. 펠릭스는 겁에 질린 채 사방으로 고개를 두리번거렸다. 완전 무방비 상태가 된 것 같았다. 이번에도 소리의 진원지는 오리무중이었다. 그는 숨을 거칠게 몰아쉬며 기척을 살폈다. 우물 쪽으로 몸을 기울인 채 잠시 기다렸다.

바람에 나뭇잎이 바스락거린다.

그뿐이다.

"펠릭스?"

"양동이를 우물에 빠트렸어!"

"밧줄은 묶었고?"

그는 아무 말도 하지 않았다.

펠릭스는 초조하게 우물로 몸을 돌렸다. 가로대의 밧줄을 잡아당겨보니 다행히 빠트리기 전에 밧줄을 묶어둔 상태였다. 그는 다시 밧줄을 손에서 놓았다. 그는 마당 다른 쪽으로 몸을 돌린 채 잠시 가만히 있었다. 그러더니 두 번째 양동이를 끌어올리기 시작했다.

집으로 되돌아가는데 줄스가 질문을 했다.

"정말 괜찮은 거야, 펠릭스?"

"그래."

"방금 양동이를 떨어트렸어?"

"그래. 내가 모르고 쳐서 우물로 떨어졌어. 또 무슨 소리가 들린 것 같았거든."

"무슨 소리? 나뭇가지 부러지는 소리?"

"아니. 맞아. 그럴지도 몰라. 잘 모르겠어."

펠릭스가 도착하자 줄스가 양동이를 냉큼 받아 들었다.

"오늘 작업을 계속할 수 있겠어?"

"벌써 두 번이나 다녀왔잖아. 괜찮아. 그저 저기서 소리를 들은 것뿐이야, 줄스."

"이번에는 내가 갈까?"

"아냐. 내가 할 수 있어."

줄스가 뒷문을 두드렸다. 셰릴이 문을 열고 양동이를 받은 후 줄스에게 세 번째 양동이를 건넸다.

"두 사람 괜찮아?"

그녀가 물었다.

"그래. 괜찮아."

펠릭스가 대답했다.

셰릴이 문을 닫았다.

"여기 있어. 내가 필요하면 말해. 이 사실을 명심해. 너는 밧줄로 잘 묶여 있다는 걸."

그러면서 줄스는 밧줄을 잡아당겼다.

"알았어."

펠릭스는 세 번째로 우물로 향하면서 이번에는 서두르지 말자고 다짐을 했다. 왜 저절로 발걸음이 빨라지는지 물어볼 필요도 없었다. 집으로 얼른 들어가고 싶었다. 줄스와 얼굴을 마주 볼 수 있고 창문이 죄다 담요로 가려져서 더 안전한 기분이 드는 집으로. 신경을 썼지만 여전히 생각보다 빨리 우물에 도착했다. 그는 천천히 가로대의 밧줄에 양동이의 손잡이를 묶었다. 그리고 잠시 손을 멈췄다.

아직까지는 그의 몸을 묶은 밧줄의 반대편에서 들리는 줄스의 목소리 외에는 아무 소리도 들리지 않는다.

온 세상이 비정상적일 정도로 고요하다.

마침내 핸들을 돌렸다.

"하나, 둘……."

줄스가 말을 하고 있다. 그 소리가 저 멀리서 들렸다. 너무 먼 곳에서.

"……여섯, 일곱……."

줄스의 목소리에 흥분한 기색이 느껴진다. 왜 흥분한 기색일까? 혹시?

"……열, 열하나……."

안대 속으로 땀이 흥건하다. 땀방울이 그의 콧날을 타고 내려왔다.

'우리는 곧 집으로 들어갈 거야. 이번 양동이만 물을 가득 채우면.'

펠릭스는 필사적으로 이 생각만 했다.

그런데 또 무슨 소리가 들렸다. 벌써 세 번째다.

이번에는 소리의 진원지가 어딘지 금세 알 수 있었다.

바로 우물 속이었다.

그는 잡고 있던 핸들을 놓고 뒤로 물러났다. 양동이가 우물 벽에 요란하게 부딪히며 떨어지더니 물에 풍덩 빠졌다.

'뭔가가 움직였어. 뭔가가 물속에서 움직였다고.'

문득 오싹했다. 너무 추웠다. 몸이 벌벌 떨렸다.

'뭔가가 물속에서 움직였을까?'

줄스가 소리쳐 불렀지만 그는 감히 대답할 수 없었다. 아무 소리도 내고 싶지 않았다.

잠시 기다렸다. 시간이 흐를수록 점점 더 무서워질 뿐이었다. 침묵이 점점 더 큰 소리를 내는 것 같았다. 듣고 싶지 않은 소리를 금방이라도 듣게 될 것만 같았다. 아무리 기다려도 아무 소리도 나지 않자 그는 자신이 잘못 들은 게 분명하다고 생각했다. 우물에 뭔가가 있었을 수도 있다. 하지만 같은 원리로 강물 속에도 뭔가가 있을 수 있다. 아니면 숲속이나 풀밭에도 말이다.

집 밖이라면 그것은 '어디든' 출몰할 수 있었다.

그는 다시 우물로 다가갔다. 밧줄로 손을 뻗기 전에 먼저 우물의 가장자리부터 만졌다. 손가락 끝으로 가장자리를 죽 훑어보았다. 우물이 어느 정도 크기인지 가늠할 수 있었다.

'내가 우물 안으로 들어갈 수 있을까? 다른 사람이 들어갈 수도 있을까?'

눈을 가린 채로는 가늠할 수 없었다. 그는 양동이를 그대로 두고 갈 작정으로 집으로 돌아섰다. 하지만 이내 다시 우물로 몸을 돌린 채 핸들을 빠르게 돌리기 시작했다.

'방금 무슨 소리를 들었어. 미쳐버릴지도 몰라. 어서 끌어올려서 집으로 돌아가자. 당장.'

그런데 펠릭스는 핸들을 돌리자 도저히 걷잡을 수 없는 두려움이 자신을 덮쳐오는 기분이 들었다. 평소 양동이에 물을 길어 올릴 때 느껴지는 무게감에 비해 조금도 무겁지 않았기 때문이다.

'무겁지 않아! 양동이를 끌어올려서 얼른 안으로 들어가자! 당장!'

하지만 펠릭스는 마음과 달리 양동이가 우물 입구까지 다 올라오자 딱 멈췄다. 그리고 천천히 한 손을 양동이로 뻗었다. 손이 벌벌 떨렸다. 손끝이 물기가 남아 있는 양동이의 가장자리에 닿는 순간 그는 침을 꿀꺽 삼켰다. 그는 핸들을 고정했다. 그리고 한 손을 양동이에 집어넣었다.

"펠릭스!"

줄스가 소리쳤다.

양동이에 넣은 손에는 물밖에 느껴지지 않았다.

'봐. 내가 상상한……'

바로 그때 뒤에서 축축한 발이 풀밭을 밟는 소리가 났다.

펠릭스는 양동이를 내동댕이친 채 그대로 달렸다.

그러다가 넘어졌다.

'일어서.'

그는 일어나서 다시 달렸다.

줄스가 그를 소리쳐 불렀다. 그도 줄스를 불렀다.

다시 넘어졌다.

'일어나. 일어나라고.'

그는 일어나 다시 달렸다.

줄스의 양손이 그를 붙잡았다.

뒷문이 열렸다. 누군가의 손이 그를 붙잡았다. 마침내 집으로 들어갔다. 모두가 동시에 떠들었다. 돈이 소리쳤다. 셰릴도 소리쳤다. 톰은 모두에게 조용히 하라고 소리쳤다. 뒷문이 닫혔다. 올림피아가 무슨 일이냐고 물었다. 셰릴이 그녀에게 상황을 설명했다. 톰이 모두에게 눈을 감으라고 했다. 모두 펠릭스를 만지기 시작했다. 줄스가 모두에게 조용히 하라고 소리쳤다.

모두 입을 다물었다.

그러자 톰이 조용히 말문을 열었다.

"돈, 뒷문을 조사했어?"

"제기랄, 제대로 했는지 어쨌는지 내가 어떻게 알아?"

"그냥 했냐고 묻는 거잖아?"

"했어. 그래, 했다고."

그러자 톰이 말했다.

"펠릭스, 무슨 일이야?"

펠릭스는 모든 걸 말했다. 아무리 사소한 거라도 모두 털어놓았다. 톰이 마지막에 무슨 일이 일어났는지 다시 말해달라고 했다. 그는 뒷문에서 일어난 일에 대해 더 관심이 많았다. 그가 안으로 들어오기 직전과 들어올 때의 상황을 말이다. 펠릭스가 다시 한 번 이야기를 했다.

톰이 다시 말했다.

"알았어. 나는 이제 눈을 뜰 거야."

맬로리는 일순 긴장했다.

"괜찮아. 아무 일 없어."

마침내 톰이 말했다.

그 말에 맬로리도 눈을 떴다. 조리대 위에는 우물에서 길은 물이 담긴 양동이 두 개가 있었다. 펠릭스는 여전히 안대를 한 채 뒷문 옆에 서 있고 줄스는 안대를 푸는 중이었다.

"문을 잠가."

톰이 말했다.

"잠갔어."

셰릴이 대꾸했다.

"줄스, 식당에서 의자를 몇 개 가져와서 문 앞에 쌓아둬. 식당의 창문은 식탁으로 가리고."

그때 올림피아가 끼어들었다.

"톰. 자꾸 그러니까 무섭잖아요."

"돈, 나랑 같이 가. 진열장으로 현관문을 막자. 펠릭스와 셰릴은 거실 소파의 방향을 반대로 돌려서 창문 하나를 막아. 나머지 창문들을 막을 만한 건 내가 찾아볼게."

톰이 모두에게 지시를 내렸다.

사람들이 톰을 뚫어져라 바라보았다.

그러자 그가 초조한 듯 말했다.

"왜 보고만 있어. 어서 움직여!"

모두들 맡은 일을 하기 위해 집 안 곳곳으로 흩어지는데 맬로리가 톰의 팔을 건드렸다.

"왜요?"

"올림피아와 나도 도울게요. 우리는 임신한 거지 장애로 몸이 불편한 게 아니잖아요. 2층 창문은 우리가 매트리스로 가릴게요."

"좋아요. 안대를 하고 해요. 그 어느 때보다 조심하고요."

그 말을 끝으로 톰은 부엌을 나갔다. 맬로리와 올림피아가 거실을 지나가는데 돈은 벌써 그곳에서 소파를 움직이고 있었다. 2층으로 올라온 두 사람은 먼저 맬로리의 매트리스를 담요로 막아놓은 창문 앞에 조심스럽게 세웠다. 셰릴의 방으로 가서도 똑같은 작업을 했다.

작업을 끝내고 아래층으로 와보니 문과 창문을 모두 가구로 막아놓은 상태였다.

나머지 사람들은 거실에 옹기종기 모여 서 있었다.

올림피아가 톰에게 물었다.

"톰. 밖에 뭔가가 있어요?"

톰은 잠시 망설이다 대답을 했다. 맬로리는 올림피아의 눈에서 두려움보다 더 깊은 것을 보았다. 그녀도 같은 것을 느꼈다.

"아마도요."

톰이 창문으로 시선을 돌렸다.

"하지만 사슴……일 수도 있잖아요. 안 그래요? 사슴이 아닐 수도 있을까요?"

"모르죠."

사람들은 한 명씩 양탄자를 깐 거실 바닥에 주저앉았다. 어깨를 나란히 하거나 등을 맞댄 채 자리를 잡았다. 창문 하나는 소파가 막고 있고 다른 창문은 식탁 의자들로 막아놓은 휑한 거실 한복판에 모두 말없이 앉아 있었다.

  그리고 가만히 귀를 기울였다.

14

노를 저을 때마다 차가운 강물이 맬로리의 바지 위로 들이친다. 차가운 물이 닿을 때마다 강물에 있는 크리처가 양손으로 물을 떠서 퍼부으며 도망치려 발버둥치는 그녀를 비웃는 것만 같다. 몸이 벌벌 떨린다.

문득 올림피아의 육아서에서 많은 것을 배웠다는 사실이 떠올랐다. 하지만《마침내…… 아기가 태어났어요!》라는 제목의 그 책에서 정말 그녀의 가슴에 와 닿은 문장은 이 한 줄이었다.

"당신의 아기는 당신이 생각하는 것보다 더 똑똑하다."

맬로리는 처음에 그 말을 받아들이기 위해 무척 애를 써야 했다. 새 세상에서 아기들은 눈을 감은 채 잠에서 깨는 훈련을 받아야 했다. 아이들은 자라면서 늘 겁을 내도록 배웠다. 아이들의 머리에는 미지의 것이 들어설 자리가 없었다. 그런데도 보이와 걸은 종종 맬로리를 깜짝 놀라게 했다.

한번은 이런 일이 있었다. 맬로리가 2층 복도에 널려 있는 아이들의 장난감을 치운 후 내려와 거실로 들어갔다. 그런데 1층 복도 끝 방에서 뭔가가 움직이는 소리가 들리는 게 아닌가.

그녀는 아이들부터 불렀다.

"보이? 걸?"

그때 아이들은 자기 방에 있을 터였다. 아이들을 침대에 뉘인 후 그 위로 철조망 덮개를 고정해두고 나온 지 1시간도 되지 않았기 때문이다.

맬로리는 눈을 꼭 감고 복도를 따라 걷기 시작했다.

방금 난 소리의 정체는 알고 있었다. 집 안에 있는 물건들의 위치를 하나도 빠짐없이 다 알기 때문이다. 방금 난 소리는 예전에 돈과 줄스가 썼던 방의 탁자 위에 있던 책이 떨어지는 소리였다.

아이들 방문 앞에서 맬로리는 발걸음을 멈췄다. 안에서는 쌕쌕 숨 쉬는 소리가 들렸다.

아무도 쓰지 않는 방에서 또다시 뭔가가 쿵 하고 떨어지는 소리가 났다. 맬로리는 헉 하고 숨을 들이쉬었다. 바로 옆에 욕실이 있었다. 아이들은 안전하게 자고 있으니 재빨리 욕실로 들어가면 그녀는 자신을 지킬 수 있었다.

눈을 감은 채 그녀는 양팔을 얼굴 앞으로 들고 재빨리 움직였다. 그러다가 벽에 쿵 하고 부딪히며 욕실 문을 찾았다. 들어가자마자 세면대에 엉덩이를 세게 부딪쳤다. 미친 듯이 벽을 더듬으며 그곳에 걸린 타월을 찾았다. 그녀는 타월로 눈을 단단히 가렸다. 두 번이나 묶었다. 그런 후에야 열린 문 뒤에서 찾던 물건을 손에 넣었다.

정원용 도끼였다.

눈을 가리고 도끼로 무장한 채 그녀는 욕실을 나왔다. 양손으로 도끼 자루를 부러져라 잡고는 항상 닫혀 있는 방문을 향해 조금씩 나아갔다. 아니나 다를까, 그 문은 열려 있었다.

그녀는 주춤주춤 안으로 들어갔다.

눈을 가린 채 눈높이에서 도끼를 마구 휘둘렀다. 도끼가 나무 벽에 박히고 자잘한 나뭇조각이 사방으로 튀자 절로 비명이 터져 나왔다. 그녀는 몸을 돌려 다시 도끼를 휘둘렀다. 이번에는 도끼가 반대편 벽을 찍었다.

"나가! 내 아이들을 건드리지 마!"

그녀는 숨을 몰아쉬며 잠시 기다렸다.

대답을. 기척을. 뭐든 그곳에 있던 책을 떨어뜨린 것을.

바로 그때 발치에서 아이가 훌쩍이는 소리가 들렸다. 보이였다.

"보이?"

맬로리는 기겁을 하며 무릎을 꿇고 더듬거리며 아이를 찾았다. 타월을 내리고 눈을 번쩍 떴다.

아이는 조막만 한 손으로 줄자를 쥐고 있었다. 그 옆으로 책이 몇 권 떨어져 있었다.

맬로리는 아이를 안고 아이들 방으로 갔다. 가보니 침대를 덮어놓은 철조망이 들려 있었다. 그녀는 보이를 침대 옆 바닥에 내려놓았다. 그리고 철조망을 고정한 후 아이에게 열어보라고 했다. 보이는 그녀를 가만히 보기만 했다. 그녀는 작은 자물쇠를 만지작거리며 이걸 어떻게 여는지 보여달라고 했다. 그러자 보이는 정말 자물쇠를 열었다.

맬로리는 아이를 찰싹 때렸다.

《마침내…… 아기가 태어났어요!》

그녀는 올림피아의 육아서를 떠올렸다. 이제 자기 것이 된 그 책을.

애써 무시해버리려고 했던 그 문장이 새삼 마음에 와 닿았다.

"당신의 아기는 당신이 생각하는 것보다 더 똑똑하다."

이 문장만 생각하면 덜컥 걱정이 앞섰다. 하지만 아이들의 귀를 길잡이 삼아 배를 저어가는 지금, 그녀는 그 문장이 사실이기만을 빌었다. 아이들이 강을 따라 한참을 가다 보면 그들 앞에 나타날지 모르는 것에 그 누구보다 더 잘 대비가 되어 있기만을 간절히 바랐다.

그랬다. 그녀는 저 앞에 무엇이 있든 그것보다 아이들이 더 똑똑하기를 바랐다.

15

"난 저 물을 마시지 않을 거예요."

맬로리가 말했다.

사람들은 모두 지친 상태였다. 그들은 거실에 한데 모여 바닥에서 잠을 잤지만 아무도 오래 눈을 붙이지 못했다.

"물을 안 마시고 며칠씩 어떻게 버텨요. 아기를 생각해요."

톰이 그녀를 달랬다.

"아기를 생각해서 이러는 거예요."

부엌의 조리대 위에는 펠릭스가 길어 온 물 두 양동이가 손끝 하나 대지 않은 채 그대로 남아 있었다. 사람들은 바싹 말라붙은 입술을 혀로 핥았다. 꼬박 24시간이 지났다. 이 시간이 더 길어질지도 모른다는 예감이 모두의 마음을 무겁게 짓눌렀다.

모두 목이 말랐다.

"강물은 못 마셔?"

펠릭스가 물었다.

"세균은 어쩌고."

돈이 말했다.

"그건 물이 얼마나 차갑고, 얼마나 깊고, 얼마나 유속이 빠른지에 달렸어."

톰이 대꾸했다.

"게다가 뭔가가 우물에 들어갔다면 강물에도 분명히 들어갔을 거야."

줄스가 끼어들었다.

'오염.'

맬로리는 문득 이 단어가 떠올랐다. 그 순간에 딱 들어맞는 단어였다.

지하실에는 소변과 대변을 담은 양동이가 세 개나 있었다. 아무도 그것들을 밖에 버리러 가려 하지 않았다. 오늘은 감히 밖으로 나가려는 사람도 없었다. 주방에는 벌써부터 악취가 강하게 났고 거실에서도 희미하게 냄새가 났다.

그때 셰릴이 말했다.

"차라리 강물을 마실래. 위험은 감수해봐야지."

그러자 올림피아가 말리고 나섰다.

"밖으로 나가려고요? 문 앞에 뭔가가 있을지도 몰라요!"

"무슨 소리를 들었는지 나도 확실히 잘 모르겠어."

펠릭스가 불쑥 말했다. 그는 이 말을 몇 번이고 되풀이했다. 자신이 모두를 두려워하게 만들었다는 죄책감을 느끼는 것 같았다.

"어쩌면 사람일지도 몰라. 우리를 약탈하려고 기미를 살피는 중이었겠지."

돈이 말했다.

"이 문제를 꼭 지금 당장 해결해야 해? 고작 하루가 지났어. 그동안 아무 소리도 못 들었고. 좀 더 기다려보자. 하루만 더. 상황이 나아질지 모르니 좀 더 기다려보자고."

줄스가 자신의 생각을 말했다.

그때 셰릴이 불쑥 말했다.

"나는 양동이 물을 마셔봤어. 어차피 우물이잖아. 우물에 그동안 동물들이 빠졌을 수도 있어. 그러다가 거기서 죽는 거지. 우리는 지금까지 내내 죽은 동물이 빠져 있는 물을 마신 건지도 몰라."

"이 동네 물은 죽 괜찮았어요."

올림피아가 말했다.

맬로리가 불쑥 일어났다. 그녀는 부엌 입구로 걸어갔다. 나무 양동이의 테두리에 물이 반짝거렸다. 금속 양동이의 테두리도 마찬가지였다.

'이 물을 마시면 어떻게 될까?'

"양동이의 물을 조금만 마시는 모습이 상상이 돼?"

톰이 불쑥 물었다.

맬로리가 고개를 돌렸다. 어느새 톰이 옆에 와 있었다. 문가에 서 있으니 두 사람의 어깨가 잇닿았다.

"못 하겠어요, 톰."

"당신에게 부탁하는 게 아니에요. 하지만 나 자신에게는 할 수 있죠."

그의 눈빛을 본 순간 그가 진심이라는 걸 알 수 있었다.

"톰."

톰이 몸을 돌려 식당에 있는 다른 사람들을 마주 보았다.

"내가 마셔볼게."

그가 말했다.

"우린 영웅이 필요한 게 아니야."

돈이 말렸다.

"영웅이 되려는 게 아니야. 단지 목이 마를 뿐이야."

아무도 선뜻 입을 열지 않았다. 맬로리는 다른 사람들의 얼굴에서 자신과 똑같은 마음을 엿보았다. 자신이 먼저 마시기 두려운 만큼 누군가 대신 마셔주기를 간절히 원했던 것이다.

그때 펠릭스가 나섰다.

"이건 미친 짓이야. 그만해, 톰. 그게 뭐였는지 알아낼 수 있을 거야."

톰이 식당으로 들어갔다. 식탁으로 다가가 펠릭스의 눈을 들여다보며 말했다.

"나를 지하실에 가둬. 거기서 물을 마실게."

톰이 슬픈 미소를 지었다.

"우리는 바로 뒷마당에 우물이 있어. 저 우물을 사용할 수 없다면 아무것도 쓸 수 없어. 내가 하게 해줘."

그때 돈이 말했다.

"지금 네가 누구처럼 말하는지 알아?"

톰은 아무 말도 하지 않았다.

"조지 같아. 가설을 늘어놓지 않는 것만 빼면."

톰은 창을 막아놓은 식탁을 물끄러미 보며 말했다.

"우리가 여기서 지낸 지 벌써 몇 달이 지났어. 우물에 어제 뭔가가 들어갔다면 그전에도 들어갔을 수 있어."

"그건 당신의 합리화일 뿐이에요."

맬로리가 반박을 해보았다.

그러자 톰이 그녀를 바라보지도 않은 채 대답했다.

"그럼 다른 방법이 있어요? 물론 강이 있죠. 하지만 그 물을 마시고 아프기라도 하면 어쩌죠? 정말 병이 난다면 말이에요. 우리한테는 약도 없어요. 지금까지 우리에게는 우물물밖에 없었어요. 그 물이 우리의 유일한 약이었다고요. 우리가 뭘 어떻게 할 수 있어요? 다른 우물을 찾아갈 건가요? 그리고 또 어떻게 하죠? 아무것도 우물에 들어가지 않기만 바라고 있을 건가요?"

톰의 말에 반박하지 못하는 사람들의 얼굴을 맬로리는 한 명씩 보았다. 매사에 반대부터 하고 보는 돈은 그저 걱정스러운 기색뿐이었다. 올림피아의 눈빛에 깃든 두려움은 죄책감으로 바뀌었다. 맬로리는 톰이 제발 그러지 말기를 바랐다. 이 집에 살기 시작한 후 톰은 이곳에서 일어나는 모든 일에 없어서는 안 될 존재였지만 지금 처음으로 중요한 역할을 맡은 셈이었다.

하지만 맬로리는 그런 그를 말리기는커녕 그의 의지를 보며 마음을 굳혔다. 그를 돕기로 한 것이다.

"지하실은 안 돼요. 거기서 당신이 미쳐버려서 남은 식료품을 못 먹게 만들면 어떻게 해요?"

그제야 톰이 그녀를 보았다.

"좋아요. 그럼 다락으로 가죠."

그가 선선히 대답했다.

"다락의 창문에서 땅까지는 여기보다 훨씬 더 높아요."

톰이 맬로리의 눈을 물끄러미 응시했다.

"그럼 이렇게 하죠. 2층으로 가요. 가서 아무 데나 가둬요. 아래층에는 적당한 방이 없으니까."

"내 방으로 가요."

"그 방에서 조지가 비디오를 봤어."

돈이 불쑥 말했다.

맬로리가 다시 톰을 보았다.

"몰랐어요."

"얼른 하지."

톰이 모두를 재촉했다.

그는 잠시 가만히 서 있더니 맬로리를 지나 부엌으로 들어갔다. 그 뒤를 맬로리가 따랐다. 다른 사람들도 그 뒤를 따랐다. 톰이 찬장에서 잔을 하나 꺼내자 맬로리가 그의 팔을 살며시 잡았다. 그리고 커피 필터를 주며 말했다.

"이걸로 물을 걸러서 마셔요. 나도 잘 모르겠어요. 필터 하나로 뭘 하겠어요. 그래도 누가 알아요."

톰이 필터를 받아 들었다. 잠시 그녀의 눈을 바라보더니 잔을 나무 양동이에 넣어 물을 떴다.

그가 양동이에서 잔을 꺼내 들자 사람들은 그의 주위를 반원 형태로 에워쌌다. 모두 잔 속의 내용물을 뚫어져라 바라보았다.

펠릭스가 자세히 들려준 이야기가 떠올라 맬로리는 또다시 온몸에 소름이 돋았다.

톰은 잔을 들고 부엌을 나섰다. 줄스가 부엌의 식료품 저장실에 있는 밧줄을 챙겨서 그 뒤를 따랐다.

아무도 선뜻 말하지 않았다. 맬로리는 한 손을 배에 올리고 다른 손을 조리대에 올렸다. 그러더니 마치 치명적인 물질에 손을 집어넣은 것처럼 재빨리 손을 뗐다.

오염.

하지만 그녀가 손을 올린 곳에는 물이라고는 없었다.

사람들이 위층으로 올라가고 그녀의 침실 문이 닫히는 소리가 났다. 줄스가 밧줄로 손잡이를 묶은 후 다시 계단 난간에 묶는 소리를 들었다.

이제 톰이 갇혔다.

조지처럼.

펠릭스가 서성거렸다. 돈은 팔짱을 끼고 벽에 기댄 채 바닥만 뚫어져라 보았다. 줄스가 내려오자 빅터가 그에게 다가갔다.

별안간 위층에서 소리가 나 맬로리는 숨을 멈추었다. 사람들은 천장을 올려다보았다.

그들은 귀를 쫑긋 세운 채 가만히 기다렸다. 펠릭스가 위층으로 가려는지 발걸음을 뗐다. 그러더니 우뚝 멈췄다.

"물을 벌써 마셨을 거야."

돈이 가만히 말했다.

맬로리가 거실 입구로 다가갔다. 그곳에서 3미터가량 떨어진 곳에서 계단이 시작된다.

이제 아무 소리도 들리지 않았다.

그러더니 노크 소리가 났다.

느닷없이 톰이 고함을 질렀다.

'톰이 고함을 질러. 톰이 고함을. 톰이 고함을. 톰이.'

맬로리는 이미 계단으로 걸어가고 있었다. 그러자 줄스가 그녀를 지나가며 말했다.

"여기 있어요!"

그녀는 계단을 오르는 줄스의 뒷모습을 바라보았다.

"톰!"

"줄스. 나는 괜찮아."

톰의 목소리에 맬로리는 후 하고 숨을 내쉬었다. 그녀는 쓰러지지 않으려고 난간으로 손을 뻗었다.

"물을 마셨어?"

줄스가 문을 향해 물었다.

"그래. 마셨어. 아무렇지도 않아."

다른 사람들도 맬로리 뒤에 모였다. 그들은 대화를 나누기 시작했다. 처음에는 두런두런 주고받더니 어느새 잔뜩 흥분한 목소리로 떠들었다. 위층에 가니 줄스가 밧줄을 풀고 있었다. 톰이 빈 잔을 들고 침실에서 나왔다.

"어땠어요?"

올림피아가 물었다.

맬로리가 미소를 지었다. 다른 사람들도 덩달아 미소를 지었다.

이런 상황에서 그 물이 무슨 맛이었는지 묻다니 어딘지 블랙코미디 같은 구석이 있었다.

톰이 대답했다.

"내 평생 마신 물 중에 최고였어요."

그는 아래층에 내려오자 맬로리의 눈을 보며 말했다.

"필터를 써보라는 생각, 마음에 들었어요."

그는 맬로리를 지나치더니 빈 잔을 전화 옆 탁자 위에 내려놓았다. 그리고 몸을 돌려 모두를 바라보며 말했다.

"가구를 원래대로 돌려놓읍시다. 이곳을 원래대로 되돌려놓자고요."

16

수면에서 한낮의 열기가 올라온다. 맬로리는 그 사실을 깨달은 순간 마음이 편안해지기는커녕 자신들이 눈에 잘 띄겠다는 생각부터 든다.

"엄마."

보이가 작은 소리로 그녀를 불렀다.

맬로리가 몸을 앞으로 숙였다. 그 순간 노의 거친 표면에서 뾰족하게 튀어나온 부분에 손바닥을 찔렀다. 이번이 벌써 세 번째다.

"왜?"

"쉬."

보이가 말했다.

맬로리는 노 젓는 손을 멈추고 귀를 쫑긋 세운다.

보이가 옳았다. 그들의 왼쪽 강둑에서 뭔가가 움직였다. 나뭇가지가 뚝 부러지는 소리가 난다. 한두 번이 아니다.

'배를 타고 있던 남자가 이 강에서 뭔가를 본 게 분명해.'

맬로리의 마음의 소리가 이렇게 외쳤다.

혹시 그 남자일까? 그 남자가 숲으로 들어간 걸까? 그녀의 배가 강둑에 걸려 옴짝달싹도 못 할 때를 노려 그녀는 물론 아이들의 안대마저 다 벗기려고 뒤따라온 건 아닐까?

다시 우두둑 나뭇가지가 부러지는 소리가 들린다. 뭔가가 천천히 움직이고 있다. 문득 떠나온 집이 떠올랐다. 그곳에 남아 있었다면 안전했을 것이다. 왜 떠났을까? 그들이 가고 있는 그곳은 좀 더 안전할까? 그런 일이 과연 가능하기나 할까? 눈을 뜰 수 없는 세상에서 희망을 걸 수 있는 것은 안대밖에 없지 않을까?

'누군가는 새 소식을 기다리기로 하고 누군가는 자신이 새 소식을 만들기로 했기 때문에 그 집을 떠난 거야.'

톰이 늘 했던 말처럼 말이다. 맬로리는 앞으로도 늘 그에게서 영감을 받을 것이다. 이 강에서 그를 떠올리는 것만으로도 희망이 샘솟는 기분이 든다.

'톰, 당신의 아이디어는 참 좋았어요.'

그녀는 톰에게 꼭 말해주고 싶었다.

"보이. 무슨 소리라도 들렸니?"

맬로리는 작은 소리로 아이를 부르더니 배가 왼쪽 강둑으로 너무 가까이 붙었을까 봐 다시 노를 젓기 시작했다.

"가까이에 있어요, 엄마."

보이는 이렇게 대답하더니 이내 덧붙인다.

"무서워요."

일순 주위가 조용해진다. 이런 정적 속에서는 위험이 바로 코앞까지 바짝 다가온 것 같다.

맬로리는 소리를 더 잘 들으려고 노를 젓던 손을 다시 멈췄다. 그리고 왼쪽으로 고개를 쭉 뺐다.

배의 앞쪽이 뭔가 단단한 것에 쾅 하고 부딪혔다. 순간 그녀의 입에서 절로 비명이 터져 나온다. 아이들도 놀라 소리를 지른다.

'강둑에 부딪혔나 봐!'

맬로리가 진흙이 있을 법한 곳으로 노를 찔러 넣어보지만 아무 것도 없다.

"우리를 그냥 내버려둬!"

얼굴이 심하게 일그러질 정도로 소리를 질렀다. 그 순간 그녀는 집의 벽이 그 무엇보다 간절했다. 강 위에는 어디에도 벽이 없다. 그들 아래로는 지하실도, 위로는 다락방도 없다.

"엄마!"

걸이 큰 소리로 그녀를 부르는 순간 나뭇가지 사이로 뭔가가 뚝 부러진다. 뭔가 큰 것이 말이다.

맬로리가 순간 노를 휘둘러보지만 수면을 내리칠 뿐이다. 그녀는 얼른 보이와 걸을 찾아 꼭 안았다.

으르렁거리는 소리가 들린다.

"엄마!"

"조용!"

그녀는 걸을 더 꼭 안으며 소리쳤다.

'그 남자일까? 완전히 미친 걸까? 아니면 크리처가 으르렁거리고 있나? 그것들이 소리를 낼 수나 있나?'

으르렁거리는 소리가 또 나자 맬로리는 소리의 정체를 간신히 깨달았다. 개가 울부짖는 소리와 비슷하다. 그렇다면 개과의 짐승이다.

'늑대다.'

그녀가 몸을 웅크릴 새도 없이 늑대가 앞발로 어깨를 할퀴었다.

그녀의 입에서 비명이 터져 나왔다. 어느새 따뜻한 피가 팔을 따라 줄줄 흘러내린다. 배에 고인 차가운 물이 철썩거린다.

오줌도.

'오줌 냄새를 맡고 우리를 따라오는 거야. 우리가 무방비 상태라는 걸 녀석들도 아는 거야.'

맬로리는 겁에 질린 채 사방으로 두리번거리며 되는 대로 노를 휘둘렀다.

낮게 으르렁거리는 소리가 또 들린다. 무리가 분명하다. 배의 선수가 뭔가에 걸렸다. 노를 그쪽으로 휘두르지만 아무것도 느껴지지 않는다. 그런데도 배가 휘청했다. 마치 늑대들이 배를 꽉 붙잡고 있는 것처럼.

'늑대들이 이쪽으로 뛰어들지도 몰라! 뛰어들지도 모른다고! 배의 앞쪽으로 기어올 거야. 어서 배를 빼야 해.'

맬로리는 벌떡 일어나 아이들 머리 위로 노를 휘두르며 소리를 질렀다. 배가 오른쪽으로 기우뚱한다. 늑대들이 배를 기울이려는 것 같다. 그녀는 단단히 버티고 섰다. 늑대들이 다시 으르렁거린다. 한 번도 경험해보지 않은 통증으로 어깨가 타는 듯 아팠다. 아픔을 꾹 참고 앞도 보이지 않는 상태에서 잔뜩 흥분한 채 배의 앞쪽을 향해 노를 마구 휘둘렀다. 하지만 아무것도 닿지 않는다. 그녀는 앞으로 조금 걸어 나가 보았다.

"엄마!"

그녀는 곧장 무릎을 꿇었다. 바로 옆에 보이가 있었다. 보이가 그녀의 셔츠를 꼭 붙잡았다.

"이거 봐!"

그녀가 소리쳤다.

바로 그때 풍덩 소리가 났다.

맬로리는 소리가 난 쪽으로 고개를 홱 돌렸다.

'여기는 얼마나 얕지? 녀석들이 배로 올라탈 수 있을까? 늑대들이 이 배에 올라탈 수 있을까?'

맬로리는 몸을 홱 돌려서 배의 뒤쪽으로 기어간 후 어둠 속으로 몸을 쑥 내밀었다.

뒤에서 아이들의 비명이 들린다. 물이 철썩 튀고 배가 흔들린다. 늑대들이 짖어댄다. 눈을 감아 온 세상이 암흑인 상태에서 맬로리가 앞으로 내민 손에 나무 그루터기가 닿았다.

그 그루터기를 향해 양손을 뻗는 순간 그녀의 입에서 비명이 터져 나온다. 왼쪽 어깨가 아팠다. 너덜거리는 피부에 10월의 싸늘한 공기가 느껴졌다. 두 번째 손을 내밀자 다른 그루터기가 만져졌다.

'배가 어딘가에 끼인 거야. 그게 다야. 끼였을 뿐이라고!'

그루터기 두 개를 잡고 힘을 주어 배를 밀어내는 순간 배가 뭔가에 쾅 부딪혔다. 배에 올라타려고 발톱으로 배를 긁어대는 소리가 들린다.

배가 나무에 긁히는 소리가 나면서 물이 튄다. 이제 사방에서 첨벙거리는 소리가 난다. 뭔가가 낮게 으르렁거리나 싶더니 또다시 후끈했다. 뭔가가 그녀의 얼굴 가까이에 있다.

그녀가 큰 소리를 지르며 힘껏 그루터기를 밀었다.

마침내 배가 빠져나왔다.

맬로리는 재빨리 몸을 돌려 비틀거리며 중앙의 제자리로 돌아갔다.

"보이!"

그녀가 소리쳤다.

"엄마!"

이번에는 걸이 있는 곳으로 손을 뻗어 아이가 손에 잡히자 제자리로 끌어당긴다.

"너희 둘 다 괜찮니? 얼른 말해봐!"

"무서워요."

걸이 말했다.

"엄마, 나는 괜찮아요."

보이가 대답했다.

맬로리는 힘껏 노를 젓기 시작했다. 그렇지 않아도 이미 기진맥진한 상태를 넘어섰는데 왼쪽 어깨까지 말을 듣지 않는다. 하지만 포기할 수는 없다.

맬로리는 계속 노를 저었다. 아이들이 그녀의 무릎과 발치로 파고든다. 노가 물살을 가른다. 그녀는 계속 저었다. 달리 무엇을 할 수 있겠는가? 이 상황에서 노를 젓는 일 외에 달리 무엇을? 늑대들이 따라올지도 모른다. 이곳은 얼마나 얕을까?

맬로리는 노를 저었다. 팔이 어깨에서 떨어져 나갈 것 같다. 아이들을 데리고 가기로 작정한 그곳이 벌써 없어졌을지도 모른다. 이렇게 눈을 가린 채 힘든 여행을 해봤자 아무 소득도 없을지 모른다. 강을 따라 그곳에 도착한다 한들 과연 안전해질까?

'찾는 것이 그곳에 없으면 어떻게 해야 할까?'

17

"사람들은 우리를 무서워해."

올림피아가 느닷없이 말했다.

"그게 무슨 말이야?"

맬로리가 되물었다. 둘은 세 번째 계단에 나란히 앉아 있었다.

"여기 사람들 말이야. 그 사람들이 우리 배를 무서워한다고. 왜 그런지 알아? 언젠가는 자신들이 아기를 받아야 하기 때문이지."

맬로리는 거실을 들여다보았다. 이 집에서 살기 시작한 지 두 달이 지났고 임신도 5개월째로 접어들었다. 그녀도 그 생각을 한 적이 있다. 왜 아니겠는가.

"누가 아기를 받아줄까?"

올림피아가 순진해 보이는 눈을 크게 뜨고 그녀를 보며 물었다.

"톰이겠지."

맬로리가 대뜸 대답했다.

"그렇겠지. 그래도 의사가 있으면 훨씬 마음이 놓일 텐데."

맬로리도 줄곧 그런 생각을 했다. 언젠가는 아기가 태어날 것이다. 그런데 의사도 없고 약도 없다. 친구도 가족도 곁에 없다. 그래서 그녀는 최대한 빨리 그 상황이 끝날 거라고 생각하기로 했다. 눈 깜짝할 사이에 끝나버릴 것이라고 말이다. 그녀는 양수가 터지는 순간을 상상하며 다음 순간 아기를 안고 있는 모습을 떠올려보았다. 그 사이에 벌어질 일에 대해서는 생각하고 싶지 않았다.

동료들은 모두 거실에 있었다. 오전에 해야 할 집안일은 모두 끝났다. 하루 종일 맬로리는 톰이 뭔가를 골똘히 생각하고 있다는 느낌이 들었다. 그는 어딘지 거리를 두었다. 자신만의 생각에 빠져 있었다. 그런 그가 지금은 거실 한복판에 서 있다. 모두 그의 말을 들을 수 있는 곳에 서서 심중에 있는 말을 꺼냈다. 맬로리가 제발 그것만은 아니기를 빌었던 내용이었다.

"나한테 계획이 있어."

톰이 이야기를 시작했다.

"뭐?"

돈이 되물었다.

"들어봐."

톰은 이번 한 번만 말하겠다는 사실을 확인시키듯 잠시 뜸을 들이더니 본인의 생각을 털어놓았다.

"우리는 길잡이가 필요해."

"그게 무슨 말이야?"

이번에는 펠릭스가 되물었다.

"개들을 찾으러 가겠다는 말이야."

그 순간 맬로리는 앉아 있던 계단에서 벌떡 일어서서 거실 입구로 갔다. 다른 사람들처럼 집에서 나가보겠다는 톰의 계획에 그녀는 갑자기 관심이 솟구쳤다.

"개들이라고?"

돈이 물었다.

"그래. 떠돌이 개들. 예전에는 주인이 있었겠지만 지금 주인을 잃은 개들이 수백 마리는 될 거야. 거리를 돌아다니는 개들도 있고 나오는 방법을 몰라 집에 갇힌 개들도 있겠지. 개들을 키우면 도움이 될 거야. 어차피 그렇게 해야 한다는 건 다 알잖아. 개들은 경고를 해줄 수 있을 거야."

"톰. 그것들이 동물에게 어떤 영향을 미치는지 아직 모르잖아."

줄스가 말했다.

"나도 알아. 그렇다고 이렇게 가만히 있을 수만은 없잖아."

방 안에 서서히 긴장이 감돌았다.

"정말로 밖으로 나갈 생각이구나. 넌 미쳤어."

돈이 쏘아붙였다.

"무기를 가지고 갈 거야."

안락의자에 앉아 있던 돈이 몸을 앞으로 내밀며 물었다.

"그 무기로는 뭘 생각하고 있는데?"

"이제 막 헬멧이 완성되었어. 우리가 쓸 안대 보호용이지. 육류용 칼도 가져갈 거야. 개들이 우리를 안내할 수 있을 거야. 만약 개가 미치면? 그러면 풀어주면 돼. 그 개가 쫓아오면 칼로 죽이면 되고."

"눈을 가리고."

"그래. 눈을 가리고."

"나는 그 계획이 마음에 안 들어."

돈이 딱 잘라 말했다.

"안 될 게 뭐야."

"밖에는 미친놈들이 돌아다닐지 몰라. 범죄자도 있을 수 있고. 바깥세상은 예전 같지 않아, 톰. 우리는 더 이상 도시 거주자들이 아니야. 여기는 혼돈 상태라고."

"하지만 뭔가 변해야 해. 우리는 진보해야 한다고. 안 그러면 더 이상 뉴스가 없는 세상에서 하염없이 뉴스를 기다리며 살아야 할 거야."

돈은 양탄자를 내려다보았다. 그러더니 다시 톰을 보았다.

"너무 위험한 계획이야. 그 계획을 꼭 실행에 옮겨야 할 이유도 없고."

"이유라면 충분해."

"그러지 말고 기다리자."

"기다리다니 뭘?"

"도움이든 뭐든."

톰은 창문을 가린 담요들을 둘러보았다.

"아무도 우릴 도와주러 오지 않아, 돈."

"그렇다고 도움을 찾으러 우리가 밖으로 나가야 한다는 건 아니잖아."

"그럼 투표를 하자."

톰이 말했다.

돈은 다른 사람들의 얼굴을 차례로 보았다. 자신과 같은 생각을 하는 사람을 찾는 게 분명했다.

"투표? 나는 그것도 마음에 들지 않아."

"왜?"

펠릭스가 되물었다.

"왜냐하면 지금 우리가 마실 물을 길어올 양동이와 오줌을 쌀 양동이에 대해서 이야기하는 게 아니니까. 지금 우리 중 몇 명이 아무 이유도 없이 이 집을 나가는 이야기를 하고 있으니까."

돈의 말에 톰이 대뜸 말했다.

"아무 이유가 없다니 무슨 소리야? 개들을 경보 시스템이라고 생각해봐. 펠릭스가 우물가에서 무슨 소리를 들은 게 벌써 2주 전이야. 그건 들짐승이었을까? 사람이었을까? 아니면 그 크리처였을까? 멀쩡한 개라면 그 순간에 분명 짖었을 거야. 멀리도 아니고 우리 동네를 살피자는 거야. 아니면 옆 동네까지. 딱 12시간만 줘. 내 부탁은 그거뿐이야."

'12시간이라니. 우물에 물을 길어 오는 일만 해도 30분이 걸리는데.'

맬로리는 이런 생각이 들었다.

돈은 물러서지 않았다.

"나는 대체 왜 우리가 떠돌이 개들을 모아야 하는지 모르겠어."

그는 줄스의 발치에 있는 빅터를 가리키며 말을 이었다.

"여기도 벌써 한 마리 있잖아. 차라리 빅터를 훈련시키자."

"말도 안 돼."

그 말에 줄스가 벌떡 일어서며 반대했다.

"왜 안 된다는 거야?"

"나는 빅터를 희생시키려고 여기 데려온 게 아니야. 개들이 영향을 받는지 여부가 확인되지 않는 한 그 의견에 동의할 수 없어."

"희생이라니. 말 한번 잘하네."

"절대로 안 돼."

줄스가 다시 말했다.

그러자 돈이 톰을 보며 말했다.

"봤지? 이 집의 유일한 개의 주인도 네 계획에는 반대야."

"나는 톰의 생각에 반대한 게 아니야."

줄스가 말했다.

돈이 방을 둘러보며 말했다.

"그렇다면 다들 이 의견에 찬성이야? 제정신이야? 당신들 모두 이 계획이 말이 된다고 생각하는 거야?"

올림피아가 눈을 휘둥그레 뜬 채 맬로리를 보았다. 돈은 동조자를 모을 기회라고 생각했는지 그녀에게 다가가 물었다.

"당신은 어떻게 생각해요, 올림피아?"

"오! 난…… 그러니까…… 난…… 모르겠어요!"

그러자 톰이 발끈했다.

"돈. 정정당당하게 투표를 해."

"나는 찬성이야."

펠릭스가 냉큼 말했다.

맬로리는 거실을 둘러보았다.

"나도 찬성이야."

줄스가 말했다.

"나도."

셰릴도 말했다.

톰이 돈을 돌아보았다. 그 순간 맬로리는 마음속에서 뭔가가 툭 부러지는 것 같았다.

'이 집에는 톰이 필요해.'

맬로리는 그 사실을 깨달았다.

그때 줄스가 나섰다.

"나도 같이 가. 빅터를 빌려줄 수는 없지만 적어도 다른 개들을 불러 모으는 건 도울 수 있어."

돈이 고개를 가로저었다.

"너희들은 모두 멍청이야."

"그럼 당장 네 헬멧부터 만들자."

톰이 줄스의 어깨를 짚으며 말했다.

이튿날 아침 톰과 줄스는 두 번째 헬멧을 만들어냈다.

두 사람은 그날 당장 나가기로 했다. 맬로리는 모든 일이 너무 급박하게 진행되는 것 같았다. 투표를 통해 나가기로 결정이 나기는 했지만 그렇다고 '지금 당장' 나가야 할까?

돈은 자신의 감정을 숨기려는 노력조차 하지 않았다. 하지만 맬로리를 비롯해 다른 사람들은 희망에 고무되었다. 맬로리가 보기에 누구든 톰과 같이 있으면 그의 활력에 쉽게 전염이 되었다. 만약 나가기로 한 사람이 돈이었다면 맬로리는 길잡이 개를 찾아

반드시 돌아오리라는 확신을 쉽게 할 수 없었으리라. 하지만 톰에게는 그만의 에너지가 있었다. 그가 뭔가를 할 거라고 말하면 벌써 다 한 것처럼 느껴졌다.

맬로리는 소파에 앉아 두 사람을 지켜보았다. 그녀와 맬로리의 육아서는 산모와 태아 사이에 '스트레스 고리'가 있다고 했다. 그녀는 나갈 채비를 하는 톰을 지켜보면서 느끼는 불안감을 배 속 아기가 느끼게 하고 싶지 않았다.

벽에는 더플백 두 개가 기대어져 있다. 가방은 둘 다 통조림과 손전등, 담요 등으로 반쯤 차 있다. 가방 옆에는 커다란 칼과 원래 식탁의자 다리였지만 지금은 끝이 날카롭게 깎인 나무 막대들이 놓여 있다. 빗자루를 가져가 지팡이로 쓰기로 했다.

문득 올림피아가 말문을 열었다.

"어쩌면 동물들은 뇌가 너무 작아서 미치지 않을지도 몰라요."

돈의 표정으로 보아하니 그도 그런 말을 하고 싶은 듯했다. 하지만 그는 아무 말도 하지 않았다.

그러자 톰이 헬멧의 끈을 조정하며 말했다.

"동물은 미칠 머리가 안 될지도 모르죠. 어쩌면 어떤 존재든 미치려면 그만큼 똑똑해야 하는지도 몰라요."

"나는 밖으로 나가기 전에 그 사실부터 확인하고 싶은 거야."

돈이 불쑥 말했다.

톰이 계속 말을 이었다.

"어쩌면 광기에도 등급이 있을지 몰라. 이미 미친 사람들에게 크리처가 어떤 영향을 미치는지 전부터 늘 궁금했어."

그 말에 돈이 콧방귀를 뀌었다.

"아예 미친놈들을 모아오지그래? 동물이 우리 인간만큼 영리하지 않으리라는 희망에 목숨을 걸고 싶은 거야?"

톰이 그를 마주 보았다.

"이건 알아둬, 돈. 나는 동물을 그보다는 더 존중해. 하지만 지금 내 고민은 어떻게든 살아남는 거야."

마침내 줄스가 헬멧의 끈을 묶었다. 그는 헬멧이 잘 맞는지 보려고 고개를 이리저리 돌려보았다. 헬멧 뒤쪽에서 뚝 부러지는 소리가 나면서 몽땅 분해되어 발치로 떨어져 내렸다.

돈이 천천히 고개를 가로저었다.

톰이 재료를 주섬주섬 모으며 욕설을 내뱉었다.

"내가 다시 만들게. 걱정 마, 줄스."

톰은 재료를 모두 주워서 다시 헬멧을 조립했다. 그리고 이번에는 끈을 하나 더 달아서 강도를 보강했다. 마침내 새로 조립한 모자를 줄스 머리에 씌웠다.

"자. 이제 훨씬 낫네."

그 말에 맬로리는 갑자기 속이 불편해졌다. 오전 내내 톰과 줄스가 곧 나간다는 사실을 알고 있었지만 그 순간이 너무 일찍 찾아온 것이다.

'가지 말아요. 우린 당신이 필요해요. 난 당신이 필요하다고요.'

맬로리는 톰에게 이렇게 말하고 싶었다.

한편으로 그들에게 톰이 필요한 이유는 그가 지금 하려는 일을 할 수 있는 사람이기 때문이기도 했다.

벽 앞에서 펠릭스와 셰릴은 톰과 줄스가 더플백을 등에 메도록 도와주었다.

톰이 막대기 하나를 허공에 휘둘렀다.

그 모습에 맬로리는 또다시 속이 울렁거렸다. 톰과 줄스가 이 동네를 잠시 돌아다니기 위해 준비하는 모습을 지켜보는 일만큼 전과 다른 세상의 공포를 더 잘 일깨우는 일도 없을 것이다. 그들은 안대를 하고 무기를 챙겼다. 마치 임시변통으로 전쟁을 치르는 군인 같다.

마침내 톰이 말했다.

"좋아. 이제 나가자."

펠릭스가 현관으로 걸어갔다. 사람들은 그의 뒤를 따라 현관으로 향했다. 맬로리는 사람들이 눈을 감는 모습을 보고 자신도 눈을 감았다. 자신만의 암흑 속으로 들어오니 심장 뛰는 소리가 더 크게 들렸다.

"행운을 빌어요."

불현듯 이런 말이 튀어나왔다. 이 인사를 건네지 않으면 두고두고 후회할 것이 분명했다.

톰이 대답했다.

"고마워요. 내 말을 잘 기억해요. 우리는 12시간 후면 돌아올 거예요. 모두 눈 감았죠?"

사람들이 그렇다고 대답을 했다.

마침내 현관문이 열렸다. 포치로 나가는 두 사람의 발소리가 들리는가 싶더니 금방 문이 닫혔다.

맬로리는 뭔가 중요한 것을 밖에 둔 채 문을 잠가버린 기분이
들었다.

'앞으로 12시간.'

18

천천히 흐르는 물살을 따라 배가 미끄러지듯 흘러가자 맬로리는 강물을 손으로 떠서 어깨에 난 상처를 씻어냈다.

그 정도도 결코 쉬운 일이 아닌 데다 통증도 극심하다.

"엄마, 괜찮아요?"

보이가 물었다.

"질문하지 마. 듣잖아."

맬로리가 대꾸했다.

늑대의 공격을 받을 때였다. 격렬한 통증이 몰려오며 안대 속의 칠흑 같은 암흑이 폭발하듯 새빨갛게 물들었다. 그런데 상처를 물로 씻어내니 붉은색이 보라색과 회색이 뒤섞인 모습으로 바뀌었다. 그녀는 문득 자신이 의식을 잃게 되는 건 아닌지 걱정되었다. 기절이라도 해서 아이들이 스스로를 지켜야 하는 상황이 올까봐 두려웠다.

재킷이 너덜너덜하다. 탱크톱은 피로 물들었다. 몸이 덜덜 떨리는데, 찬 공기 때문인지 출혈 때문인지 알 길이 없다. 그녀는 재킷

오른쪽 주머니에서 스테이크 나이프를 꺼내 재킷의 소매를 잘라 낸 후 상처 난 어깨를 단단히 동여맸다.

'늑대 떼라니.'

아이들이 세 살이 되자 맬로리는 훈련을 전보다 훨씬 복잡하게 했다. 아이들에게 연속으로 들리는 소리를 열 개나 스무 개까지 기억했다가 무엇을 들었는지 말해보라고 했다. 맬로리는 집 안을 돌아다닌 후 밖으로 나갔다가 다시 들어와 2층으로 올라갔다. 움직이면서 이런저런 소리를 냈다. 돌아오면 아이들에게 맬로리가 방금 어떤 소리를 냈는지 순서대로 말해보라고 했다. 걸은 금세 스무 개를 모두 정확하게 기억해냈다. 그런데 보이는 소리를 마흔이나 쉰 개까지 기억하는 걸로도 모자라 맬로리가 소리를 내려다가 의도치 않게 낸 사소한 잡음까지도 기억했다.

"먼저 엄마는 우리 방에서 시작했어요. 방을 나가기 전에 숨을 후 하고 쉬었어요. 그리고 부엌으로 갔는데, 발에서 뿌드득 소리가 났어요. 엄마는 식탁에서 가운데 의자에 앉았어요. 팔꿈치를 둘 다 식탁에 올려놓았고요. '에헴' 하고 나서 지하실로 갔어요. 네 번째 계단까지는 좀 천천히 내려갔는데, 나머지 계단 여섯 개는 더 빨리 내려갔어요. 손가락으로 이를 톡톡 쳤어요."

하지만 아이들은 그렇게 훈련을 받았어도 강가의 숲속을 어슬렁거리는 짐승들 이름까지 알아낼 수는 없었다. 늑대는 모든 면에서 그들보다 유리할 게 틀림없다. 그건 이 강 위에서 무엇을 만나든 마찬가지일 것이다.

그녀는 임시 지혈대를 더 세게 조였다. 그러자 어깨가 욱신거린다. 허벅지도 목도 아프다. 아침만 해도 자신의 체력이라면 30킬로미터 정도는 혼자서도 충분히 노를 저을 수 있을 것 같았다. 하지만 이렇게 상처를 입은 몸으로는 우선 좀 쉬어야 한다. 맬로리는 잠시 속으로 고민을 했다. 옛날이었다면 이런 상태에서 당연히 쉬라는 충고를 따랐을 것이다. 하지만 지금은 여기서 멈추면 목숨을 잃을지도 모른다.

바로 그때 머리 위에서 꽥 하는 소리가 크게 들려 맬로리는 깜짝 놀랐다. 맹금의 울음소리 같다. 새는 그들의 머리 위로 한 30미터 되는 지점을 나는 듯하다. 바로 앞에서는 물이 철썩하는 소리가 난다. 소리는 금세 사라졌지만 짧은 순간만으로도 겁에 질리기에 충분했다. 왼쪽 숲속에서 뭔가가 움직인다. 새의 울음소리가 점점 더 커진다. 강이 생기를 되찾고 그 증거와 마주칠 때마다 맬로리는 점점 더 겁이 났다.

그녀 주위의 생명력이 점점 커질수록 그녀 안의 생명력은 점점 작아지는 것 같다.

"엄마는 괜찮아. 지금은 너희들이 더 잘 들어주면 좋겠어. 그게 다야. 다른 건 필요 없어."

거짓말이다.

맬로리는 다시 노를 저으며 되도록 어깨의 통증에 대해서는 생각하지 않기로 했다. 얼마나 멀리 가야 하는지 모른다. 어쨌든 한참을 가야 한다는 것만은 확실하다. 적어도 온 만큼 더 가야 하리라.

몇 해 전 그 집의 동료들은 동물도 사람처럼 미쳐버리는지 확인할 길이 없었다. 그래서 늘 그 문제에 대해 의견을 나눴다. 톰과 줄스는 길잡이가 되어줄 개를 찾기 위해 밖으로 나갔다. 맬로리와 다른 사람들은 둘을 기다렸다. 그러는 동안 그녀는 포악한 동물들이 미쳐버리는 무서운 상황을 떠올리고 그대로 압도되고 말았다. 지금도 그때와 똑같은 생각이 머릿속을 꽉 메우고 있다. 강 주위의 자연이 생기를 띨수록 자꾸 최악의 상황이 떠오른다. 몇 해 전 아이들이 아직 태어나지 않았을 때 꽉 닫힌 현관문을 볼 때마다 아끼는 사람이 저 밖에 크리처와 함께 있든 없든 광기는 어디에나 도사리고 있다는 사실이 떠올랐던 시절처럼.

19

임신이 5개월째로 접어드니 배도 조금씩 불러왔다. 입덧은 거의 끝났지만 여전히 욕지기를 느꼈다. 속이 쓰리거나 다리가 아프고 잇몸에서 피가 났다. 검은 머리가 평소보다 더 풍성해졌는데, 다른 부위의 체모도 마찬가지였다. 그녀는 자신이 괴물처럼 몸이 뒤틀리고 변형되는 느낌에 사로잡혔다. 하지만 집 안에서 소변 양동이를 들고 가는 동안 머릿속은 온통 톰과 줄스의 행방과 안전에 대한 걱정뿐이었다.

맬로리는 우연히 함께 지내게 된 사람들을 벌써 이렇게까지 걱정한다는 사실이 의외였다. 이 집에 오기 전에 그녀는 사람들이 미쳐 목숨을 끊는 단계로 가기까지 다른 사람들을 해친다는 이야기를 수도 없이 들었다. 그때를 생각하면 맬로리는 자신과 아기를 덮쳤을 운명에 간담이 서늘해졌다. 이제 그녀는 이 집의 안전밖에 생각하지 않았다.

두 남자가 집을 나선 지 벌써 5시간이 흘렀다. 시시각각 긴장감이 더해갔다. 맬로리는 동료들이 각자 맡은 집안일을 오늘 처음으로 하는지, 해놓고 또 하는지도 기억나지 않았다.

맬로리는 뒷문 옆에 양동이를 내려놓았다. 잠시 후면 펠릭스가 양동이의 내용물을 밖에 버릴 것이다. 지금 그는 식탁에서 의자를 고치는 중이다. 맬로리는 부엌에서 나와 거실로 갔다. 셰릴이 여기 저기 걸레질을 했다. 액자와 전화기도 닦았다. 맬로리는 셰릴의 팔이 핏기가 없고 가늘어 보인다는 사실을 깨달았다. 그녀가 이곳에 살기 시작한 지 두 달이 흐른 지금 사람들의 건강 상태는 전보다 훨씬 더 나빠졌다. 식사는 부실하고 운동도 부족하다. 햇빛을 제대로 쬐는 사람도 없다. 톰은 그들 모두의 삶의 질을 높이기 위해 밖으로 나갔다. 하지만 그의 노력으로 삶의 질이 얼마나 높아질까?

게다가 그가 만약 밖에서 영원히 사라진다면 누가 그 사실을 그들에게 알려줄까?

맬로리는 불안감에 휩싸인 채 셰릴에게 도움이 필요한지 물었다. 그녀는 아무 말 없이 거실을 나가버렸다. 하지만 그곳에는 맬로리 혼자가 아니었다. 빅터가 안락의자 뒤에 앉아 창문을 가린 담요를 물끄러미 보고 있었다. 개는 머리를 들더니 혀를 길게 늘어뜨리고 거칠게 숨을 쉬었다. 맬로리가 두 사람을 기다리듯이 빅터도 오매불망 주인을 기다리는 것 같았다.

자신을 바라보는 시선을 느꼈는지 빅터가 천천히 고개를 돌려 맬로리를 보았다. 하지만 이내 담요로 눈을 돌렸다.

그때 돈이 들어왔다. 그는 안락의자에 앉았다가 잠시 후 일어나 방을 나갔다. 올림피아가 아래층으로 내려왔다. 그녀는 주방의 싱크대 밑에서 뭔가를 찾고 있었다. 그녀는 자신이 찾는 물건을 이미 손에 들고 있다는 사실을 모르는 것 같았다. 올림피아는 잠시 후 다시 2층으로 올라갔다. 맬로리는 그 모습을 계속 지켜보았다. 그때 셰릴이 돌아와 다시 액자가 깨끗한지 살폈다. 액자가 더러워서 그런 게 아니었다. 그녀는 다시 액자를 살피고 닦았다. 모두 이미 한 일을 또 했다. 초조하게 집 안을 서성이며 다른 생각으로 머리를 채우려고 안간힘을 썼다. 동료들은 대화도 거의 나누지 않았다. 고개를 드는 일조차 드물었다. 우물에서 물을 길어오는 동안만큼은 달랐다. 그때는 서로의 안전을 걱정했다. 하지만 물을 긷는 일은 톰과 줄스가 지금 하고 있는 일과 비교도 되지 않았다.

맬로리는 벌떡 일어나 부엌으로 갔다. 이 집에는 집 같은 느낌이 덜한 곳이 딱 한 군데 있었다. 그곳으로 가고 싶었다. 가야 했다. 도망치기 위해서.

바로 지하실이다.

펠릭스는 부엌에 있었지만 맬로리가 지나가도 알아차리지 못했다. 그는 그녀가 지하실 문을 열고 계단을 내려가 흙바닥에 내려설 때까지 입도 벙긋하지 않았다.

전깃줄을 잡아당겨 불을 켜자 두 달 전 톰이 그곳을 보여주었을 때처럼 불빛이 환하게 들어찼다. 하지만 그곳의 모습은 그전과 달랐다. 우선 통조림의 수가 훨씬 줄어들었다. 게다가 이 집에 배고픔이 찾아들고 절망이 자리 잡을 때까지 남은 시간을 가늠하며 뭔가를 기록하는 톰도 없었다.

맬로리는 선반으로 다가가 멍하니 통조림의 라벨을 읽기 시작했다.

'옥수수. 비트. 참치. 콩. 버섯. 과일 칵테일. 완두콩. 사우어 체리. 월귤. 자몽. 파인애플. 삶아 튀긴 콩. 혼합 채소. 칠리 페퍼. 마름. 다진 토마토. 방울토마토. 토마토소스. 사우어크라프트. 베이크트 빈. 당근. 시금치. 닭고기 육수 몇 종류.'

선반이 꽉 차 있었는데. 얼마 전만 해도 통조림으로 벽을 쌓을 수 있을 것 같던 그곳에 지금은 구멍이 숭숭 뚫려 있었다. 그것도 커다란 구멍들로. 마치 전투가 벌어졌는데 하필 그들의 보급품이 목표가 된 것 같았다. 이 정도로 아기가 태어날 때까지 버틸 수 있을까? 톰과 줄스가 돌아오지 않으면 남은 음식으로 버티다가 죽을 수밖에 없는 건가? 통조림을 다 먹으면 뭘 어떻게 해야 할까? 사냥을 하러 가야 하나?

아기는 엄마의 젖을 먹으면 된다. 하지만 그것은 엄마가 제대로 먹을 때의 이야기다.

그녀는 자신의 배를 어루만지며 등받이 없는 의자로 가 앉았다.

주위는 서늘했지만 그녀는 식은땀이 났다. 다른 사람들이 초조하게 서성이는 발소리가 크게 들렸다. 천장에서 우지끈 소리도 났다.

그녀는 이마를 가리는 머리를 옆으로 넘기며 선반으로 다시 몸을 숙였다. 그리고 통조림을 세기 시작했다. 눈꺼풀이 서서히 무거워졌다. 이렇게 쉬니 기분이 좋았다.

맬로리는 점점 잠에 빠져들었다.

막 잠이 들었는데 위에서 빅터가 짖는 소리가 들렸다.

그녀는 퍼뜩 정신을 차리며 똑바로 앉았다.

'빅터가 짖고 있어. 뭘 보고 짖는 걸까?'

그녀는 잰걸음으로 지하실을 가로질러 계단을 올라가 한달음에 거실로 갔다. 모두 그곳에 모여 있었다.

"조용히 해!"

돈이 개에게 소리쳤다.

하지만 빅터는 아랑곳 않고 창문을 보며 계속 짖었다.

"무슨 일이에요?"

맬로리는 자신의 목소리에서 공포를 느끼고 깜짝 놀랐다.

돈이 다시 빅터에게 소리를 질렀다.

"줄스가 없어서 신경이 곤두섰나 봐요."

펠릭스가 퉁명스럽게 대답했다.

"아니야. 뭔가를 들어서 그런 거야."

셰릴이 말했다.

"그건 아직 몰라, 셰릴."

돈이 반박했다.

빅터가 다시 짖기 시작했다. 화가 난 듯 좀 전보다 더 크고 날카로웠다.

"빅터! 그만하라고!"

돈이 소리쳤다.

사람들은 거실 한가운데로 모여 섰다. 그들에게는 무기라 할 만한 것이 아무것도 없었다. 셰릴의 말처럼 빅터가 집 밖에서 뭔가가 움직이는 기척을 들었다면 그들이 무엇을 할 수 있을까?

"빅터! 너 확 죽여버린다!"

돈이 다시 고함을 쳤다.

빅터는 좀처럼 입을 다물 기색이 없다.

돈도 고함을 지르고 있지만 맬로리처럼 겁이 나기는 마찬가지였다.

그때 맬로리가 앞쪽의 창문을 뚫어져라 바라보며 천천히 말문을 열었다.

"펠릭스, 밖에 정원이 있다고 했죠? 혹시 연장 같은 게 남아 있을까요?"

"네, 있어요."

펠릭스도 검은 담요에서 시선을 떼지 않은 채 대답했다.

"그 연장들, 집에 있어요?"

"네."

"그럼 그걸 가져오면 어때요?"

펠릭스는 고개를 돌려 맬로리를 가만히 보더니 이내 거실을 나갔다.

맬로리는 집에 있는 물건들을 맘속으로 하나씩 확인했다. 가구의 다리라면 무기로 쓸 수 있을 것이다. 단단한 물건은 던질 수 있다.

빅터는 점점 더 심하게 짖기 시작했다. 개가 잠깐씩 입을 다물 때마다 펠릭스가 바깥에 있는 게 뭐든 간에 그것으로부터 몸을 지킬 수 있는 원예 도구를 찾아 집 안을 초조하게 돌아다니는 발소리가 들렸다.

20

다음 날 정오가 되었다. 하지만 톰과 줄스는 아직도 감감 무소식이었다.

톰이 말한 12시간은 이제 그 두 배를 훌쩍 넘겼다. 시간이 흐를수록 집 안 분위기는 더욱더 침울해져갔다.

빅터는 여전히 담요로 막은 창문 앞에 앉아 있다.

사람들은 늦게까지 잠을 이루지 못하고 한자리에 모여서 개가 그만 짖기만을 기다렸다.

"결국 그것들한테 잡힌 거야. 다른 이유가 없잖아. 이제 다 끝났어. 이 모든 게 크리처에서 비롯된 거라면 우리의 뇌가 그걸 이해할 능력이 없어서 그 대가를 치르는 걸 거야. 나는 늘 그렇게 생각했어. 종말이 온다면 그건 인류의 어리석음 때문일 거라고."

돈이 떠들어댔다.

마침내 빅터가 조용해졌다.

주방에 있는 맬로리는 양손을 물이 담긴 양동이에 집어넣었다. 아침에 돈과 셰릴이 우물에서 길어온 물이었다. 물이 가득 담긴 양동이를 펠릭스에게 넘겨주려고 두 사람이 문을 두드리는 소리가 들릴 때마다 톰이 돌아와 문을 두드리는 소리인 줄 알고 희망으로 가슴이 부풀어 올랐다.

그녀는 손에 물을 떠서 얼굴로 가져간 후 젖은 손가락으로 땀과 기름으로 찌든 머리를 훑어 내렸다.

"젠장."

그녀가 툭 내뱉었다.

그곳에는 그녀 혼자였다. 그녀는 그곳의 창문을 가리고 있는 커튼을 뚫어져라 바라보았다. 그리고 일어날 수 있는 온갖 무시무시한 일들을 하나씩 떠올렸다.

'줄스가 톰을 죽여버린 거야. 크리처를 봤기 때문이지. 그는 톰의 머리채를 잡아 강으로 질질 끌고 갔어. 그리고 숨이 끊어질 때까지 강물에 머리를 집어넣었어. 어쩌면 두 사람 다 그걸 봤을지도 몰라. 어느 집에선가 두 사람은 서로를 죽이기 시작했어. 만신창이가 된 두 사람의 시신은 어느 집 낯선 골방에 널브러져 있겠지. 아니면 톰이 뭔가를 봤을지도 몰라. 줄스가 톰을 잡아 말렸지만 톰은 가버렸어. 지금쯤 숲속 어딘가를 헤매고 있겠지. 벌레를 먹고 나무껍질을 뜯어 먹고 자기 혀를 씹어 먹으면서.'

"맬로리?"

올림피아가 주방으로 들어오며 부르는 소리에 맬로리는 화들짝 놀랐다.

"응?"

"맬로리, 나 너무 걱정돼. 그 사람이 12시간이라고 했잖아."

"알아. 우리 모두 걱정하고 있어."

맬로리가 손을 뻗어 올림피아의 어깨에 손을 얹었다. 바로 그때 돈의 목소리가 식당에서 들렸다.

"그 두 사람을 다시 받아줘야 할지 잘 모르겠어."

맬로리가 종종걸음으로 식당으로 갔다.

"이봐, 돈. 그게 무슨 소리야?"

그곳에 있던 펠릭스가 되물었다.

"바깥 상황이 어떨 것 같아, 펠릭스? 우리가 지금 평화롭고 쾌적한 동네에 살고 있다고 생각하는 거야? 저 밖에 누구든 생존자가 있다고 쳐. 그 사람들이 인도적인 방법으로 지금까지 버텼을까? 톰과 줄스가 납치된 게 아니라고 누가 장담할 수 있어? 지금쯤 인질로 잡혀 있는 거야. 빌어먹을 인질범들은 우리가 가지고 있는 식량에 대해서 캐묻는 중일지도 모르지. 우리의 식량 말이야!"

"닥쳐, 돈. 두 사람이 돌아오면 나는 문을 열어줄 거야."

펠릭스가 단호하게 말했다.

"그 둘이라면 말이지. 그리고 문 저편에서 톰의 머리에 권총을 들이대고 있는 자가 없다고 확신할 수 있다면 말이지."

"두 사람 다 그만해!"

셰릴이 맬로리를 지나쳐 식당으로 들어가며 소리쳤다.

"돈, 지금 진심이에요?"

맬로리가 말했다.

그러자 돈이 그녀를 돌아보며 말했다.

"진심이고말고요."

맬로리 옆으로 다가와 있던 올림피아가 불쑥 끼어들었다.

"설마 그 두 사람을 집에 들이기 싫은 거예요?"

"나는 그렇게 말하지 않았어요. 내 말은 저 밖에 나쁜 사람들이 있을 수 있다는 거예요. 내 말 무슨 뜻인지 모르겠어요, 올림피아? 이런 이야기는 당신에게 너무 어려운가요?"

돈이 쏘아붙였다.

"개소리 그만해."

맬로리가 발끈했다.

순간 돈이 그녀에게 달려들기라도 할 것 같았다.

"이런 이야기 더 하고 싶지 않아."

셰릴이 말했다.

"하루도 더 지났어."

돈이 나무라듯 말했다.

"일단…… 잠시 다른 일로 머리를 식혀, 응? 네가 이럴수록 상황만 더 악화될 뿐이야."

펠릭스가 달래듯 말했다.

"그 두 사람이 없는 미래도 슬슬 생각해봐야 해."

"겨우 하루 지났어."

펠릭스가 말했다.

"그래. 하루나 밖에 있었지."

돈이 피아노 앞에 앉았다. 순간 흥분을 가라앉히는 것처럼 보였다. 하지만 그는 계속 말을 이었다.

"희소식은 먹을 입이 준 만큼 식량이 더 오래 갈 거라는 사실이야."

"돈!"

맬로리가 소리쳤다.

"당신은 곧 아기를 낳겠죠, 맬로리. 살아남기를 바라나요?"

"돈, 너 죽을래?"

셰릴이 소리쳤다.

돈이 피아노 의자에서 벌떡 일어섰다. 그의 얼굴은 분노로 벌게
졌다.

"톰과 줄스는 돌아오지 않을 거야, 셰릴. 현실을 인정해. 네가
일주일을 더 산다면 그건 그 두 사람 분의 식량을 먹을 수 있기
때문일 거야. 또 살아남으려면 빅터를 먹어야겠지. 그러고 나면
넌 깨닫게 될 거야. 희망이라고 할 만한 건 이제 더 이상 없다는
사실을."

셰릴이 돈에게 다가갔다. 두 주먹을 꼭 쥐고서. 그리고 돈에게
얼굴을 바짝 들이댔다.

바로 그때 거실에 있던 빅터가 짖기 시작했다.

펠릭스가 돈과 셰릴 사이로 들어갔다. 하지만 돈이 그를 밀어
냈다. 맬로리가 그들을 향해 다가가려는데 펠릭스가 손을 들었다.

돈에게 주먹을 날리려는 것이다.

그에게 한 방 먹이려는 찰나.

누군가 현관문을 두드리는 소리가 났다.

21

맬로리는 자꾸 돈이 생각난다.

"엄마. 안대 때문에 아파요."

보이가 말했다.

"강에서 물을 조금 떠서 아픈 곳에 적셔봐. 조심하고. 안대는 절대 벗으면 안 돼."

맬로리가 이렇게 일렀다.

언젠가 모두가 저녁을 다 먹은 후 맬로리와 올림피아만 식탁에 남았던 적이 있다. 두 사람은 올림피아의 남편에 대해 이야기했다. 올림피아는 그가 어떻게 생겼으며 얼마나 아이를 가지고 싶어 했는지 들려주었다. 그때 돈이 혼자 식당으로 들어왔다. 올림피아가 말하는 중이었지만 그는 개의치 않고 말을 툭 뱉었다.

"두 사람, 아기의 눈을 멀게 해야 해요. 이 세상에 태어나는 바로 그 순간."

그는 그런 생각을 오래전부터 했고 이제 말할 때가 되었다고 마음먹은 듯했다.

그는 두 사람과 함께 식탁에 앉아 심중을 털어놓았다. 그의 설명을 듣는 동안 올림피아는 점점 말수가 없어졌다. 그녀는 터무니없는 생각이라고 여겼다. 아니, 그보다 잔인하다고 생각했다.

하지만 맬로리의 생각은 달랐다. 마음속 깊은 곳에서 돈의 주장을 인정하고 받아들였다. 아이를 낳아 키우는 순간부터 그녀는 아이의 눈을 보호하는 데 온 힘을 쏟을 생각이었다. 아기의 눈을 안전하게 보호할 수만 있다면 뭘 얼마나 더 해야 할까? 맬로리는 돈의 이야기보다 그 진지한 태도가 무엇보다 잔인하게 느껴졌다. 그의 태도를 보는 순간 끔찍한 가능성의 문이 열리고 말았다. 맬로리가 어떻게 해야 하는지 생각난 것이다. 그녀는 옛 세상의 그 누구도 견딜 준비가 되어 있지 않은 조치를 취할 수밖에 없는 입장이 되어버렸다. 그 생각이 얼마나 암울하든 그녀는 머릿속에서 완전히 몰아낼 수 없었다.

"이제 괜찮아졌어요, 엄마."

"쉿. 잘 들어."

맬로리가 말했다.

아이들이 고작 6개월이었을 때였다. 그녀는 벌써 아이들을 철조망을 덮은 요람에 재웠다. 어느 밤이었다. 창밖의 세상은 고요했다. 집은 캄캄했다.

아이들이 그렇게 어릴 때 맬로리는 종종 아이들이 쌔근거리며 자는 숨소리를 듣곤 했다. 다른 엄마들에게는 감동적인 순간이었을지 모른다. 하지만 맬로리는 그 숨소리가 분석의 대상이었다. 이 숨소리는 건강한 아이의 숨소리일까? 1년 동안 제대로 먹지 못한 엄마의 젖과 우물에서 길어온 물만 먹여 키우는 아이들이 영양을 충분히 섭취하고 있을까? 그녀는 아이들의 건강에 대해서만 생각했다. 아이들의 영양 상태. 아이들의 위생 상태. 그리고 눈.

"두 사람, 아기의 눈을 멀게 해야 해요. 이 세상에 태어나는 바로 그 순간."

아무도 없는 컴컴한 식당에 혼자 앉아 있으니 생각이 확실히 정리되는 것 같았다. 그녀는 돈의 생각을 실제로 실행하려니 무섭기는 해도 그에 따른 도덕적 딜레마는 그다지 괴롭지 않았다. 복도를 바라보며 아기들의 작은 숨소리를 듣고 있으니 눈을 멀게 하자는 생각이 결코 나쁜 것 같지 않았다.

'아이들이 앞을 볼 수 있다면 아이들이 깨어 있는 내내 절대 밖을 내다보지 않도록 해야 해. 담요의 상태를 늘 검사하고 철조망 요람도 체크해야겠지. 차라리 저질러버리면 아이들은 나중에 지금 이 순간을 기억도 못 할 거야. 더 크면 원래는 앞을 볼 수 있었다는 사실조차 기억을 못 하겠지.'

아이들이 아예 볼 수가 없다면 새 세상에서 뭔가를 빼앗길 일도 없다고 맬로리는 생각했다.

그녀는 벌떡 일어나서 지하실로 향했다. 지하실로 내려가 흙바닥을 보니 도료희석액이 한 통 있었다. 오래전에 통 옆면에 붙은 라벨을 읽어서 그 용액이 눈에 들어가면 안 된다는 사실을 알고 있었다. 용액이 눈에 튀었을 경우 30초 안에 씻어내지 않으면 실명을 할 수도 있다고 적혀 있었다.

맬로리는 그 통으로 다가갔다. 그리고 손잡이를 잡고 위로 올라갔다.

'얼른 해버려. 그리고 씻어내지 마.'

아이들은 아직 아기였다. 이 일을 기억할 수 있을까? 아이들은 영원히 그녀를 두려워하게 될까? 아니면 언젠가 이 일은 눈먼 추억들의 산 아래 그대로 묻혀버릴까?

맬로리는 주방을 나와 아기 방으로 이어진 컴컴한 복도로 들어갔다.

방에서 아기들의 숨소리가 들렸다.

문가에 서서 그녀는 아이들이 잠들어 있는 어둠을 지긋이 바라보았다.

그 순간만큼은 할 수 있을 것만 같았다.

맬로리는 살금살금 방으로 들어갔다. 희석액 통을 바닥에 내려놓고 철조망 요람 위에 덮어놓은 천을 걷었다. 아기들은 뒤척이지도 않았다. 자신들 앞에 어떤 악몽이 기다리고 있는지 까맣게 모른 채 즐거운 꿈이라도 꾸는 듯 곤히 잠들어 있었다.

맬로리는 걸의 요람을 덮고 있는 철조망 덮개의 고리를 재빨리 풀고 허리를 숙여 희석액 통을 집어 들었다.

걸은 숨을 고르게 쉬며 잠들어 있었다.

맬로리는 요람으로 손을 넣어 아기의 머리를 받쳤다. 안대를 풀자 걸이 울기 시작했다.

'눈을 떴어. 이제 부어.'

맬로리는 자신을 독려했다.

그녀는 걸의 머리를 요람의 가장자리로 끌어당긴 후 힘껏 울어서 새빨개진 얼굴에 뚜껑을 연 희석액 통을 가져갔다. 바로 그때 옆에서 자고 있던 보이가 잠에서 깨 울기 시작했다.

"울지 마! 너도 이런 세상을 보고 싶진 않을 거 아니야!"

맬로리는 흐르는 눈물을 닦으며 소리쳤다.

그녀는 통을 조금 더 기울였다. 내용물이 흘러나와 그녀의 손을 타고 발 옆으로 뚝뚝 떨어졌다.

희석액이 피부에 닿는 순간 비로소 자신이 무슨 짓을 하려는 건지 실감되었다.

도저히 할 수 없었다.

결국 걸의 머리를 내려놓았다. 걸은 울음을 그치지 않았다.

맬로리는 희석액 통을 바닥에 내려놓고 천천히 뒷걸음질을 쳐서 방을 나왔다. 어둠 속에서 아기들이 빽빽 울어댔다.

복도로 나온 후 맬로리는 쓰러지지 않으려고 벽에 몸을 기대고 손을 입으로 가져갔다. 속에 든 것을 다 게워냈다.

"엄마. 이제 괜찮아요!"

"뭐가?"

회상에 잠겨 있던 맬로리는 퍼뜩 현실로 돌아와 되물었다.

"이제 안 아파요."

"보이. 이제 아무 말도 하지 마. 무슨 소리를 들은 게 아니면."

맬로리는 깊이 숨을 들이쉬었다. 수치스러운 기분이 든다. 어깨의 통증은 더 심해진다. 피곤해서 금방이라도 쓰러질 것만 같다. 금방이라도 정신을 잃을 것만 같은 느낌이 점점 더 강해진다. 그녀 안에서 뭔가가 잘못되어가는 것만 같았다. 그래도 아직은 아이들

187

의 소리가 들린다. 보이가 그녀 앞에서 숨을 쉬고 있고 걸은 배의 뒷전에서 퍼즐을 만지작거리고 있다. 아이들의 시력은 멀쩡하다. 그리고 오늘 마침내 아이들이 지금까지 한 번도 보지 못했던 것들을 볼 수 있는 더 새로운 세상의 가능성이 열릴지도 모른다.

그녀가 아이들을 그곳까지 안전하게 데려가기만 한다면.

22

문밖에서 뭔가가 움직이는 소리가 들렸다. 헐떡거리는 소리도 들렸다. 뭔가가 나무를 긁어댔다. 맬로리와 동료들은 현관에 모였다. 펠릭스가 누구냐고 소리쳤다. 그가 질문을 한 후 답변을 기다리는 동안 뭔가로 긁는 것 같은 소리가 자꾸 들렸다.

크리처일까. 맬로리는 그럴지도 모른다고 생각했다.

하지만 문 앞에 있는 것은 크리처가 아니었다. 톰과 줄스였다.

"펠릭스! 나야, 톰."

"톰!"

"우리는 지금 헬멧을 쓰고 있어. 그리고 우리만 있는 게 아니야. 개를 몇 마리 찾았어."

펠릭스는 식은땀을 흘리며 크게 숨을 내쉬었다. 비로소 마음이 놓였다. 맬로리는 가슴이 뻐근할 정도로 안심되었다.

빅터가 꼬리를 맹렬하게 흔들며 짖기 시작했다. 줄스가 빅터를 불렀다.

"빅터, 이봐, 친구! 내가 왔어."

"좋아. 모두 눈을 감아요."

펠릭스가 사람들을 돌아보며 말했다.

"잠깐 기다려봐."

돈이 끼어들었다.

"뭘?"

펠릭스가 되물었다.

"저 두 사람밖에 없다는 걸 어떻게 믿어? 미행을 당하지 않았다는 걸 어떻게 확인하지? 뭔가가 따라붙지 않았다는 사실을 어떻게 아냐고?"

펠릭스는 아무 말도 하지 않았다. 그러더니 톰을 불렀다.

"톰, 두 사람뿐이야? 너희 둘과 개들밖에 없어?"

"그래."

"저 말을 곧이곧대로 믿을 수는 없어."

그러자 맬로리가 초조한 목소리로 말했다.

"돈. 누구든 여기에 쳐들어오려면 언제든지 그럴 수 있어요."

"안전을 위해서 이러는 거예요, 맬로리."

"알아요."

"나도 여기 살아요."

"알아요. 하지만 톰과 줄스가 문밖에 있어요. 두 사람이 돌아왔다고요. 어서 들어오게 해야 해요."

돈이 그녀의 눈을 똑바로 보았다. 그러더니 현관 바닥으로 시선을 돌렸다.

"언젠가는 너희들 탓에 우리 다 죽을 거야."

190

그가 쏘아붙였다.

맬로리는 마침내 그가 물러나는 것을 보며 말했다.

"돈. 이제 문을 열 거예요."

"그래요. 그렇겠죠. 내가 무슨 소리를 지껄이든."

돈이 눈을 감았다.

맬로리도 따라 감았다.

"준비됐어, 톰?"

펠릭스가 소리쳐 물었다.

"그래."

맬로리는 현관문 열리는 소리를 들었다. 현관에 깔린 타일을 밟는 발소리로 보아 많은 사람이 한꺼번에 들어오려는 것 같았다.

문이 재빨리 닫혔다.

"빗자루를 쥐."

펠릭스가 말했다.

빗자루로 사방 벽과 바닥, 천장을 훑는 소리가 들렸다.

"좋아. 다 확인했어."

펠릭스가 말했다.

눈을 뜨기로 마음먹고 실제로 눈을 뜨기까지의 그 짧은 순간 만큼 두려운 순간이 또 있을까.

마침내 맬로리가 눈을 떴다.

현관이 다채로운 색으로 가득했다. 허스키 두 마리가 바닥 냄새를 맡고 새로 만난 사람들을 확인하고 빅터를 살피며 정신없이 돌아다녔다.

맬로리는 톰의 얼굴을 보자 참을 수 없을 만큼 기분이 들떴다. 사실 그의 몰골은 말이 아니었다. 무척 피곤해 보였고 지저분했다. 한편으로는 그저 상상에 맡길 수밖에 없는 뭔가를 겪은 사람의 분위기가 느껴졌다.

그는 손에 뭔가를 들고 있었다. 소형 TV가 들어갈 만한 하얀 상자였다. 그런데 상자 안에서 소리가 났다. 꼬꼬거리는 소리였다.

올림피아가 다가가 톰을 포옹했다. 그러더니 그가 헬멧을 벗으려고 버둥거리는 모습을 보며 웃음을 터뜨렸다. 줄스는 헬멧을 벗고 무릎을 꿇으며 빅터를 안아주었다. 셰릴은 엉엉 울었다.

돈은 놀라움과 민망함이 뒤섞인 복잡한 표정을 짓고 있었다.

'우리는 폭발 직전이었어. 톰이 집을 비운 지 고작 하루하고 반이 지났는데, 우리는 폭발 직전이었다고.'

맬로리는 그런 생각이 들었다.

펠릭스는 새 식구가 된 동물들을 보며 눈을 휘둥그레 떴다.

"세상에. 계획대로 되었잖아!"

톰과 맬로리의 시선이 만났다. 그의 눈에서 집을 나설 때의 반짝거리던 빛이 보이지 않았다.

두 사람은 밖에서 무슨 일을 겪은 걸까?

"이 아이들은 허스키야. 순해. 하지만 친해지려면 시간이 조금 걸릴 거야."

줄스가 한 손으로 개들을 가리키며 말했다.

그러더니 비로소 마음이 놓이는지 웃음을 터뜨렸다.

'무사 귀환한 전쟁 영웅들 같아. 고작 동네를 한 바퀴 돌았을

뿐인데.'

"그 상자에는 뭐가 들었어?"

셰릴이 물었다.

톰이 상자를 높이 들었다. 그의 두 눈은 감정이 없는 유리 같았다. 마치 딴생각에 잠긴 듯이.

톰은 한 손으로 상자를 든 채 다른 손으로 뚜껑을 살짝 열며 말했다.

"상자에는, 셰릴, 새들이 있어."

사람들이 상자 주위로 둥글게 모였다.

"무슨 새예요?"

올림피아가 물었다.

톰이 천천히 고개를 가로저었다.

"우리도 몰라요. 어느 사냥꾼의 차고에서 찾았어요. 지금까지 용케 살아 있었더라고요. 주인이 모이를 잔뜩 두고 갔나 봐요. 새들이 시끄럽죠? 우리가 근처에 있을 때만 그래요. 실험을 해봤거든요. 상자에 다가갈수록 새들이 더 시끄럽게 울더라고요."

"저녁거리야?"

펠릭스가 물었다.

톰이 그 말에 살짝 웃었다. 지친 기색이 역력한 미소였다.

"경보 장치야."

"경보 장치?"

펠릭스가 되물었다.

그러자 줄스가 설명했다.

"우리는 이 상자를 집 밖에 매달아둘 거야. 현관문 근처에. 그러면 여기서 새소리를 들을 수 있어."

'고작 새를 넣은 상자라니.'

맬로리는 처음에는 그렇게 생각했지만 이내 어느 정도 진보를 거둔 셈이라는 생각이 들었다.

톰이 살며시 뚜껑을 덮었다.

"밖에서 무슨 일이 있었는지 전부 말해줘."

셰릴이 말했다.

"그래. 하지만 일단 식당으로 가자. 우리는 당장 앉고 싶어."

톰이 대답했다.

사람들이 미소를 지었다.

돈만 빼고.

그들이 죽었다고 주장했던 돈. 그들의 식량을 자신의 몫으로 생각했던 돈.

톰은 들고 있던 상자를 복도 바닥에 내려놓고 벽에 붙였다. 이윽고 사람들이 모두 식당에 모였다. 펠릭스는 톰과 줄스가 마실 물을 가지고 왔다. 각자 앞에 물을 받자 톰과 줄스는 밖에서 겪은 일들을 모두에게 들려주었다.

23

두 사람 뒤로 문이 닫히는 순간 톰은 예상했던 것보다도 훨씬 더 무서웠다.

집 밖에서는 크리처가 더 가까이 있을 것이다.

'집에서 충분히 멀리 떨어진 거리로 나가면 그때 우리를 공격해 올까?'

톰은 문득 이런 생각이 들었다.

그는 차가운 손이 자신의 손을 감싸는 모습이 떠올랐다. 누군 가 그의 목을 벨지도 모른다. 목이 부러질 수도 있다. 실성을 할지 도 모른다.

하지만 톰은 크리처에게 물리적인 공격을 받았다는 보도가 있 었던 적은 없다는 사실을 기억했다.

여전히 포치에서 머뭇거리며 그는 '이런 식'으로 생각을 하자며 마음을 굳게 먹었다. 이런 결심을 마음에 깊이 새기고, 이런 결정 을 내린 근거를 다시금 떠올리면서 그는 천천히 심호흡을 했다. 그 러자 온갖 감정이 그를 파고들었다.

제일 먼저 찾아온 감정은 해방감이었다. 도저히 억제할 수 없기도 했거니와 이런 해방감을 맘껏 누리는 건 무모한 행동이 아닌가도 싶었다. 그 집에서 살기 시작한 후로도 바깥출입은 했다. 다른 사람들만큼 그도 우물에 물을 길러 다녀왔으니 말이다. 배설물을 근처 도랑에 버리는 일도 마찬가지였다. 하지만 이건 달랐다. 몸에 닿는 '공기'부터 달랐다. 줄스에게 이제 출발하자고 말하려는 찰나 미풍이 그들을 휘감고 지나갔다. 바람이 그의 목을 스쳐지나가며 팔꿈치와 입술을 만졌다. 한 번도 느껴보지 못한 기이한 감정에 휩싸였다. 그 느낌이 그를 차분하게 해주었다. 크리처들이 나무나 거리 표지판에 몸을 숨긴 채 사방에 도사리고 있는 불쾌한 모습을 떠올리면서도 탁 트인 곳에서 들이쉬는 깨끗한 공기는 머리가 아찔할 정도로 상쾌했다.

아주 짧은 순간이었지만.

"준비됐어, 줄스?"

"그래."

두 사람은 시각 장애인처럼 빗자루로 땅바닥을 톡톡 치며 걷기 시작했다. 두 사람은 포치에서 내려섰다. 1미터도 걷지 않았는데 바닥은 이미 콘크리트가 아니었다. 톰은 풀밭을 밟고 서 있으니 마치 집이 사라져버린 것 같았다. 그는 '망망대해'로 나왔다. 그것도 무방비 상태로. 그 사실을 떠올리자 마음먹은 일을 제대로 해낼 수 있을지 자신이 없어졌다.

그래서 죽은 딸에게 말을 걸었다.

'로빈. 우리는 이제 개들을 찾으러 간단다.'

로빈을 떠올린 건 잘한 일이었다. 자신감을 되찾는 데 도움이 되었기 때문이다.

빗자루가 연석이 있으리라 짐작되는 곳을 지나가자 톰은 콘크리트 길 위로 올라섰다. 그곳에서 그는 잠시 발걸음을 멈추고 무릎을 꿇었다. 그리고 무릎의 감촉으로 집 앞 풀밭 부근에서 연석을 찾았다. 마침내 찾는 곳이 무릎에 느껴졌다. 그는 가방에서 작은 나무 막대 하나를 꺼내서 땅에 꽂았다.

"줄스. 내가 방금 앞마당에 표시를 했어. 집으로 다시 돌아오려면 이게 필요할 거야."

톰은 일어나서 몸을 돌리다가 그만 자동차의 후드에 세게 부딪혔다.

"톰, 괜찮아?"

줄스가 물었다.

톰은 균형을 잡으며 대답했다.

"괜찮아. 셰릴의 SUV로 곧장 걸어온 모양이야. 우드 패널이 만져지는 걸 보니."

톰은 줄스의 장화와 빗자루 소리로 방향을 가늠하며 차에서 멀어졌다.

지금처럼 안대와 헬멧을 쓰지 않고 감은 눈 위로 떨어지는 햇살을 고스란히 느낄 수 있는 상황이었다면 그는 복숭아와 오렌지의 세상을 통과하고 있다고 생각했을 것이다. 감은 눈으로 보이는 색깔은 구름에 따라 바뀌고 나무와 지붕의 그림자에 따라 바뀔 것이다. 하지만 오늘은 온통 검은색뿐이었다. 그는 익숙한 암흑 어딘가에서 로빈을 떠올렸다. 자그맣고 순수하고 영리했던 아이. 그 로빈이 이렇게 격려했다. "아빠, 걸어요. 어서요." 지금 집에 있는 사람들을 도울 수 있을 만한 것을 얼른 찾으러 나가라고 재촉했다.

"제길!"

느닷없이 줄스가 욕설을 내뱉었다. 뒤이어 그가 넘어지는 소리도 들렸다.

"줄스!"

톰이 바짝 얼어붙었다.

"줄스, 무슨 일이야?"

"뭔가에 걸려서 넘어졌어. 너도 느껴져? 여행 가방 같아."

톰은 빗자루로 커다란 호를 그리며 주위를 훑었다. 빗자루 끝이 의문의 물체에 닿았다. 톰이 그것을 향해 기어갔다. 빗자루를 태양에 뜨겁게 달구어진 인도 위에 내려놓고 양손으로 길 한복판에 떨어져 있는 물체를 더듬었다. 무엇인지 이내 알 수 있었다.

"시체야, 줄스."

그 말을 하자마자 줄스가 우뚝 멈춰 서는 소리가 들렸다.

"여자인 것 같아."

톰이 말했다. 그러더니 시신의 얼굴에서 손을 퍼뜩 뗐다.

그가 일어섰고 두 사람은 다시 전진했다.

모든 것이 너무 빨랐다. 모든 것이 너무 빨리 진행되었다. 옛 세상에서라면 길거리에 나뒹구는 시신을 발견하고 그 의미를 온전히 받아들이기까지 몇 시간은 걸렸을 것이다.

어쨌든 그들은 계속 걸었다.

풀밭을 가로지르니 덤불이 나왔다. 그 덤불 뒤로 집 한 채가 있었다.

줄스가 말했다.

"여기, 창문이 있어. 유리가 만져져."

톰은 줄스의 목소리를 따라 그가 서 있는 창문으로 다가갔다. 벽돌 벽을 더듬더듬 만지며 걸어간 끝에 현관에 당도했다. 줄스가 노크를 했다. 인사를 하고 다시 노크를 했다. 두 사람은 잠시 기다렸다. 톰이 말문을 열었다. 그는 이 고요한 세상에서 자신의 목소리가 뭔가를 불러들일까 봐 겁났다. 하지만 선택의 여지가 없었다. 그는 혹시라도 있을지 모를 거주자에게 해를 끼치려는 의도가 아니며 도움이 될 만한 것이면 뭐든 생필품을 찾기 위해 여기까지 왔다는 사실을 확실히 알려주어야 했다. 그들은 다시 기다렸다. 하지만 집 안에서는 아무런 기척도 없었다.

"안으로 들어가보자."

줄스가 말했다.

"좋아."

두 사람은 아까 그 창문으로 다시 돌아갔다. 톰이 가방에서 작은 타월을 꺼냈다. 그는 주먹을 타월로 감싼 후 유리창을 강타했다. 손에는 담요의 감촉이 느껴지지 않았다. 창을 가로막은 마분지나 널빤지도 없었다. 이 집의 주인은 아무런 방비도 취하지 않은 것이 분명했다.

'어쩌면 사태가 더 악화되기 전에 이곳을 떠났을지도 모르지. 지금 어딘가에서 안전하게 지내고 있을지도 몰라.'

톰이 깨진 유리창으로 아무도 없는지 다시 소리쳤다.

"아무도 안 계세요?"

아무 대답도 없자 줄스가 창에서 유리 잔해를 치우고 톰이 창문으로 들어갈 수 있도록 도왔다. 안으로 들어간 톰이 뭔가를 넘어뜨렸는지 쿵 하고 요란한 소리가 났다. 톰을 따라 줄스도 창문으로 들어갔다.

그때 어디선가 음악이 들렸다. 피아노였다. 게다가 그 소리는 그들이 들어간 방에서 났다.

톰이 방어하려고 빗자루를 높이 드는데 줄스가 말했다.

"미안해. 내가 그랬어. 빗자루로 피아노를 건드렸어."

톰이 숨을 거칠게 몰아쉬었다. 그가 숨을 고르는 동안 두 사람은 잠자코 있었다.

"이 집에서는 눈을 뜨면 안 돼."

줄스가 소곤거렸다.

"알아. 맞바람이 들어와. 어딘가 유리창이 깨진 곳이 또 있는 거야."

그는 눈을 뜨고 싶어 견딜 수가 없었다. 하지만 그 집은 안전하지 않았다.

"일단은 1층부터 살피자. 쓸 만한 건 챙기고."

톰이 제안했다.

하지만 1층은 텅 빈 것이나 다름없었다. 주방으로 들어가서 찬장을 뒤지기 시작했다. 톰은 선반 여기저기에 손을 부딪히며 건전지 몇 개를 찾아냈다. 작은 양초와 펜도 몇 자루 있었다. 찾은 물건들을 모두 가방에 넣고 줄스를 불렀다.

"다른 집으로 가자."

"2층은 어떻게 하고?"

"이 집이 마음에 안 들어. 먹을 게 있었다면 분명 1층에 있었을 거야."

두 사람은 빗자루로 앞을 살피며 현관을 더듬더듬 찾아갔다. 잠긴 문을 열고 다시 밖으로 나왔다. 그들은 앞길로 돌아가지 않았다. 대신 마당을 가로질러서 한 집 건너 있는 이웃집으로 갔다.

두 번째로 당도한 집의 현관 앞에서 두 사람은 방금 전과 똑같이 했다. 먼저 노크를 하고 큰 소리로 자신들의 소개를 한 후 잠시 기다렸다. 이번에도 안에서 아무런 기척도 없자 유리창을 깼다. 이번에는 줄스가 깼다.

그런데 그의 주먹이 강타한 것은 유리보다 훨씬 약한 것이었다. 촉감으로 볼 때 판지 같았다.

"안에 누가 있을지도 몰라."

그가 속삭였다.

두 사람은 자신들이 일으킨 소란에 누군가 반응을 보일지 잠시 기다렸다. 하지만 아무런 소리도 들리지 않았다. 톰이 큰 소리로 소개를 했다. 우리는 이웃에 살고 있다. 동물들을 구하고 있으며 동물을 주면 그 대신 은신처를 제공할 수 있다. 이렇게 말했지만 아무 대답도 들리지 않았다. 줄스는 유리를 치우고 톰이 창문으로 들어가도록 도왔다.

안으로 들어간 후에는 판지로 창을 다시 가렸다.

두 사람은 빗자루로 집 안을 살피기 시작했다. 이 작업에 몇 시간이 소요되었다. 두 사람은 등을 맞댄 채 호를 그리듯 빗자루를 휘둘렀다. 톰이 앞장서 줄스에게 방향을 일러주었다. 집 안 수색으로 비로소 이 집이 빈 집이며 창문은 다 가려져 있고 문도 다 잠겨 있다는 사실을 확인하고 나서야 톰은 이 집이 안전하다고 말했다.

두 사람은 말하지 않아도 다음 작업을 잘 알았다.

이제 두 사람은 헬멧을 벗고 안대를 푼 후 눈을 뜰 것이다. 두 사람은 지난 몇 달 동안 갇혀 지낸 집 안의 풍경 외에 아무것도 보지 못했다.

줄스가 먼저 움직였다. 그가 헬멧을 벗는 소리가 들렸다. 톰도 서둘러 헬멧을 벗었다. 안대를 머리 위로 올린 후 눈을 감은 채로 몸을 빙그르르 돌려 줄스를 향해 섰다.

"준비됐어?"

"준비됐어."

두 남자가 동시에 눈을 떴다.

톰은 어렸을 때 친구와 함께 뒷문이 열려 있는 이웃집에 몰래 들어간 적이 있었다. 뭘 어떻게 해보겠다는 구체적인 계획 같은 건 없었다. 그저 그런 짓을 할 수 있는지 시험해보고 싶었다. 하지만 톰과 친구는 생각보다 더 오래 그곳에 머물러야 했다. 그 가족이 저녁 식사를 끝낼 때까지 식료품 저장실에 꼼짝없이 숨어 있어야 했기 때문이다. 둘이 마침내 그 집을 빠져나왔을 때 친구가 기분이 어땠는지 물었다.

그때 톰은 이렇게 대답했다.

"더러웠어."

낯선 이의 집에서 눈을 뜬 순간 톰은 그때와 똑같은 기분이 들었다.

이곳은 그들의 집이 아니었다. 하지만 그들은 지금 이 집에 있다. 세간도 그들의 것이 아니다. 하지만 쓰려면 쓸 수 있다. 어떤 가족이 이곳에서 살았다. 아이도 있었다. 장난감도 한두 개 보였다. 사진을 보니 사내아이였다. 금발 머리에 환하게 미소 짓고 있는 모습을 보니 로빈이 떠올랐다. 어떤 면에서는 로빈이 죽은 후 마주치는 모든 것에서 그는 죽은 딸을 떠올렸다. 톰은 낯선 가족의 집에서 그 가족이 살았던 모습을 상상했다. 아이는 학교에서 들은 이야기를 엄마와 아빠에게 들려주었을 것이다. 아빠는 신문에서 최초 소식을 접했을 테고 엄마는 아이에게 집에 있으라고 했겠지. 온 가족이 거실 소파에 앉아 TV 뉴스를 보며 겁에 질렸을 것이다. 남편은 아이 앞으로 손을 뻗어 아이 옆에 앉은 아내의 손을 잡았겠지.

'로빈.'

반려동물을 키운 흔적은 없었다. 두고 간 개 껌이나 고양이 잠자리도 보이지 않았다. 개 냄새도 나지 않았다. 대신 톰이 상상해본 사람들이 사라져버린 흔적만 있었다.

그때 줄스가 말을 걸었다.

"톰. 너는 2층을 살펴봐. 나는 여기를 더 살펴볼게."

"알았어."

톰은 계단으로 다가가 위를 올려보았다. 주머니에서 안대를 꺼내 다시 눈을 가렸다. 집을 샅샅이 확인했지만 눈을 뜬 채 2층으로 올라갈 마음이 선뜻 들지 않았다.

두 사람이 빠짐없이 제대로 확인했을까?

그는 빗자루로 앞을 확인하며 계단을 올라갔다. 벽에 걸린 액자들이 어깨에 닿았다. 그는 집의 벽에 걸려 있는 조지의 사진이 떠올랐다. 구두코가 계단 턱에 걸려 앞으로 고꾸라졌다. 손으로 바닥을 짚는데, 카펫이 만져졌다. 그는 벌떡 일어나 계단을 더 올라갔다. 계단이 너무 많아 도저히 2층에는 못 닿고 그대로 지붕을 뚫고 나가버릴 것만 같았다.

마침내 빗자루 끝부분에 닿는 감촉으로 계단을 다 올라왔다는 사실을 알게 되었다. 하지만 그의 몸은 빗자루를 따라가지 못했고 결국 다시 발이 걸렸다. 이번에는 비틀거리며 벽 쪽으로 넘어졌다. 2층은 고요했다. 그는 무릎을 꿇은 채 빗자루를 자신의 옆에 놓았다. 다음으로 가방을 열고 손전등을 찾아 꺼내 들었다. 다시 일어서서 빗자루로 앞을 확인하며 전진했다. 오른쪽으로 돌아서다가 손목이 단단하고 차가운 것에 부딪혔다. 가만히 그것을 만져보았다. 유리로 만들어진 것 같았다. 잘 만져보니 꽃병이었다. 악취가 났다. 방금 전까지만 해도 이런 냄새는 맡지 못했다. 말라서 바삭거리는 잎사귀들이 만져졌다. 천천히 줄기를 만지다보니 꽃봉오리가 나왔다. 장미인 것 같았다. 오래전에 죽어버린 게 분명했다. 이번에는 왼쪽으로 몸을 돌렸다. 말라비틀어진 장미 냄새는 그보다 훨씬 더 강력한 냄새에 흔적도 없이 사라졌다.

그는 복도에 우뚝 멈춰 섰다. 그와 줄스는 어떻게 이런 악취를 알아차리지 못했을까?

"누구 계세요?"

아무 대답도 없다. 톰은 빗자루를 들지 않은 손으로 코와 입을 막았다. 악취는 지독했다. 그는 복도를 계속 걸었다. 오른쪽에 문이 나오자 문을 열고 들어갔다. 욕실이었다. 빗자루가 타일을 쓰는 소리가 울렸다. 배관을 오랫동안 쓰지 않아 눅눅했고 곰팡내가 났다. 그는 빗자루로 샤워 커튼을 찔러보고 욕조가 비었는지도 확인했다. 다음으로 약을 넣어두는 선반을 찾았다. 그곳에는 알약이 든 병이 몇 개 있었다. 그것들을 주머니에 쓸어 넣었다. 무릎을 꿇고 세면대 아래의 선반을 훑었다. 그때 뒤에서 무슨 소리가 났다. 그는 몸을 홱 돌렸다.

바로 앞이 욕조였다.

'방금 욕조를 확인했잖아. 그때는 아무것도 없었어.'

한 손은 뒤에 있는 세면대를 짚고 다른 손으로 빗자루를 천천히 들어 올리더니 앞으로 쑥 내밀었다. 안대는 여전히 쓰고 있었다.

"누가 있습니까?"

그는 욕조를 향해 조금씩 나아갔다.

빗자루를 한 번 휘둘렀다. 또 휘둘렀다.

속이 뒤집어질 것 같고 화끈거렸다. 지독한 냄새는 여전히 났다.

톰은 앞으로 몸을 내밀고 욕조 주위에서 빗자루를 마구 휘둘렀다. 빗자루를 쳐들고 천장도 확인했다. 다시 뒤로 물러서서 빗자루를 욕실 바닥에 그대로 떨어뜨렸다. 그랬더니 뭔가와 탁 부딪히면서 방금 전에 들었던 소리가 또 났다.

그는 소리를 낸 플라스틱 병을 재빨리 찾아냈다. 병은 비어 있었다.

톰은 한숨을 푹 쉬었다.

그는 욕실을 나와 복도를 계속 따라갔다. 금세 또 다른 문이 나왔다. 그 문은 닫혀 있었다. 아래층에서 줄스가 돌아다니는 소리가 희미하게 들렸다. 톰은 깊이 숨을 들이마시고 문을 열었다. 그곳은 추웠다. 빗자루가 그의 앞에 있는 뭔가를 건드렸다. 손으로 만져보니 매트리스였다. 작은 침대가 있었다. 눈을 뜨지 않아도 사진 속 남자아이의 침실이라는 사실을 알 수 있었다. 그는 문을 닫고 빗자루로 방 안을 샅샅이 건드리며 살폈다. 마침내 불을 켰다.

그리고 안대를 풀고 눈을 떴다.

벽에는 우승기들이 걸려 있었다. 지역 스포츠 팀의 것이었다. 동물원의 깃발도 있었다. 침대 커버는 포뮬러 1 경기에 나오는 자동차 무늬였다. 곰팡내가 났다. 한동안 쓰지 않은 냄새였다. 전기가 들어오기 때문에 손전등을 끄고 가방에 다시 넣었다. 잠시 방 안을 살펴보니 쓸 만한 것이 하나도 없었다. 문득 로빈의 방이 생각났다.

그는 다시 눈을 감고 방을 나섰다.

복도를 좀 더 가니 점점 악취가 심해졌다. 입에서 손을 뗄 수가 없을 정도였다. 복도 끝에서 벽이 나왔다. 몸을 돌리는데 빗자루 끝이 문에 닿았다. 톰은 문을 살며시 여는 순간 그대로 얼어붙고 말았다.

'줄스와 이 방을 확인했었나? 확인했었나?'

"아무도 안 계세요?"

아무 대답도 없다. 톰은 천천히 방으로 들어갔다. 불을 켜고 벽에 창문이 없는지 더듬었다. 창문은 두 개였다. 둘 다 널빤지가 단단히 대어져 있었다. 방이 컸다.

'부부 침실이군.'

그가 방을 가로질렀다. 악취가 너무 지독해서 마치 냄새에 형태가 있는 듯 만질 수 있을 것 같았다. 빗자루로 주위를 더듬으니 붙박이장 같은 것이 나왔다. 옷이 있었다. 코트도 있었다. 곧 겨울이 닥칠 테니 그 옷들을 가져가야겠다고 생각했다.

몸을 돌리다가 또 다른 작은 문을 발견했다. 두 번째 욕실이었다. 이번에도 톰은 약장과 서랍을 살폈다. 약병이 더 나왔다. 치약과 칫솔도 여러 개 있었다. 그는 욕실에도 창문이 있는지 살폈다. 한 개가 있었는데, 이미 널빤지가 대어져 있었다. 그는 빗자루로 앞을 더듬으며 욕실에서 나왔다. 그리고 문을 닫았다.

직접 창문을 확인했으니 안전하다고 확신한 톰은 벽장 옆에 서서 눈을 떴다.

아이가 침대에 앉아 그를 보고 있었다.

톰은 눈을 꼭 감았다.

크리처들이 저렇게 생겼을까?

'여기는 안전하지 않아! 안전하지 않다고!'

심장이 미친 듯이 뛰었다. 방금 무엇을 보았더라? 얼굴이었다. 나이 든 얼굴이었나? 아니, 어린 얼굴이었다. 어렸다고? 하지만 부패한 상태였다. 당장 줄스를 부르고 싶었다. 하지만 눈을 감고 있을수록 그가 본 모습이 더 또렷하게 기억이 났다.

남자아이였다. 아래층 사진에서 본 아이 말이다.

마침내 다시 눈을 떴다.

아이는 정장 차림이었다. 침대의 검은 헤드보드에 기댄 채 부자연스럽게 얼굴을 톰의 방향으로 돌리고 있었다. 눈은 뜨고 입을 벌리고 있었다. 손은 허벅지 위에 포개져 있었다.

'여기서 굶어 죽었구나. 부모님 방에서.'

톰은 손으로 입과 코를 막은 채 시신으로 다가갔다. 사진 속에서 보았던 얼굴과 비교해보았다. 소년은 쪼그라들어 미라가 되어 있었다.

'숨이 끊어진 지 얼마나 지난 거니? 내가 너를 이곳에서 구해줄 수 있지 않았을까?'

그는 생명이 빠져나간 아이의 눈을 가만히 들여다보며 생각했다.

'로빈. 정말 미안해.'

"톰!"

줄스가 아래층에서 그를 불렀다.

톰이 고개를 획 돌렸다.

그가 방을 가로질러 복도로 나갔다.

"줄스! 괜찮아?"

"그래! 괜찮아! 어서 와봐! 방금 개를 한 마리 찾았어."

톰은 잠시 망설였다. 그 안의 아버지는 소년을 그렇게 두고 가고 싶지 않았다. 로빈은 그가 오래전에 떠나온 집 뒤의 무덤 속에 지금도 잠들어 있다.

톰은 침실 문을 향해 돌아서며 말했다.

"네가 여기 있는 줄 알았다면 좀 더 일찍 왔을 텐데."

그는 몸을 돌려 황급히 아래층으로 내려갔다.

'줄스가 개를 찾았어.'

그는 1층에서 줄스를 찾았다. 소년에 대해 말할 새도 없이 줄스가 자신이 찾은 것을 말하며 주방으로 걸어가버렸다. 지하실 계단 입구에서 줄스가 손짓을 하며 그곳을 보라고 했다. 잘 보라고 말이다.

계단을 다 내려간 곳에 부모가 반듯이 누워 있었다. 그들은 교회에 가는 듯한 옷차림이었다. 옷의 어깨 부분이 찢어져 있었다. 여자의 가슴팍에는 공책에서 찢은 종이 한 장이 놓여 있었다. 종이에는 유성펜으로 이렇게 적혀 있었다. **'편히 주무세요.'**

"이 쪽지를 남긴 아이를 찾았어. 그 아이가 제 부모를 여기에 눕혀놓았나 봐."

톰이 말했다.

"분명히 굶어죽었을 거야. 이 집에는 먹을 거라고는 아무것도 없어. 그 녀석이 지금까지 어떻게 살아 있었는지 모르겠어."

줄스는 이렇게 말하며 시신 너머를 가리켰다. 톰이 쭈그리고 앉으니 옷을 보관하는 선반의 모피 코트들 사이로 웅크리고 있는 허스키 한 마리가 보였다.

개는 상당히 여위어 있었다. 톰은 그 개가 죽은 부부의 시체를 뜯어 먹는 모습이 떠올랐다.

줄스가 가방에서 고기를 조금 꺼내 조각을 낸 후 아래에 있는 개에게 던져주었다. 처음에는 조심스럽게 기어 나오는가 싶더니 순식간에 고기를 먹어 치웠다.

"순해?"

톰이 소곤거리며 물었다.

"개는 먹이를 주는 사람들과 금방 친해져."

줄스가 대답했다.

줄스가 조심스럽게 계단 아래로 고기를 좀 더 던졌다. 그리고 개를 달래듯 말을 걸었다.

하지만 그 개는 선불리 마음을 열지 않았다. 시간이 필요했다.

둘은 한동안 그 집에 머물렀다. 줄스는 고기를 미끼로 개와 유대감을 쌓았다. 그동안 톰은 줄스가 이미 살펴본 곳을 다시 뒤졌다. 그 집에는 뒤질 만한 게 거의 남아 있지 않았다. 전화번호부도 없고 식료품도 없었다.

하지만 줄스가 아직 떠날 준비가 되지 않았다고 했다. 개가 몹시 변덕을 부리는 데다 여전히 그를 믿지 않는다는 것이다. 개에 대해서는 줄스가 더 잘 알았으므로 그의 말을 따를 수밖에 없었다.

톰은 동료들에게 12시간 후면 돌아가겠다고 했던 말을 떠올렸다. 시간이 똑딱똑딱 흐르는 소리가 들리는 듯했다.

마침내 줄스는 개가 자신들과 함께 집을 나갈 준비가 되었다고 말했다.

"그럼 어서 나가자. 돌아다니면서 개와 좀 더 친해지도록 해. 여기선 잘 수 없어. 이렇게 죽음의 냄새가 나는 곳에서는."

톰이 말했다.

줄스도 동의했다. 하지만 그는 개에게 목줄을 매려다가 몇 번이나 실패했다. 점점 시간이 흘렀다. 마침내 줄스가 목줄을 채우자 톰은 12시간 안에 돌아가는 건 무리라는 결론을 내렸다. 한나절 수색한 결과 개를 한 마리 찾았다. 내일 아침에는 또 무엇을 찾을지 누가 알겠는가.

그러는 동안에도 시간은 쉬지 않고 흘렀다.

두 사람은 현관에서 안대를 하고 헬멧을 다시 썼다. 마침내 톰이 현관문을 열고 모두 밖으로 나왔다. 그때부터 톰은 빗자루로, 줄스는 개를 몰며 앞으로 나갔다. 개가 숨을 헐떡였다.

다시 풀밭을 가로질러 맬로리와 돈, 셰릴, 펠릭스, 올림피아에게서 좀 더 멀어지며 다른 집으로 갔다.

톰은 그 집에서 밤을 날 수 있기를 바랐다. 창문이 모두 막혀 있고 집 안에 아무것도 없는 게 확실하다면. 그리고 죽음의 냄새가 그들을 맞이하지 않는다면.

24

맬로리는 어깨의 통증이 너무나 생생하고 또렷해서 마음속에 통증을 그릴 수도 있을 것 같다. 어깨를 움직일 때마다 통증이 따라 움직이는 모습이 눈에 선하다. 막 다쳤을 때만큼 통증이 날카롭지는 않다. 지금은 깊고 둔하게 욱신거린다. 충격 당시 온갖 색조가 찬란하게 퍼지는 단계를 지나 지금은 색조가 죽어버린 쇠락의 색이 지배하고 있다. 그녀는 배의 바닥이 지금 어떤 상태일지 상상이 갔다. 오줌과 물, 피가 뒤범벅되어 있겠지. 아이들은 그녀가 괜찮은지 물었다. 그녀는 괜찮다고 대답해 아이들을 안심시켰다. 하지만 아이들은 그것이 거짓말이라는 사실을 안다. 맬로리가 아이들에게 말 너머에 있는 것까지 읽어낼 수 있도록 꾸준히 가르쳤으니 왜 아니겠는가.

그녀는 울지 않았다. 하지만 눈물이 저절로 흐른다. 안대 안에서 눈물이 소리 없이 흐른다. 눈물이 주르륵 흐르는 소리가 그녀에게는 들리지 않는다. 하지만 아이들은 침묵 속에서 그 소리를 끄집어낼 수 있으리라.

그녀는 식탁에 앉아 이렇게 말하곤 했다.

"자, 얘들아. 눈을 감아."

아이들이 눈을 감았다.

"엄마가 뭘 하고 있을까?"

"웃고 있어요."

"맞았어, 걸. 어떻게 알았니?"

"엄마가 웃으면 숨소리가 달라요."

다음 날 아이들은 똑같은 훈련을 또 받았다.

"엄마! 지금 울고 있어요."

"그래. 엄마는 왜 울까?"

"슬프니까요."

"다른 이유도 있어."

"무서우니까요!"

"그래. 이제 다른 걸 해보자."

물이 점점 차가워진다. 힘겹게 노를 저을 때마다 물이 튀어든다.

"엄마."

보이다.

"왜?"

아이의 목소리를 듣자마자 정신이 번쩍 들었다.

"엄마 괜찮아요?"

"아까도 물어봤잖아."

"그런데 엄마 목소리는 안 괜찮은 것 같았어요."

"엄마가 괜찮다고 했지? 그러면 괜찮은 거야. 자꾸 묻지 마."

그러자 걸도 거든다.

"하지만 엄마 숨소리가 달라요."

정말 그랬다. 그녀도 그 사실을 잘 알았다. 숨 쉬기가 점점 힘들어지는 듯하다.

"노를 계속 저어서 그래."

그녀는 또 거짓말을 했다.

맬로리는 아이들이 듣기 기계가 되도록 훈련을 시키면서도 마음 한편으로는 어머니의 의무에 대해 몇 번이고 자문했다. 맬로리는 아이들이 크는 모습을 지켜보는 게 때로는 끔찍했다. 마치 돌연변이 둘을 돌보도록 남겨진 듯했다. 작은 괴물들. 미소조차 귀로 들을 수 있다니, 괴물이 아니면 뭐란 말인가. 그녀가 겁을 먹었다는 사실을 미처 깨닫기도 전에 그녀에게 겁을 먹었다고 말해줄 수 있다니. 어찌 보면 이 아이들도 크리처라고 할 수 있지 않을까?

어깨의 상처는 심각한 수준이다. 지난 몇 년 동안 맬로리는 이 정도로 심한 부상을 입을까 봐 늘 전전긍긍했다. 그래도 이런 경우가 몇 번이나 있었다. 구사일생으로 목숨을 부지한 경우 말이다. 아이들이 두 살이었을 때 지하실 계단에서 구른 적도 있고 우물에서 물을 길어 오다가 넘어져 머리를 바위에 세게 부딪힌 적도 있다. 한 번은 손목이 부러진 게 아닌가 싶었던 적도 있고 이도 깨졌다. 멍이 하나도 들지 않은 다리는 어떻게 생겼는지 이제 기억도 안 난다. 그런데 지금 어깨의 살점도 떨어져 나갔다. 그녀는 노를 그만 젓고 싶다. 병원을 찾아가고 싶다. 이렇게 소리를 치며 거리를 달리고 싶다.

'의사가 필요해요. 의사를 불러줘요. 의사가 필요해요. 의사가 없으면 나는 죽어요. 내가 없으면 우리 아이들도 죽어요.'

"엄마."

걸이 그녀를 불렀다.

"왜?"

"엉뚱한 방향으로 가고 있어요."

"뭐라고?"

피로가 심해질수록 그나마 덜 아픈 팔을 더 많이 써야 했다. 그 탓인지 물길과 반대로 노를 젓고 있는데도 미처 깨닫지 못했다.

문득 보이가 그녀의 손을 잡았다. 맬로리는 처음에는 손을 빼려고 했지만 이내 아이의 마음을 이해했다. 보이가 그녀의 손을 감싼 채 그녀와 함께 움직인다. 마치 우물의 핸들을 돌리는 것처럼 말이다.

이 춥고 고통스러운 세상에서 보이는 그녀가 고군분투하는 소리를 듣고 도와주려고 한다.

25

허스키가 톰의 손을 핥고 있다. 줄스는 그의 왼쪽에서 코를 골며 잠들어 있다. 지난밤 두 사람은 카펫이 깔린 거실 바닥에서 잠을 청했다. 그 뒤로 떡갈나무 받침대 위에 커다란 TV가 조용히 쉬고 있다. 레코드판이 담긴 상자들이 벽에 쌓여 있다. 스탠드 몇 개. 격자무늬 소파 하나. 석조 벽난로. 그 위의 공간을 채우고 있는 해변을 그린 커다란 그림. 미시간 주 북부를 그린 듯했다. 머리 위로는 먼지가 잔뜩 낀 천장 선풍기가 멈춰 있다.

개가 그의 손을 핥는 건 두 사람이 지난밤 눅눅한 감자 칩으로 파티를 벌였기 때문이다.

이 집은 전 집보다 더 쏠쏠했다. 두 사람은 잠들기 전까지 통조림 몇 개와 종이, 아동용 장화 두 켤레, 작은 재킷 두 벌, 튼튼한 플라스틱 양동이를 찾아냈다. 하지만 이 집에도 전화번호부는 없었다. 누구나 주머니에 휴대전화 하나씩 넣어다니는 현대 사회에 전화번호부는 쏠쏠히 퇴장한 것이겠지.

집을 둘러보니 이 집의 주인들이 의도적으로 집을 떠난 흔적이 남아 있었다. 텍사스의 멕시코 국경 근처에 있는 작은 도시로 가는 길을 적은 메모들이며 여기저기 표시가 남아 있는 위기대응 매뉴얼, 휘발유와 자동차 부품을 비롯해 온갖 생필품을 나열한 긴 목록이 버려져 있었다. 그들이 손전등 열 개와 낚싯대 세 개, 칼 여섯 자루, 생수, 프로판 가스, 견과류 통조림, 침낭 세 개, 발전기 한 대, 석궁 한 개, 식용유, 휘발유, 땔감을 구입한 영수증도 여러 장 있었다. 개가 그의 손을 핥는 동안 그는 텍사스를 떠올렸다.

"악몽을 꿨어."

문득 줄스가 말했다.

톰이 돌아보자 그는 이미 일어나 있었다.

"꿈에서 집으로 가는 길을 못 찾았어. 빅터를 만날 수 없었어."

"우리가 풀밭에 박아놓고 온 막대기가 있잖아."

톰이 말했다.

"나도 알아. 그런데 꿈에서 누가 그 막대를 가져가 버렸더라고."

줄스가 일어나자 두 사람은 견과류로 아침을 때웠다. 개에게는 참치 캔 하나를 주었다.

"길을 건너가보자."

톰이 말했다.

줄스도 동의했다. 그들은 짐을 꾸리고 곧장 집을 나섰다.

밖으로 나와 잠시 걸으니 풀밭은 어느새 콘크리트로 바뀌었다. 다시 길로 접어든 것이다. 태양이 뜨거웠다. 신선한 공기를 마시니 상쾌했다. 톰이 그런 기분을 말하려는데, 갑자기 줄스가 그를 불렀다.

"뭐야, 이거?"

톰은 안대를 한 채 그를 향해 몸을 돌렸다.

"왜 그래?"

"기둥이야. 어……. 이거 텐트 같은데."

"길 한복판에?"

"그래. 우리 집 앞을 지나는 길 한복판에."

톰이 줄스에게 다가갔다. 빗자루 끝부분이 금속으로 된 물건에 닿는 소리가 났다. 그는 조심스럽게 암흑 속으로 손을 뻗어 줄스가 발견한 것을 만져보았다.

"난 잘 모르겠는데."

이윽고 톰이 말했다.

톰은 빗자루를 내려놓고 양손으로 자신의 머리 윗부분을 더듬으며 방수포를 죽 훑었다. 방수포를 만지고 있으니 예전에 로빈을 데리고 갔던 거리 축제가 떠올랐다. 도로 양쪽을 오렌지색 고깔로 막아놓고 수많은 화가들이 자신의 그림과 조각, 스케치를 전시하고 팔았다. 나란히 늘어선 작품이 어찌나 많은지 다 헤아리기도 힘들었다. 그들은 펄럭이는 캔버스 천 텐트를 세워놓고 그 아래서 작품을 팔았다.

톰이 천막으로 들어갔다. 빗자루를 들어 커다랗게 호를 그리며 머리 위를 확인했다. 그 안에는 방수포를 떠받치는 기둥 네 개 외에는 아무것도 없었다.

톰이 생각하기에 군용 천막 같았다. 촉감으로 파악한 천막의 이미지는 거리 축제의 분위기와 많이 달랐다.

톰이 어렸을 때 그의 어머니는 친구들에게 자신의 아들에 대해 문제가 있는 꼴을 못 본다며 자랑하곤 했다. "문제가 있으면 꼭 해결하려고 한다니까. 이 집에는 이 애의 관심을 끌지 않는 게 하나도 없어." 톰은 지금도 당시 어머니 친구들의 표정을 기억한다. 어머니가 이런 이야기를 할 때 미소 짓던 얼굴들을. 그의 어머니는 이런 말도 했다. "장난감? 톰은 그런 거 필요 없어. 나뭇가지가 장난감이야. VCR 뒤에 달린 전선이 장난감이고. 창문이 열고 닫히는 방식도 이 아이에겐 장난감이야." 그의 평생은 이런 식으로 설명할 수 있었다. '뭔가가 어떻게 작동하는지 알고 싶어 하는 사람.' 톰한테 물어봐. 톰이라면 설령 모르는 거라도 배워서라도 알아낼걸. 그 사람은 못 고치는 게 없어. 온갖 걸 다 고친다니까.

사실 톰에게는 그런 것이 특별한 일이 아니었다. 그런데 로빈이 태어나고 모든 것이 변했다. 아이가 기계가 작동하는 모습에 매료되는 걸 보며 경이로움을 느꼈다. 그런데 지금 이렇게 천막 아래 서 있으니 톰은 자신이 호기심 많은 아이처럼 천막의 모습을 알아내고 싶어 안달인지 어른인 아버지처럼 이 천막에서 나가자고 말하고 싶은지 알 수가 없었다.

두 사람은 안대를 한 채 한참 동안 천막을 조사했다.

"이걸 쓸 수 있을지도 몰라."

톰이 줄스에게 말했다. 하지만 줄스는 이미 멀찌감치 떨어져서 그를 불렀다.

톰이 길을 건넜다. 줄스의 목소리를 따라가다 보니 그가 먼저 가 있는 또 다른 풀밭이 나왔다.

그날 처음으로 간 집은 문이 잠겨 있지 않았다. 두 사람은 이 집에서는 눈을 뜨지 않기로 약속한 후 들어갔다.

집 안으로 바람이 들이쳤다. 굳이 확인하지 않아도 창문이 활짝 열려 있는 게 틀림없었다. 톰이 빗자루로 확인하며 들어간 첫 번째 방은 상자가 가득했다. 이 집 식구들은 떠날 준비를 하던 중이었던 것 같았다.

"줄스. 이것들을 확인해봐. 나는 다른 곳을 찾아볼게."

그들이 집을 나온 지 꼬박 하루가 지났다. 이제 카펫을 밟고 선 톰은 천천히 낯선 사람의 집을 탐험하기 시작했다. 먼저 소파가 나왔다. 다음은 의자고 그다음은 TV였다. 줄스와 개가 움직이는 소리는 거의 들리지 않았다. 열린 창문으로 바람이 들어왔다. 다음으로 탁자가 나왔다. 탁자의 표면을 손끝으로 훑는데 뭔가가 만져졌다.

'사발이군.'

그릇을 들어 올리는 순간 뭔가가 탁자 위로 떨어지는 소리가 들렸다. 손으로 탁자 위를 더듬다 보니 떨어진 것이 만져졌다. 생각지도 못한 물건이었다.

모양은 아이스크림을 뜨는 국자처럼 생겼지만 그보다 더 작았다.

톰은 손가락으로 반구처럼 된 부분을 만져보았다. 그 안에는 뭔지 모를 물질이 두껍게 남아 있었다.

그는 몸을 부르르 떨었다. 아이스크림이 아니었기 때문이다. 전에도 톰은 그런 질감의 물질을 만져본 적이 있었다.

'욕조의 가장자리 표면이었지. 그 아이의 가느다란 손목 옆. 그때도 피가 이런 식이었어. 두껍게 굳어 있었지. 생명력을 잃은 채. 로빈의 피가.'

그는 부들부들 떨면서 국자를 내려놓으며 사발을 가슴에 안았다. 그는 세라믹 용기의 매끄러운 곡선을 손끝으로 훑기 시작했다. 그런데 그릇의 바닥에서 뭔가가 만져졌다. 그는 화들짝 놀라며 카펫이 깔린 바닥에 그릇을 떨어뜨렸다.

"톰?"

톰은 목소리가 바로 나오지 않았다. 방금 그가 만진 것과 비슷한 것을 전에도 만진 적이 있었기 때문이다.

로빈은 그것을 학교에서 가져왔다. 과학 시간에 쓴 것이었다. 집에 가져와서는 동전이 가득 들어 있는 커피 깡통에 넣어두었다. 톰은 로빈이 학교에 간 사이에 그것을 발견했다. 이상한 냄새가 나서 집을 확인해보던 중이었다.

톰은 캔 속 동전 더미 위에 있는 빛 바랜 작은 공 같은 것을 본 순간 냄새의 근원을 찾았다고 확신했다. 그는 본능적으로 그것을 향해 손을 뻗었다. 그러자 그것은 손가락 사이에서 그대로 뭉개져버렸다.

문제의 공은 돼지의 눈알이었다. 해부된 눈알 말이다. 로빈이 수업 시간에 해부를 했다는 이야기를 한 적이 있었다.

"톰? 무슨 일이야?"

'줄스가 부르고 있어. 어서 대답해.'

"톰?"

"아무것도 아니야, 줄스! 뭘 좀 떨어뜨렸어."

톰은 그곳에서 얼른 나가려고 일어나다가 손으로 뭔가를 쿡 찔렀다.

이 감촉 또한 익숙했다.

'어깨잖아. 이 탁자 앞 의자에 시체가 앉아 있어.'

시체의 모습이 절로 떠올랐다. 눈알이 빠진 채 앉아 있는 시체.

그대로 몸이 굳었다. 지금 그 시체와 마주 보고 있는 게 틀림없었다.

잠시 후 몸을 움직일 수 있게 되자 그곳을 황급히 뛰쳐나갔다.

"줄스. 어서 나가자."

"무슨 일이야?"

톰은 방금 찾은 것들에 대해 모두 이야기했다. 두 사람은 후다닥 그 집을 나와버렸다. 그리고 집으로 돌아가기로 했다. 개는 한 마리면 충분하다. 의문의 천막과 마주친 데다 톰이 사발에서 그런 것을 발견하고 나니 그 집에서 어느 것 하나 가져가고 싶지 않았다.

두 사람은 풀밭을 가로질렀다. 진입로가 나왔다. 두 개 더 나왔다. 개가 줄스를 잡아끌 듯 앞서나갔다. 톰은 보조를 맞추기 위해 안간힘을 썼다. 안대를 한 깜깜한 어둠 속에서 홀로 길을 잃고 헤매는 것만 같았다. 결국 줄스를 불렀다.

"나 여기 있어!"

줄스가 소리쳤다.

톰은 줄스의 목소리가 들린 곳으로 발걸음을 재촉해 마침내 그를 따라잡았다.

줄스가 말했다.

"톰. 이 개가 여기 차고 근처에서 뭔가를 찾은 것 같아."

톰은 방금 들어갔던 집에서 찾아낸 시체 때문에 아직도 몸이 부들부들 떨리는 데다가 길 한복판에 뜬금없이 쳐져 있던 천막 때문에 여전히 깊은 두려움에서 헤어나오지 못한 채 서둘러 집으로 돌아가야 한다고 했다. 하지만 줄스는 개가 무엇에 관심을 보였는지 꼭 확인해보고 싶어 했다.

"여기는 별채로 만든 차고야. 녀석의 반응을 보면 저 안에 뭔가 살고 있는 것 같아."

옆문은 잠겨 있었다. 유일한 창문을 찾은 줄스는 유리를 깨트렸다. 그는 톰에게 유리 안이 막혀 있다고 했다. 마분지였다. 창문이 작았지만 한 사람이 들어갈 정도는 되었다. 줄스는 자신이 들어가겠다고 했다. 톰도 자신이 들어가겠다고 했다. 결국 두 사람은 개를 배수구에 묶어놓고 창문으로 차례로 기어들어갔다.

안으로 들어가니 뭔가가 으르렁거렸다.

톰이 창문 쪽으로 돌아섰다. 줄스가 소리쳤다.

"개가 한 마리 있는 것 같아!"

톰도 그런 생각이 들었다. 심장이 미친 듯이 뛰기 시작했다. 빨라도 너무 빠르다는 생각이 들 정도였다. 그는 한 손을 창틀에 놓고 언제든지 밖으로 나갈 준비를 했다.

"말도 안 돼."

줄스가 말했다.

"왜?"

"이번에도 허스키야."

"뭐라고? 그걸 어떻게 알아?"

"얼굴을 만져봤거든."

톰은 비로소 창문에서 떨어졌다. 뒤이어 개가 뭔가를 먹는 소리가 들렸다. 줄스가 먹이를 준 게 틀림없었다.

바로 그때 톰의 팔꿈치 쪽에서 소리가 났다.

처음에는 아이들이 웃는 소리인 줄 알았다. 웃음소리는 어느새 노랫가락 같은 소리로 바뀌었다.

하지만 뒤이어 누가 들어도 찍찍거리는 소리가 났다.

'새다.'

톰이 조심스럽게 뒷걸음질을 쳤다. 그러자 찍찍 소리가 멈췄다. 그가 다시 앞으로 가자 찍찍 소리는 다시 커졌다.

'역시.'

톰은 전날 집을 나오면서 기대했던 것을 찾았다는 생각에 흥분을 감출 수 없었다.

줄스가 조용하게 개를 안심시키는 동안 톰이 새들에게 다가갔다. 새들이 꽥꽥거리는 소리가 참을 수 없을 정도로 시끄러워졌다. 그는 선반을 손으로 더듬었다.

어둠 속에서 줄스가 말했다.

"톰. 조심해."

"상자 안에 있어."

톰이 말했다.

"뭐가?"

"어릴 때 내 친구 아버지가 사냥꾼이었어. 그 아저씨가 키우던 새가 똑같은 소리를 냈지. 가까이 갈수록 더 크게 울었거든."

톰의 손이 마침내 상자에 닿았다.

그는 잠시 생각하더니 줄스에게 말했다.

"줄스. 집으로 돌아가자."

"나는 개와 좀 더 시간을 가졌으면 좋겠는데."

"그건 집에 가서 해. 문제가 있으면 방에 가둬놓으면 되잖아. 어쨌든 목표했던 것들은 다 찾았어. 그러니 돌아가자."

줄스가 두 번째 허스키에게 목줄을 채웠다. 이 개에게는 비교적 쉽게 목줄을 채울 수 있었다. 차고의 옆문으로 나가면서 줄스가 톰에게 물었다.

"그 새들도 가져갈 거야?"

"물론이지. 나한테 계획이 있어."

밖으로 나오자 두 사람은 첫 번째 허스키를 찾아서 집으로 발길을 돌렸다. 줄스는 두 번째 개를 데리고 가고 톰이 첫 번째 개와 함께 걸었다. 그들은 천천히 풀밭을 건너고 진입로를 지난 후 마침내 전날 마당에 꽂아둔 나뭇조각을 찾았다.

톰이 현관 포치에서 문을 막 두드리려는데 동료들의 말다툼 소리가 들렸다. 바로 그때 뒤쪽 길에서 무슨 소리가 난 것 같았다.

그가 몸을 돌렸다.

그리고 잠시 기다렸다.

지금 서 있는 곳에서 그 천막이 얼마나 가까울지 문득 궁금해졌다.

마침내 그가 문을 두드렸다.

안에서 언쟁이 뚝 그쳤다. 펠릭스가 그를 큰 소리로 불렀다. 그 소리에 톰이 대답했다.

"펠릭스! 나야, 톰!"

26

나는 곧 눈을 떠야 해⋯⋯.

"뭘 좀 먹어야지, 걸."

맬로리가 힘겹게 말문을 열었다. 목소리가 너무 약하다.

보이는 주머니에서 견과류를 꺼내 먹었는데 걸은 통 먹으려 하지 않았다.

걸이 맬로리의 등에 손을 댔다. 그러자 맬로리는 노 젓는 손을 멈추고 주머니에서 견과류를 꺼내 걸에게 주었다. 이런 동작으로도 어깨가 아프다.

하지만 그 고통 속에서도 한 가지 생각이 좀처럼 그녀의 머릿속을 떠나지 않았다. 결코 마주하고 싶지 않은 진실이기도 했다.

지금 안대 속 세상은 병든 잿빛이다. 그렇다. 그녀는 의식을 잃을까 봐 두렵다. 하지만 이런 예감보다 더 어둡고 침울한 현실이, 그녀의 두려움과 문제들이 구불구불 이어진 미로 속을 헤집고 다닌다. 그 현실은 둥둥 떠다니더니 맴을 돌다가 결국 그녀의 상상력 제일 앞쪽에 닻을 내렸다.

그것은 맬로리가 오전 내내 자신의 다른 부분에 들키지 않도록 숨기고 보호했던 것이기도 하다.

지난 몇 년 동안 그녀를 고민하고 고민하게 만든 문제이기도 했다.

'집을 영원히 잃을지도 모른다는 생각에 두려워서 지난 4년 동안 기다리기만 했다고? 4년 동안 아이들에게 먼저 훈련을 시킬 시간을 벌었다고? 그건 다 거짓말이야. 바로 오늘 미친놈들과 늑대 떼가 도사리고 사방에 크리처들이 돌아다니고 있을 이 여행에서, 이곳, 이 강 위에서 지난 4년이 넘도록 집 밖에서 한 번도 하지 않았던 일을 해야 하기 때문이잖아.

오늘 나는 곧 눈을 떠야 해…….

집 밖에서.'

그랬다. 그녀는 이 사실을 잘 알고 있다. 아주 오래전부터 알고 있었던 기분이 들 정도다. 눈을 떴을 때 무엇이 더 두려울까? 눈앞에 크리처가 있을지도 모른다는 사실? 아니면 눈을 뜨자마자 폭발할 듯 시야를 가득 메울 불가사의한 색채의 향연?

'지금 세상은 어떤 모습일까? 알아볼 수나 있을까?'

세상은 회색일까? 나무도 미쳐버렸을까? 꽃도, 갈대도, 하늘도? 온 세상이 미쳐버렸을까? 세상이 전투를 벌이고 있는 건 아닐까? 그렇다면 지구가 바다의 존재를 부정하게 될까? 바람이 거세졌다. 바람이 뭔가를 보았을까? 그래서 미쳐버렸나?

톰이라면 이렇게 말할 것이다.

'생각을 해봐요. 지금 이렇게 잘하고 있잖아요. 노를 젓고 있잖아요. 계속 저어야 해요. 이 모든 노력이 당신이 성공하리라고 말해주고 있어요. 당신은 눈을 떠야 해요. 할 수 있어요. 왜냐하면 반드시 눈을 떠야 하니까.'

톰. 톰. 톰. 톰. 톰.

그 어느 때보다 톰이 곁에 있었으면 싶다.

이 세상 이 강물 위에서 바람은 점점 거세지고, 청바지 위로 차가운 강물이 튀고, 들짐승이 강둑을 어슬렁거리고, 온몸이 만신창이가 되고, 마음은 잿빛 감옥에 갇혀 있다고 해도 톰은 그녀에게 환하게 빛나는 존재이자 선한 존재이기 때문이다.

"먹을게요."

걸이 말했다.

다행스러운 일이다. 맬로리는 힘을 그러모아 딸에게 많이 먹으라고 했다.

"착하네."

그녀는 힘겹게 숨을 쉬며 말했다.

왼쪽 숲속에서 뭔가가 움직이는 기척이 들렸다. 짐승이 돌아다니는 소리 같다. 배를 타고 있던 그 남자일지도 모른다. 크리처일 수도 있다. 크리처가 한 마리가 아니라 열 마리가 넘을지도 모른다. 이 배가 물고기를 사냥하는 배고픈 곰들을 방해라도 하면 어쩌지?

맬로리는 '상처'를 입었다. 상처라는 단어가 머릿속을 떠나지 않는다. 마치 회전 고리에 붙어서 빙빙 도는 듯하다. 줄곧 그녀를 떠나지 않는 톰처럼. 안대 안에 펼쳐진 잿빛 세상처럼. 강과 새 세상의 소음처럼. 그녀의 어깨. 그녀의 '상처'. 결국 이렇게 되어버렸다. 그 사람들은 분명히 경고했다. 일단 나오면 그녀에게 경고해줄 사람이 아무도 없다고.

강으로 가야 한다면 그렇게 해. 하지만 부상을 당할 수도 있다는 사실을 명심해.

오, 내가 과연 해낼 수 있을지 모르겠어. 다칠 수 있어.

그 계획은 너무 위험해. 거기서 내가 다치기라도 하면 아이들은 어떻게 되겠어?

지금은 온 세상에 들짐승이 돌아다녀. 밖으로 나가면 안 돼. 그 강으로 가지 마.

내가 다칠 수도 있어.

다친다고.

다친다고!

섀넌. 섀넌을 생각해. 언니 생각만 해.

그녀는 애써 언니와의 추억을 떠올렸다. 그녀를 온통 뒤덮고 있는 우울한 생각들 틈새로 추억 한 줄기가 비집고 들어온다. 섀넌과 함께 언덕에서 놀았던 때가 떠올랐다. 해가 쨍쨍한 날이었다. 그녀는 작은 팔뚝으로 햇빛을 가렸다. 그러고는 하늘을 가리키며 말했다.

"저건 앨런 해리슨이야! 저 구름 봐. 앨런 해리슨처럼 생겼어!"

앨런 해리슨은 같은 반 남자아이였다.

그녀는 이내 웃음을 터트렸다.

"어디 어디?"

"저거! 모르겠어?"

풀밭에 누워 있는 맬로리 곁으로 섀넌이 다가왔다. 섀넌도 맬로리와 나란히 누웠다.

"맞아! 하하! 정말 닮았어! 어, 저걸 좀 봐! 저건 수전 루스야!"

자매는 그렇게 몇 시간이고 누워서 떠가는 구름 속에서 낯익은 얼굴을 찾았다. 코만 닮아도 충분했다. 귀라고 해도 상관없었다. 저 위의 구름은 에밀리 홀트처럼 곱슬머리인 것 같았다.

맬로리는 만신창이가 된 몸으로 초인적인 힘을 발휘해 여전히 노를 저으며 생각했다.

'그 하늘을 기억해? 그날 하늘은 정말 파랬지. 태양은 아이의 그림 속처럼 노랗게 빛나고 풀밭은 녹색이었어. 섀넌의 얼굴은 창백하면서 뽀얗고 보드라웠어. 구름을 가리키는 내 손도 그랬지. 그날 어디를 보든 그곳에는 색깔이 있었어.'

그때 소년이 그녀를 불렀다.

"엄마? 엄마, 울어요?"

'눈을 뜨면 그 색깔을 다시 볼 수 있을 거야. 온 세상이 다시 빛깔을 되찾을 거야. 내가 본 벽들과 담요들. 계단과 카펫. 얼룩과 우물물이 담긴 양동이들. 밧줄, 칼 몇 자루, 도끼 한 자루, 철조망, 스피커 전선, 숟가락들. 통조림과 양초, 의자 여러 개. 테이프, 건전지, 나뭇조각, 플라스틱. 지난 몇 년 동안 동료와 아이들의 얼굴 외에 아무것도 볼 수 없었어. 늘 같은 색깔. 같은 색깔. 몇 년 동안 같은 색깔이었어. 몇 년 동안. 난 준비가 다 되었을까? 나는 뭐가 더 무서울까? 1백만 개나 되는 풍경과 색깔의 추억이 파도처럼 밀려올

231

때 크리처와 나 자신 중 뭐가 더 겁이 날까? 뭐가 더 두려울까?'

노를 젓는 속도가 현저히 느려진다. 심지어 10분 전과 비교해도 반도 되지 않는다. 배 바닥에 고인 강물과 오줌과 피는 발목에서 찰랑거린다. 들짐승인지 미친놈인지 크리처인지 모를 것이 강둑을 돌아다닌다. 바람이 차갑다. 톰은 여기에 없다. 섀넌도 여기에 없다. 안대 뒤의 잿빛 세상이 배수구를 향해 조금씩 흘러가는 걸쭉한 진창처럼 빙글빙글 돌기 시작한다.

갑자기 오늘 먹은 것이 다 올라왔다.

마지막 순간 맬로리는 계속 두려워하던 무시무시한 상황이 시작된 증거라면 자신은 어떻게 될지 겁이 났다. 그러니까 기절을 한다면 말이다. 그러면 아이들은 어떻게 될까? 엄마가 기절해버린 상태에서 아이들은 괜찮을까?

그걸로 끝이었다.

맬로리의 양손이 노에서 툭 떨어진다. 그녀의 마음속에서 톰이 그녀를 지켜보고 있다. 크리처들도 그녀를 지켜보고 있다.

보이가 뭔가를 물어보는 소리가 얼핏 들렸다. 하지만 이 작은 배의 선장인 맬로리는 까무룩 기절을 해버렸다.

27

맬로리는 아기들의 꿈을 꾸다가 퍼뜩 잠에서 깼다. 이른 새벽이 거나 깊은 밤 같았다. 집은 고요했다. 배가 점점 불러올수록 그녀의 현실도 점점 더 생생해졌다. 《아기와 함께》와 《마침내…… 아기가 태어났어요》에는 가정 분만에 대해서 간략하게 나와 있었다. 책에서는 전문적인 도움을 받지 않는 상황에서도 아기를 낳을 수 있지만 각별히 조심하라고 했다. 위생 문제가 발생할 수 있다는 것이다. '예상하지 못한 상황들.' 올림피아는 이 부분을 읽기 싫어했지만 맬로리는 싫어도 알아두어야 한다고 생각했다.

'언젠가는 내 어머니와 이 세상 모든 어머니가 이야기하는 고통이 똑같은 형태로 내게도 찾아오겠지. 출산이라는 형태로. 오직 여자만이 이 고통을 경험해. 그러므로 여자들은 모두 하나로 이어져 있는 거야.'

이제 그 순간이 다가오고 있다. 얼마 남지 않았다. 때가 되면 누가 내 곁에 있을까? 옛 세상이라면 고민할 필요도 없을 것이다. 당연히 섀넌이 내 곁을 지켜주었을 테고 엄마와 아빠도 있었겠지. 친구들도 힘이 되어줬을 테고. 간호사는 그녀가 잘 하고 있다며 격려해줄 것이다. 탁자 위에는 화사한 꽃이 있고 침대 시트에서는 신선한 냄새가 날 것이다. 출산 경험이 있는 여자들로 둘러싸여 있을지도 모른다. 그들은 출산이 피스타치오 껍질을 까는 것이라도 되듯 말할 것이다. 그런 편안한 분위기를 접하면 날카롭게 곤두선 신경도 편안하게 가라앉을 것이다.

하지만 그런 미래는 꿈도 꿀 수 없다. 맬로리가 겪을 산통은 어미 늑대의 것과 비슷할 것이다. 야만적이고, 누추하고, 비인간적일 테니 말이다. 의사도, 간호사도 없을 것이다.

'그리고 약도 없지.'

무엇을 어떻게 해야 할지 그녀는 상상조차 할 수 없다! 준비가 다 되었는지 그녀가 어떻게 알 수 있겠는가! 잡지도, 웹사이트도, 동영상도, 산부인과 의사의 조언도, 다른 어머니들의 경험담도 그 무엇도 지금은 접할 수 없는데 말이다. 그 무엇도! 맬로리는 병원이 아니라 여기 이 집에서 출산을 해야 할 것이다. 이 집의 어느 방에서! 기껏해야 톰이 그녀를 도와주고 올림피아는 공포에 물든 표정을 하고 그녀의 손이나 잡아주겠지. 창문은 담요로 덮여 있을 것이다. 어쩌면 엉덩이 아래에 티셔츠를 깔 수도 있다. 우물에서 길어온 퀴퀴한 물을 한 잔 마실지도 모른다.

그럴 것이다. 그녀의 출산은 결국 그런 식이 될 것이다.

맬로리는 다시 드러누웠다. 천장을 바라보면서 깊고 천천히 호흡을 했다. 눈을 감았다가 다시 떴다. 잘 해낼 수 있을까? '할 수 있을까?'

해야 했다. 그래서 그녀는 마음의 준비를 하는 말을 주문처럼 자꾸 외웠다.

'병원에서 낳든 부엌 바닥에서 낳든 그건 중요하지 않아. 내 몸은 무엇을 해야 할지 잘 알고 있어. 내 몸은 무엇을 해야 할지 잘 알고 있어. 내 몸은 무엇을 해야 할지 잘 알고 있어.'

중요한 것은 배 속의 아기뿐이다.

그때였다. 곧 태어날 아기의 울음소리를 흉내 내기라도 하듯 현관 밖에서 새들이 쿠쿠 하며 우는 소리가 들렸다. 그녀는 지금까지 하던 생각을 머릿속에서 몰아내고 새소리에 귀를 기울였다. 천천히 침대에서 일어나 앉는데 1층에서 문을 두드리는 소리가 들렸다.

그녀는 그대로 얼어붙었다.

'문을 두드리는 소리인가? 톰이 나갔나? 아니면 다른 사람이 밖으로 나갔나?'

또 소리가 들리자 그녀는 깜짝 놀라며 똑바로 앉았다. 그녀는 한 손을 배에 올리고 귀에 온 정신을 집중했다.

다시 문을 두드리는 소리가 들렸다.

맬로리는 다리를 천천히 바닥으로 내리고 일어나서 문으로 걸어갔다. 문가에 서서 한 손은 배에, 한 손은 나무 문틀을 잡고 다시 귀를 쫑긋 세웠다.

다시 소리가 들린다. 이번에는 더 큰 소리다.

그녀는 계단으로 나가서 멈춰 섰다.

'누굴까?'

잠옷 아래로 한기가 느껴졌다. 태아가 움직였다. 순간 맬로리는 살짝 현기증이 났다. 새들이 여전히 시끄럽게 울고 있다.

'밖으로 나간 사람이 있나?'

그녀는 침실로 되돌아가 손전등을 찾았다. 그리고 올림피아의 방으로 가서 손전등으로 침대를 비추었다. 그녀는 자고 있었다. 복도 끝 방으로 가보니 침대에서 자는 셰릴이 보였다.

맬로리는 천천히 계단을 내려가 거실로 들어갔다.

'톰.'

톰은 카펫 위에서 잠들어 있었다. 펠릭스는 소파에 있었다.

"톰. 톰. 일어나요."

맬로리가 그의 어깨에 손을 올리며 깨웠다.

톰이 돌아누웠다. 그러더니 느닷없이 고개를 들어 맬로리를 바라보았다.

"톰."

"왜 그래요?"

"누가 현관문을 두드리고 있어요."

"뭐라고요? 지금 말이에요?"

"방금 전에요."

노크 소리가 또 났다. 톰이 복도로 얼굴을 돌렸다.

"젠장. 지금 몇 시예요?"

"모르겠어요. 늦은 시각이에요."

"알았어요."

톰이 재빨리 일어났다. 그는 잠기운을 완전히 털어버리려는 듯 잠시 서 있었다. 그는 옷을 다 입고 있었다. 그의 잠자리 옆에는 이제 막 만들기 시작한 새 헬멧이 있었다. 톰이 거실의 불을 켰다.

이윽고 두 사람은 현관으로 다가갔다. 그들은 복도에서 잠시 멈춰 섰다. 다시 노크 소리가 이어졌다.

"아무도 없어요?"

남자 목소리가 들렸다.

맬로리가 톰의 팔을 잡았다. 톰이 복도의 불을 켰다.

"여보세요!"

남자의 목소리와 함께 노크 소리가 이어졌다.

"나를 들여보내줘요. 갈 데가 없어요. 아무도 없어요?"

마침내 톰이 문으로 다가갔다. 맬로리는 복도 끝에서 어떤 형체가 움직이는 것을 보았다. 돈이었다.

"무슨 일이야?"

그가 물었다.

"누가 문 앞에 있어."

톰이 대답했다.

잠이 번쩍 깬 돈이 당황한 표정을 지었다. 그러더니 재빨리 말했다.

"그래서 지금 어떻게 할 생각이야?"

다시 노크 소리가 들렸다.

"나는 있을 곳이 필요해요. 이렇게 혼자서는 더 이상 버틸 수가 없어요."

"일단 이야기나 해보려고."

톰이 말했다.

"여기가 무슨 호스텔인 줄 알아?"

돈이 따졌다.

"그냥 이야기만 해보려는 거야."

그러자 돈이 두 사람에게 다가왔다. 위층에서 사람들이 움직이는 기척이 들렸다.

"누구라도 거기 있다면……."

"누구세요?"

톰이 마침내 대답했다.

잠시 정적이 흘렀다.

"오, 하느님 감사합니다. 거기 누가 있었군요! 나는 개리라고 합니다."

"나쁜 놈일지 몰라. 미친놈일 수도 있다고."

돈이 말했다.

펠릭스와 셰릴이 복도 끝에 나타났다. 둘 다 피곤해 보였다. 그리고 줄스도 나왔다. 개들이 그의 뒤를 따랐다.

"무슨 일이야, 톰?"

"이봐요, 개리? 당신에 대해서 좀 말해줘요."

톰이 말했다.

새들이 구구거렸다.

"누구야?"

펠릭스가 물었다.

"나는 개리라고 합니다. 마흔여섯이고요. 턱수염을 기르는데,

갈색이에요. 오랫동안 눈을 뜨지 않았어요."

"저 남자 목소리가 마음에 안 들어."

셰릴이 불쑥 말했다.

이제 올림피아도 내려왔다.

톰이 다시 물었다.

"왜 밖으로 나왔습니까?"

"그동안 지내던 집에서 떠나야만 했어요. 그곳 사람들이 이상해졌죠. 그럴 만한 사건이 있었어요."

그 말에 돈이 물었다.

"그게 무슨 소리예요?"

개리는 잠시 머뭇거리더니 대답했다.

"사람들이 폭력적이 되었죠."

"그거 큰일이군. 절대 문을 열지 마."

돈이 모두를 둘러보며 말했다.

톰이 다시 물었다.

"개리. 밖에 얼마나 오래 있었어요?"

"이틀 정도요. 사흘이 다 됐을지도 몰라요."

"그동안 어디서 지냈어요?"

"어디서 지냈냐고요? 풀밭에서요. 덤불 밑에 있기도 했죠."

"헛소리."

셰릴이 말했다.

"이봐요. 나는 배가 고파요. 혼자고요. 그리고 몹시 무서워요. 당신들이 조심하려는 마음을 모르는 바 아니에요. 하지만 나는 이

239

제 아무 데도 갈 곳이 없어요."

"다른 집에도 가봤나요?"

톰이 물었다.

"당연하죠! 몇 시간째 이 집 저 집 문을 두드리고 다녔어요. 당신들이 처음으로 대답한 사람들이죠."

"우리가 여기 있는지 어떻게 알았을까요?"

맬로리가 다른 사람들에게 물었다.

"아마 몰랐을 거예요."

톰이 대답했다.

"문을 한참 두드렸어요. 그걸 보면 우리가 여기 있다는 걸 알고 있었다는 거잖아요."

맬로리가 지적했다.

톰이 몸을 돌려 돈을 보았다. 돈의 생각을 묻는 표정이었다.

"절대 안 돼."

톰의 얼굴에서 식은땀이 흘렀다.

"그렇지만 너는 문을 열어주고 싶겠지. 그가 새로운 소식을 가지고 있기를 바라니까."

돈이 쏘아붙였다.

"그래, 맞아. 그에게 좋은 생각이 있기를 바라. 그도 우리 도움이 필요할 테고."

"그러시겠지. 나는 말이야. 저 밖에 우리 목을 따버릴 사람 일곱 명이 있을지도 모른다고 생각해."

"세상에!"

올림피아가 진저리를 쳤다.

"줄스와 나도 이틀 전에 밖에 있었어. 다른 집이 모두 비어 있었다는 말은 맞아."

톰이 말했다.

"그럼 왜 아무 빈집이나 골라서 지내지 않을까?"

"나도 모르겠어, 돈. 먹을 게 없어서?"

"너희들이 밖에 나가 있는 동안 저 녀석도 이 동네에 있었어. 그런데 왜 저 녀석은 너희들 소리를 못 들었지?"

"제기랄. 그건 나도 모르겠어. 거리 끝에 있었나 보지."

"그 끝에 있는 집들을 살펴보지도 않았으면서 어떻게 저 녀석이 하는 말이 사실인 줄 알아?"

"안으로 들어오게 하자."

줄스가 말했다.

돈이 그를 보았다.

"여기서는 그런 식으로 처리하지 않아."

"그럼 투표를 해."

"이봐, 우리 중 한 명이라도 저 빌어먹을 문을 열고 싶어 하지 않으면 저 빌어먹을 문을 열지 않는 거야."

돈이 씩씩거리며 말했다.

맬로리는 포치에 있는 남자를 생각했다. 그녀의 상상 속에서 그는 눈을 꼭 감은 채 몸을 벌벌 떨고 있었다.

새들이 자꾸 울었다.

"이봐요?"

개리가 다시 말을 걸었다. 그의 목소리는 초조하고 잔뜩 긴장한 기색이 역력했다.

"네. 미안해요, 개리. 우리가 아직 이야기가 끝나지 않았어요."

톰은 이렇게 말한 후 모두를 둘러보며 말했다.

"투표를 하자."

"찬성이야."

펠릭스가 동의했다.

줄스도 고개를 끄덕였다.

"미안해. 난 싫어."

셰릴이 말했다.

톰이 올림피아를 보았다. 그녀도 고개를 가로저었다.

"맬로리, 당신에게 이러기는 싫지만 3 대 3이에요. 당신은 어떻게 할 거예요?"

톰이 물었다.

맬로리는 말하고 싶지 않았다. 이런 결정권 따위 원하지 않았다. 낯선 이의 목숨이 이제 자신의 손에 달려 있다니.

"저 사람은 도움이 필요할지도 몰라요."

그녀가 마침내 입을 열었다. 하지만 이 순간에도 그녀는 이런 상황을 피할 수 있다면 피하고 싶었다.

톰이 현관문으로 돌아섰다. 돈이 앞으로 불쑥 나와서 그의 손목을 잡아챘다.

"나는 저 문을 열고 싶지 않아."

그가 쉿소리로 말했다.

톰이 돈의 손에서 천천히 자신의 손목을 빼며 말했다.

"돈. 우리는 투표를 했어. 저 사람을 안으로 들일 거야. 우리가 올림피아와 맬로리를 들였던 것처럼. 조지가 너와 나를 들였던 것처럼."

돈이 톰을 똑바로 바라보았다. 맬로리는 그 시간이 무척이나 길게 느껴졌다. 이번에야말로 둘 사이에 감정이 폭발할까?

"내 말 잘 들어. 이 결정으로 뭔가 나쁜 일이 생긴다면, 이 개 같은 투표 결과 때문에 내 목숨이 위태로워진다면, 나는 혼자서라도 너희 모두를 이 집에서 쫓아내버릴 거야."

"돈."

톰이 달래듯 말했다.

"이봐요?"

개리가 소리쳤다.

"눈을 꼭 감아요! 들여보내줄게요."

톰이 소리쳤다.

톰이 문손잡이를 잡고 말했다.

"줄스, 펠릭스. 빗자루를 써. 셰릴, 맬로리. 두 사람은 저 사람에게 가까이 다가가서 몸을 만져봐요. 알았죠? 자, 이제 모두 눈을 감아요."

암흑 속에서 맬로리는 문이 열리는 소리를 들었다.

고요했다. 이윽고 개리가 물었다.

"문이 열렸나요?"

"어서 들어와요."

톰이 대답했다.

잠시 부산스러운 소리가 들렸다. 문이 닫히는 소리가 나자 맬로리는 앞으로 갔다.

"눈을 계속 감고 있어요, 개리."

그녀가 말했다.

그녀는 손을 뻗어 그를 찾은 후 손가락으로 그의 얼굴을 더듬었다. 코와 두 볼, 눈이 만져졌다. 그녀는 어깨를 만진 후 한쪽 손을 달라고 했다.

"이런 경험은 처음이네요. 지금 뭘 찾고 있는 겁……."

"쉬!"

그녀는 그의 양손을 만진 후 손가락을 세웠다. 손톱과 관절 부위에 난 솜털이 만져졌다.

"좋아. 혼자인 것 같아."

펠릭스가 말했다.

"그래. 혼자야."

줄스가 말했다.

맬로리가 눈을 떴다.

앞에 남자가 한 명 서 있었다. 자신보다 한참 연상에 갈색 턱수염을 길렀고 검은 스웨터에 트위드 블레이저를 입었다. 몇 주째 밖에서 노숙을 한 냄새가 났다.

"고맙습니다."

그가 숨을 헐떡이며 인사를 했다.

아무도 대답하지 않았다. 그저 가만히 지켜보기만 했다.

개리는 옆으로 넘긴 갈색 머리가 제멋대로 뻗어 있었다. 그는 그 집의 어느 누구보다 나이도 많고 덩치도 컸다. 한 손에는 갈색 서류 가방을 들고 있었다.

"그 가방에는 뭐가 있어요?"

돈이 불쑥 물었다.

개리는 질문을 받고 나서야 자신이 그 가방을 들고 있는 줄 알았다는 듯한 표정으로 가방을 보았다.

"내 물건들이죠. 그곳을 나오면서 가져온 내 물건들."

"무슨 물건이에요?"

돈이 또 물었다.

개리는 놀랍지만 이해한다는 표정으로 가방을 열었다. 그리고 사람들 앞으로 가방을 돌렸다. 각종 서류들, 칫솔 한 자루, 셔츠 한 벌, 시계 하나가 다였다.

돈이 고개를 끄덕였다.

개리는 가방을 닫을 때 맬로리의 배를 알아보고는 물었다.

"오, 이런. 곧 출산이군요, 그렇죠?"

"그래요."

맬로리는 사람들이 이 남자를 신뢰하기로 했는지 아직은 알 수 없어서 차갑게 대답했다.

"그 새들은 뭡니까?"

그가 물었다.

"일종의 경보 장치죠."

톰이 말했다.

"그렇군요. 광산의 카나리아들처럼 말이죠. 머리를 상당히 썼 군요. 내가 가까이 가니까 새들이 울더라고요."

마침내 톰이 개리를 집으로 안내했다. 개들이 그에게 다가가 킁킁 냄새를 맡았다. 거실로 들어가자 톰은 개리에게 안락의자를 권하며 말했다.

"오늘은 거기서 자요. 등받이가 뒤로 넘어가요. 혹시 배가 고픈 가요?"

"네."

개리는 안도한 듯 말했다.

톰이 그를 데리고 주방을 지나 식당으로 들어갔다.

"우리는 식료품을 지하실에 보관해요. 뭘 좀 가져다줄게요."

톰이 말없이 몸짓으로 맬로리에게 주방으로 함께 가자고 했다. 그녀는 말없이 그를 따랐다.

"내가 잠시 개리와 함께 있을게요. 피곤하면 가서 눈 좀 붙여 요. 모두 지쳤잖아요. 괜찮아요. 내가 음식과 물을 개리에게 가져 다줄게요. 내일 그 사람과 이야기해요. 우리 모두."

"지금 당장은 자러 갈 수 없어요."

맬로리가 대답했다.

톰이 피곤한 표정으로 미소를 지었다.

"알았어요."

그는 지하실로 향했다. 맬로리는 다른 사람들이 모여 있는 식 당으로 갔다. 잠시 후 톰은 복숭아 통조림을 가지고 돌아왔다.

"깡통 따개가 이 세상에서 제일 귀중한 도구가 되는 날이 올줄은 생각도 못 했어요.”

개리가 말했다.

모두 식탁에 모여 앉았다. 톰은 개리에게 몇 가지 질문을 했다. 밖에서 어떻게 버텼는가? 잠은 어디서 잤는가? 개리가 지친 것은 분명했다. 마침내 돈을 시작으로 한 사람씩 잠자리로 향했다. 톰이 개리를 데리고 거실로 돌아가자 맬로리와 올림피아도 식탁에서 일어났다. 계단을 올라가는데 올림피아가 맬로리의 손을 잡으며 물었다.

“맬로리. 네 방에서 자도 돼?”

맬로리가 그녀를 돌아보며 대답했다.

“응. 그렇게 해.”

28

다음 날 아침이 되었다. 맬로리는 일어나서 옷을 입었다. 모두 아래층에 모여 있는 듯했다.

"거기에도 전기가 계속 들어왔어요?"

맬로리가 거실로 들어가니 펠릭스가 이렇게 묻고 있었다.

소파에 앉아 있던 개리는 맬로리를 보더니 미소로 인사했다.

개리는 그녀를 향해 손짓하며 말했다.

"지난밤에 내 얼굴을 만진 천사가 저기 오셨군요. 솔직히 털어 놓는데, 사람의 손길이 닿으니 눈물이 날 것 같더라고요."

맬로리는 개리가 말하는 모습이 꼭 연기하는 것 같았다. 그것도 극적으로 과장된 연기 말이다.

"내 운명을 결정하기 위해 정말 투표를 했어요?"

개리가 톰에게 물었다.

"네."

개리가 고개를 끄덕이며 말했다.

"내가 있던 집에서는 그런 예의범절 따위를 기대하기 어려웠죠. 누군가가 무슨 생각이 있으면 반대하는 사람이 있든 말든 그쪽으로 우르르 몰려가기만 했어요. 아직도 예전의 문명이라는 걸 잊지 않은 분들을 만나다니 신선하기까지 하군요."

"나는 반대했어요."

돈이 불쑥 말했다.

"그랬어요?"

개리가 되물었다.

"그랬죠. 반대했어요. 한 집에 일곱 명이면 충분하잖아요."

"이해해요."

허스키 한 마리가 벌떡 일어나 개리에게 다가갔다. 개리는 녀석의 귀 뒤를 긁어주었다.

톰이 맬로리에게 했던 설명을 그대로 개리에게 들려주었다. 수력 발전이며 지하실에 모아둔 생필품, 전화번호부가 없다는 사실도 말했다. 조지가 죽은 일에 대해서도. 잠시 후 개리가 자신이 떠나온 집에서 함께 지냈던 남자 이야기를 했다. 크리처가 결코 해롭지 않다고 믿었던 어느 '미친놈'에 대한 이야기였다.

"그 사람은 크리처에 대한 사람들의 반응이 전부 심리적인 문제라고 했죠. 무슨 말이냐면 사람들이 발광을 하고 소란을 피운 게 크리처 때문이 아니라 그걸 본 사람들이 원래부터 예민하고 극단적인 경향이 있었다는 거예요."

'발광을 하고 소란을 피워?'

맬로리는 그 표현에 발끈했다. 개리의 예전 동료가 한 말을 그대로 옮긴 걸까?

아니면 개리의 생각일까?

"내가 살았던 집에서 일어났던 일을 들려드리죠. 미리 경고하는데, 무척 우울한 이야기예요."

맬로리는 귀가 솔깃했다. 모두들 그랬다. 개리는 손으로 머리를 뒤로 넘기더니 마침내 이야기를 시작했다.

"우리는 광고를 보고 모인 것도 아니고 당신들처럼 젊지도 않았어요. 공동체 의식이랄까, 유대감을 쌓으려는 노력 같은 것도 없었죠. 내 형제인 던컨에게는 러시아 소식을 심각하게 받아들인 커크라는 친구가 있었어요. 처음부터 큰일이 났다고 믿은 사람이었죠. 그는 평소에 정부나 다른 뭔가가 우리를 다 잡아갈 거라는 음모론에 사로잡혀 있었는데, 이 상황이 그의 편집증과 잘 맞아떨어진 거예요. 나로 말하자면 당시에는 벌어지는 상황을 선뜻 받아들일 수 없었어요. 그런 나를 누가 비난할 수 있겠어요? 나는 마흔이 넘었어요. 그때까지의 삶에 익숙해져 있었죠. 나는 이런 세상이 오리라고는 상상도 못 했어요. 나는 믿지 않고 버텼죠. 하지만 커크는 처음부터 철석같이 믿었어요. 무슨 말로도 그를 설득할 수 없을 것 같았죠. 어느 오후에 던컨이 전화를 하더군요. 커크가 한 며칠 자신의 집에 모여 지내자고 했다는 거예요. 며칠이든 뭐든 일단 그것에 대해 더 많은 정보를 얻을 때까지요. 나는 대뜸 그것이 뭐냐고 물었죠.

'개리. TV에 온통 그 이야기뿐이야.'

'그게 뭐냐고? 러시아에서 일어났다는 그 사건 말이야? 설마 그 말을 믿는 거야?'

'그럴 리가. 커크네 집에 모여서 피자에 맥주나 마시면서 좀 놀려주자고. 너도 손해 볼 건 없잖아.'

나는 됐다고 했어요. 미친 커크가 선정적인 이야기를 낱낱이 분석하는 동안 같이 어울리는 건 절대 재미있을 것 같지 않더군요. 하지만 결국은 나도 같이 가게 되었어요.

나도 다른 사람들처럼 뉴스를 들었어요. 시간이 갈수록 그런 소식을 들으면 걱정이 되더군요. 그런 소식이 너무 많이 들렸어요. 어리석게도 나는 선뜻 믿기지 않았어요. 그런 일이 실제로 일어났을 리 없다고 생각했죠. 그런데 어떤 뉴스를 보고 나서 나도 뭔가 조치를 취해야겠다는 생각을 하게 되었어요. 알래스카에 살았던 할머니 자매에 관한 뉴스였어요. 하필 왜 그 뉴스를 듣고 마음을 바꿨는지 궁금하겠군요. 알래스카는 그런 사건이 비교적 늦게 일어났지만 미국 영토잖아요. 나는 집 근처에서 그런 사건이 일어나야 비로소 걱정을 하는 촌놈이었던 거죠. 기자조차 자신이 전하는 내용에 겁을 집어먹더라고요. 뉴스를 전하는 앵커조차 벌벌 떨었죠.

여러분도 그 이야기를 알 겁니다. 어떤 여자가 이웃에 사는 할머니 자매가 집을 나서는 모습을 목격했어요. 매일 나가는 산책인가 보다 했죠. 그런데 3시간 후에 그 여자는 라디오에서 그 할머니들이 병원 앞 돌계단에 웅크리고 앉아서 지나가는 사람들을 물어뜯으려고 한다는 뉴스를 들었어요. 그 여자는 당장 차를 몰고 그 병원으로 갔어요. 할머니들에게 가보면 뭔가 도울 일이 있을 거라고 생각한 거죠. 하지만 상황은 그런 식으로 풀리지 않았어요. 잠시 후 CNN은 그 여자의 얼굴 가죽이 벗겨진 사진을 내보냈어요. 그리고 보도에는 말 그대로 가죽 옆에 피범벅이 된 두개골이 나뒹굴고 있었죠. 그녀 옆으로는 경찰에게 사살된 두 할머니의 시신이 보였어요. 그 모습에 나는 소름이 끼쳤어요. 너무나도 평범한 사람들이었죠. 너무나도 평범한 곳이었고요.

커크는 그 사건으로 자신의 편집증적 환상을 모두 합리화해버리기에 이르렀어요. 나도 점점 무서웠지만 그렇다고 그때까지 생활방식을 버리고 커크가 주장하는 군대식의 새로운 생활방식을 따르기는 쉽지 않더군요. 나는 그제야 창문에 커튼을 치고, 문을 잠그고, 집 안에 숨을 준비를 했지만 커크는 외계인인지 뭔지는 알 수 없지만 필히 '침략자'라고 믿고 있는 존재와 전투를 벌일 계획까지 다 세웠어요. 그는 온갖 무기와 장비, 총기류에 대해서 떠벌렸죠. 겉보기엔 참전용사 같았지만 그는 군대 근처도 못 가본 사람이었어요."

개리는 입을 다물었다. 마치 생각에 골몰한 것 같았다.

"어느새 그 집에는 사이비 군인 같은 남자들이 잔뜩 모였어요. 커크는 그치들 사이에서 장군으로 떠받들리며 새 생활을 즐겼어요. 열외로 분류된 나는 그치들이 벌이는 우스꽝스러운 짓거리를 지켜보기만 했죠. 던컨에게는 제발 거리를 두라고 틈만 나면 당부했어요. 커크 같은 사람은 주위에 악영향을 끼치니까요. 그 남자들은 커크의 '침략설'에 등장하는 악당들을 처단하려는 환상에 세뇌되어 점점 호전적으로 변해갔어요. 하지만 이 도시를 보호하고, 지구를 휩쓴 광기의 원인을 박멸하고, 자신들을 '큰 문제'를 해결한 무리로 역사에 이름을 올리자는 요란한 계획은 아무 결실을 내지 못했죠. 그런데 그 집에는 정말로 자신의 믿음을 위해 행동에 나선 남자가 있었어요. 프랭크라는 남자였죠. 프랭크는 커크가 말하는 크리처가 절대 위험하지 않다고 믿었어요. 물론 그가 그 집에 왔을 때는 잔뜩 겁에 질려서 온 나라가 무법천지가 될 거라고 말을 하기는 했죠.

커크가 아무 짝에도 쓸모없는 일일 훈련을 계획하는 동안 프랭크는 2층의 자기 방에 틀어박혀서 거의 나오지 않았어요. 그곳에서 그는 글을 썼죠. 연필로, 펜으로, 매직으로, 화장품 따위로 밤낮으로 썼어요. 어느 날 나는 2층 복도를 걷다가 그의 방에서 나는 소리를 들었어요. 분노에 차 쉴 새 없이 마구 퍼부어대더군요. 방문을 살짝 열어보니 그가 책상에 웅크린 채 자신이 증오하는 '컬트적인 과잉반응에 빠진' 사회에 대해 떠들면서 뭔가를 갈겨쓰고 있었죠. 뭘 쓰는지는 알 수 없었어요. 하지만 꼭 알아내고 싶었죠.

나는 던컨에게 내가 본 것을 이야기했어요. 그는 얼굴에 위장크림을 발랐더군요. 우스꽝스러웠어요. 그 무렵 던컨은 커크의 광기에 완전히 세뇌된 상태였어요. 그러니 프랭크가 위험인물이라는 말을 전혀 믿지 않았죠. 커크와 다른 사람들이 지하실에서 무기도 없이 사격 연습하는 시늉을 하는 동안 집단 히스테리니 심리적인 우상숭배니 하는 소리를 떠들어대는 프랭크를 말이죠. 모두들 프랭크를 쓸모없는 평화주의자라고 생각했어요."

개리는 다시 손으로 머리를 쓸어 넘겼다.

"나는 프랭크가 방에 틀어박혀서 무슨 짓을 하고 있는지 알아내기로 했어요. 비밀문서를 읽을 기회를 엿본 겁니다. 이미 미친 사람이 밖에서 그 크리처를 본다면 무슨 일이 생길까요? 이미 제정신이 아닌 상태에서 크리처를 보면 그의 광기가 한 단계 높은 또 다른 차원의 광기로 발전할까요? 어쩌면 미치광이들은 자신들 조차 더 이상 파괴할 수 없어진 이 새로운 세상을 접수하지 않을까요? 나도 당신들처럼 아무것도 모르겠어요."

개리가 물을 한 모금 마셨다.

"마침내 기회가 찾아왔어요. 커크와 다른 사람들은 모두 지하실에 있었죠. 프랭크는 욕실에 있었고요. 나는 재빨리 글을 훑어보기로 했어요. 그의 방에 몰래 들어가 뒤져보니 그가 쓴 글이 책상 서랍에 들어 있더군요. 엄청난 내용이었어요. 그걸 보고 나니 프랭크가 무섭더군요. 사람들은 그를 무시하고 웃기는 작자라고만 생각했어요. 하지만 나는 그에게서 무시무시한 가능성을 봤어요. 나는 그의 글에 어느새 압도되었죠. 그 글을 얼마 동안 썼는지 모르겠지만 우리와 함께 지낸 후부터 쓴 글이라고 하기에는 분량이 어마어마했어요. 노트가 수십 권에 글자 색도 다 다르고 뒤로 갈수록 글에서 느껴지는 분노는 더 심해졌죠. 크게 강조한 글귀에 작은 이행시가 붙어 있었는데, 크리처는 두려워할 필요가 없다는 내용이었어요. 그는 우리 모두를 '몰살시켜야 할 조무래기들'이라고 썼더라고요. 그는 정말 위험한 존재였어요. 바로 그때 프랭크가 욕실에서 나오는 소리가 들려서 나는 황급히 그 방에서 빠져나와야 했죠. 던컨이 커크와 어울린 것도 그렇게 나쁘진 않다는 생각이 들 정도였어요. 그 노트를 읽고 난 후 나는 커크보다 더 끔찍한 방식으로 새 세상을 볼 수도 있다는 사실을 깨달았으니까요.”

개리가 심호흡을 했다. 그러더니 손등으로 입을 닦았다.

“다음 날 아침 일어났더니 커튼이 다 걷혀 있었어요.”

셰릴이 헉 하고 소리를 냈다.

“문의 자물쇠는 모조리 열려 있었고요.”

돈이 무슨 말인가 하려고 했다.

“그리고 프랭크는 사라졌어요. 노트도 함께요.”

“오, 젠장.”

펠릭스가 황당해했다.

개리가 고개를 끄덕였다.

“다친 사람은 없었나요?”

톰이 물었다.

개리가 눈물을 글썽였지만 애써 감정을 억제했다.

“아뇨. 아무도요. 그런 상황조차 분명히 그의 노트에 들어 있었을 거예요.”

맬로리가 자신의 배에 손을 가져갔다.

“당신은 왜 떠났어요?”

돈이 참지 못하고 물었다.

“커크와 다른 사람들이 프랭크를 추적하겠다고 난리법석을 피웠거든요. 그들은 그런 짓을 한 프랭크를 찾아내서 죽여버리겠다고 했어요.”

아무도 선뜻 말문을 열지 않았다.

“상황을 보니 얼른 떠나야겠다 싶더군요. 그 집은 폐가나 다름

없었어요. 전염병이 돈 거죠. 하지만 여긴 그렇지 않은 것 같군요."

개리는 맬로리를 보며 덧붙였다.

"이런 집에 나를 들여보내줘서 고마워요."

"내가 한 게 아니에요. 모두가 내린 결정이었죠."

맬로리가 말했다.

'자기 형을 두고 오다니 어떻게 그럴 수가.'

맬로리는 문득 그런 생각이 들었다.

그녀는 돈을 보았다. 그리고 셰릴과 올림피아를 보았다. 개리를 받아주지 말자고 했던 사람들도 그의 이야기에 공감했을까? 아니면 두려움의 근거를 확인했을까?

'발광을 하고 소란을 피웠다.'

톰과 펠릭스는 방금 들은 이야기에 관해 개리에게 더 자세하게 질문을 했다. 줄스도 끼었다. 하지만 셰릴은 거실에서 나가버렸다. 그리고 매사에 자신의 의견이 뚜렷한 돈은 그때만큼은 아무 말도 하지 않고 그저 가만히 바라보기만 했다.

'분열이 심해지고 있어.'

맬로리는 불현듯 그런 생각이 들었다.

정확히 언제부터 그들 사이에 분열이 일어났는지는 중요하지 않다. 그 분열이 바로 지금 가시화된 것일 뿐이다. 개리라는 남자가 서류 가방을 하나 들고 그곳에 왔다. 그의 사연과 함께. 그리고 결국 분열도.

29

맬로리는 정신을 차렸지만 눈을 뜨지 않았다. 이제 이런 일은 예전만큼 힘들지 않다. 의식이 서서히 돌아왔다. 살아 있는 것들의 소리와 감각, 냄새. 그리고 시각도. 맬로리는 비록 눈을 감은 상태에서도 시각이 돌아왔다는 사실을 알았다. 그녀는 분홍색과 노란색, 살을 뚫고 들어오는 먼 햇빛의 색깔을 본다. 하지만 시야 한구석에는 잿빛이 도사리고 있다.

그녀는 지금 밖에 있는 것 같다. 얼굴에 시원한 바깥 공기가 느껴진다. 입술이 갈라졌다. 목이 마르다. 마지막으로 물을 마신 게 언제일까? 몸은 괜찮은 것 같다. 얼마간 몸을 쉬게 한 덕분이다. 목의 왼쪽 어딘가에서 둔통이 느껴진다. 그렇다. 아픈 곳은 어깨다. 오른손으로 이마를 만져본다. 손가락이 얼굴에 닿는 순간 얼굴이 젖었고 지저분하다는 사실을 깨닫는다. 등이 온통 축축하다. 셔츠는 물에 흠뻑 젖었다.

새 한 마리가 머리 위에서 노래를 부른다. 맬로리는 여전히 눈을 감은 채 소리가 나는 쪽으로 얼굴을 돌렸다.

아이들이 힘겹게 숨을 몰아쉰다. 뭔가 힘든 일을 하는 것 같다. 그림을 그리나? 뭘 만드는 중일까? 노는 걸까?

맬로리가 일어나 앉았다.

"보이?"

처음에는 그저 농담처럼 여겨졌다. 말도 안 되는 생각이었다. 착각일 것이다. 하지만 그녀는 자신의 생각이 맞았다는 사실을 깨달았다.

'아이들이 헉헉거리는 건 노를 젓기 때문이야.'

"보이!"

맬로리가 소리쳤다. 목소리가 형편없다. 마치 나무로 만든 목에서 나오는 소리 같다.

"엄마!"

"무슨 일이야?"

'여긴 배야. 배. 배라고. 우리는 지금 강 위에 있어. 난 아까 기절을 했어. 기절을.'

그녀는 다친 어깨를 배의 가장자리에 걸친 채 손으로 물을 떠서 목을 축였다. 그런 후에는 무릎을 꿇고 몸을 배의 가장자리에 걸친 채 몇 번이고 손에 물을 떠서 마셨다. 숨 쉬기가 힘들다. 하지만 시야 한구석의 잿빛은 이제 사라지고 없다. 몸도 한결 좋아졌다.

맬로리는 아이들을 돌아보며 물었다.

"시간이 얼마나 지났어? 얼마나?"

"엄마는 잠이 들었어요."

걸이 대답했다.

"엄마는 나쁜 꿈도 꿨어요."

이번에는 보이가 말했다.

"엄마가 울었어요."

맬로리의 머릿속이 빠르게 돌기 시작했다. 설마 그걸 놓친 건 아니겠지?

"시간이 얼마나 지났냐니까?"

결국 아이들에게 소리를 질렀다.

"얼마 안 되었어요."

보이가 대답했다.

"너희들 안대는 하고 있어? 말해!"

"네."

아이들이 동시에 대답했다.

"배가 어디에 걸렸어요."

걸이 대답했다.

'세상에.'

마침내 그녀는 마음을 가라앉히고 이렇게 물었다.

"어떻게 빠져나왔지?"

그녀는 손을 뻗어 걸의 작은 몸을 찾는다. 아이의 팔을 따라 내려가 손을 만져본다. 이제 앞으로 몸을 돌려 보이를 더듬더듬 찾는다.

'아이들이 노를 하나씩 가지고 있어. 같이 노를 저은 거야.'

"우리가 해냈어요, 엄마!"

걸이 대답했다.

그녀는 여전히 꿇어앉아 있다. 역겨운 냄새가 난다. 술집 같기도 하고 화장실 같기도 하다.

'토사물 같기도 해.'

"우리가 배를 빼냈어요."

보이가 말했다.

보이는 그녀 옆에 있다. 그녀는 떨리는 손으로 아이의 손을 잡았다.

"엄마가 마음이 아파."

그녀가 큰 소리로 말했다.

"뭐라고요?"

보이가 되물었다.

"너희 둘, 엄마가 잠들기 전에 있던 자리로 당장 돌아가. 어서."

아이들은 노를 젓던 손을 멈췄다. 걸은 배의 뒷자리로 돌아가다가 맬로리에게 몸을 기댔다. 그녀는 아이가 자리에 앉도록 도와주었다.

이제 맬로리는 다시 배의 중앙에 앉았다.

어깨가 욱신거렸지만 아까처럼 심하지는 않다. 쉬어야 했지만 쉬려 하지 않았다. 그러자 몸이 알아서 쉬어버렸다.

엷은 안개가 자욱하게 낀 것처럼 몽롱하던 상태에서 서서히 의식이 또렷해지자 맬로리는 점점 더 춥고 두려워졌다.

'또 무슨 일이 생기면 어떻게 하지?

가야 할 곳을 그냥 지나쳐버린 게 아닐까?'

그녀가 다시 노를 잡는다. 숨을 깊이 들이쉬더니 다시 노를 젓기 시작했다.

와락 울음이 터졌다. 기절을 했기에 눈물이 나왔다. 늑대의 공격을 받았기에 울음이 터졌다. 울음이 터진 이유를 대려면 너무나 많았다. 그 수많은 이유 가운데 설령 잠시 동안이었다고 해도 어린 아이들 스스로 생존력을 발휘했다는 사실을 깨달았다는 것도 있었다.

'내가 아이들을 잘 가르친 거야.'

그녀는 이렇게 생각했다. 때로는 그 사실이 추하게 느껴질 때도 있었지만 그녀의 자랑거리라는 점은 변함이 없다.

그녀는 눈물을 흘리며 아이를 불렀다.

"보이. 다시 소리를 잘 들어야 해. 괜찮겠니?"

"네, 엄마."

"그리고 걸. 너도."

"알았어요!"

'우리가 과연 괜찮은 걸까? 기절했다가 정신을 차렸는데도 모든 게 괜찮다고 할 수 있을까?'

맬로리는 걱정되었다.

괜찮을 리 없지 않은가. 새 세상의 법칙과도 맞지 않다. 그들이 있는 이 강 어딘가 뭔가가 분명 있다. 미치광이들. 짐승들. 크리처들. 그들을 모두 이 배로 꾀어내려면 내가 얼마나 더 정신을 잃어야 할까?

다행히도 그녀는 다시 노를 저을 수 있었다. 하지만 모습을 숨긴 채 기회를 엿보고 있는 것에 더 가까워진 느낌은 좀처럼 사라지지 않는다.

"정말 미안해."

그녀는 울면서 노를 저으며 말했다.

두 다리는 오줌과 강물, 피, 토사물까지 뒤범벅이 되어 있었다. 하지만 몸은 휴식을 취했다. 자비라고는 없는 이 세상의 잔인한 법칙에도 불구하고 용케 휴식을 취했구나 싶다.

그러나 이런 안도감도 노를 한 번 젓자 사라졌다. 맬로리는 정신이 번쩍 들며 또다시 두려움에 사로잡혔다.

30

잔뜩 흥분한 셰릴의 목소리가 들렸다.

같은 층의 복도 제일 끝 방에서 그녀가 펠릭스에게 이야기하고 있었다. 다른 사람들은 아래층에 있다. 개리는 개의치 않고 식당에서 잠을 잤다. 2주 전 그가 이 집에 온 후로 돈은 그와 각별한 사이가 되었다. 맬로리는 그 사실을 어떻게 받아들여야 할지 알 수 없었다. 지금도 돈은 아마 개리와 함께 있을 것이다.

그나저나 복도 저편에서 소리를 잔뜩 낮춘 채 열을 내어 말하고 있는 셰릴의 목소리에서 뭔지 모를 다급함이 느껴졌다. 목소리로 보아 겁을 먹은 것 같다. 요새는 모두가 그런 것 같다. 평소보다 더 말이다. 톰의 낙천주의로 밝게 유지되었던 집 안 분위기는 날이 갈수록 가라앉았다. 맬로리는 때로 공포보다 더 한 뭔가가 분위기를 장악한 것 같았다. 지금 셰릴의 목소리가 그랬다. 맬로리는 두 사람에게 가봐야겠다고 생각했다. 가서 셰릴을 진정시켜야겠다 싶었다. 하지만 곧 마음을 바꿨다.

"나는 매일 그 일을 해, 펠릭스. 왜냐하면 내가 하고 싶으니까.

그게 내 일이야. 단 몇 분이라도 밖에 나가 있는 시간은 내게 소중해. 그럴 때면 나도 '진짜' 일을 했던 시절이 떠오르거든. 그 일은 내가 매일 아침 눈을 뜨는 이유야. 내가 자부심을 갖고 있는 일이고. 새 모이를 주는 일은 과거에 내가 살았던 세상과 나를 이어주는 유일한 끈이라고."

"그리고 네게 밖으로 나갈 기회를 주지."

"그래. 내게 밖으로 나갈 기회를 줘."

셰릴은 큰 소리를 내지 않으려고 애쓰며 말을 이었다.

그녀는 새들에게 모이를 주려고 밖으로 나갔다고 했다. 벽을 더듬으며 상자가 있는 곳으로 향했다. 오른손은 지하실에서 가져온 통조림 사과를 쥐고 있었다. 얇게 저민 사과였다. 현관문이 닫혔다. 바로 문 안에서 줄스가 기다리고 있었다. 그녀는 안대를 한 채 벽을 더듬으며 균형을 잡으면서 천천히 앞으로 나아갔다. 손끝에 닿은 벽돌의 표면이 울퉁불퉁하고 거칠었다. 이윽고 벽돌 대신 나무판자가 만져졌다. 그곳에 박힌 금속 갈고리에 새 상자가 걸려 있다.

새들은 벌써부터 구구거렸다. 그녀가 다가갈 때면 늘 그랬다. 셰릴은 집안일을 분담할 때 자신이 새 모이를 주겠다고 자원했다. 그 후로 그녀는 하루도 빠짐없이 매일 새 모이를 주러 다녀왔다. 어찌 보면 꼭 자신의 새를 돌보는 것 같았다. 그녀는 새들에게 말을 걸었다. 집에서 일어난 소소한 일들을 들려주었다. 예전에 음악을 들으면 마음이 안정되었던 것처럼 새들의 노랫소리를 들으면 마음이 편안해졌다. 펠릭스에게 말하기를 그녀는 그 노랫소리의 크기로 자신이 새 상자에 얼마나 가까이 다가갔는지도 짐작했다.

그런데 아까 나갔을 때는 새들의 노랫소리 말고도 또 다른 소리가 들렸다.

집 앞 인도에서 그녀는 '뚝 끊어진 발소리'를 들었다. 그녀는 그소리를 펠릭스에게 그렇게밖에 표현할 수 없었다. 누군가 걷고 있는데, 좀 더 걸으려다가 느닷없이 우뚝 멈춰선 것처럼 들렸기 때문이다.

셰릴은 새 모이를 줄 때는 항상 극도로 주위를 경계하기 때문에 자신도 모르게 떨고 있다는 사실을 깨닫고 깜짝 놀랐다.

"거기 누가 있어요?"

그녀가 물었다.

주위는 조용했다.

현관으로 되돌아갈까도 생각했다. 너무 무서워서 오늘은 새 모이를 주러 다시 못 나가겠다고 사람들에게 말하고 싶었다.

하지만 그녀는 잠시 기다렸다.

더 이상 아무 소리도 나지 않았다.

상자에서 새들이 홰를 치는 소리가 들렸다. 그녀는 긴장한 목소리로 새들을 불렀다.

"얘들아, 괜찮아. 괜찮아, 얘들아."

그녀는 자신의 떨리는 목소리에 가슴이 철렁했다. 본능적으로 고개를 낮추고 사과를 든 손을 들어 자신을 방어하는 자세를 취했다. 마치 뭔가가 그녀의 얼굴을 만지기라도 할 것처럼 말이다. 다시 발걸음을 떼고 한 걸음 나갔다. 마침내 상자에 도착했다. 그녀는 펠릭스에게 이렇게 말했다. 현관에서 상자를 향해 걷다 보면 때로 닻도 없는 배를 타고 망망대해를 정처 없이 떠도는 기분이 든다고 말이다.

오늘도 그녀는 육지에서 한없이 멀어진 것만 같았다.

"얘들아, 얘들아."

그녀는 얇게 저민 사과를 넣을 수 있을 정도로 상자를 살짝 들며 새들을 불렀다. 평소에는 모이를 향해 후다닥 달려오는 작은 발소리가 들렸다. 하지만 오늘은 달랐다.

"얘들아, 어서 먹어. 배고프지 않니?"

그녀는 최대한 살짝 다시 열어서 남은 먹이를 다 떨어뜨렸다. 그녀는 모이를 줄 때 이 부분을 가장 좋아한다고 펠릭스에게 말했다. 그녀는 뚜껑을 닫고 상자에 귀를 댄 채 작은 새들이 부산스럽게 모이를 먹는 소리를 듣곤 했다.

그런데 오늘따라 새들은 좀처럼 모이를 먹지 않았다. 대신 몹시 불안한 듯 울기만 했다.

"얘들아, 어서 먹어. 얘들아. 얼른."

그녀는 목소리를 떨지 않으려고 애쓰며 새들을 살살 달랬다.

그녀는 그대로 상자에서 귀를 뗐다. 오늘따라 그녀가 있으니 새들이 선뜻 먹으려 하지 않는 것일지도 모른다는 생각이 들었기 때문이다. 그런데 바로 그때 기절초풍할 만한 일이 벌어졌다.

뭔가가 그녀의 어깨를 건드린 것이다.

셰릴은 안대를 한 채 몸을 빙그르르 돌리며 미친 듯이 팔을 휘둘렀다. 아무것도 만져지지 않았다.

다리가 꿈쩍도 하지 않아 집으로 가고 싶어도 갈 수가 없었다. 뭔가가 어깨를 건드렸는데 그게 뭔지 확인할 수도 없었다.

새들의 소리는 더 이상 감미롭지 않았다. 톰이 그 새들을 데려온 목적을 확실하게 이루어주는 소리였다.

경고 말이다.

"거기 누구예요?"

사실은 누가 대답할까 봐 더 무서웠다. 아무도 대답하지 않기를 바랐다.

그녀는 소리를 질러야 한다고 생각했다. 동료 중 누구라도 그녀를 데리러 나오도록. 그녀를 안전한 곳으로 인도해주도록. 그런 생각에 잠겨 간신히 한 걸음을 내디뎠는데, 나뭇잎이 밟혀서 바스러지는 소리가 들렸다. 그녀는 그 집에 처음 도착했던 순간을 떠올리려고 미친 듯이 기억을 헤집었다. 자동차의 창문으로 그 집을 처음 보았을 때의 풍경을 다시 떠올려보려고 했다. 여기 나무가 있었나? 여기 인도 근처에?

'있었나?'

어쩌면 근처에서 날아와 그녀를 스치고 떨어진 낙엽일지도 모른다.

확인하려면 할 수도 있다. 잠깐만 눈을 떠서 주위에 아무도 없는지만 확인하면 되니까 말이다. 그러면 바람에 날려온 낙엽 한 장이 보일지도 모른다. 그 외에 아무것도 없다는 사실을 확인할 수 있을지 모른다.

하지만 그럴 수 없었다. 그녀는 벌벌 떨면서 집으로 발을 떼기 시작했다. 천천히 미끄러지듯 현관으로 다가갔다. 미세한 소리만 들려도 고개를 좌우로 돌렸다. 하늘에 새가 한 마리 날고 있었다. 도로 맞은편의 나무에서 바스락거리는 소리가 났다. 따뜻한 바람한 줄기가 지나갔다. 식은땀을 줄줄 흘리던 그녀는 비로소 벽돌벽이 시작되는 지점이 손에 닿자 그대로 문으로 달려들었다.

"세상에. 그게 정말 나뭇잎이었다고 생각해?"

펠릭스가 놀라서 물었다.

그녀는 잠시 대답을 망설였다. 맬로리는 복도로 몸을 좀 더 내밀었다.

셰릴이 불쑥 대답했다.

"그래. 그렇게 생각해. 다시 생각해보니 분명 나뭇잎이었어."

맬로리는 자기 방으로 돌아와 침대에 앉았다.

펠릭스가 우물에서 정체 모를 소리를 듣고 이상한 일을 경험했던 일이 떠올랐다. 담요로 막아놓은 창문을 향해 빅터가 마구 짖은 적도 있었다. 이번에는 셰릴이 새 모이를 주러 나갔다가 비슷한 경험을 한 것이다.

우리를 이곳으로 숨어들게 만든 그 존재가 바깥세상과 힘을 합쳐 우리를 궁지로 몰아넣으려는 걸까? 맬로리는 문득 이런 의문이 들었다.

31

맬로리는 개리가 그 집에 도착한 후로 집 안 분위기가 확실히 달라진 것 같았다. 동료들 사이에 분열이 드러난 것이다. 작은 변화였지만 그런 상황에서는 어떤 변화도 하찮게 볼 수 없었다.

가장 걱정스러운 사람은 바로 돈이었다.

가령 톰과 줄스, 펠릭스가 거실에서 이야기를 나눌 때면 돈은 점점 더 개리와 식당에서 머무르게 되었다. 그는 커튼을 걷고 문을 열어버렸다는 남자의 이야기에 점점 더 관심을 보였다. 한번은 맬로리가 부엌 싱크대에서 빨래를 할 때였다. 세제통을 사이에 놓고 두 가지 대화를 동시에 듣게 되었다. 톰과 줄스는 긴팔 셔츠를 개의 목줄로 만드는 중이었고, 개리는 돈에게 프랭크의 주장을 들려주는 중이었다. 개리는 언제나 프랭크의 주장에 대해서 말했다. 정작 자신의 생각은 일언반구도 않으면서 말이다.

개리는 이렇게 말했다.

"나는 이게 누가 누구보다 대비를 잘 하느냐 마느냐의 문제라고 생각하지 않아. 이건 3D 영화 같은 거지. 관객들은 물체가 실제로 자신을 향해 날아온다고 생각해. 그래서 방어하려고 손을 들어 올리는 거야. 하지만 똑똑한 사람들, 그러니까 이런 영화를 잘 아는 사람들은 자신이 안전하다는 사실을 알고 있어."

돈은 개리와 함께 다시 원점으로 돌아왔다. 맬로리는 자신이 그 과정을 내내 지켜본 것 같았다.

한번은 돈이 개리에게 이렇게 말하는 것도 들었다.

"들어보니 그 이론이 우리 것보다 더 미친 것 같지도 않네요."

또 이런 말도 했다.

"판단을 내리기가 쉽지 않아요. 더 이상 새로운 소식을 들을 수 없잖아요."

"그렇지."

돈은 개리를 집에 들이는 문제로 투표를 할 때는 반대표를 던졌으면서 지금은 이 집에서 노상 그와 이야기를 하는 사람이 되어버렸다. 둘은 끊임없이 대화를 나눴다.

'돈은 회의주의자야. 그게 그의 본성이지. 그래서 함께 이야기를 나눌 사람이 필요했던 거야. 그저 그것뿐이야. 그는 나랑 달라. 그걸 모르겠어?'

맬로리는 이런 생각으로 애써 불안한 마음을 가라앉히려고도 해보았다.

하지만 이런 생각도 아무 근거가 없었다. 그녀가 아무리 가볍게 생각하려고 해도 돈과 개리는 히스테리와 크리처가 자신을 보기로 한 사람에게는 해를 미치지 않는다는 가설에 대해서만 이야기를 나눴다. 그녀가 알기에, 돈은 오래전부터 크리처보다 사람을 더 두려워했다. 그래도 현관문이나 뒷문이 열리고 닫힐 때면 눈을 꼭 감고 창문을 내다보지도 않았다. 크리처가 우리에게 해를 미칠 수 없다는 생각을 한 적도 없었다. 그런데 개리라면 그런 돈도 끝내 설득할 수 있는 걸까?

맬로리는 톰과 이 문제를 상의하고 싶었다. 그를 살짝 불러내서 돈과 개리가 둘이서만 속닥거리지 못하도록 막아달라고 부탁하고 싶었다. 적어도 그들과 이야기라도 한 번 해보라고 하고 싶었다. 어쩌면 톰과 이야기를 나누면 두 사람도 대화의 주제를 바꿀지도 몰랐다. 더 안전한 이야기를 할지도 모르지 않는가.

맬로리는 돈에 대해서 톰과 꼭 이야기하고 싶었다.

'내부 분열에 대해.'

그녀는 두려움을 안고 주방을 가로질러 나간 후 거실을 살펴보았다. 톰과 펠릭스는 바닥에 펼쳐놓은 지도를 보고 있었다. 그들은 지도의 축척으로 거리를 측정하는 중이었다. 줄스는 개들에게 명령을 가르치고 있었다.

"멈춰. 다시."

"너의 평균 보폭을 측정해야 해."

펠릭스가 말했다.

"두 사람 뭐 하는 거예요?"

톰이 고개를 돌려 그녀를 보았다.

"거리를 재고 있어요. 1킬로미터가 내 보폭으로 몇 걸음인지."

그동안 펠릭스는 톰의 발에 줄자를 놓고 크기를 쟀다.

"걸을 때 음악을 들으면 그 음악에 맞춰 걸을 수 있어. 그런 식으로 여기서 보폭을 재면 밖에서 걸을 때와 비슷하게 나올 거야."

"춤을 추는 것처럼 말이지."

펠릭스가 말했다.

맬로리는 자신이 나온 후 주방 싱크대에 있는 올림피아를 바라
보았다. 그녀는 그릇을 씻고 있었다. 맬로리는 그녀에게 다가가 하
던 빨래를 계속했다. 올림피아가 집에만 틀어박혀 지낸 지 4개월
이 지났다. 처음 만났을 때의 반짝반짝 빛나던 모습은 사라져버렸
다. 이제 피부는 창백하고 눈은 퀭했다.

"걱정 안 돼?"

올림피아가 불쑥 물었다.

"뭘?"

"어떻게 해낼지."

"뭘 해내?"

"출산 말이야."

맬로리는 올림피아에게 다 괜찮을 거라고 말하고 싶었지만 적
당한 말이 떠오르지 않았다. 그녀의 머릿속은 여전히 돈에 대한
생각으로 가득했기 때문이다.

"나는 늘 아기를 갖고 싶었어. 그래서 아기가 생긴 걸 알았을
때 너무 기뻤지. 마침내 내 인생이 완벽해졌구나 싶었던 거야. 무
슨 말인지 이해해?"

맬로리는 이해 못 했지만 그렇다고, 안다고 대답했다.

"오, 맬로리. 누가 우리 아기를 받아주지?"

맬로리도 그 질문의 해답을 몰랐다.

"여기 사람들이겠지. 나도 잘⋯⋯."

"하지만 톰은 한 번도 애를 받아본 적이 없잖아!"

"그래. 하지만 그도 아빠였잖아."

올림피아는 자신의 손을 물끄러미 바라보더니 양동이의 물속으로 집어넣었다.

"이렇게 하는 건 어때? 우리가 서로의 아기를 받아주는 거야."

맬로리가 장난처럼 말했다.

"서로의 아기를 받아주자고?"

올림피아가 마침내 미소를 지으며 덧붙였다.

"맬로리, 너도 참!"

그때 개리가 주방으로 들어왔다. 그는 조리대에 있는 양동이에서 물을 한 잔 떴다. 그리고 한 잔 더 떴다. 자신과 돈의 물일 것이다. 그가 나가자 갑자기 거실에서 음악 소리가 났다. 맬로리가 몸을 뒤로 젖히니 거실에서 무슨 일이 벌어지는지 보였다. 톰이 건전지로 작동하는 소형 카세트라디오를 들고 있었다. 조지가 남긴 카세트테이프를 재생하면서 말이다. 톰이 음악에 맞춰 걷는 동안 펠릭스는 엉금엉금 기면서 보폭을 쟀다.

"난데없이 웬 음악이야?"

올림피아가 물었다.

"두 사람이 꼭 가야 할 곳이 있는 것 같아. 그래서 바깥을 효과적으로 돌아다닐 방법을 생각해보는 거야."

맬로리가 알려줬다.

맬로리는 식당 입구로 살금살금 걸어갔다. 안을 살짝 들여다보니 돈과 개리가 입구 쪽으로 등을 돌린 채 식탁에 앉아 소곤소곤 이야기를 나누고 있었다.

그녀는 다시 주방을 가로질러 나왔다. 거실로 들어가는데 톰이 미소를 지었다. 그는 양손에 개의 목줄을 쥐고 있었다. 개들이 꼬리를 흔들며 두 사람과 놀고 있었다.

맬로리는 거실에 있는 사람들의 진취적이고 낙천적인 행동과 식당에서 무슨 음모라도 꾸미는지 목소리를 잔뜩 낮추고 속닥거리는 사람들이 너무 대조적이라는 생각밖에 들지 않았다.

그녀는 싱크대로 돌아와 다시 빨래를 했다. 올림피아가 계속 이런저런 이야기를 했지만 맬로리는 다른 생각을 하느라 이야기에 집중할 수 없었다. 몸을 앞으로 숙이니 개리의 어깨가 보였다. 그의 뒤로 그가 바깥세상에서 가져온 유일한 물건이 벽에 기대어져 있는 게 보였다.

그의 서류 가방 말이다.

그는 집에 들어왔을 때 가방의 내용물을 모두에게 보여주었다. 돈이 보여달라고 했기 때문이다. 그때 그 내용물을 제대로 보았던가? 다른 사람들은 어땠을까?

"자, 멈춰!"

톰이 명령했다. 그 소리에 맬로리가 고개를 돌리니 톰이 개들을 데리고 주방 입구에 서 있었다. 허스키 두 마리가 그곳에 얌전히 앉자 톰은 상으로 날고기를 주었다.

맬로리는 빨래를 계속했다. 하지만 머릿속은 온통 서류 가방에 관한 생각뿐이었다.

32

맬로리는 이날이 오리라는 사실을 잘 알았다. 어떻게 모를 수 있겠는가? 그들이 개들과 함께 돌아온 후로 모든 징후가 그 사실을 말해주고 있었다. 톰과 줄스는 개들을 하루 10시간에서 12시간씩 훈련시켰다. 처음에는 집에서만 하더니 나중에는 마당으로까지 나가 훈련시켰다. '길잡이 개'로 말이다. 상자 속의 새들은 여전히 집 밖에서 경보 장치의 역할을 수행했다. 톰이 말한 대로였다. 새들은 개리가 도착했을 때 구구거렸다. 셰릴이 모이를 줄 때면 노래를 불렀다. 톰이 그 개들을 데리고 다시 한 번 새 세상으로 나가겠다고 선언하리라는 것은 시간문제였다.

그런데 이번에는 전보다 더 심각했다. 그도 그럴 것이 이번에는 전보다 더 멀리 갈 생각이기 때문이다.

'두 사람이 한 블록을 돌아보는 데 이틀이 걸렸어. 왕복 10킬로미터 가까이 걸으면 두 사람을 언제 다시 볼 수 있을까?'

약 5킬로미터. 톰의 집까지 거리가 대략 5킬로미터였다. 그가 가려는 곳은 바로 자신의 집이었다.

"거긴 내가 백 퍼센트 확신할 수 있는 유일한 곳이에요. 그곳에 생필품이 있어요. 우리는 그것들이 필요하잖아요. 일회용 반창고며 상처나 화상에 바르는 연고, 아스피린, 붕대 말이에요."

맬로리는 의약품이라는 말에 기분이 조금 나아졌다. 하지만 그걸 가지고 오려면 톰이 밖에 나가야 한다. 그것도 너무나 오랫동안 나가 있어야 한다. 그 생각을 하면 약을 구할 수 있다는 기대감에 조금 나아졌던 기분이 그대로 가라앉았다.

밖으로 나가겠다고 선언한 날 펠릭스는 이렇게 말했다.

"걱정하지 말아요. 목적지까지 지도를 만들었으니까. 톰과 줄스가 음악에 맞춰서 그곳까지 걸어갈 겁니다. 딱 한 곡이죠. 토니 라이트라는 가수가 부른 〈천국까지 절반〉. 우리가 알아낸 방향을 따라가는 내내 음악을 틀어놓을 거예요. 우리는 각 방향, 그러니까 여행의 각 구간마다 몇 걸음을 걸어야 하는지 다 알아요."

"그렇다면 거기서 춤이라도 출 건가요? 끝내주네."

개리가 말했다.

그 말에 톰이 발끈하며 대답했다.

"춤이라뇨. 도움이 될 만한 물건을 찾아보러 가는 겁니다."

그때 셰릴이 말했다.

"톰. 네가 원한다면 마음대로 해. 하지만 밖에 나가서 보폭이 1센티미터라도 길어진다면 너는 끝장이야. 길을 잃을 거라고. 그러면 여기로 어떻게 돌아올 거야? 못 돌아올 거야."

"돌아올 거야."

톰이 말했다.

그때 줄스가 끼어들었다.

"설령 길을 잃어도 속수무책이 될 리가 없어. 우리는 생필품이 꼭 필요해. 네가 누구보다 잘 알잖아, 셰릴. 네가 마지막으로 재고를 확인했잖아."

기어이 그날이 오고야 말았다. 맬로리는 모든 게 다 마음에 들지 않았다.

맬로리는 톰과 줄스가 아침에 출발하기 전에 톰을 살짝 불러냈다.

"톰. 당신이 돌아오지 않으면 이 집은 더 이상 못 버틸 거예요."

"우리는 꼭 돌아와요."

"당신은 분명 그렇게 생각하겠죠. 나도 알아요. 하지만 당신은 이 집에 자신이 얼마나 필요한 존재인지 잘 모르는 것 같아요."

줄스가 나갈 준비를 하라고 소리쳐 알려주자 톰이 말했다.

"맬로리. 이 집은 우리 모두가 필요해요."

"톰."

"지난번처럼 불안에 떨지 말아요. 대신 지난번에 우리가 무사히 돌아왔다는 사실만 생각해요. 맬로리, 그리고 이번에는 당신이 리더처럼 행동해요. 동료가 겁에 질려 있을 때 힘이 되어줘요."

"톰."

"맬로리, 당신은 약이 필요해요. 소독 도구도 필요하고요. 산달이 코앞이잖아요."

톰은 이 집에서 더 나은 삶을 살기 위해 자신의 목숨을 다시 걸 각오로 길을 나서는 것이 틀림없다.

'지난번에는 아이 신발을 가지고 왔었지.'

맬로리는 문득 그 생각이 났다.

그녀는 하필 지금 이 사실이 떠올랐다. 톰과 줄스가 이 세상에 알려진 가장 위험한 풍경 속으로 왕복 10킬로미터에 가까운 거리를 걸어서 다녀오겠다며 길을 나서는 마당에 말이다.

결국 두 사람은 오늘 아침에 떠났다. 펠릭스는 그들이 가져갈 지도를 한 번 더 검토했다. 개리는 그들에게 격려의 말을 했다. 올림피아는 늘 자신에게 행운을 안겨다주었다며 페토스키 돌(산호초 화석—옮긴이)을 그들에게 주었다. 하지만 맬로리는 아무 말도 하지 않았다. 현관문이 톰의 등 뒤로 두 번째로 닫히는 순간까지 맬로리는 그저 묵묵히 서 있었다. 그를 포옹하지도, 작별 인사를 건네지도 않았다.

그들이 출발한 지 고작 몇 시간이 지났을 뿐이지만 그녀는 벌써 그 사실에 가슴이 쓰려왔다.

그나마 출발하기 전 톰이 건넨 말이 그녀에게 힘을 주었다. 그가 없는 이곳에서 동료들을 이끌어줄 구심점이 필요하다는 말. 이렇게 극심한 불안과 타당한 공포 속에서 평정을 지킬 수 있는 사람이 필요하다는 말 말이다.

하지만 그런 사람이 되기는 힘들다. 무엇보다 지금 동료들은 상황을 낙관적으로 볼 분위기가 아니니 말이다.

셰릴은 크리처와 마주칠지도 모른다고 생각하면 왕복 10킬로미터나 되는 외출은 두 블록을 돌아다니는 것과는 비교도 안 될 정도로 위험할 것이라고 했다. 그녀는 출발을 앞둔 두 사람에게 크리처가 동물에게 어떤 영향을 미치는지 아무도 모른다는 사실을 지적했다. 이번에 개들이 뭔가를 보면 톰과 줄스에게는 어떤 일이 벌어지겠는가? 개들에게 잡아먹히지 않을까? 그보다 더 끔찍한 일이 벌어질지도 모르지 않는가.

이렇게 우울한 예측을 한 사람은 셰릴이 다가 아니었다.

돈은 톰과 줄스가 돌아오지 않을 경우에 밖으로 나갈 후발대를 준비해야 할지도 모른다고 했다.

"우리는 식량이 더 필요해. 그 둘이 돌아오든 아니든."

올림피아는 머리가 아프다고 하더니 자신의 두통은 큰 폭풍이 몰려오는 징조라고 했다. 그 폭풍 때문에 톰과 줄스가 피할 곳을 찾아야 한다면 펠릭스가 기껏 측정한 지도도 다 뜯어 고쳐야 할 것이라고 했다.

그러자 셰릴도 맞장구를 쳤다.

돈은 지하실로 내려가 남은 식량을 직접 확인하고 정확히 무엇이 필요하고 그것을 구하려면 어디로 가야 하는지 알아보겠다고 했다.

올림피아는 야외에서 벼락을 만날 때의 상황에 대해 계속 지껄였다.

셰릴은 지도에 대해 펠릭스와 열띤 토론 중이었다. 그녀는 지도는 아무 의미가 없다고 주장했다.

돈은 사람들의 침실을 다시 정하자는 이야기를 꺼냈다.

올림피아는 불쑥 어린 시절에 겪었던 토네이도 이야기를 시작했다.

셰릴과 펠릭스의 대화는 점점 더 공격적으로 변해갔다.

올림피아는 살짝 히스테리를 부리는 것 같았다.

돈은 점점 미쳐갔다.

맬로리는 동료들이 점점 패닉 상태에 빠져드는 모습에 환멸을 느끼며 마침내 말문을 열었다.

"모두 내 말 들어요. 지금은 각자가 할 수 있는 일을 하도록 해요. 바로 이 집에서요. 저녁을 준비할 시간이에요. 화장실 양동이도 하루 종일 밖에 내다버리지 않았어요. 지하실은 지금보다 더 잘 정리할 수 있을 거예요. 펠릭스! 나랑 연장이 있는지 마당을 확인해봐요. 우리가 모르고 지나쳤거나 쓸 만한 게 있을 수 있으니까요. 셰릴, 새 모이를 줘야 하잖아요. 개리, 돈, 전화를 걸어봐요. 숫자를 조합해서 만들 수 있는 번호로 다 걸어봐요. 혹시 모르잖아요? 전화를 받는 사람이 있을지? 올림피아, 침구 빨래를 하면 정말 도움이 될 거야. 일주일 전에 우리가 했지만 여기서는 거의 씻을 수 없으니 시트라도 깨끗하게 유지하는 것처럼 사소한 데 신경을 쓰면 이런 생활도 조금은 견디기 쉬워질 거야."

동료들은 맬로리를 처음 보는 사람인 양 멍하니 바라보았다. 그녀는 순간 자신이 너무 나댔다는 생각에 살짝 당황스러웠다. 하지만 그녀의 말은 효과가 있었다.

개리는 조용히 전화기로 갔고 셰릴은 지하실로 내려갔다.

"산달이 코앞이잖아요."

톰은 이런 말을 남기고 집을 나섰다.

사람들이 맡은 일로 부산스럽게 움직이는 동안에도, 펠릭스와 함께 안대를 찾으러 가는 동안에도 맬로리는 톰의 마지막 말을 생각했다. 톰과 줄스가 돌아올 때 가져올 물건에 대해서 생각했다. 두 사람은 그녀의 아기가 좀 더 나은 삶을 살 수 있을 물건을 구해 올 수 있을까?

맬로리는 희망을 품은 채 안대를 집어 들었다.

33

그 남자는 이렇게 말했다.

"강이 네 갈래로 갈라질 거예요. 당신은 오른쪽에서 두 번째 물길을 타야 해요. 그러니까 제대로 해내려면 오른쪽 강둑에 너무 바짝 붙으면 안 돼요. 까다로운 일이죠. 게다가 반드시 눈을 떠야 해요."

맬로리는 멈추지 않고 계속 노를 젓는다.

그 남자는 계속 말했다.

"언제 그 지류로 접어들어야 하는지 이렇게 알 수 있어요. 녹음된 소리가 들릴 겁니다. 사람 목소리요. 우리가 하루 종일 강가에서 당신을 기다릴 수는 없어요. 위험하기만 할 뿐이거든요. 대신 그곳에 스피커를 달아놓았어요. 녹음기에서는 같은 말이 계속 나올 겁니다. 잘 들릴 거예요. 크고 또렷하니까요. 그 소리가 들리면 바로 그때 눈을 떠야 해요."

어깨의 통증이 파도처럼 밀려왔다 밀려가기를 되풀이한다. 그녀의 신음을 듣고 아이들이 도와주겠다고 했다.

홀로 아이들을 키웠던 첫해에 그녀는 항상 톰의 목소리를 떠올렸다. 그가 꿈꿨지만 결국 아무것도 실현하지 못했던 온갖 아이디어들을 떠올렸다. 그리하여 있는 것이라고는 시간뿐이었던 맬로리는 톰이 이루지 못한 아이디어를 이것저것 실행에 옮겨보았다.

톰이 한번은 이런 말을 했다.

"마당에 마이크를 설치해야 해."

경보 장치를 앞마당의 새에서 스피커로 바꿔야 한다는 발상이었다. 갓난아기 둘과 홀로 남겨진 맬로리는 집 주위에 마이크를 꼭 달아놓고 싶었다.

하지만 어떻게? 그녀가 무슨 수로 마이크며 스피커, 전선을 구할 수 있겠는가?

그때 톰은 이렇게 말했다.

"어디든 차를 몰고 가보면 될 거야."

그 말에 돈은 이렇게 대꾸했다.

"미쳤군."

"아니야. 미친 생각이 아니야. 서행을 하면 돼. 지금 거리는 텅비었어. 최악이라고 해봐야 무슨 일이 있겠어?"

맬로리는 계속 노를 저으면서 욕실의 거울을 보다가 결심을 굳힌 순간을 떠올렸다. 거울 속에 사람들의 얼굴이 떠올랐다. 올림피아. 톰. 섀넌. 그들은 집을 나가라고, 아이들을 좀 더 안전하게지키기 위해 '뭐든' 하라고 애원을 했다. 그녀는 위험을 감수하지않을 수 없었다. 그 일을 대신 해줄 톰과 줄스는 이제 이 세상에없으니까.

그때 또 톰의 목소리가 들렸다. 항상 톰의 목소리였다. 머릿속에서든. 방에서든. 거울에서든.

"셰릴의 SUV에 충격을 완화할 만한 것을 빙 둘러 달아요. 자동차의 창문은 모두 검게 칠하고요. 뭘 칠까 봐 걱정하지 말아요. 그냥 가요. 시속 10킬로미터를 넘지 않게 속도를 유지해요. 이제 이집에는 아기들이 생겼어요, 맬로리. 저 밖에 뭔가가 있는지 늘 확인할 수 있어야 해요. 근처에 있지 않은지 말이에요. 마이크가 있다면 그럴 때 금방 알 수 있잖아요."

그녀는 욕실을 나와 주방으로 발길을 돌렸다. 그곳에서 예전에 펠릭스와 톰, 줄스가 걸어서 톰의 집까지 가는 루트를 짜기 위해 사용했던 지도를 검토했다. 그들이 남긴 메모가 여전히 남아 있었다. 펠릭스의 계산도 그대로였다. 맬로리는 자로 자신의 루트를 짜기 시작했다.

그녀는 톰이 말했던 새로운 경보 장치를 간절히 원했다. 꼭 필요했다. 하지만 그런 것을 만들기로 마음을 먹었다 한들 여전히 어디로 가야 할지 갈피를 잡을 수 없기는 마찬가지였다.

아이들이 모두 잠든 어느 늦은 밤이었다. 그녀는 식탁에 앉아서 차를 몰고 이 집을 찾아왔을 때의 상황을 기억해내려고 해봤다. 그때로부터 아직 1년이 채 지나지 않았다. 그때 그녀는 광고에서 본 주소를 떠올렸다. 그 주소까지 오는 길에 무엇을 지나쳤던가.

그녀는 기억을 더듬었다.

세탁소.

좋았어. 또 뭐가 있었지?

가게 진열대가 모조리 텅 비어 있었지. 마치 유령 마을을 보는 것 같아서 광고를 냈던 사람들이 벌써 그곳을 떠났을까 봐 걱정했잖아. 그 사람들이 미쳐버렸거나 차에 짐을 싣고 멀리 떠났을지도 모른다고 걱정했었지.

그래, 그랬어. 또 뭘 봤지?

빵집.

좋아. 그 밖에는?

그 밖이라고?

그래.

바가 있었지.

좋아. 현수막에는 무슨 광고가 적혀 있었어?

몰라. 그걸 어떻게 지금까지 기억해?

그 이름에서 느꼈던 슬픔을 기억하지 못하는구나. 어떤 이름이었더라…….

무슨 이름?

밴드의 이름이었나?

밴드?

너는 어떤 밴드가 2주 전 그날 공연이 예정되어 있었다는 내용을 읽었잖아. 누구였지?

밴드 이름이 기억날 리 있겠어?

좋아. 그렇다면 그때 느낌은?

기억이 안 나.

아니야, 기억하고 있어. 그때 감정을.

슬펐어. 무섭기도 했고.

그 사람들은 거기서 뭘 했어?

뭐라고?

바에서 말이야. 거기서 뭘 했냐고.

나도 몰라. 술을 마셨겠지. 음식을 먹었을 테고.

그래. 그 밖에 또?

춤을 췄을까?

춤을 췄어.

그래.

그리고?

그리고 뭐?

어떻게 춤을 췄어?

나도 몰라.

뭐에 맞춰서 췄을까?

음악에 맞춰서. 밴드 연주에 맞춰서 춤을 췄어.

맬로리는 이마에 손을 대며 미소를 지었다.

'맞아. 그들은 밴드 연주에 맞춰서 춤을 췄어.'

그랬다면 그 밴드는 마이크가 필요했을 것이다. 스피커도 있어야 했을 것이다.

톰은 갔지만 그의 아이디어는 유령처럼 그 집을 떠돌았다.

톰이 있었다면 이렇게 말했을 것이다.

"우리가 했던 대로 해요. 나와 줄스가 동네를 돌아다녔던 것처럼요. 당신은 그때 그런 일을 할 수 없었어요. 하지만 지금은 할 수 있어요. 나와 줄스는 개들을 모았고 후에는 개들을 이용해서 내 집을 찾아갔죠. 그 일을 떠올려봐요, 맬로리. 모든 게 차례차례 그렇게 일어났어요. 한 걸음을 내디디면 그다음 걸음을 내디딜 수 있는 거예요. 그냥 그렇게. 그건 다 우리가 고여 있지 않은 덕택이었어요. 우리는 위험을 감수했어요. 그러니 당신도 그렇게 해봐요. 자동차 앞 유리를 검게 칠해요."

톰이 눈을 가리고 운전을 해보자고 하자 돈은 비웃었다.

하지만 그녀가 지금 하려는 일이 바로 그것이었다.

빅터. 빅터라면 도움이 될 것이다. 예전에 줄스는 빅터를 그런 식으로 이용하는 걸 반대했다. 하지만 지금 맬로리에겐 복도 끝 방에서 잠들어 있는 신생아가 둘이다. 이제 규칙은 변했다. 산후조리를 제대로 하지 못해 몸 여기저기가 쑤시고 아팠다. 등 근육은 언제나 단단하게 뭉쳐 있다. 너무 급하게 몸을 움직이면 사타구니가 뚝 부러지는 것처럼 아프다. 여기에 금세 지치는 증상까지 추가되었다. 엄마가 된 직후에 누려야 할 휴식을 한 번도 누리지 못한 탓이었다.

'빅터, 빅터라면 날 보호해줄 거야.'

맬로리는 그렇게 생각했다.

그녀는 자동차 앞 유리를 지하실에서 찾은 검은색 페인트로 칠했다. 창 안쪽은 양말과 스웨터를 테이프로 붙였다. 차고에서 찾은 목공 풀과 지하실에서 찾은 덕트 테이프로 담요와 매트리스 등을 자동차 앞뒤 범퍼에 고정했다. 이 모든 작업을 집 밖에서 했다. 눈을 가린 채. 이런 작업들을 하는 내내 출산 후유증으로 온몸이 고통스러웠다. 마치 몸을 움직일 때마다 벌을 받는 기분이었다.

이런 일에 아기들까지 데리고 갈 수 없었다. 혼자 가야 했다.

일단 그녀는 처음 이곳을 찾아왔던 방향과 반대 방향으로 4백 미터가량을 가야 했다. 그곳에서 좌회전을 한 후 6킬로미터하고 5백 미터를 더 간 후에 우회전해서 다시 4킬로미터를 더 달린 후 그곳에서부터 바를 찾아야 했다. 빅터의 먹이도 가져가야 할 것이다. 차로 되돌아갈 때나 음식을 가지러 갈 때처럼 앞을 봐야 할 때 빅터는 그녀의 눈이 되어줄 것이다.

시속 8, 9킬로미터가 가장 적당했다. 그 정도면 안전할 것이다.

하지만 출발하자마자 그런 상태로 운전하는 게 얼마나 힘든지 금세 깨달았다.

아무리 조심해도 앞이 보이지 않으니 무서웠다. 뭔지 도저히 알 수 없을 것들을 타고 넘어갈 때마다 차가 덜컹하며 충격이 느껴졌다. 연석을 들이박은 건 스무 번쯤 되고 기둥도 두 번이나 박았다. 한번은 주차된 차를 박기도 했다. 순도 백 퍼센트의 끔찍한 긴장감이 내내 떠나지 않았다. 주행기록계에서 딸깍하는 소리가 날 때마다 그녀는 뭔가와 충돌하거나 자신이 부상을 입을지도 모른다는 불안감에 사로잡혔다. 이 시도가 비극으로 끝날지도 모른 다는 예감에 말이다. 집에 돌아왔을 즈음에는 신경이 너덜너덜해 진 기분이었다. 소득은 아무것도 없었다. 무엇보다 다시 용기를 내어 밖으로 나갈 수 있을지 자신이 없었다.

하지만 결국 용기를 냈다.

일곱 번째 시도에서 마침내 기억 속의 세탁소를 찾아냈다. 직접 차를 몰고 처음 그 집을 찾아왔을 때 세탁소를 본 기억을 떠올린 덕분에 그녀는 다시 시도할 용기를 냈다. 눈도 가렸고 겁도 났지만 그녀는 신발 가게와 커피숍, 아이스크림 가게, 극장까지 들어갔다. 사무용 건물 로비의 대리석 바닥을 걸을 때마다 온 건물에 울리는 자신의 발소리를 똑똑히 들었다. 축하용 카드가 놓인 선반을 떨어트리기도 했다. 하지만 여전히 바는 나타나지 않았다. 그러다가 아홉 번째로 차를 몰고 나온 어느 오후에 잠겨 있지 않은 나무문을 열고 들어가는 순간, 그녀는 마침내 목적지에 도착했다는 사실을 깨달았다.

시큼한 과일 냄새며 오래된 담배와 맥주 냄새는 지금껏 알았던 그 무엇보다 반가웠다. 그녀는 무릎을 꿇고 빅터를 얼싸안았다.

"마침내 찾았어."

온몸이 쑤셨다. 마음도 아팠다. 혀는 말라 까칠했다. 배는 바람이 빠진 풍선처럼 쭈글쭈글 늘어진 것 같았다.

어쨌든 그녀는 바에 도착했다.

그녀는 한참 동안 나무로 된 카운터를 찾아 헤맸다. 자꾸 의자에 부딪히고 기둥에 팔꿈치를 세게 박기도 했다. 한번은 넘어질 뻔했지만 탁자가 있어서 바닥에 나동그라지지는 않았다. 손에 닿은 물건의 정체를 알아내려면 한참 동안 손끝으로 그것을 만져봐야 했다. 이곳은 주방일까? 여기서 칵테일을 만들었을까? 빅터가 장난을 치듯 그녀를 잡아당겼다. 빅터를 향해 몸을 돌리는데 뭔가 단단한 것에 배가 세게 부딪혔다. 카운터였다. 철제 의자로 짐작되는 물건에 빅터의 목줄을 묶은 후 카운터 뒤로 들어가 술병들을 만졌다. 움직일 때마다 몸은 그녀가 얼마 전에 아이를 낳았다는 사실을 상기시켜주었다. 그녀는 병을 하나씩 들고 코로 가져갔다. 위스키였다. 어떤 것은 복숭아 향이 났다. 레몬 향이 나는 것도 있었다. 보드카. 진. 마침내 럼주를 찾았다. 올림피아가 도착했던 날, 동료들이 단 하룻밤이라도 즐거운 시간을 보내기 위해 마셨던 술이다.

럼주 병을 쥐고 있으니 기분이 좋았다. 마치 그 병을 손에 넣기 위해 천 년을 기다린 것만 같았다.

그녀는 병을 들고 카운터를 빙 돌아 나왔다. 의자를 하나 찾아 앉아 술병을 입으로 가져갔다. 그리고 한 모금 들이켰다.

알코올이 온몸으로 퍼졌다. 순간 통증이 잦아들었다.

자신만의 암흑 속에서 그녀는 크리처가 카운터에서 그녀 옆자리에 앉아 있을지도 모른다는 생각이 들었다. 그놈들이 그곳에 바글거릴지도 몰랐다. 탁자 하나에 셋씩 앉아 있는 것은 아닐까. 가만히 그녀를 지켜보면서. 온몸이 만신창이가 된 채 안대를 하고 길잡이 개를 데리고 있는 그녀를 관찰하면서. 하지만 바로 다음 순간 그녀는 신경 쓰지 않기로 했다.

그녀는 개에게 말을 걸었다.

"빅터. 너도 뭘 좀 먹을래? 필요해?"

정말 기분이 좋았다.

그녀는 한낮의 오후에 바에서 노닥거릴 수 있다는 사실이 얼마나 근사한지 새삼 떠올리며 술을 한 모금 더 마셨다. 아기들을 잊고, 집을 잊고, 만사를 잊고서.

"빅터, 이러고 있으니까 정말 좋다."

그런데 개가 뭔가 다른 것에 정신이 팔려 있다는 생각이 퍼뜩 뇌리를 스쳤다. 빅터가 의자에 묶인 끈을 자꾸 잡아당겼다.

맬로리가 다시 술을 마셨다. 바로 그때 빅터가 낑낑거렸다.

"빅터? 왜 그래?"

빅터가 더 힘을 주어 끈을 당겼다. 개는 으르렁거리는 게 아니라 자꾸 낑낑거렸다. 맬로리는 개가 우는 소리를 유심히 들었다. 몹시 불안한 것 같았다. 그녀는 벌떡 일어나서 목줄을 풀어주고 개가 인도하도록 했다.

"어디로 가는 거니, 빅터?"

빅터는 처음 들어왔던 문 옆으로 가려는 것 같았다. 맬로리와 개는 걸핏하면 탁자에 부딪혔다. 빅터는 타일 바닥에 자꾸 발이 미끄러졌고 맬로리는 정강이를 의자에 세게 박았다.

그쪽으로 가니 냄새가 점점 더 강해졌다. 바의 냄새였다. 그리고 그것에는 다른 냄새도 섞여 있었다.

"빅터?"

개가 우뚝 섰다. 그러더니 바닥에 있는 뭔가를 긁기 시작했다.

'쥐야. 여기라면 쥐가 잔뜩 있을 거야.'

맬로리는 그렇게 짐작했다.

그녀는 호를 그리며 구둣발로 바닥을 쓸었다. 그러자 작고 단단한 것이 발끝에 닿았다. 빅터를 옆으로 끌어내며 조심스럽게 바닥을 만져보았다.

문득 아기들이 생각났다. 그녀가 없으면 그 아이들이 어떻게 될까 싶었다.

"왜 그러니, 빅터?"

그것은 고리였다. 쇠로 만든 것 같았는데, 짧은 밧줄이 묶여 있었다. 여전히 안대를 낀 채 여기저기 만져보니 무엇인지 알 것 같았다. 그녀는 일어서며 말했다.

"이건 지하실 문이야, 빅터."

개가 거세게 숨을 몰아쉬었다.

"그냥 내버려둬. 우리는 여기서 챙겨 갈 물건들이 있어."

하지만 빅터는 목줄이 팽팽해질 정도로 끌어당기며 자꾸 앞으로 가려고 했다.

'저 아래 사람들이 있을지 몰라. 숨은 거겠지. 저 아래서 살고 있는 거야. 아기들을 키우는 데 도움이 될 사람들일지도 몰라.'

"거기 누구 없어요!"

그녀가 소리쳤다. 하지만 아무런 대답도 들리지 않았다.

안대 속으로 땀이 줄줄 흘렀다. 빅터가 발톱으로 나무문을 파내듯 긁었다. 문을 열려고 무릎을 꿇고 앉는 순간 몸이 반으로 딱 부러지는 것 같았다.

문을 열자 그곳에서 올라오는 냄새에 숨이 턱 막혔다. 구역질을 하는데 방금 마신 럼주가 올라오는 게 느껴졌다.

그녀는 목줄을 끌며 개를 불렀다.

"빅터. 저 아래에 뭔가가 썩고 있어. 뭔가가."

바로 그 순간 그녀는 미칠 듯한 공포에 사로잡혔다. 시커멓게 칠한 자동차를 그곳까지 몰고 오면서 느꼈던 공포 따위가 아니었다. 안대를 하고 있는데도 그곳에 누군가가 있다는 사실을 퍼뜩 깨달았을 때 찾아오는 두려움이었다.

그녀는 문을 향해 손을 뻗었다. 잘못해서 지하실로 굴러떨어져 뭐든 바닥에 있는 것에 처박힐까 봐 두려웠다. 이 악취는 썩은 음식 냄새가 아니었다. 오래된 술 냄새도 아니었다.

"빅터!"

개는 그 악취의 근원으로 달려들고 싶어서 그녀를 잡아당겼다.

"빅터! 이러지 마!"

빅터는 말을 듣지 않았다.

'무덤에서 나는 냄새 같아. 죽음의 냄새야.'

맬로리는 고통 속에서 재빨리 빅터를 끌고 지하실 근처를 벗어 났다. 다시 카운터로 되돌아간 후 기둥을 찾았다. 나무 기둥을 하나 찾자 목줄을 기둥에 묶고 무릎을 꿇고 양손으로 개의 얼굴을 감싸 안으며 제발 진정하라고 애원을 했다.

"우리는 아기들에게 돌아가야 해. 그러니까 제발 진정해."

하지만 맬로리는 자신부터 먼저 진정해야 했다.

'동물들이 어떤 영향을 받는지 우리는 몰랐잖아. 결국 알아내지 못했어.'

그녀는 지하실로 난 복도를 향해 고개를 돌렸다.

그녀는 눈물이 차오르는 것을 느끼며 개에게 물었다.

"빅터. 저 아래에 뭐가 있었니?"

개는 가만히 있었다. 다만 거칠게 숨을 몰아쉴 뿐이었다. 몹시 거칠게.

"빅터?"

그녀는 일어나서 그 개에게서 떨어졌다.

"빅터. 나는 여기를 지나갈 거야. 마이크를 찾으러 갈 거야."

그녀의 일부에서 생명력이 빠져나가기 시작했다. 미쳐가고 있는 쪽은 자신인 것 같았다. 줄스가 떠올랐다. 그는 이 개를 자신보다 더 사랑했다.

이 개는 동료들과 맬로리를 이어주는 마지막 남은 고리였다.

개는 고문을 당하는 것처럼 끔찍한 소리를 토해냈다. 빅터에게서 들으리라고 상상도 하지 못한 울음소리였다. 이 세상의 어떤 개라 해도 마찬가지였을 것이다.

"빅터. 여기에 데리고 와서 미안해. 정말 미안해."

개가 격렬하게 움직였다. 목줄을 끊어버린 것 같았다. 이윽고 나무 기둥이 뚝 부러졌다.

빅터가 짖기 시작했다.

맬로리는 뒤로 주춤주춤 물러났다. 그런데 지친 무릎 뒤로 계단 같은 것이 닿는 느낌이 들었다.

"빅터. 그러지 마, 제발. 내가 정말 미안해."

개는 몸을 흔들어 탁자를 쓰러뜨렸다.

"오, 세상에! 빅터! 그만 으르렁거려. 제발!"

하지만 빅터는 말을 듣지 않았다.

뒤쪽에 카펫을 깐 계단이 있는 것 같았다. 그녀는 그 계단을 기어서 올라갔다. 그녀가 등을 돌린 모습을 빅터가 볼까 봐 두려웠다. 그녀는 벌벌 떨며 몸을 웅크린 채 개가 미쳐가는 소리를 들었다. '쉭쉭' 하는 소리가 들렸다. 허공을 물어 이가 딱딱 맞부딪히는 소리도 났다.

맬로리는 비명을 질렀다. 본능적으로 무기가 될 만한 것을 찾아 손을 내밀었다. 손에 작은 막대기 같은 것이 잡혔다.

그녀는 천천히 일어서면서 쇠막대기의 길이를 가늠해보았다.

빅터가 또다시 허공을 무는지 또 딱딱 소리가 났다. 마치 이빨에 금이 가는 것 같았다.

쇠막대기의 끝부분에는 막대기보다 짧지만 길쭉한 것이 달려 있었다. 그 끝에는 쇠로 된 그물 같은 것이 느껴졌다.

그녀가 헉 하고 숨을 들이쉬었다.

그녀가 올라온 곳은 바의 무대였다. 그리고 그렇게 찾던 물건을 손에 쥐고 있었다. 마이크 말이다.

그 순간 빅터의 뼈가 뚝 부러지는 소리가 들렸다. 가죽과 살이 찢어지는 소리도 들렸다.

"빅터!"

그녀는 마이크를 주머니에 쑤셔 넣고 무릎을 꿇었다.

'죽여야 해.'

하지만 그럴 수 없었다.

그녀는 미친 듯이 무대 위를 뒤지기 시작했다. 그녀 뒤에서 빅터가 자신의 다리를 씹어 먹는 듯한 소리가 들렸다.

'온몸이 부러질 것처럼 아파. 빅터는 죽어가고 있고. 하지만 상자 같은 그 집에는 아기들이 있어. 아기들은 내가 필요해. 아기들은 내가 필요해. 내가 필요해. 내가 필요하단 말이야.'

가득 차오른 눈물이 안대 속에서 주르륵 흘러내렸다. 그녀는 자신도 모르게 껙껙거리며 흐느끼기 시작했다. 무릎걸음으로 전선을 따라가니 무대 반대편 끝에 작은 네모난 물체가 있었다. 그곳을 더 뒤지니 전선이 세 개 더 나왔는데, 마이크가 하나씩 달려 있었다.

그즈음 빅터는 어느 개도 내지 않을 듯한 소리를 냈다. 마치 절망에 빠진 사람이 지르는 소리 같았다. 맬로리는 서둘러 챙길 만한 것을 모두 챙겼다.

그녀도 너끈히 옮길 수 있을 만큼 작은 스피커들과 마이크들, 전선들, 마이크 받침대 하나였다.

"미안해, 빅터. 미안해. 정말 미안해, 빅터."

짐을 다 들고 일어났지만 몸이 견뎌줄 것 같지 않았다. 이 상황에서 젖 먹던 힘까지 끌어내지 않으면 쓰러질 테고 그러면 영원히 일어나지 못할 것 같았다. 그것이 두려워 꿋꿋이 버텼다. 빅터는 여전히 발광 중이었다. 그녀는 벽에 등을 댄 채 방향을 잡으며 천천히 이동을 해 마침내 무대에서 내려왔다.

빅터는 뭔가를 보았다. 그것은 지금 어디에 있을까?

뜨거운 눈물이 하염없이 흘렀다. 동시에 그 상황에 걸맞지 않은 감정이 그녀를 휘감았다. 덕분에 그 어느 때보다 침착해야 할 순간에 침착함을 유지할 수 있었다. 바로 모성애였다. 홀로 아기를 낳은 자신이 무척 낯설게 여겨졌다.

바를 가로지르다가 빅터가 그녀의 다리에 쏠리는 것이 느껴질 정도로 가까이 지나치게 되었다. 빅터의 옆구리였을까? 주둥이였을까? 작별인사를 한 걸까? 아니면 그녀에게 짖으려고 했을까?

맬로리는 계속 앞으로 걸어가다가 마침내 빅터와 함께 들어왔던 문을 찾았다. 근처에는 지하실 문이 열려 있었다. 하지만 어딘지는 몰랐다.

"나한테서 물러나! 꺼지란 말이야!"

그녀는 장비를 떨어뜨리지 않으려고 안간힘을 쓰며 한 걸음을 내디뎠다. 하지만 발밑에는 아무것도 없었다.

그녀는 휘청했다.

하마터면 그대로 고꾸라질 뻔했다.

그래도 용케 몸을 곧추세웠다.

바를 빠져나오기 직전에 비명을 질렀는데 자신의 목소리 같지 않았다.

피부에 닿는 햇살이 너무 따가웠다.

그녀는 어딘가에 세워놓은 차를 찾아 잰걸음을 놓렸다.

생각이 전기가 파팍 튀듯 획획 떠올랐다 사라졌다. 모든 사건이 혼이 쏙 빠질 정도로 순식간에 벌어졌다. 그녀는 콘크리트로 된 연석에서 발이 미끄러져 그대로 자동차에 처박혔다. 그녀는 정신없이 뒷자리에 서둘러 가져온 물건들을 실었다. 운전석에 앉은 후에야 비로소 오열이 터져 나왔다.

이 모든 잔인함과 이 세상이 서러워 흐르는 눈물이었다. 그리고 빅터를 애도하는 눈물이기도 했다.

자동차 열쇠를 꽂고 돌리려는 순간.

그녀는 식은땀에 검은 머리가 흥건히 젖은 채 그대로 얼어붙었다.

혹시 그 차에 뭔가가 같이 들어오지 않았을까? 조수석에 뭔가가 앉아 있지나 않을까?

뭔가가 차에 타고 있다면 아기들에게 곧장 데려다주는 셈이 될지도 모른다.

'집을 찾아가려면 주행기록계를 눈으로 보면서 운전을 해야 해.'

마음의 목소리조차 떨고 있었다. 마음속 목소리인데도 울부짖는 것 같았다.

그녀는 안대를 한 채 차의 내부를 손으로 샅샅이 훑기 시작했다. 양팔로 계기판을 내리치듯 검사하고 천장을 두드리고 창문마다 마구 쳤다.

마침내 안대를 뜯어내듯 풀었다.

시커먼 앞 유리가 제일 먼저 눈에 들어왔다. 그곳에는 그녀 혼자였다.

그녀는 주행기록계를 꼼꼼하게 확인하며 왔던 길을 그대로 되돌아갔다. 먼저 4킬로미터를 달린 후 실링엄으로 6킬로미터하고도 5백 미터를 가고 방향을 꺾어 4백 미터를 마저 달려 집에 도착했다. 운전하는 내내 연석이란 연석, 표지판이란 표지판은 다 들이받았다. 고작 시속 8킬로미터의 속도로 차를 몰았다. 아무리 가도 집이 나오지 않을 것 같다는 생각이 운전하는 내내 그녀를 떠나지 않았다.

주차를 한 후 가져온 장비들을 주섬주섬 챙겼다. 집으로 들어가 문이 꼭 닫힌 것을 확인한 후에야 꼭 감았던 눈을 뜨고 아기들의 방으로 달려갔다.

아기들은 벌써 잠에서 깨어 있었다. 배가 고파 어찌나 울었는지 얼굴이 발갛게 달아올라 있었다.

한참 후에 그녀는 눅눅한 주방 바닥에서 벌벌 떨며 잠에서 깼다. 옆에 챙겨 온 마이크 여러 개와 작은 스피커 두 대가 놓여 있는 것을 보며 빅터가 지른 괴성을 떠올렸다.

'개도 면역이 되어 있지 않아. 개도 미칠 수 있어. 개도 면역이 되어 있지 않아.'

이제 그만 울음을 그치자고 생각할 때마다 다시 울음이 복받쳐 올랐다.

34

맬로리는 2층 욕실에 있었다. 밤늦은 시각, 집 안은 고요하다. 동료들은 모두 잠이 들었다.

그곳에서 맬로리는 개리의 서류 가방을 생각하는 중이었다.

톰은 그녀에게 자신이 없는 동안 동료들을 이끌어달라고 했다. 그런데 그 서류 가방이 신경 쓰여 견딜 수가 없었다. 돈이 느닷없이 개리에게 관심을 보이는 것도 신경 쓰였다. 개리가 말해준 장황하고 어딘지 꾸민 듯한 이야기도 마찬가지였다.

훔쳐보는 것은 잘못된 행동이다. 사람들이 어쩔 수 없이 함께 살게 되었다면 각자의 사생활은 무엇보다 중요하다. 하지만 이것은 그녀의 의무 아닐까? 톰이 없는 동안 그녀의 직감이 옳은지 확인해보는 것 또한 그녀의 책임이 아닐까?

맬로리는 복도로 귀를 돌렸다. 누군가 잠이 깨어 돌아다니는 기척은 들리지 않았다. 욕실에서 나와 셰릴의 방으로 가보았다. 그녀는 잠들어 있었다. 올림피아의 방을 살짝 들여다보니 작게 코를 고는 소리가 들렸다. 맬로리는 난간을 꼭 잡고 살금살금 계단을 내려갔다.

그녀는 주방으로 들어간 후 스토브 위에 달린 전등에 불을 켰다. 어둑하지만 부드러운 빛이 주위로 퍼졌다. 밝기는 그 정도로 충분하다. 거실로 들어가니 빅터가 고개를 돌려 그녀를 보았다. 펠릭스는 소파 위에서 자고 있었다. 평소 톰이 잠을 자던 바닥이 텅 비어 있다.

주방을 통과해 식당으로 다가갔다. 스토브의 불빛은 어둑하지만 꽤 멀리까지 비쳐주기 때문에 개리가 바닥에서 자는 모습이 잘 보였다. 그는 반듯이 누워 잠들어 있었다.

그녀는 잠시 상황을 살폈다.

문제의 가방은 벽에 기대어져 있는데, 손을 뻗으면 잡을 거리였다.

맬로리는 식당으로 살며시 들어갔다. 체중이 실리자 마룻바닥이 삐걱거렸다. 그녀는 우뚝 멈춰 서서 턱수염이 덥수룩한 입 주위를 유심히 살폈다. 그는 입을 벌리고 느리고 고르게 숨소리를 내며 잠들어 있다. 그녀는 그의 위로 살짝 몸을 숙인 채 미동도 않고 그의 상태를 살폈다.

마침내 무릎을 꿇었다.

개리가 잠결에 코웃음을 쳤다. 그 바람에 맬로리는 심장이 철렁해 잠시 돌처럼 굳었다.

서류 가방을 손에 넣으려면 그의 상체 위로 손을 뻗어야 했다. 자고 있는 개리의 셔츠와 앞으로 뻗은 그녀의 팔은 고작 몇 센티미터밖에 떨어져 있지 않았다. 손가락이 가방 손잡이를 쥐는 순간 그가 다시 코웃음을 쳤다. 그녀가 고개를 휙 돌렸다.

그가 그녀를 보고 있었다.

맬로리는 그대로 얼어붙었다. 그의 두 눈을 바라보았다.

다음 순간 그녀는 살며시 안도의 한숨을 내쉬었다. 그는 눈을 여전히 감고 있었다. 그림자의 장난에 현혹된 것이었다.

그녀는 잽싸게 가방을 집어 들고 서둘러 그 방을 빠져나왔다.

지하실 문에 다다르자 비로소 발걸음을 멈추고 주위의 기색을 살폈다. 식당에서 아무런 움직임도 느껴지지 않았다. 지하실 문을 조심스레 천천히 열었지만 경첩이 끽끽거리는 소리만은 어쩔 수 없었다. 하필이면 평소보다 더 요란하게 소리가 났다. 마치 온 집이 삐걱거리며 천천히 쪼개지는 것 같았다.

몸이 들어갈 수 있을 만큼 열자 그녀는 지하실로 얼른 들어갔다. 집은 또다시 고요해졌다.

그녀는 흙바닥까지 천천히 내려갔다.

몹시 긴장되었다. 그래서인지 전깃줄을 찾는 데도 한참이 걸렸다. 비로소 전깃줄을 찾아 서둘러 불을 켜자 지하실이 노랗고 환한 빛으로 가득 찼다. 너무 밝았다. 마치 두 층이나 위에서 자고 있는 셰릴도 깨울 것만 같았다.

지하실을 두리번거리며 그녀는 잠시 가만히 있었다.

자신의 거친 숨소리가 들렸다. 그 소리뿐이었다.

온몸이 아팠다. 쉬어야만 했다. 하지만 당장은 개리가 무엇을 가져왔는지 궁금해서 견딜 수가 없었다.

그녀는 나무 의자로 다가가 앉았다.

딸칵 하고 가방을 열었다.

제일 먼저 다 닳은 칫솔이 눈에 들어왔다.

양말 몇 켤레.

티셔츠 몇 벌.

와이셔츠 한 벌.

디오도런트 한 병.

그리고 종이 여러 장과 공책 한 권.

맬로리는 지하실 문을 쳐다보았다. 발소리가 나지 않는지 귀를 쫑긋 세웠다. 아무 소리도 나지 않았다. 그녀는 옷가지들 아래에서 공책을 꺼내고 가방을 바닥에 내려놓았다.

푸른 표지의 공책은 말끔했다. 가장자리가 구부러지지도 않았다. 새것과 같은 상태를 잘 유지한 공책 같았다.

마침내 공책을 펼쳤다.

그리고 읽었다.

손 글씨가 어찌나 가지런한지 충격적일 정도였다. 자로 잰 듯 꼼꼼한 글씨체였다. 어떤 사람이 쓴 글인지는 몰라도 대단한 열정을 담아 쓴 게 틀림없었다. 자부심도 엿보였다. 몇 장을 넘기다 보니 어떤 문장들은 평범하게 왼쪽에서 오른쪽으로 비스듬히 썼지만 어떤 문장들은 반대로 오른쪽에서 왼쪽으로 비스듬히 기울어져 있었다. 뒤로 더 넘기니 그런 글씨체가 페이지 제일 위에서부터 아래까지 가득 메우고 있었다. 마지막 페이지가 가까워지자 평범하지만 자로 잰 듯 가지런한 글씨체가 다시 나타나 괴상한 문양과 패턴을 만들었다.

'이성의 최대 한계를 알아내기만 하면 이 크리처의 최대 파워도 알아낼 수 있다. 만약 이것이 이해의 문제라면 이 크리처와 어떤 식으로 조우하든 그 결과는 두 사람 사이에도 크게 다를 것이다. 내 이성의 최대 한계는 너희들과 다르다. 이 집의 원숭이들과는 차원이 다르다. 과장된 히스테리 상태에 빠져 있는 사람은 우리가 묘사하는 크리처의 규칙에 더 민감하다. 다시 말해서 지적 수준이 유치하기 짝이 없는 이 얼간이들은 살아남지 못할 것이다. 하지만 나 같은 사람은 멀쩡하다. 나는 이미 이런 주장을 증명한 바 있다.'

맬로리는 계속 읽어나갔다.

'지구의 종말이 다가오는데 어떤 인간이 겁을 먹고 목을 움츠릴까? 형제들이 스스로 목숨을 끊고, 미국 교외 주택가의 골목이 살육으로 물들 때 어떤 인간이 담요와 안대 뒤로 몸을 숨길까? 인간들 **대부분**이다. 그들은 미쳐버릴 것이라는 말을 들었다. 그래서 미쳐간다.'

맬로리는 눈을 들고 지하실 계단을 바라보았다. 스토브 위의 불빛이 가느다란 문틈으로 새어 들어왔다. 그 불을 꺼야 한다는 생각이 들었다. 당장 올라가서 불을 끌지 잠시 생각하고는 다시 공책을 넘겼다.

'우리는 자신에게 그런 짓을 한다 우리는 자신에게 그런 짓을 한다 우리는 **자신에게 그런 짓을 한다**. 다시 말해서 (이 점을 꼭 명심하라!) **인간이 두려워하는 크리처는 바로 인간 자신이다**.'

분명 프랭크의 공책일 터였다. 그런데 그걸 왜 개리가 가지고 있는 걸까?

'이 글을 쓴 사람이 다름 아닌 개리이기 때문이겠지.'

맬로리는 이제야 알 것 같았다. 개리가 전에 살던 집의 커튼을 모두 열어젖힌 사람은 프랭크가 아니었다.

'개리였어.'

맬로리는 가만히 있는데도 심장이 미친 듯이 뛰었다.

'톰은 지금 여기 없어. 여기서 5킬로미터나 떨어진 곳에 있어.'

그녀는 다시 문틈을 바라보았다. 여전히 스토브의 불빛이 새어 들어왔다. 발소리가 들리면서 그 불이 갑자기 꺼질 것만 같았다. 무기가 될 만한 것이 없는지 선반을 살폈다. 그가 온다면 무엇으로 그를 죽일 수 있을까?

하지만 불빛을 꺼버리는 발소리는 들리지 않았다. 맬로리는 공책을 얼굴에 바짝 들이대며 다시 읽기 시작했다.

'이성적으로 말해서, 그리고 이것을 그들에게 증명해야 한다는 면에서 나는 더 이상 선택의 여지가 없다. 그 일을 하겠다고 스스로 확신할 때까지 1천 번이라도 이 글을 쓸 것이다. 2천 번이라도. 3천 번이라도. 이 인간들은 담론을 거부한다. 오로지 증거만이 그들을 바꿀 것이다. 그런데 어떻게 증명하면 좋을까? 어떻게 하면 저들이 내 말을 믿을까?

나는 커튼을 뜯어내고 문에 걸린 자물쇠들을 모두 열어버릴 것이다.'

여백에는 번호가 달린 메모들이 적혀 있고 해당하는 번호들은 아주 공을 들여서 제일 꼭대기에 주르르 늘어져 있었다. 여기는

2343번이 있고 저기는 2344번이 있었다. 끝도 없이 계속 나왔다. 잔혹하다는 느낌마저 들었다.

맬로리는 다음 페이지를 넘겼다.

바로 그때 위층에서 무슨 소리가 들렸다.

그녀는 문으로 시선을 돌렸다. 꼼짝도 할 수 없었다. 눈꺼풀을 깜박이는 것조차 무서웠다. 그녀는 문을 노려보며 잠시 기척을 살폈다.

시선을 문에 고정한 채 서류 가방을 들어 올려 공책을 개리의 소지품 속에 밀어 넣었다. 올바른 방식에 맞서려는 걸까? 그는 이런 식으로 해치워버린 걸까?

그녀는 알 수 없었다. 아무것도 알 수 없었다.

일단 가방을 잠그고 불을 껐다.

눈을 감은 채 발에 닿는 시원한 흙의 감촉을 느꼈다. 잠시 후 눈을 떴다. 완벽한 어둠이 문틈으로 새어 들어오는 스토브 불빛으로 조각이 났다.

맬로리는 가만히 서서 문틈을 바라보았다.

계단으로 다가가며 조심스럽게 계단을 올라가는 내내 어둠에 시야를 적응한 후 문에다 귀를 바짝 대었다.

불규칙하게 숨을 쉬면서 바깥의 소리에 귀를 기울였다. 여전히 고요했다.

'개리가 맞은편에 서 있는 게 아닐까. 지하실 문을 노려보면서. 문을 열고 나가면 문 앞에서 나를 맞을 거야.'

그녀는 기다렸다. 계속 기다렸다. 하지만 아무 소리도 들리지 않았다.

마침내 문을 열었다. 이번에도 경첩이 삐걱거렸다.

손에 서류 가방을 든 채 주방 안을 둘러보았다. 정적이 귀에 쩌 렁쩌렁 울리는 기분이었다.

아무도 없었다. 그녀가 나오기를 기다리고 선 사람은 어디에도 없었다.

배에 손을 올린 채 살짝 연 틈새로 온몸을 쥐어짜듯 빠져나온 후 문을 닫았다.

거실을 살피고는 식당 안을 살펴보았다.

다시 거실을.

그리고 다시 식당 안을.

발끝으로 주방을 나와 마침내 식당으로 들어갔다.

개리는 여전히 누워 있었다. 가슴이 오르락내리락 한다. 작게 끙끙거리기도 했다.

그녀가 다가갔다. 그가 몸을 뒤척이자 그녀는 그대로 굳어버 렸다.

'개리가 움직였어.'

움직인 것은 팔 한쪽이었다.

맬로리는 그에게서 시선을 떼지 않았다. 그의 얼굴과 감은 두 눈에 시선이 못 박힌 듯했다. 그녀는 황급하게 무릎을 꿇고 그의 몸 위로 상체를 숙여 서류 가방을 벽에 다시 기대어놓았다. 그녀 의 몸과 개리의 몸 사이는 고작 몇 센티미터였다.

'이것이 그가 맞서려는 방식일까?'

그녀는 가방을 놓아두고 벌떡 일어섰다. 그리고 서둘러 그곳을 빠져나왔다. 주방으로 들어가니 희미한 불빛 사이로 누군가와 시선이 딱 마주쳤다.

맬로리는 그대로 얼어붙었다.

올림피아였다.

"여기서 뭐 하는 거야?"

올림피아가 속삭였다.

"아무것도 아니야. 뭘 좀 두고 온 것 같아서."

맬로리는 숨도 쉬지 않고 재빨리 대답했다.

"끔찍한 꿈을 꿨어."

올림피아가 말했다. 맬로리가 그녀에게 다가가 손을 내밀었다. 그녀는 올림피아를 데리고 위층으로 올라갔다. 서로가 서로를 이끌었다. 계단을 다 올라가자 맬로리가 고개를 돌려 계단을 보더니 이렇게 말했다.

"톰에게 말할 게 있어."

"내 악몽에 대해서?"

맬로리는 올림피아를 바라보며 고개를 가로저었다.

"아니. 아니야. 미안해. 아무것도 아니야."

"맬로리?"

"응?"

"괜찮아?"

"올림피아. 톰이 필요해."

"음, 지금 그 사람은 없어."

맬로리는 제일 아래 계단을 물끄러미 바라보았다. 스토브 불빛이 아직도 켜져 있다. 그 불빛이 거실 입구까지 죽 뻗어 있기에 누군가 식당에서 부엌으로 들어오면 지금 있는 곳에서도 그 사람의 그림자가 다 보이리라.

그녀는 강렬한 눈빛으로 어둑한 주방을 바라보았다. 기다렸다. 그림자가 나타나기를. 분명 뭔가가 다가오리라.

그렇게 계속 기다리는 동안 방금 올림피아가 한 말을 곰곰이 생각해보았다.

'톰은 없어.'

그녀는 지금 이 집이 커다란 상자처럼 느껴졌다. 이 상자에서 나가고 싶었다. 톰과 줄스는 바깥에 있지만 여전히 이 상자에 있는 셈이다. 이 세상은 사방이 폐쇄되어 있다. 세상은 저 밖에 걸어놓은 새 상자 같은 종이 상자에 갇혀 있다. 맬로리는 톰이 그 뚜껑을 열 방법을 찾고 있다는 사실을 잘 안다. 하지만 그녀는 이 뚜껑을 열면 그 위에 두 번째 뚜껑이 있고, 그 뚜껑을 열면 세 번째 뚜껑이 있을 것 같다는 생각을 떨쳐버릴 수 없다.

'상자에 갇힌 거야. 영원히.'

35

톰과 줄스가 허스키 두 마리를 데리고 길을 떠난 후로 벌써 일주일이 흘렀다. 맬로리는 그 어느 때보다 그들이 어서 돌아오기를 바랐다. 문을 두드리는 소리를 듣고 그들의 무사귀환으로 깊은 안도감을 다시 느끼기를 너무나 간절하게 바랐다. 그들이 무엇과 마주쳤고 무엇을 가지고 돌아왔는지 이야기를 어서 듣고 싶었다.

맬로리는 지난밤 끝내 잠을 이루지 못했다. 캄캄한 방에서 개리의 공책에 대해 생각하고 생각했다. 지금 그녀는 현관이다. 마치 동료들을 피해 그곳에 몸을 숨긴 것 같았다.

펠릭스에게는 말할 수 없었다. 그러면 무슨 조치를 취할지도 모른다. 개리와 이야기하려 들지도 몰랐다. 하지만 펠릭스가 행동에 나설 때를 대비해 톰과 줄스가 곁에 있기를 바랐다. 펠릭스가 두 사람의 도움이 필요할지도 모르니 말이다.

개리가 앞으로 무슨 짓을 할지 누가 알겠는가. 과거에 무슨 짓을 저질렀는지는 또 누가 알겠는가.

셰릴에게도 입이 떨어지지 않았다. 그녀는 성격이 불같고 강인하다. 버럭 화도 잘 낸다. 펠릭스가 조치를 취하기 전에 셰릴이 먼저 저지를지도 모른다.

올림피아에겐 말해봤자 지금보다 더 겁에 질리기만 할 것이다.

개리에게 이야기를 꺼낼 용기도 없었다. 절대 그럴 일은 없을 것이다. 톰이 곁에 없는 한 절대 말이다.

하지만 돈이라면 이야기를 해볼 수 있을 것도 같았다. 돈이 비록 개리에 대한 태도를 손바닥처럼 뒤집었고 평소에도 기분이 시소처럼 오르락내리락하지만 말이다.

그의 마음에도 선한 부분이 있을 것이다. 항상 그랬을 것이다. 맬로리는 그렇게 생각했다.

개리는 지난 몇 주 동안 돈의 어깨에 앉아 있던 악마였다. 돈은 이 집에서 악마 역할을 해줄 사람이 필요했을 뿐이다. 이 세상을 그보다 더 그처럼 바라보는 사람 말이다. 하지만 이제껏 이 집에서 돈의 회의주의가 쓸모 있다고 증명된 적이 있었던가? 개리와 그렇게 이야기를 나누었으면 그가 좀 이상하다는 생각이 들지 않았을까?

'개리는 잠을 잘 때면 항상 손이 닿는 거리에 그 가방을 둬. 그만큼 중요하게 생각한다는 거야. 그러니까 그 글을 가방에 꼭 넣어두려고 하는 거겠지.'

새 세상에서는 무엇 하나 가혹하지 않은 것이 없지만 하필 톰이 집을 비운 이때 그녀가 발견한 개리의 공책만 한 것은 어디에도 없을 듯했다.

톰은 오랫동안 돌아오지 않을지 몰라.

그만하자.

어쩌면 영원히.

그만하자.

죽었을지도 몰라. 두 사람은 나가자마자 거리에서 누군가에게 죽임을 당했을지도 몰라. 내가 지금 목이 빠져라 기다리고 있는 남자는 일주일 전에 죽어서 지금 저 앞마당 풀밭 위에 누워 있을지도 몰라.

아니야. 톰은 돌아올 거야.

어쩌면.

돌아올 거라니까.

어쩌면.

두 사람은 펠릭스와 함께 상세하게 지도를 그렸어.

펠릭스가 뭘 안다고?

세 사람이 모두 힘을 합쳤어. 톰은 해낼 수 있으리라는 확신도 없이 무작정 나갈 사람이 아니야.

조지가 봤던 비디오를 벌써 잊었어? 톰은 조지와 비슷한 면이 많아.

그만하라니까!

그는 닮았어. 게다가 조지를 우상으로 여기지. 또 그 개들은 어떨까?

개들이 영향을 받는지 어떤지 아직 몰라.

아직 모르지. 하지만 영향을 받을지도 몰라. 만약 그렇게 되면 어떤 일이 일어날지 상상은 해봤어? 개가 미치면 어떻게 될까?

제발…… 그만해.

꼭 필요한 생각이야. 이런 상황도 예상해둬야 해. 톰이 돌아오지 않을 수도 있어.

돌아올 거야. 올 거야. 올 거라고…….

돌아오지 않으면 누구에게든 그 이야기를 해야 해.

톰은 꼭 올 거야.

벌써 일주일이나 지났어.

돌아올 거라니까!

개리에게 말할 수는 없어. 일단 다른 사람에게 먼저 말해.

돈.

아니, 아니야. 그 사람은 안 돼. 하려면 펠릭스에게 해. 돈은 너를 죽이려고 할 거야.

뭐라고?

돈은 변했어. 그는 이제 다른 사람이야. 그렇게 순진하지 않아.

그가 우릴 다치게 할 리 없어.

아니. 그라면 그럴 거야. 우리 모두에게 정원용 도끼를 휘두를 사람이라고.

그만해!

돈은 삶에 더 이상 애착이 없어. 아기가 태어나면 눈을 멀게 하라고까지 했잖아.

그가 우릴 다치게 할 리 없어.

아니. 펠릭스와 이야기를 해.

펠릭스가 모두에게 말할 거야.

그러지 말라고 해. 펠릭스와 이야기를 해. 톰이 돌아오지 못할 수도 있어.

맬로리는 현관을 떠났다. 주방을 보니 개리와 셰릴이 있었다. 개리는 식탁에 앉아 통조림에서 복숭아를 떠먹고 있었다.

"안녕."

그가 인사를 했다. 마치 그 안녕에 자신이 책임을 지고 있기라도 한 듯한 말투였다.

맬로리는 그가 무슨 말인가 할 것 같았다. 아무래도 그가 아는 것 같았다.

'그는 깨어 있었어 깨어 있었어 깨어 있었어.'

"안녕."

그녀는 그렇게 인사를 한 후 주방에 그를 남겨둔 채 거실로 들어갔다.

펠릭스가 거실 전화기 옆에 앉아 있었다. 작은 탁자 위에는 지도가 펼쳐져 있다.

"도무지 이해가 안 돼요."

그는 당혹감을 숨기지 못했다. 몸도 별로 좋지 않아 보였다. 그동안 통 먹지 않은 탓이다. 일주일 전 그가 맬로리에게 보여준 자신감은 더 이상 찾아볼 수 없었다.

"너무 오래 걸려요, 맬로리. 톰이라면 밖에 나가서 어떻게 행동해야 할지 잘 알 거예요. 그렇다고 해도 시간이 너무 흘렀어요."

그때 셰릴이 모퉁이에서 머리를 내밀며 불쑥 끼어들었다.

"다른 생각을 해. 농담이 아니야, 펠릭스. 그건 그만 생각하고 다른 걸 생각하라고. 아니면 맨눈으로 바깥에 나가든가. 안 그래도 지금 미쳐가는 것 같으니까."

펠릭스는 크게 숨을 내쉬고는 손가락으로 머리를 쓸어 넘겼다.

맬로리는 그런 펠릭스를 앞두고 입이 떨어지지 않았다. 그는 지금 뭔가를 서서히 잃어가고 있다. 이미 잃어버린 것도 있다. 두 눈이 멍했다. 그에게서 감정이 사라지고 있었다. 사고력도 함께 사라지는 중이다. 그리고 강인함도.

맬로리는 잠자코 그곳을 나와버렸다. 복도를 지나가다 돈과 마주쳤다. 그녀가 지난밤 알아낸 사실들이 그녀 안에서 말로 되어갔다. 하마터면 그에게 말을 걸 뻔했다.

'돈. 개리는 정상이 아니에요. 그는 위험해요. 그는 가방에 프랭크의 공책을 숨겨놓고 있어요.'

'뭐라고요?'

'내가 말한 그대로예요.'

'지금 몰래 훔쳐본 거예요? 개리의 물건을 살펴봤다고요?'

'네.'

'왜 이런 말을 내게 하는 거죠?'

'돈, 누구에게든 말을 해야만 해요. 이해할 수 있겠죠, 아닌가요?'

'그냥 개리에게 물어봐요. 이봐, 개리!'

이런 식으로 흘러가서는 안 된다. 돈에게 말할 수 없다. 돈도 이성을 잃었다. 폭력을 사용할지도 모른다. 개리도 마찬가지다. '무턱대고 저질렀다가 아기를 잃을 수도 있어.'

그녀는 지하실 계단 꼭대기에 개리가 서 있는 모습이 떠올랐다. 여기저기 부러지고 피를 흘리는 그녀의 몸뚱이는 지하실 바닥에 널브러져 있겠지.

'너는 지하실에서 책 읽는 걸 좋아하지, 안 그래? 그러니 거기서 네 자식과 함께 죽어버려.'

뒤에서 동료들의 목소리가 들렸다. 모두 거실에 있는 것 같다. 셰릴이 펠릭스에게 무슨 말인가 하고 있다. 개리는 돈에게 이야기를 하고 있다.

맬로리는 목소리가 나는 쪽으로 몸을 돌려 거실로 갔다.

그들 모두에게 이야기를 할 작정이었다.

그녀는 거실로 들어가자 자신의 몸이 얼음장으로 만들어져서 녹아내리는 것 같았다. 마치 지금 자신이 하려는 일에 대한 부담감에 깔려 온몸이 무너지고 짜부라지는 것 같았다.

셰릴과 올림피아가 소파에 있고 펠릭스는 여전히 전화 옆에 있었다. 돈은 안락의자에 있고 개리는 담요를 쳐놓은 창가를 마주보며 서 있었다.

그녀가 무슨 말을 하려고 입을 여는 순간 개리가 고개를 돌려 어깨 너머로 그녀의 눈을 똑바로 보았다.

"맬로리, 하고 싶은 말이 있어요?"

그가 날카롭게 물었다.

그제야 맬로리는 모두의 시선이 자신에게 향해 있다는 사실을 깨달았다. 그녀가 무슨 말을 할지 기다리고 있었다.

"네. 개리. 있어요."

"뭔데요?"

돈이 물었다.

하고 싶은 말이 목에 걸려 나오지 않았다. 단어들이 노래기의 다리들처럼 어떻게든 밖으로 나가고 싶어 그녀의 입술을 향해 목을 타고 올라오는 것 같았다.

"혹시 누가 개리의……."

그녀는 말을 멈췄다. 그녀는 물론 모든 사람이 창문을 향해 고개를 돌렸다.

새들이 구구거렸다.

"톰이야. 분명히 톰일 거야!"

이렇게 소리치는 펠릭스의 목소리에서 필사적인 기분이 느껴졌다.

개리가 맬로리의 눈을 다시 바라보았다. 바로 그때 현관을 두드리는 소리가 들렸다.

사람들이 서둘러 나갔다. 펠릭스가 현관으로 뛰쳐나갔고 맬로리와 개리만 남았다.

'그는 알아 그는 알아 그는 알아 그는 알아.'

톰이 소리치는 소리가 들리는 순간 맬로리는 두려움으로 온몸이 떨렸다.

'그는 알고 있어.'

다시 톰의 목소리가 들리자 개리는 그녀를 놓아두고 현관으로 나갔다.

한바탕 질문들을 쏟아내고 동료들이 눈을 감자 문이 열리는 소리가 들렸다. 시원한 바깥 공기가 휙 몰려들어왔다. 그 바람을 맞는 순간, 하마터면 톰이 없는 상황에서 개리와 맞설 뻔했다는 사실이 실감났다.

개들 발톱이 현관 바닥에 닿는 소리가 났다. 뒤이은 장화 소리. 뭔가가 문틀에 쾅 부딪히는 소리. 그러더니 현관이 재빨리 닫히는 소리가 났다. 빗자루로 벽을 훑는 소리도 빠지지 않았다. 톰이 말을 했다. 그의 목소리는 구원이었다.

"내 집에 도착하면 여기로 전화를 걸려고 했었어. 그런데 빌어먹을 전화가 불통이더라고."

펠릭스가 힘은 없지만 어딘지 열렬한 분위기로 말했다.

"톰. 두 사람이 해낼 줄 알았어. 알았다고!"

비로소 눈을 뜬 맬로리는 더 이상 개리에 대해 생각하지 않았다. 그의 가방에 얌전히 들어 있는 완벽하게 정서된 글자들도 생각나지 않았다.

그녀의 머릿속에는 톰과 줄스가 돌아왔다는 사실뿐이었다.

"우리가 마트를 털어왔어. 누군가 먼저 왔다 갔더라고. 그래도 쓸 만한 걸 많이 건져왔어."

톰이 말했다. 도저히 불가능한 일 같았다.

그는 지쳐 보였지만 그래도 좋아 보였다.

"개들을 데려간 게 효과가 있었어. 우리 길잡이 역할을 톡톡히 해줬거든."

이렇게 말하는 톰은 무척 자랑스럽고 행복해 보였다.

"그리고 우리 집에서 우리에게 훨씬 더 도움이 될 만한 걸 챙겨왔지."

펠릭스는 그를 도와 더플백을 가져왔다. 톰은 가방을 열고 뭔가를 꺼냈다. 그러더니 현관에 그대로 떨어뜨렸다.

전화번호부였다.

"여기 실려 있는 번호를 죄다 걸어볼 거야. 하나도 빠짐없이 말이야. 그러면 누군가는 전화를 받겠지."

톰이 말했다.

그건 단지 전화번호부였다. 하지만 톰은 그것을 등대의 불빛으로 바꾸었다.

"뭘 좀 먹자."

톰이 말했다.

다른 사람들이 서둘러 식당에 음식을 차리기 시작했다. 올림피아가 그릇을 가져왔다. 펠릭스는 양동이에서 유리잔에 물을 채웠다.

톰이 돌아왔다.

줄스가 돌아왔다.

"맬로리!"

올림피아가 불렀다.

"게살 통조림이야!"

두 세상 사이 어딘가에 갇혀버린 맬로리가 주방으로 들어가 식사 준비를 거들기 시작했다.

36

누군가 그들을 뒤따르고 있다.

앞으로 얼마나 더 가야 하는지 스스로에게 질문해봤자 아무 소용이 없다. 그녀가 도착했다고 알려주는 녹음기 소리가 언제 들릴지 그녀도 모르기 때문이다. 그 녹음기가 아직까지 있을지도 확신할 수 없다. 지금 그녀는 노를 저을 뿐이다. 그저 견딜 뿐이다.

1시간 전 그들은 사자들이 전투라도 벌이는 듯한 소리가 나는 곳을 지나쳤다. 으르렁거리는 소리가 요란했다. 하늘에서는 맹금들이 위협적인 소리를 냈다. 숲속에서는 뭔가가 으르렁대고 툴툴거리는 소리가 났다. 강의 물살도 점점 빨라졌다. 그녀는 톰과 줄스가 길거리에서 발견한 텐트를 떠올렸다. 그런 것이 여기에도 있을까? 이곳 강 위에 전혀 어울리지 않는 뭔가가? 혹시 그런 것에 충돌할 수도 있을까?

여기에서는 무엇을 상상하든 현실이 될 수 있다는 사실을 맬로리는 똑똑히 안다.

하지만 지금은 걱정할 근거가 구체적으로 있다.

누군가가 그들을 따라오고 있다. 그렇다. 보이도 그 소리를 들었다.

유령 메아리라고 해야 할까. 그녀가 노 저을 때마다 뒤이어 똑같은 소리가 자꾸 들린다.

도대체 누구일까? 그녀와 아이들에게 해코지할 생각이었다면 그녀가 기절했을 때를 왜 노리지 않았을까?

그도 자신의 집을 떠나온 사람일까?

"보이. 네가 들은 소리에 대해서 얘기해봐."

그녀가 소곤소곤 물었다.

보이가 잠시 귀를 기울인다.

"모르겠어요, 엄마."

아이의 목소리에서 수치심이 느껴졌다.

"아직도 소리가 나니?"

"모르겠어요!"

"잘 들어봐."

맬로리는 노를 젓지 말아볼까 싶다. 고개를 돌리고 뒤에서 들리는 소리와 마주해야 할까.

'녹음기에서는 같은 말이 계속 나올 겁니다. 잘 들릴 거예요. 크고 또렷하니까요. 그 소리가 들리면 곧바로 눈을 떠야 해요.'

무엇이 그들을 뒤따르고 있을까?

그녀가 다시 채근했다.

"보이, 네가 들은 소리에 대해서 얘기해봐."

이제 맬로리는 노 젓는 손을 멈췄다. 물살이 배를 마구 떠밀었다.

"뭔지 나도 몰라요."

보이가 대답했다.

맬로리는 계속 기다린다. 오른쪽 강둑에서 개가 짖는다. 짖는 소리가 또 들린다.

'들개들이야. 늑대도 더 많아졌어.'

맬로리는 이렇게 짐작했다.

그녀는 다시 노를 젓기 시작한다. 보이에게 무슨 소리가 들리는지 또 묻는다.

"미안해요, 엄마!"

아이가 소리를 지른다. 울먹이는 아이의 목소리가 갈라진다. 창피한 것이다.

'아이도 모르는 거야.'

지난 몇 년 동안 보이가 못 알아듣는 소리는 하나도 없었다. 하지만 아까부터 들리는 소리는 그게 뭐든 아이가 한 번도 못 들어본 소리가 분명하다.

하지만 맬로리는 보이가 여전히 도움이 되리라 믿고 있다.

"얼마나 멀리 있어?"

맬로리가 물었다.

그러자 보이는 급기야 울음을 터트렸다.

"못 하겠어요!"

"목소리를 낮춰!"

그녀가 잔뜩 목소리를 낮춰서 아이를 나무랐다.

왼쪽 강둑에서 뭔가가 꿀꿀거린다. 돼지 같다. 그러더니 또 소리가 나고 연달아 비슷한 소리가 이어진다.

수심이 너무 얕은 것 같다. 강둑은 너무 가까이에 있는 듯하다.

뭔가가 그들을 따라오고 있을까?

맬로리는 노를 젓는다.

37

그 집에서 살기 시작한 후 처음으로 맬로리는 남들이 모르는 뭔가를 알게 되었다.

톰과 줄스가 막 돌아왔다. 동료들이 저녁을 준비하는 동안 톰이 밖에서 찾아온 통조림들을 지하실로 옮겼다. 맬로리는 그곳에서 그를 만났다. 어쩌면 개리는 프랭크의 사상을 연구하기 위해 그 공책을 가지고 있을지도 모른다. 어쩌면 그 글을 쓴 장본인일 수도 있다. 어느 쪽이든 톰은 그 사실을 알아야 했다. 그것도 지금 당장.

불 켜진 지하실에서 보니 그는 더 피곤해 보였지만 승리감에 도취된 것 같기도 했다. 그의 금발 머리는 지저분했다. 그녀가 처음으로 그와 함께 지하실에 내려왔을 때보다 살이 더 빠졌고 나이도 더 들어 보였다. 그는 요령 있게 통조림들을 자신과 줄스의 가방에서 빼내 선반에 올려놓았다. 마트에 갔더니 음식물 썩는 냄새가 코를 찔렀다며 그곳 상황에 대해서 들려주기 시작했다. 그때 맬로리가 말할 기회를 잡았다.

그러나 입을 여는 순간 지하실 문이 열렸다.

개리였다.

"손이 모자라면 도와주려고요."

그가 계단 꼭대기에서 톰에게 말했다.

"좋아요. 내려와요."

톰이 대답했다.

맬로리는 개리가 다 내려오자 서둘러 그곳을 빠져나갔다.

이윽고 모두 식당의 식탁에 둘러앉았다. 맬로리는 여전히 말할 기회를 살폈다.

톰과 줄스가 밖에서 보낸 일주일에 대해 느긋하게 이야기했다. 그들의 이야기는 도저히 믿기지 않았다. 하지만 맬로리의 마음은 개리 생각으로 가득했다. 그녀는 평소처럼 굴려고 애썼다. 사람들 이야기에 귀를 기울였다. 개리가 다른 사람들에게 위협이 될 수도 있다는 사실을 톰에게 전하지도 못한 채 무정한 시간은 자꾸만 흘렀다.

마치 맬로리와 다른 사람들이 개리의 개인적인 공간을 침범한 듯한 분위기였다. 마치 개리와 돈이 모두를 배려해 동료들을 '자신들'의 방이자 밀담을 즐겨 나누는 장소로 초대한 것처럼 말이다. 두 사람이 이 방에서 가장 오랜 시간을 지내다 보니 방에서 그들의 체취가 났다. 저녁을 거실에서 먹었다면 저 두 사람이 나왔을까? 맬로리는 그럴 것 같지 않았다.

톰이 안대를 한 채 5킬로미터를 걸어간 이야기를 들려주는 동안 개리는 사근사근하고, 말도 많고, 호기심도 많이 보였다. 그가

입을 열 때마다 맬로리는 닥치라고 하고 싶었다. 이렇게 소리치고
싶었다. "먼저 자백부터 하시지!"

하지만 그녀는 계속 기회를 살폈다.

개리가 입안에 게살을 잔뜩 넣고 우물거리며 말했다.

"그러면 동물들은 전혀 영향을 받지 않는다고 확신하게 되었다
는 건가요?"

"아뇨. 그렇게는 말하지 않았어요. 아직은 아니죠. 어쩌면 개들
이 아직 영향을 받을 만한 것과 마주치지 않았을지도 모르죠."

"그럴 리가요."

개리가 대꾸했다.

맬로리는 금방이라도 비명이 터져 나올 것 같았다.

그때 톰이 모두에게 깜짝 놀랄 소식이 있다고 했다.

"당신의 더플백은 광대들이 계속 나오는 자동차 같군요."

개리가 미소를 지으며 말했다.

톰은 잠시 후 작은 갈색 상자를 들고 돌아왔다. 그가 상자에서
꺼낸 것은 바로 자전거 경적 여덟 개였다.

"마트에서 구했어요. 장난감 통로에서."

톰은 이렇게 말하며 모두에게 하나씩 나눠줬다.

"여기에 내 이름이 적혀 있어요."

올림피아가 말했다.

"다 그래요. 내가 안대를 하고 마커로 직접 썼어요."

그가 대답했다.

"이걸로 뭘 하려고?"

펠릭스가 물었다.

"밖에서 보내는 시간을 좀 더 늘리는 쪽으로 생활 패턴을 조금씩 바꿔보면 어떨까 싶어서. 이걸로 서로에게 신호를 보낼 수 있을 거야."

톰이 자리에 앉으며 대답했다.

갑자기 개리가 자신의 경적을 울렸다. 마치 거위의 울음 같았다. 그러자 모두가 경적을 울려대 마치 거위 떼들이 몰려온 것 같았다.

펠릭스가 미소를 짓자 눈 밑의 거무스름한 흔적이 길게 늘어났다.

그러자 톰이 가방에 손을 넣더니 병 하나를 꺼내면서 말했다.

"그리고 이것이 바로 그랜드 피날레입니다."

럼주였다.

"톰."

올림피아가 말했다.

"내가 집으로 돌아가려고 했던 궁극적인 이유죠."

톰이 농담했다.

맬로리는 동료들의 웃음소리를 듣고 즐거워하는 모습을 보고 있으려니 도저히 견딜 수가 없었다.

그녀는 자리에서 벌떡 일어나 손바닥으로 식탁을 탁 소리가 나도록 세게 쳤다.

"내가 개리의 가방을 살펴봤어요. 그리고 그가 우리에게 들려준 이야기가 담긴 공책을 찾아냈죠. 담요를 모두 찢어버린 이야기.

그가 모두 프랭크의 짓이라고 말한 이야기 말이에요."

방 안이 일순 조용해졌다. 모든 사람이 그녀를 바라보았다. 그녀는 흥분으로 두 볼이 상기되었다. 이마에서는 땀이 송골송골 돋았다.

여전히 손에 술병을 들고 있던 톰이 맬로리의 표정을 유심히 살폈다. 그러더니 천천히 개리를 돌아보았다.

"개리?"

그는 식탁을 내려다보았다.

'시간을 끌고 있어. 저 새끼가 생각할 시간을 벌려고 저러는 거라고.'

"이것 참. 뭐라고 말해야 할지."

마침내 개리가 말문을 열었다.

"지금 다른 사람의 물건을 몰래 봤다는 거야?"

셰릴이 벌떡 일어서며 물었다.

"그래요. 그랬어요. 이 집의 규칙을 어기는 행동이라는 걸 나도 알아요. 하지만 우리는 내가 알아낸 사실에 대해서 이야기해봐야 해요."

다시 정적이 찾아들었다. 맬로리는 여전히 서 있었다. 그녀는 흥분을 참을 수 없었다.

"개리?"

줄스가 대답을 재촉했다.

개리는 자신의 의자 등에 푹 기댔다. 그러더니 심호흡을 했다. 팔짱을 끼더니 이내 팔짱을 풀었다. 무척 진지해 보였다. 짜증이 난 것 같았다. 마침내 자리에서 일어나 가방을 가지러 갔다. 그는 돌아와서 그것을 식탁 위에 올려놓았다.

모두 그 가방에 시선이 쏠렸지만 맬로리만은 개리의 얼굴을 쏘아보았다.

그는 가방을 열어 공책을 꺼냈다.

"그래요. 그 공책은 내가 가지고 있었어요. 프랭크의 공책 말이에요."

"프랭크의 공책?"

맬로리가 되물었다.

"그래."

개리가 그녀를 돌아보며 대답했다. 그러더니 평소처럼 과장되고 점잖은 척하는 태도로 이렇게 덧붙였다.

"이 염탐꾼아."

갑자기 모두가 떠들기 시작했다. 펠릭스는 공책을 보여달라고 했고, 셰릴은 맬로리에게 이 사실을 언제 알게 되었냐고 물었다. 돈은 맬로리에게 삿대질을 하며 고함을 쳤다.

그 혼란 속에서 여전히 맬로리를 노려보고 있던 개리가 불쑥 말했다.

"편집증에 걸린 배불뚝이 매춘부!"

줄스가 그에게 달려들었다. 개들이 짖기 시작했다. 톰이 두 사람 사이에서 뜯어 말렸다. 그는 모두에게 그만하라고 소리쳤다. 그만하라고. 맬로리는 꼼짝도 하지 않았다. 그녀는 여전히 개리를 노려보았다.

줄스가 손을 거두었다.

"저 여자에게 지금 당장 어떻게 된 일인지 해명하라고 해."

돈이 소리쳤다. 그는 벌떡 일어서서 화가 난 듯 맬로리를 지목했다.

톰이 그녀를 보았다.

"맬로리?"

톰이 말했다.

"나는 저 사람을 못 믿겠어요."

사람들은 뭔가 이야기가 나오기를 기다렸다.

올림피아가 물었다.

"공책에 뭐라고 쓰여 있는데?"

맬로리가 참지 못하고 버럭 소리를 질렀다.

"올림피아! 공책이 지금 여기 있잖아. 네가 직접 읽어봐!"

하지만 그 공책은 벌써 펠릭스의 손에 들어가 있었다.

"당신 목숨을 위험하게 만든 사람 물건을 왜 가지고 있죠?"

그가 물었다.

"바로 그런 이유로 가지고 있는 거요. 프랭크의 생각을 알고 싶었어요. 그와 몇 주 동안 함께 살면서도 그가 우리를 몰살시키려하는 낌새는 전혀 맡지 못했어요. 어쩌면 경고장 삼아 가지고 있는지도 모르죠. 나는 그렇게 생각하지 않는다는 사실을 스스로 확인하려고 말이에요. 당신들도 모두 그렇게 생각하지 않는다는 사실을 확인하려고요."

개리가 대답했다.

맬로리는 머리를 거세게 가로저었다.

"당신은 분명히 프랭크가 공책을 가져갔다고 말했어요."

그녀가 지적했다.

개리는 무슨 말인가 하려고 했지만 이내 입을 다물었다.

"그 점에 대해서는 만족스러운 대답을 해줄 수 없겠군요. 내가 이 공책을 가지고 있다는 사실을 알면 여러분이 겁을 먹을 수도 있다고 생각했을지도 모르죠. 여러분이 어떻게 생각하든 그건 여러분 마음이에요. 하지만 나를 믿어주면 좋겠군요. 지금 우리가 생활하는 상황을 고려하면 낯선 사람의 물건을 몰래 뒤져봤다고 당신을 비난할 수만은 없겠죠. 하지만 적어도 내게도 자신을 변호할 기회를 줘야 하는 거 아닌가요."

이제 공책은 톰이 읽고 있었다. 그의 시선 속에서 글자들이 꿈틀거렸다.

다음은 돈의 차례였다. 분노에 찼던 표정이 서서히 경악스러운 표정으로 바뀌었다.

바로 그때 맬로리는 투표로 해결할 수 있는 것보다 더 중요한 것이 있다는 사실을 깨달았다는 듯이 개리를 손으로 가리키며 말했다.

"당신은 더 이상 이 집에 머무를 수 없어요. 당장 떠나요."

그러자 돈이 자신감 없는 목소리로 말했다.

"맬로리, 이봐요. 저 사람이 벌써 설명을 했잖아요."

"돈, 너 미쳤어?"

펠릭스가 따지듯 말했다.

여전히 공책을 들고 있던 돈이 개리를 돌아보며 말했다.

"개리, 이 공책이 얼마나 수상해 보이는지 당신도 알아야 해요."

"알아요. 물론 알고말고요."

"이걸 당신이 쓰지 않았다는 건가요? 증명할 수 있어요?"

개리는 가방에서 펜을 꺼내 공책에 자신의 이름을 썼다.

톰이 잠시 그 글씨를 살폈다.

그러더니 이렇게 말했다.

"개리, 우리끼리 이야기를 해봐야 할 것 같아요. 원한다면 여기 있어도 상관없어요. 어차피 다른 방으로 가도 우리 이야기가 들릴 테니까요."

"알겠어요. 당신이 이 배의 선장이라 이거죠. 분부대로 하겠습니다."

개리가 대답했다.

맬로리는 그를 한 대 치고 싶었다.

"좋아요."

톰은 차분한 태도로 다른 이들에게 말했다.

"이제 어떻게 하지?"

"내보내야지."

셰릴이 잠시도 주저하지 않고 대답했다.

그러자 톰이 차례로 의견을 물었다.

"줄스는?"

"여기에 있을 수 없어, 톰."

"펠릭스?"

"나는 기본적으로 반대하는 쪽이야. 누군가를 내보내는 일을 투표로 정할 수는 없으니까. 하지만 저자가 그 공책을 가지고 있을 이유도 없어."

돈이 말했다.

"톰, 우리는 지금 나가고 싶어 하는 사람을 밖으로 내보내는 투표를 하는 게 아니야. 억지로 누군가를 쫓아내려는 투표를 하는 거라고. 양심상 그런 일을 하고 싶어?"

톰이 올림피아를 돌아보았다.

"올림피아?"

"톰."

돈이 끼어들었다.

"너는 이미 의견을 말했어, 돈."

"우리는 여기서 아무도 쫓아낼 수 없어, 톰."

공책은 이제 식탁 위에 있었다. 펼쳐진 채였다. 흠잡을 데 없는 필체로 글자들이 적혀 있었다.

"미안해, 돈."

톰이 말했다.

돈이 희망을 걸고 올림피아를 바라보았다.

하지만 그녀는 입을 열지 않았다. 사실 그녀가 대답을 하든 말든 중요하지 않았다. 온 집이 말을 하고 있었다.

개리가 자리에서 일어섰다. 공책을 들어 가방 안에 다시 넣었다. 그러더니 자신의 의자 뒤에 서서 턱을 들어올렸다. 심호흡을 하더니 고개를 끄덕였다.

"톰, 당신의 헬멧 하나를 가져가도 되겠소? 이웃끼리잖아요?"

"그러세요."

톰이 조용하게 말했다.

톰이 방을 나가더니 잠시 후 헬멧과 음식을 조금 가지고 돌아왔다. 그는 가져온 것들을 개리에게 건넸다.

"이렇게 하면 되나요?"

개리가 헬멧의 끈을 조정하며 물었다.

"너무 끔찍해요."

올림피아가 감정을 터트렸다.

톰은 개리가 헬멧을 쓰도록 도왔다. 그러더니 현관까지 데리고 갔다. 사람들은 모두 그 뒤를 따랐다.

"이 동네의 집은 모두 비어 있는 것 같아요. 줄스와 내가 알아낸 바로는 그래요. 그중 아무 집에서나 살면 될 거예요."

톰이 말했다.

"알았어요. 그 말을 들으니 기운이 나네요."

개리는 안대를 한 얼굴로 신경질적인 미소를 지었다.

맬로리는 부글부글 끓어오르는 속을 참으며 개리를 유심히 지켜보았다.

마침내 그녀와 다른 사람들 모두 눈을 감자 문이 열렸다가 닫히는 소리가 들렸다. 맬로리는 문이 열리고 닫히는 사이에 개리가 풀밭으로 내려서는 소리를 들은 것 같았다. 눈을 뜨자 현관에 서 있는 사람들 사이에서 돈이 보이지 않았다. 맬로리는 돈이 개리와 함께 떠난 줄 알았다. 그때 주방에서 뭔가가 움직이는 소리가 들렸다.

"돈?"

투덜거리는 소리가 났다. 맬로리는 돈이라고 직감했다.

그는 뭔가를 중얼거리더니 지하실 문을 열었다가 요란하게 닫았다.

다시 욕설이 들렸다. 맬로리를 향한 욕설이었다.

사람들은 잠자코 사방으로 흩어졌다. 그제야 비로소 맬로리는 자신들이 얼마나 잔인한 행동을 했는지 깨달았다.

저 바깥 어디에나 개리가 있을 것 같았다.

그는 사라졌다. 쫓겨난 것이다.

그들이 그를 몰아냈다.

'개리를 여기에 두고 감시할 수 있는 쪽과 밖으로 쫓아내고 감시할 수 없는 쪽. 어느 쪽이 더 나쁠까?'

맬로리는 궁금했다.

38

'개리가 나를 따라오는 걸까?'

뒤따르는 누군가의 기척은 여전히 서로 간의 소리가 들리는 거리 내에서 계속 이어진다.

'그 자식이 지금 나를 겁주려는 거야. 언제라도 나를 앞지를 수 있으면서.'

개리.

'벌써 4년이나 지났잖아!'

복수를 위해 4년을 기다릴 수도 있을까?

"엄마."

보이가 속삭였다.

"왜 그러니?"

아이가 무슨 말을 할지 겁부터 났다.

"그 소리. 점점 가까워져요."

'개리는 지난 4년간 어디에 있었을까? 나를 지켜보고 있었던 거야. 집 밖에서 기다렸을 거야. 아이들이 자라는 모습을 지켜봤어. 이 세상이 점점 더 춥고 어두워져서 안개가 덮쳐올 때까지 지켜봤어. 그래서 어리석게도 그 사이로 몸을 숨길 수 있을 거라고 내가 생각할 때까지. 그것 사이로 나를 보고 있었던 거야. 안개 사이로. 내가 무엇을 하든 다 지켜보았어. 그는 나를 봤어. 내가 한 일도 모두.'

"젠장. 이건 말이 안 돼!"

그녀가 버럭 소리를 질렀다. 그러더니 근육이 당기는 것도 아랑곳 않고 목을 최대한 돌려서 고함을 쳤다.

"우리를 그냥 내버려둬!"

맬로리가 노를 젓는 모습이 아까와 다르다. 이른 아침 출발했을 때와 전혀 다르다. 그때는 튼튼한 두 어깨가 있었고 심장은 활기에 넘쳤다. 결심을 밀어붙일 수 있는 의지력을 준 지난 4년이라는 시간이 있었다.

그동안 견뎌왔던 것들을 생각하면 개리가 뒤따라오고 있다는 사실을 도저히 믿고 싶지 않았다. 이건 너무나 잔혹한 반전이 아닌가. 그 오랜 시간 동안 집 밖에 누군가 있었다니. 그 누군가가 크리처가 아닌 같은 사람이라니.

인간이 두려워하는 크리처는 바로 인간 자신이다.

지하실에서 처음 읽은 밤 이후로 이 짧은 문장은 그녀의 머릿속을 한 번도 떠나지 않았다. 이 문장은 진실이 아닐까? 빅터와 함께 나가 구해온 스피커에서 나뭇가지가 부러지는 소리가 들린 적이 있었다. 풀밭을 지나가는 발소리를 들은 적도 있었다. 그럴 때 그녀는 무엇이 가장 두려웠을까? 짐승? 크리처?

아니면 사람?

'개리. 항상 개리였어.'

그는 언제라도 집으로 들어올 수 있었다. 유리창을 깰 수도 있었다. 그녀가 우물에 물을 길러 나갔을 때 그녀를 덮칠 수도 있었다. 그가 왜 기다리겠는가? 그는 아직 덮칠 준비를 끝내지 못한 채 항상 뒤를 따르고, 어딘가에 숨어 있었을 것이다.

'그는 미쳤으니까. 옛 세상에서 미쳤다는 의미로.'

인간이 두려워하는 크리처는 바로 인간 자신이다.

"사람이니, 보이?"

"모르겠어요, 엄마."

"배를 젓고 있어?"

"네. 그런데 노가 아니라 손으로 저어요."

"빨리 다가오고 있니? 기다리고 있어? 좀 더 말을 해봐. 네가 들은 걸 전부 다."

'누가 우리를 뒤따르는 걸까?'

'개리.'

'누가 우리를 뒤따르는 걸까?'

'개리.'

'누가 우리를 뒤따르는 걸까?'

'개리개리개리개리.'

"사람들이 배에 타고 있는 것 같진 않아요."

갑자기 보이가 이렇게 말했다. 아이는 마침내 소리에서 뭔가를 구별해냈다는 사실에 뿌듯해하는 것 같다.

"그게 무슨 말이야? 헤엄을 치고 있어?"

"아뇨. 헤엄을 치는 게 아니에요. 물속에서 걷고 있어요."

맬로리는 저 뒤로 그녀가 한 번도 들은 적 없는 뭔가의 소리를 들었다. 번개 같기도 하다. 새로운 종류의 번개. 아니면 사방의 나무에 앉아 노래를 부르지도, 구구거리지도 않고 괴성만 질러대는 새들 같기도 하다.

그 소리가 메아리쳤다. 강 위로 귀에 거슬리는 소리가 퍼진다. 맬로리는 10월의 찬 공기보다 더 지독한 한기를 느낀다.

그녀는 계속 노를 젓는다.

39

돈은 지하실에 있다. 돈은 늘 지하실에 머무른다. 이제 잠도 거기서 잔다. 혹시 흙이 드러난 곳에 굴을 파고 있는 걸까? 땅속으로 더 깊고 낮고 멀리 이어진 굴을 파는 것은 아닐까? 동료들과 멀리 떨어지려고? 글을 쓰나? 맬로리가 개리의 가방에서 찾았던 것과 똑같은 공책에?

개리.

벌써 5주가 지났다. 그동안 돈에게 무슨 일이 일어난 걸까?

그는 개리 같은 사람이 필요했던 걸까? 또 다른 귀가 되어줄 사람이 필요했나?

지하실로 들어가버린 돈은 집에서 가장 깊은 곳으로 들어간 것처럼 자신 안으로 깊이깊이 빠져 들어갔다.

그는 늘 지하실에 머무른다.

40

이제 시작할 이야기는 훗날 맬로리가 그 집에서의 마지막 밤이라고 생각하게 된 밤에 일어난 일이다. 물론 맬로리는 그 후로 그곳에서 4년을 더 살았지만 그 사실은 중요하지 않다. 거울에 비친 그녀의 배는 너무나 크게 부풀어서 그대로 툭 떨어져버리지나 않을까 두려울 지경이었다. 그녀는 아기에게 조용히 말을 걸었다.

"아가야, 이제 언제라도 나오면 돼. 네가 나오면 엄마가 들려주고 싶은 말도, 들려주고 싶지 않은 말도 너무나 많단다."

검은 머리가 어렸을 때 이래로 가장 길게 자라 치렁거렸다. 섀넌은 그녀의 머리카락을 늘 부러워했다.

"너는 공주님 같아. 그러면 나는 공주님 언니 같겠지."

섀넌은 이렇게 말하곤 했다.

통조림과 우물물만 먹고 지낸 탓에 배가 그렇게 불러 올랐어도 갈비뼈가 다 보일 정도로 말랐다. 양팔은 앙상한 나뭇가지처럼 가늘어졌다. 이목구비도 훨씬 날카로워져서 인상이 딱딱하게 변했다. 두 눈은 퀭하니 더 깊이 들어가 거울에 비친 자신의 모습에도 화들짝 놀랄 지경이었다.

동료들은 아래층 거실에 모두 모여 있다. 오늘 전화번호부의 마지막 이름까지 전화를 걸었다. 이제 더 이상 남은 번호가 없다. 펠릭스는 5천 통 가까이 전화를 걸었다고 말했다. 메시지를 남긴 경우는 17건이었다. 그게 다였다. 하지만 톰은 그 정도에도 용기를 얻었다.

맬로리가 거울에 자신의 몸을 요모조모 뜯어보는데 아래층에서 개가 으르렁거리는 소리가 들렸다.

빅터 소리 같았다. 그녀는 복도로 나가 귀를 기울였다.

"왜 그러니, 빅터?"

줄스의 목소리가 들렸다.

"걔는 그걸 좋아하지 않아."

셰릴이 말했다.

"좋아하지 않다니, 뭘?"

"지하실 문 말이야."

지하실. 돈이 다른 동료들과 교류하고 싶어 하지 않는다는 사실은 공공연한 비밀이었다. 톰이 전화번호부에 나온 번호를 모두 걸어보기로 하고 모두 알파벳을 몇 개씩 나눠 맡았을 때에도 돈은 그 계획이 통 믿을 만하지 않다는 구실을 대며 거절했다. 그들이 개리를 집에서 내보낸 후 7주가 지났다. 그동안 돈은 다른 사람들과 밥도 같이 먹지 않았다. 말도 거의 하지 않았다.

식탁 의자를 바닥으로 밀치는 소리도 들렸다.

"빅터, 괜찮아?"

줄스가 또 물었다.

지하실 문이 열리는 소리가 나더니 줄스가 소리쳐 돈을 불렀다.

"돈? 거기 있어?"

"돈?"

셰릴도 따라 물었다.

웅얼거리는 듯한 대답이 들렸다. 문이 다시 닫혔다.

맬로리는 호기심과 불안감에 휩싸인 채 셔츠를 배 위로 다시 내리고 아래층으로 내려갔다.

주방으로 들어가니 줄스가 빅터 옆에 무릎을 꿇고서 개를 다독이고 있었다. 빅터는 계속 서성거리며 낑낑 소리를 냈다. 맬로리는 이어 거실을 보았다. 그곳에서 톰이 담요를 덮어놓은 창문을 보고 있었다.

'톰은 지금 새소리를 듣고 있어. 빅터 때문에 두려움을 느끼는 거야.'

맬로리는 그런 생각이 들었다.

맬로리가 보고 있다는 사실을 알아차리기라도 한 듯 톰이 그녀를 돌아보았다. 그녀 뒤에서 빅터가 낑낑거렸다.

톰이 주방으로 들어오며 말했다.

"줄스, 왜 그러는 것 같아? 왜 빅터가 겁을 내는 거야?"

"나도 모르겠어. 분명 뭔가에 겁을 먹은 것 같은데. 아까부터 지하실 문을 자꾸 긁어. 돈이 저 아래에 있잖아. 그런데 도무지 우리와 말을 하려고 들지 않아. 여기로 올라오게 하려면 더욱 힘이 들 것 같아."

"알았어. 그러면 우리가 내려가자."

톰이 말했다.

톰을 올려다보는 줄스의 표정에서 맬로리는 두려움을 읽었다.

개리가 여기 사는 사람들에게 무슨 짓을 한 걸까?

'그는 불신의 씨앗을 뿌렸어. 줄스는 돈과 마주하는 것조차 두려운 거야.'

"어서. 이제 이야기를 해볼 때도 되었어."

톰이 재촉했다.

줄스가 일어서서 한 손을 지하실 손잡이에 올려놓았다. 빅터가 다시 으르렁거리기 시작했다.

"너는 여기 있어."

줄스가 말했다.

"아냐. 데리고 가자."

톰이 말했다.

줄스는 잠시 머뭇거리더니 마침내 지하실 문을 열었다.

"돈?"

톰이 소리쳤다.

아무런 소리도 들리지 않았다.

톰이 먼저 내려가고 그 뒤를 줄스와 빅터가 따랐다. 맬로리도 내려갔다.

불이 켜져 있는데도 지하실은 무척 어둡게 느껴졌다. 맬로리는 처음에 그들 세 사람밖에 없는 줄 알았다. 돈이 그 의자에 앉아 있을 줄 알았다. 뭔가를 읽고 글을 쓰면서. 그런데 아무도 없는 것 같아서 그렇게 말하려다가 그만 비명을 지르고 말았다.

그림자 속에서 돈이 보인 것이다. 그는 태피스트리 옆에 있는 세탁기에 기대 있었다.

"그 개는 왜 그러는 거야?"

그가 차분한 목소리로 물었다.

톰이 조심스럽게 대답했다.

"우리도 몰라, 돈. 여기에 뭔가 마음에 안 드는 게 있는 것 같아. 아무 문제 없어?"

"그게 무슨 뜻이지?"

"우리보다 여기에 머무르는 시간이 훨씬 길었잖아. 그래서 아무 문제 없는지 궁금할 뿐이야."

톰이 대답했다.

돈이 앞으로 걸어와 빛 속으로 들어오자 맬로리는 소리 없이 숨을 헉 들이쉬었다. 그는 상태가 좋아 보이지 않았다. 안색이 창백하고 야위어 있었다. 검은 머리카락은 지저분하고 숱도 많이 빠진 상태였다. 얼굴의 눈, 코, 입이 전부 점토로 빚은 것 같았다. 눈 아래 거무죽죽한 자국은 지난 몇 주 동안 바라보고 있던 어둠을 빨아들이기라도 한 듯 더 검어져 있었다.

"전화번호부에 나온 번호로 다 전화를 걸어봤어."

톰은 어떻게든 대화를 이어가보려고 했다. 맬로리는 이 축축하고 어두운 지하실에서 뭔가가 반짝인 것 같았다.

"성과는 좀 있었나?"

"아직은 전혀 없어. 하지만 누가 알겠어?"

"그래. 누가 알겠어."

대화가 뚝 끊어졌다. 맬로리는 자신이 얼마 전부터 감지했던 분열의 벽이 지금 이 순간 완성되었다는 사실을 깨달았다. 그들은 돈을 유심히 살펴보았다. 돈이 맞는지 살피듯이. 그는 지금 다른 곳에 사는 사람 같았다. 갈라진 틈을 다시 메우기는 불가능할 듯했다.

"올라오고 싶어?"

마침내 톰이 부드럽게 물었다.

맬로리는 현기증을 느꼈다. 한 손을 배에 얹었다.

아기. 지하실에 내려오지 말았어야 했다. 하지만 그녀는 다른 사람들만큼 돈도 걱정스러웠다.

"뭐하러?"

돈이 마침내 대답했다.

"나도 몰라. 하룻밤이라도 사람들과 어울리면 네게도 좋을지 모르잖아."

돈이 천천히 고개를 끄덕였다. 그리고 입술을 핥았다. 그는 다시 지하실을 둘러보았다. 선반과 상자, 7주 전 맬로리가 개리의 가방에서 꺼낸 공책을 앉아서 읽었던 그 의자까지.

"좋아. 그러지 뭐."

돈이 속삭이듯 말했다.

톰이 돈의 어깨에 한 손을 올렸다. 돈이 갑자기 흐느끼기 시작했다. 그가 손을 눈가로 가져가 눈물을 가렸다.

"미안해. 너무 혼란스러웠어. 톰."

돈이 울먹이며 말했다.

"우리 모두 그래. 올라가자. 모두 널 보고 싶어 할 거야."

톰이 조용하게 말했다.

지하실에서 모두 나오자 톰이 찬장에서 럼주를 꺼냈다. 그리고 자신과 돈에게 한 잔씩 따랐다. 두 사람은 술잔을 살짝 마주친 후 술을 마셨다.

순간 아무것도 변하지 않았고 앞으로도 그럴 것 같았다. 동료들이 모두 다시 모였다. 맬로리는 이런 돈의 모습을 마지막으로 본 게 언제인지 기억도 나지 않았다. 어깨 위의 악마처럼 공책에서 봤던 것과 똑같은 말로 돈의 마음을 물들이고 온갖 사상을 속삭이던 개리가 그 옆에 웅크리고 있지 않은 돈을 말이다.

빅터는 주방으로 고개를 돌려 바라보면서 맬로리의 다리에 몸을 비볐다. 빅터를 보고 있으니 다시 현기증이 밀려왔다.

'누워야겠어.'

"물론 그래야죠."

톰이 말했다.

맬로리는 자신이 그 생각을 소리 내어 말한 줄조차 몰랐다.

하지만 맬로리는 눕고 싶지 않았다. 그녀는 톰과 돈과 다른 사람들과 함께 있고 싶었다. 잠시만이라도 이 집이 여전히 원래의 목적대로 존재하고 있다고 믿고 싶었다. 낯선 사람들이 함께 지내면서, 가진 자원을 모두 이끌어내고, 힘을 한데 모으고, 불가능에 맞서고, 바깥세상을 바꾸는 곳으로 말이다.

그러나 다음 순간 너무 힘이 들었다. 세 번째로 현기증이 찾아오자 맬로리는 비틀거렸다. 어느새 줄스가 옆으로 다가왔다. 그는 그녀를 부축해 2층으로 데려갔다. 침실에 들어가 눕자 다른 사람들이 모두 그곳에 와 있는 것이 보였다. 모두 말이다. 돈까지 있었다. 그들은 걱정스러운 표정으로 그녀를 보고 있었다. 뚫어지게 말이다. 그들은 괜찮은지 물었다. 필요한 것은 없는지 물었다. 물은? 축축한 천은? 그녀는 없다고 했다. 아니, 없다고 말한 것 같다. 그도 그럴 것이 그녀는 잠에 빠져드는 중이었기 때문이다. 그녀는 잠에 빠져들면서 어떤 소리를 들었다. 주방에 혼자 있는 빅터가 다시 으르렁거리는 소리가 환기구를 통해서 들렸다.

그녀가 눈을 감기 직전에 마지막으로 본 모습은 모두 함께 있는 동료들이었다. 그들은 그녀를 유심히 지켜보고 있었다. 그녀의 배를 살폈다.

그들은 마침내 때가 되었다는 사실을 알아차렸다.

빅터가 다시 으르렁거렸다. 돈이 계단을 바라보았다.

줄스가 방에서 나갔다.

"고마워요, 톰. 자전거 경적 말이에요."

맬로리가 말했다.

그녀는 집 밖에 매달린 새 상자가 벽에 살짝 부딪히는 소리가 난 것 같았다. 하지만 그것은 창가에 부딪힌 바람 소리일 뿐이었다.

마침내 그녀는 잠에 곯아떨어졌다. 그리고 새에 대한 꿈을 꾸었다.

41

나무마다 앉아 있는 새들이 유난히 부산스럽다. 1천 개나 되는 굵은 나뭇가지들이 동시에 흔들리는 것 같은 소리가 난다. 저 하늘 위 어디선가 위험한 바람이 부는 걸까. 하지만 이 아래 강 위의 맬로리는 그 바람을 느낄 수 없다. 아니, 바람 따위는 없다.

하지만 새들은 뭔가에 불안을 느끼고 있다.

어깨의 통증은 맬로리가 한 번도 경험한 적 없는 수준까지 심해졌다. 지난 4년 동안 몸을 제대로 돌보지 않았다는 사실에 스스로를 저주했다. 아이들을 훈련시키느라 그럴 여유가 없었다. 아이들의 능력을 그녀가 연습시킨 수준보다 훨씬 뛰어나게 만들어야 했다.

"엄마, 나뭇잎 한 개가 우물에 떨어졌어요!"

"엄마, 저기 멀리 길에서 비가 조금씩 내리는데 우리 쪽으로 오고 있어요!"

"엄마, 새 한 마리가 창문 옆에 있는 나무에 앉았어요!"

아이들이 그녀보다 먼저 녹음기 소리를 들을까? 그래야만 한

349

다. 그래야 그녀가 눈을 떠야 할 때 정확하게 눈을 뜰 수 있을 테니 말이다. 강이 네 줄기로 갈라지는 지점을 눈으로 직접 확인해야 한다. 오른쪽에서 두 번째 물줄기로 배를 몰고 들어가야 한다. 안내를 받은 바에 따르면 그랬다.

이제 곧 눈을 떠야 한다.

나뭇가지에 내려앉은 새들이 구구거린다. 강둑에서도 뭔가가 활발하게 움직이고 있다. 사람일까. 짐승일까. 괴물일까. 짐작조차 할 수 없다.

그녀가 느끼는 공포는 그녀의 영혼 한가운데에 단단히 박혀 있다.

그들의 머리 위로 뻗은 나뭇가지에 앉은 새들이 구구거린다.

그녀는 떠나온 집을 떠올렸다. 그곳에서 모두 모인 동료들과 마지막으로 보낸 밤. 그날 밤 창문에 부딪히는 바람 소리가 어찌나 요란했던지. 그날 밤 태풍이 왔다. 그것도 대형 태풍이. 아마도 나무에 모인 새들은 다가오는 태풍을 감지했으리라. 아니면 다른 뭔가를 예감했을지도 모르고.

"난 안 들려요. 엄마, 새소리요. 새소리가 너무 커요!"

걸이 불쑥 말했다.

맬로리는 노 젓는 손을 멈추고 문득 빅터를 떠올렸다.

"너희들은 새소리가 어떻게 들리니?"

맬로리가 아이들에게 물었다.

"무서운가 봐요!"

걸이 대답했다.

"미친 것 같아요!"

보이가 대답했다.

맬로리가 나무에 가까이 귀를 가져갈수록 더 무시무시한 소리가 들린다.

'저 위에 새들이 얼마나 많이 있을까? 새들이 무한히 많은 것 같아.'

나뭇가지들이 뒤엉켜 이렇게 터널처럼 된 곳을 지나간다면 과연 아이들이 녹음기 소리를 들을 수 있을까?

빅터는 미쳐버렸다. 동물도 미친다.

새들의 울음소리도 정상이 아니다.

그녀는 안대를 한 채 자신들을 뒤따르는 존재를 향해 천천히 어깨 너머로 시선을 돌리며 생각에 잠긴다.

'나는 눈을 감고 있어. 우물에 물을 길으러 갈 때마다 감았던 것처럼. 스피커를 찾으러 차를 몰고 나갔을 때처럼. 빅터가 눈을 뜨고 있었을 때도 나는 감고 있었어. 그런데 뭐가 걱정이야? 전에도 이렇게 가까이 다가간 적이 있었잖아? 냄새조차 맡을 수 있겠다 생각될 정도로 그놈에게 가까이 간 적도 있었잖아?'

그랬다.

'세세하게 상상해봐. 이건 내가 생각하는 그놈들의 생김새야. 감도 잡을 수 없는 그놈들의 몸뚱이와 형체에 세세한 특징을 더해보는 거야. 어쩌면 얼굴이라는 것 자체가 없을지도 모르는 놈의 얼굴에.'

그녀가 마음속에 그리는 크리처는 끝도 없이 펼쳐진 평원을 걷고 있다. 그들은 예전에 사람들이 살았던 집들의 창문 밖에 서 있다. 그리고 궁금하다는 듯 유리를 바라본다. 그들은 연구한다. 그들은 조사한다. 그들은 관찰한다. 그들은 맬로리가 절대 해서는 안 되는 행동을 한다.

그들은 '본다.'

그들은 정원에 핀 꽃들을 아름답다고 생각할까? 강물이 어느 방향으로 흐르는지 이해할 수 있을까? 그럴까?

"엄마."

보이가 그녀를 불렀다.

"왜?"

"그 소리요. 누가 말하는 것 같아요."

보이의 말에 배를 타고 있던 남자가 퍼뜩 떠오른다. 뒤이어 개리도 떠오른다. 집에서 이렇게 멀리 떠나온 지금도 개리는 그녀의 머릿속에서 사라지지 않는다.

그녀는 보이에게 그게 정확히 무슨 의미인지 물어보려고 애쓴다. 하지만 새들의 울음소리가 기괴한 파동처럼 그들을 덮친다. 마치 비명의 교향곡 같다.

마치 나무들이 어마어마하게 많은 소리를 붙들고 있는 것 같다.

나무가 온 하늘을 뒤덮은 것 같다.

'새들이 미친 것 같아. 새들이 미친 것 같아. 어쩌면 좋아, 새들이 미친 것 같아.'

맬로리는 앞을 볼 수는 없지만 다시 고개를 어깨 너머로 돌린다. 보이가 목소리를 들었다. 새들은 미쳐버렸다. 누가 그들을 뒤따르고 있을까?

"사람 목소리예요!"

보이가 마치 꿈에서 들은 것처럼 소리를 지른다. 아이의 목소리가 머리 위에 만들어진 철벽같은 소음을 뚫고 전해진다.

맬로리는 이제 확신을 했다. 새들은 아래에 있는 뭔가를 본 것이 분명하다.

합창 같은 새들의 울음소리가 점점 커졌다. 그 소리가 정점을 찍더니 일순 사그라져 비틀리다 결국 소리의 경계가 폭발해버린다. 맬로리는 마치 자신이 소리의 한가운데에 있는 것만 같다. 마치 1천 마리나 되는 미치광이 같은 새들과 새장에 갇혀버린 것만 같다. 새장이 그들 머리 위로 쑥 내려온 느낌이었다. 종이 상자. 새 상자. 영원히 태양을 볼 수 없는 곳.

'뭐지? 뭐야? 도대체 뭐냐고?'

'무한(無限).'

'그것들은 어디에서 왔을까? 어디에서 왔을까? 대체 어디에서 왔을까?'

'무한.'

새들이 비명을 지른다. 그들이 내는 소리는 결코 노랫소리가 아니다.

걸이 비명을 지른다.

"뭐가 절 쳤어요, 엄마! 뭐가 떨어져요!"

맬로리도 이미 알고 있다. 마치 비라도 오는 것 같다.

말도 안 되는 것 같지만 새들의 울음소리가 점점 더 커진다. 새들이 내는 괴성에 귀가 먹을 것만 같다. 귀를 막는 수밖에 없다. 맬로리는 아이들에게도 당장 귀를 막으라고 소리쳤다.

뭔가가 상처 난 어깨를 강타하자 고통에 얼굴이 뒤틀리며 비명이 터져 나온다.

걸이 다시 비명을 지른다.

"엄마!"

맬로리는 그것의 정체를 알 것 같았다. 엄지와 검지 사이로 지나간 것은 빗방울이 아니었다. 발기발기 찢긴 작은 새였다. 그녀는 섬세한 날개를 만진 느낌이 들었다.

마침내 맬로리는 비의 정체를 깨달았다.

그녀가 절대 보아서는 안 되는 저 위 하늘에서 새들이 살육을 벌이는 중이다. 새들이 서로를 죽이고 있다.

"얘들아, 얼른 머리를 가려! 안대를 꼭 쓰고 있어야 해!"

말하자마자 끊임없이 밀려오는 파도처럼 새들이 머리 위로 쉬지 않고 쏟아진다. 깃털이 달린 고깃덩이가 우수수 떨어진다. 새 수천 마리가 풍덩풍덩 물속으로 떨어지자 순간 강물이 불어나 출렁거린다. 물결이 뱃전을 때린다. 새들이 배를 때린다. 곤두박질친다. 맬로리는 또 맞았다. 추락하는 새들의 몸뚱이가 그녀의 머리와 팔을 사정없이 강타한다. 또다시 사정없이 후려친다. 또다시.

새의 피가 두 볼을 따라 흘러내리자 맛이 느껴진다.

'나도 그 냄새를 맡을 수 있어. 죽음의 냄새. 죽어가는 냄새. 부패의 냄새. 하늘이 추락하고 있어. 하늘이 죽어가고 있어. 하늘은 죽었어.'

맬로리가 아이들을 부른다. 그런데 보이도 그녀에게 꼭 전해야 할 게 있는지 소리치고 있다.

"리버브릿지. 실링엄 273번지. 내 이름은……."

"뭐라고?"

맬로리는 몸을 잔뜩 웅크린 채 앞으로 숙인다. 그리고 보이의 입술에 자신의 귀를 맞붙이듯 가져간다.

"리버브릿지. 실링엄 273번지. 내 이름은 톰입니다."

맬로리는 안대를 꼭 누르며 상처투성이인 몸을 곧추세운다.

'내 이름은 톰입니다, 라고?'

새들이 그녀의 몸을 사정없이 때린다. 배 위에도 우수수 쏟아진다.

하지만 그녀는 아랑곳하지 않는다.

그녀의 머릿속은 온통 톰뿐이었다.

'여보세요! 여기는 리버브릿지. 실링엄 273번지입니다. 내 이름은 톰입니다. 귀하의 자동응답기에 메시지를 남길 수 있어서 얼마나 위안과 안도감을 느꼈는지 귀하도 이해하리라 믿습니다. 전화가 된다는 건 귀하의 댁에도 전기가 끊어지지 않았다는 뜻입니다. 그러니 우리……'

맬로리는 머리를 세차게 가로젓기 시작했다.

'아니야 아니야 아니야 아니야 아니야 아니야 아니야 아니야 아니야 아니야 아니야.'

"아니야!"

보이가 이 소리를 먼저 들었다. 톰의 목소리. 녹음되어 반복해서 재생되는 목소리. 마침내 기계가 작동한 것이다. 그녀를 위해서. 맬로리를 위해서. 맬로리가 강을 따라 떠나오기로 마음먹을 때를 위해서. 언제가 되었든 분명히 올 그날을 위해서. 톰, 상냥했던 톰이 그 오랜 세월 여기서 소리치고 있었다. 연락을 하고 싶어서. 누군가에게 가 닿고 싶어서. 그 집에서의 삶과 어딘가에 있을 더 나은 삶 사이에 다리를 놓기 위해서.

'그 사람들은 톰의 목소리를 사용한 거야. 그러면 내가 금세 알아차릴 줄 알았을 테니까. 바로 지금이야. 마침내 내가 눈을 떠야 하는 순간이 온 거야.'

풀은 얼마나 싱그러운 녹색일까? 단풍의 색깔은 얼마나 찬란할까? 배가 지나는 강물에 퍼진 새들의 피는 얼마나 붉을까?

"엄마!"

보이가 소리친다.

'엄마는 이제 눈을 떠야 해. 엄마는 앞을 봐야 해.'

그녀는 이렇게 말하고 싶었다.

하지만 새들이 미쳐버렸다.

"엄마!"

보이가 다시 그녀를 부른다.

그녀가 대답하지만 이런 상황에서는 자신의 목소리조차 알아듣기 힘들었다.

"왜 그러니, 보이?"

"뭐가 우리랑 같이 있어요, 엄마. 바로 여기에 있어요."

배가 우뚝 멈춘다.

뭔가가 배를 붙잡은 것이다.

그것이 물속을 움직여 그들 옆으로 오는 소리가 들린다.

'이건 들짐승이 아니야. 개리도 아니야. 지난 4년 반 동안 내가 피해 다닌 바로 그것이야. 내가 밖을 볼 수 없도록 만든 바로 그것이야.'

맬로리는 마음의 준비를 했다.

그녀의 왼편으로 강물에 뭔가가 있다. 그녀의 팔과 고작 몇 센티미터 떨어진 곳에 말이다.

머리 위를 가득 메웠던 새들이 점점 멀어진다. 마치 저 하늘의 끝을 향해 미치광이의 질주라도 하듯 훨훨 날아가버린 것 같다.

그녀는 자신의 옆에 있는 어떤 존재를 '느낄 수 있다.'

새소리가 점점 잦아든다. 어느새 뚝 그쳤다. 새들이 사라졌다. 날아간 것이다. 영원히.

톰의 목소리가 다시 들린다. 강물이 배 주위로 흘러간다.

뭔가가 안대를 끌어당기는 느낌에 그녀는 그만 비명을 질렀다.

손가락 하나 까닥할 수 없다.

안대가 감은 눈에서 3센티미터 남짓 떨어졌다.

그놈의 소리가 들릴까? 숨을 쉬고 있나? 지금 들리는 소리가 숨소리인가? 그런가?

'톰. 톰이 메시지를 남기고 있어.'

그의 목소리가 강 위로 울려 퍼진다. 그의 목소리는 희망이 가득하다. 생생하게 살아 있다.

'톰. 나는 이제 눈을 떠야 해요. 내게 말해줘요. 제발요. 무엇을

해야 할지 말해줘요. 톰, 이제 나는 눈을 뜰 거예요.'

　바로 앞에서 그의 목소리가 들린다. 그의 목소리는 태양 같다. 세상을 뒤덮은 암흑 속에서 유일하게 주위를 밝히는 빛과 같다.

　안대가 그녀의 얼굴에서 3센티미터가량 더 떨어졌다. 안대의 매듭이 뒤통수를 더 깊숙이 파고든다.

　'톰, 이제 나는 눈을 뜰 거예요.'

　이제 이렇게……

42

……눈을 떴다.

맬로리는 침대에서 일어나 앉아 배를 움켜쥐었다. 그제야 자신이 눈을 뜨기 전에 한동안 소리를 질러댔다는 사실을 깨달았다. 침대가 그녀가 흘린 땀으로 축축하게 젖어 있었다.

남자 둘이 방으로 뛰어 들어왔다. 여전히 꿈을 꾸는 것 같았다.

'내가 정말 아이를 낳는 걸까? 아기를? 내가 지금까지 줄곧 임신한 상태였나?'

그러다 덜컥 겁이 났다.

'섀넌은 어디에 있지? 엄마는?'

그녀는 줄스와 펠릭스를 금방 알아보지 못했다.

"제길. 올림피아는 벌써 거기로 올라갔어요. 시작된 지 2시간은 된 것 같아요."

펠릭스가 말했다.

올라가다니 어디로? 거기가 어디야?

두 남자는 맬로리를 조심스럽게 부축해 침대 가장자리로 움직일 수 있도록 도왔다.

"이제 준비가 된 거예요?"

줄스가 불안한 표정으로 물었다.

맬로리는 인상을 찌푸린 채 그를 빤히 바라보았다. 그녀의 얼굴은 창백하면서도 붉게 상기되어 있었다.

비로소 그녀가 말문을 열었다.

"나는 자고 있었어요. 난 그저……. 그런데 거기로 올라가다니 어디요, 펠릭스?"

"올림피아는 진통이 시작되었어요. 맬로리 당신은 괜찮아 보이네요. 당신도 준비가 된 것 같아요."

줄스가 그녀를 안심시키려고 억지로 미소를 지으며 대답했다.

그녀가 다시 물었다.

"위라니."

그런데 펠릭스가 그녀의 말허리를 잘랐다.

"다락방에서 낳기로 했어요. 톰이 이 집에서 거기가 제일 안전하다고 하더군요. 뭔가 일이 일어날 경우에 말이에요. 물론 아무 일도 일어나지 않겠지만요. 올림피아는 벌써 다락으로 올라갔어요. 2시간 전에요. 톰과 셰릴이 그곳에서 그녀를 돌보고 있어요. 걱정 말아요, 맬로리. 우리가 최선을 다할게요."

맬로리는 아무 말도 하지 않았다. 자기 안에 있는 뭔가가 곧 나와야 한다고 생각하자 그 어느 때보다 두렵고 도저히 믿기지 않았다. 두 남자는 양쪽에서 그녀를 부축해 방에서 데리고 나왔다. 그렇게 문턱을 넘어서 복도로 나와 집 안쪽으로 걸어갔다. 다락으로 올라가는 계단이 이미 내려져 있었다. 맬로리가 두 사람의 부축을 받으며 계단을 올라가는데 복도 끝에 달린 창문을 가린 담요가 보였다. 지금이 하루 중 언제인지 궁금했다. 꼬박 하루가 지났을까? 일주일이 지났을까?

'내가 정말 아이를 낳는 걸까? 지금?'

펠릭스와 줄스는 그녀가 낡은 나무 계단을 오르도록 부축했다. 위에서 올림피아의 소리가 들렸다. 톰이 상냥하게 격려하는 소리도 들렸다. 이런 식이었다.

"호흡을 해요. 괜찮을 거예요. 잘하고 있어요."

"어쩌면 별로 다르지 않을 거예요."

맬로리가 문득 말했다. (삐걱거리는 계단을 올라가도록 두 사람이 도와줘서 얼마나 다행인지.)

"어쩌면 내가 바랐던 상황과 그렇게 다르지 않을 거예요."

다락은 상상했던 것보다 더 넓었다. 초 한 자루가 그곳을 밝히고 있었다. 올림피아는 바닥에 타월을 깔고 그 위에 누워 있었다. 그녀 옆에 셰릴이 있었다. 올림피아가 무릎을 세우고 누운 채 하반신에는 얇은 홑이불을 덮고 있었다. 맬로리는 올림피아 앞에 깔린 타월 위로 줄스의 부축을 받으며 자리를 잡았다. 그러자 톰이 다가왔다.

"오, 맬로리! 네가 와서 마음이 놓여!"

올림피아가 그녀를 보고 말했다. 그녀는 숨을 헐떡이고 있었다. 입을 제외하고 온몸이 비틀리고 뒤틀려 있었다.

맬로리는 머리가 멍했다. 무릎을 세우고 누워 이불을 덮은 모습으로 거울에 비친 듯 자신과 똑같이 누워 있는 올림피아를 보고 있으니 마치 꿈을 꾸는 것만 같았다.

"여기에 얼마나 있었어, 올림피아?"

"몰라. 영원히 있었던 것 같아!"

펠릭스는 올림피아에게 필요한 것이 없는지 조용하게 물었다. 그러더니 올림피아가 말한 것을 가지러 아래층으로 내려갔다. 톰은 셰릴에게 위생을 지켜야 한다고 다시 말했다. 깨끗하게만 하면 아무 문제 없을 것이라고 말이다. 그들은 깨끗한 시트와 타월을 준비했다. 톰의 집에서 가져온 손 세정제도 있었다. 우물물도 두 양동이나 가져다두었다.

톰은 차분해 보였다. 하지만 맬로리의 눈에는 그가 느끼는 불안이 보였다.

"맬로리?"

톰이 그녀를 불렀다.

"네?"

"뭐 필요한 거 없어요?"

"목이 말라요. 음악도 듣고 싶고요."

"음악?"

"그래요. 잔잔하고 달콤한 음악이 좋겠어요. 뭐랄까."

'뭐랄까 다락방의 나무 바닥에 내 몸이 부딪혀 내는 소리를 덮어줄 수 있는 걸로요.'

"플루트 곡. 그 테이프요."

"알았어요. 가져올게요."

톰은 맬로리의 옆을 지나 그녀의 등 바로 뒤에 있는 계단으로 갔다. 맬로리는 올림피아에게 주의를 돌렸다. 안개 같은 잠기운에서 좀처럼 벗어날 수가 없다. 종이 수건에 싼 작은 스테이크 나이프가 보였다. 그녀와 30센티미터도 떨어져 있지 않았다. 셰릴이 방금 그것을 물에 담갔다. 올림피아가 갑자기 소리를 질렀다. 그러자 펠릭스가 급히 무릎을 꿇고 그녀의 손을 잡았다.

맬로리는 그 모습을 지켜보았다.

'이 사람들. 신문에 실린 광고에 문의해볼 생각을 하는 종류의 사람들. 이 사람들은 생존자들이야.'

이런 생각이 문득 들었다.

순간 마음의 평화가 찾아왔다. 이런 평화가 오래가지 않으리라는 걸 그녀도 잘 알았다. 동료들이 그녀의 마음속에 떠올랐다. 그들의 얼굴이 한 명씩. 그녀는 그들 모두에게 사랑 비슷한 감정을 느꼈다.

'세상에, 지금까지 우리는 너무나 용감하게 버텼어.'

문득 그런 생각이 들었다.

"아악!"

올림피아가 느닷없이 비명을 질렀다. 셰릴이 재빨리 그녀 옆으로 갔다.

예전에 톰이 테이프를 찾으러 이곳에 올라왔을 때 맬로리는 계단 아래서 지켜본 적이 있었다. 하지만 다락에 들어온 것은 이번이 처음이었다. 거칠게 숨을 몰아쉬며 유일한 창문을 덮은 커튼을 보고 있으니 갑자기 한기가 느껴졌다. 다락방조차 방비를 게을

리 하지 않았다. 쓸 일이 거의 없는 방에도 담요는 꼭 필요했다. 그녀의 시선이 나무 창틀에서 이번에는 판자를 댄 벽으로 옮겨갔다. 다시 뾰족한 천장으로 간 후 조지가 남긴 물건들이 담긴 상자로 향했다. 그녀는 높이 쌓아올린 담요들로 시선을 옮겼다. 플라스틱 물건들이 담긴 상자가 하나 더 있다. 낡은 책들과 낡은 옷가지들도 있다.

그런데 그 옷가지 옆에 누군가 서 있었다.

돈이었다.

바로 그때 진통이 찾아왔다.

톰이 물 한 잔과 카세트를 재생할 수 있는 작은 라디오를 가지고 올라왔다.

"여기 있어요. 찾았어요."

작은 스피커에서 흘러나오는 바이올린 소리가 마구 갈라졌다. 맬로리는 완벽하다는 생각이 들었다.

"고마워요."

그녀가 말했다.

톰의 얼굴은 피곤에 찌들어 있었다. 간신히 반쯤 뜬 눈도 부어 있었다. 1시간도 못 잔 것 같았다.

맬로리는 배를 쥐어짜는 듯한 통증이 너무나 극심해서 처음에는 현실이 아닐 거라고 생각했다. 마치 곰을 잡는 덫에 허리가 끼인 것 같았다.

뒤에서 사람들의 목소리가 들렸다. 계단 아래에서 나는 소리였다. 목소리의 주인공들은 셰릴과 줄스였다. 이제 누가 위에 있고 누가 아래에 있는지도 분간이 가지 않았다.

"아악!"

올림피아가 다시 비명을 질렀다.

톰이 그녀 곁으로 갔다. 그리고 그 대신 펠릭스가 맬로리 옆으로 왔다.

"넌 잘 할 수 있어."

맬로리가 올림피아를 격려했다.

바로 그때 밖에서 천둥소리가 났다. 비가 지붕을 세차게 때리기 시작했다. 빗소리야말로 그녀가 듣고 싶었던 소리였다. 바깥세상이 그녀가 몸 안에서 느끼는 것과 같은 소리를 냈다. 폭풍우가 몰아쳤다. 위협적이고 사나운 폭풍우가. 그림자에서 동료들의 모습이 나오나 싶으면 또 사라졌다. 톰의 얼굴에는 수심이 가득했다. 올림피아는 헐떡이며 힘겹게 숨을 쉬었다. 계단이 삐걱거렸다. 누군가가 올라오는 소리였다. 이번에는 줄스였다. 톰은 올림피아가 맬로리보다 더 오래 걸릴 것 같다는 이야기를 그에게 했다. 또다시 천둥소리가 공기를 갈랐다. 번개가 내리치자 돈의 얼굴이 또렷이 보였다. 표정은 음침하고 푹 들어간 눈 밑에 다크서클이 진했다.

맬로리는 허리 부근에서 견딜 수 없을 만큼 쥐어짜는 듯한 통증을 또 느꼈다. 그녀의 몸이 평온을 구하는 마음을 몰아내며 제멋대로 작동하는 것 같다. 맬로리가 비명을 지르자 올림피아의 곁에 있던 셰릴이 그녀에게로 왔다. 맬로리는 셰릴이 아직도 다락에 있는 줄도 몰랐다.

"너무 끔찍해!"

올림피아가 쉭쉭거리듯 말했다.

맬로리는 여자들이 서로의 몸의 리듬에 어느덧 맞춰져 샘을 내듯 생리를 같이 한다는 사실이 문득 떠올랐다. 누가 먼저 아이를 낳을지 수도 없이 이야기를 나눴지만 맬로리도 올림피아도 한날한시에 아이를 낳을지 모른다는 말은 농담으로라도 하지 않았다.

맬로리는 전통적인 출산을 얼마나 고대했던가!

다시 천둥이 쳤다.

아까보다 더 어두워졌다. 톰이 초를 하나 더 가져와 불을 켰다. 그리고 그 초를 맬로리의 왼쪽에 내려놓았다. 펄럭거리는 불꽃 사이로 펠릭스와 셰릴이 보였다. 하지만 올림피아의 모습은 알아보기 쉽지 않았다. 그녀의 몸통과 얼굴이 흔들리는 그림자로 가려져 흐릿할 뿐이었다.

누군가 그녀 뒤의 계단으로 내려갔다. 돈인가? 그녀는 고개를 돌려 확인하고 싶은 마음도 들지 않았다. 톰이 양초 불빛 사이로 들어오더니 이내 어둠 속으로 사라졌다. 펠릭스와 셰릴도 그 뒤를 따르는 것 같았다. 사람들의 형체가 유령처럼 그녀에게서 올림피아로 움직여 갔다.

지붕을 때리는 빗줄기가 점점 더 거세졌다.

아래층에서 갑자기 요란한 소리가 들렸다. 맬로리는 확신할 수 없었지만 누군가 소리를 치는 것 같았다. 지칠 대로 지친 탓에 잘못 들었나? 누가 말다툼을 하는 건가?

아무래도 아래층에서 언쟁이 벌어진 것 같았다.

하지만 그녀는 지금 그런 생각을 하고 싶지 않았다. 그러지 않을 셈이었다.

"맬로리?"

셰릴의 얼굴이 갑자기 그녀 옆에서 나타나 맬로리는 그만 비명을 지르고 말았다.

"내 손을 꼭 쥐어요. 부러뜨려도 괜찮아요."

맬로리는 이렇게 말하고 싶었다.

'여기 불을 더 밝혀줘요. 의사를 불러줘요. 나 대신 이 아이를 낳아줘요.'

하지만 그녀는 끙끙거리는 소리로 대답을 대신했다.

그녀는 이제 곧 아기를 낳을 것이다. '언젠가'는 더 이상 없다.

'이제 나는 세상을 달리 보게 될까? 지금까지 이 아기라는 프리즘을 통해 만사를 보았어. 이 집을 보는 눈도 그랬어. 동료들도. 이 세상도. 이 사태가 처음 시작되었을 때 들은 뉴스들과 끝났을 때 들은 뉴스들도 모두 아기와 연관 지어 생각했어. 나는 겁에 질렸고, 편집증에 시달렸고, 화가 났어. 내 몸이 거리를 자유롭게 활보할 때와 같은 모양으로 되돌아간다면 나는 이 세상을 달리 보게 될까?'

톰은 어떻게 보일까? 그가 들려준 아이디어는 어떻게 들릴까?

"맬로리! 나는 틀린 것 같아!"

어둠 속에서 올림피아가 소리쳤다.

셰릴이 올림피아를 격려했다. 거의 다 되었다고 말이다.

"아래층에서 무슨 일이 벌어지고 있는 거예요?"

갑자기 맬로리가 물었다.

돈이 아래에 있었다. 그가 따지고 드는 소리가 들렸다. 줄스도 있었다. 그랬다. 돈과 줄스가 다락방 아래 복도에서 말다툼하고 있었다. 톰도 그들과 함께 있을까? 펠릭스도? 펠릭스는 아니었다. 그가 어둠 속에서 나타나 그녀의 손을 잡아주었다.

"괜찮아요, 맬로리?"

"아뇨. 밑에서 무슨 일이 벌어진 거예요?"

그녀가 물었다.

그는 가만히 있다가 마침내 말문을 열었다.

"나도 모르겠어요. 하지만 당신은 상대에게 비난을 퍼붓는 사람들보다 더 걱정해야 할 게 있잖아요."

"돈이에요?"

"그런 건 걱정하지 말아요, 맬로리."

빗줄기가 더 거세졌다. 집을 때리는 빗방울 소리가 하나하나 다 들리는 것 같았다.

맬로리는 고개를 들어 어둠 속에서 그녀를 뚫어져라 보고 있는 올림피아를 보았다.

빗소리 사이로, 아래층에서 벌어지는 격한 언쟁 사이로 맬로리는 뭔가를 들었다. 바이올린 소리보다 더 달콤했다.

'뭐지?'

"젠장! 이것 좀 멈춰줘!"

올림피아가 또 비명을 질렀다.

맬로리도 숨을 쉬기가 점점 더 힘들어졌다. 아기가 그녀의 기도를 막아버리려는 것 같았다. 흡사 목구멍으로 나오려는 게 아닌가 싶을 정도였다.

어느새 톰이 왔다. 그녀 옆에 있었다.

"미안해요, 맬로리."

그녀가 그를 돌아보았다. 그때 본 얼굴과 그 얼굴이 짓고 있던 표정을 그녀는 이 새벽이 지난 후로도 오랫동안 기억하게 되리라.

"미안하다니 뭐가요, 톰? 일이 이렇게 돼서 미안하다는 거예요?"

톰이 고개를 끄덕였다. 그의 눈이 슬퍼 보였다. 톰이 사과할 이유는 없다. 그건 두 사람 모두 잘 안다. 하지만 떠날 수 없기에 '집'이라 여기며 사는 곳의 누추한 다락방에서 아이를 낳아도 되는 여자는 없다. 그 사실도 두 사람은 잘 안다.

"내가 무슨 생각 하는지 알아요?"

그가 그녀의 손을 잡으며 부드러운 음성으로 물었다.

"당신은 좋은 엄마가 될 거예요. 당신은 이 아이를 너무나 훌륭하게 키울 거라서 세상이 계속 이런 꼴이든 아니든 그 아이에겐 아무 상관도 없을 거예요."

맬로리는 녹이 슨 철 쥠쇠가 아기를 그녀의 몸에서 끌어내리려는 것 같았다. 어둠에서 견인차의 쇠사슬이 뻗어 나와 있는 것처럼 말이다.

"톰, 아래층에 무슨 문제가 있는 거예요?"

맬로리가 간신히 물었다.

"돈이 흥분했어요. 그게 다예요."

그녀는 그 문제에 대해 더 말하고 싶었다. 그녀는 돈에게 더 이상 화가 나지 않았다. 그녀는 그가 걱정스러웠다. 동료들 가운데

새 세상으로 최악의 충격을 받은 사람은 돈이었다. 그는 그 충격에 빠져버렸다. 이제 그의 눈에는 절망보다 더 공허한 뭔가가 자리를 잡았다. 맬로리는 톰에게 그녀가 돈을 사랑한다고 말하고 싶었다. 그들 모두 돈을 사랑한다고, 돈은 그저 도움이 필요할 뿐이라고 말하고 싶었다. 하지만 그녀가 느낄 수 있는 것은 고통뿐이었다. 그 극심한 고통 속에서 순간 말하는 것조차 불가능했다. 이제 아래층의 언쟁이 농담처럼 들렸다. 누군가 그녀에게 장난을 치는 것 같았다. 그 집이 그녀에게 이야기를 거는 것 같았다. '알겠지? 내 다락방에서 불경한 고통만 생각하지 말고 유머 감각을 발휘해봐.'

맬로리는 기진맥진한 채 배가 고팠다. 육체적인 고통과 정신적인 피로가 극심했다. 하지만 지금 자신이 어떤 상태에 있는지 종잡을 수 없었다. 그녀는 동료들 사이에 일어난 언쟁에 신경 쓰지 않을 권리도 있었다. 한편으로는 자신과 올림피아의 몸이 필요한 과정을 다 끝낼 때까지 동료들이 모두 집을 나가 눈을 감은 채 마당에서 기다리게 할 자격도 있었다.

톰이 일어섰다.

"곧 돌아올게요. 물이 더 필요해요?"

맬로리는 고개를 가로젓고 앞에서 갖은 애를 쓰고 있는 올림피아의 그림자와 이불로 시선을 돌렸다.

"우리는 해낼 거야. 그렇게 될 거야!"

올림피아가 열띤 목소리로 느닷없이 소리쳤다.

너무 많은 소리가 한꺼번에 들렸다. 아래층의 목소리들과 다락방의 목소리들(그림자 속에서 들려왔고 그 그림자 속에서 튀어나온 얼굴에서 나오는), 이곳의 상황과 아래층의 상황(맬로리는 문제가 발생했다는 건 알았지만 더 이상 신경 쓸 수 없었다)을 확인하려고 사람들이 오르내릴 때마다 삐걱거리는 계단 소리, 쏟아지는 빗소리까지도. 그런데 여기에 뭔가가 더 있었다. 또 다른 소리였다. 악기 소리 같았다. 식당에 있는 피아노의 가장 높은 음 같은 소리였다.

갑자기 맬로리는 까닭 없이 또다시 평화로운 기분에 빠져들었다. 그녀의 폐와 목, 가슴을 갈가리 찢어놓는 수천 개의 칼날에도 불구하고 그녀는 자신이 무엇을 어떻게 하든, 무슨 일이 일어나든 아기는 이 세상으로 나오리라는 사실을 깨달았다. 지금 이 아이를 낳으려는 세상이 어떤 세상이건 그게 뭐가 그리 중요한가? 그렇게 될 거라는 올림피아의 말이 옳았다. 아기는 나올 것이다. 거의 다 나왔다. 그 아기는 줄곧 새 세상의 일부였다.

'이 아기는 불안과 공포, 편집증을 알아. 톰과 줄스가 개들을 찾으러 나갔을 때 아기는 걱정을 했어. 아기는 그들이 돌아왔을 때 몹시 안심했지. 돈이 변했을 때는 겁에 질리기도 했어. 이 집의 변화에 대해서도. 희망에 찬 피난처가 쓸쓸하고 불안한 장소로 변해갔을 때도. 나를 이곳으로 안내해준 광고를 읽을 때도 아기의 마음은 덩달아 무거워졌어. 마치 내가 지하실에서 그 공책을 읽었을 때처럼.'

아래층에서 돈이 '지하실'이라는 단어를 말하고 있다.

'그가 소리치고 있어.'

하지만 그의 목소리 너머로 그녀를 더욱 걱정스럽게 하는 것이 있었다.

"저 소리 들려, 올림피아?"

"무슨 소리?"

올림피아가 툴툴거리듯 말했다. 마치 스테이플을 박아놓은 목으로 말하는 것 같았다.

"저 소리. 꼭……."

"빗소리야."

올림피아가 말했다.

"아냐. 그런 게 아니야. 뭔가 달라. 꼭 우리가 아기를 벌써 낳은 것 같아."

"뭐라고?"

맬로리의 귀에는 꼭 아기 소리처럼 들렸다. 그 비슷한 소리가 사다리 계단 아래 모인 동료들을 슥 지나갔다. 어쩌면 1층에도, 거실에도 있을지 몰랐다. 어쩌면.

'어쩌면 집 밖에도.'

그렇다면 그건 무슨 뜻일까? 무슨 일이 일어나고 있는 걸까? 현관에서 누군가 울고 있는 걸까?

말도 안 되는 생각이었다. 그럴 리가 없다.

하지만 그것은 '살아 있다.'

그때 번개가 하늘을 갈랐다. 악몽에서 본 것처럼 다락방이 순간적으로 환하게 밝아졌다. 창문을 가린 담요는 빛이 사라지고 우르릉 쾅쾅 천둥이 치고 난 한참 후에도 그녀의 마음속에서 떠나지 않았다. 아기가 나오자 올림피아가 비명을 질렀다. 두 눈을 꼭 감고 있던 맬로리는 마음의 눈으로 공포로 얼어붙은 친구의 표정을 보았다.

하지만 믿을 수 없을 정도의 힘으로 허리를 꽉 조이는 고통에 올림피아에게 신경 쓸 여력이 없었다. 올림피아가 고통을 이기지 못하고 비명을 지르는 것 같았다. 맬로리가 옆구리에 칼날이 쑤시고 들어오는 것 같은 고통을 느낄 때마다 올림피아가 흐느꼈다.

'나도 그녀를 위해 함께 울어야 하나?'

그때 테이프가 뚝 멎었다. 그러더니 아래층의 언쟁도 뚝 그쳤다.

빗소리조차 잦아들었다.

이제 다락방에서 나는 작은 소리도 또렷하게 들렸다. 맬로리는 자신의 숨소리에 귀를 기울였다. 그들을 도우려고 오는 동료들의 발소리도 분간할 수 있었다.

형체가 나타났다. 그러더니 사라졌다.

톰이 있었다. (분명했다.)

펠릭스가 있었다. (그런 것 같았다.)

이제 올림피아의 곁에는 줄스가 있었다.

'세상이 내게서 점점 멀어지는 걸까? 아니면 내가 고통 속으로 더 깊숙이 들어가는 중일까?'

다시 소란스러워졌다. 가까이에 아기가 있는 것처럼. 뭔가 어리고 살아 있는 것이 아래층에서 올라오고 있었다. 이제야 좀 더 또렷하게 소리가 났다. 이제 말다툼 소리와 음악과 빗소리 사이로 들으려고 애쓸 필요가 없었다.

그랬다. 이제 좀 더 명확하고 또렷하게 들렸다. 톰이 다락방을 가로지르는데 그의 발소리 사이로 그 소리가 들렸다. 나무 바닥에 닿아 있던 구둣발을 들어 올리면 그 틈에 아래층에서 어린아이의 노랫소리가 들렸다.

이윽고 맬로리는 그 소리의 정체를 확실하게 알게 되었다.

'새들이잖아. 오, 세상에. 새들이었어.'

집의 바깥벽을 치는 종이 상자와 새들이 구구거리는 사랑스러운 노랫소리.

"집 밖에 뭔가가 있어."

그녀가 말했다.

처음에는 조용했다.

셰릴이 그녀 가까이에 있었다.

"집 밖에 뭔가가 있다고!"

그녀가 소리쳤다.

올림피아의 어깨 뒤에 있던 줄스가 고개를 들었다.

아래층에서 쿵 하는 요란한 소리가 났다. 펠릭스가 고함을 질렀다. 줄스가 서둘러 맬로리를 지나갔다. 그녀 뒤로 잰걸음으로 사다리를 내려가는 그의 발소리가 들렸다.

맬로리는 톰을 찾아 미친 듯이 다락방을 두리번거렸다. 그는 위에 없었다. 아래층에 있었다.

"올림피아. 여기에 우리 둘밖에 없어!"

맬로리는 올림피아가 아니라 자신에게 말하는 듯했다.

그녀는 아무 대꾸도 하지 않았다.

맬로리는 듣지 않으려고 애썼지만 그럴 수가 없었다. 모두가 거실에 모인 듯했다. 1층에 있는 게 확실했다. 모두 소리치고 있었다. 지금 줄스가 하지 말라고 소리친 건가?

언쟁이 시작되자 맬로리의 허리 부근에서도 다시 진통이 시작되었다.

계단을 등지고 있던 맬로리가 고개를 뒤로 돌렸다. 무슨 일인지 궁금해 견딜 수가 없었다. 모두에게 그만하라고 외치고 싶었다. 지금 다락에서 당신들의 도움이 필요한 여자가 두 명이나 있다고 말이다. 제발 그만해!

몽롱한 상태에서 맬로리는 가슴으로 고개를 숙였다. 눈은 감은 채였다. 정신을 집중하지 않으면 기절할 것만 같았다. 아니, 그보다 더한 일이 일어날 것 같았다.

비가 다시 내리기 시작했다. 맬로리는 눈을 떴다. 올림피아가 보였다. 그녀는 고개를 완전히 뒤로 젖히고 있었다. 목덜미의 핏줄이 다 보였다. 맬로리는 천천히 다락방을 둘러보았다. 올림피아 옆에는 상자들이 있었다. 그리고 창문이 보였다. 그 옆으로 상자가 더 있었다. 낡은 책들도 있고 낡은 옷가지도 있었다.

하늘을 찢는 한 줄기 번개에 다락방이 환해졌다. 맬로리는 다시 눈을 감았다가 어둠 속에서 마음속에 각인된 다락방의 모습을 보았다.

창. 상자들.

그리고 그녀가 여기 처음 왔을 때 돈이 서 있던 곳에 서 있던 남자 한 명.

'그럴 리가 없어.'

하지만 그가 분명히 있었다.

그녀는 비로소 눈을 활짝 떴을 때 그곳에 누가 있는지, 다락방에 누가 또 있는지 똑똑히 알게 되었다.

"개리. 지하실에 숨어 있었군요."

온갖 생각이 그녀의 머릿속을 스치고 지나갔다.

빅터가 지하실 문을 보며 짖었던 일이 떠올랐다.

돈이 그곳에서 지냈던 사실이 떠올랐다.

맬로리가 개리의 눈을 똑바로 바라보자 아래층의 언쟁이 더욱 격화되었다. 줄스가 거친 목소리로 소리치고 돈이 격분했다. 서로 금방이라도 주먹을 휘두를 것 같다.

개리가 그림자 속에서 스르르 나왔다. 그리고 그녀 곁으로 다가왔다.

'우리가 눈을 감고 톰이 문을 열었을 때 돈이 개리를 집 안 깊숙한 곳으로 몰래 보낸 거야.'

맬로리는 분명 그럴 거라고 생각했다.

"여기서 뭐 하는 거예요?"

올림피아가 개리를 알아보고 갑자기 소리쳤다. 하지만 그는 그녀 쪽을 보지도 않은 채 계속 맬로리에게 다가갔다.

"저리 꺼져!"

맬로리가 비명을 질렀다.

그가 그녀 옆에 무릎을 꿇고 앉았다.

"그래. 지금은 완전히 무방비상태군. 나는 네가 이런 세상에 누군가를 내보내지는 않을 정도로 동정심이 있는 여자라고 생각했지."

다시 번개가 하늘을 때렸다.

"톰! 줄스!"

아기는 아직 나오지 않았다. 하지만 이제 곧 나올 것이었다.

"고함치지 마. 나는 화 안 났으니까."

"제발 날 내버려둬요. 제발 우리를 내버려두라고요."

개리가 웃음을 터트렸다.

"너는 그 말밖에 안 하는군. 너는 계속 나를 내보내려고 했어!"

천둥소리가 귀를 울렸다. 동료들의 말소리가 점점 더 커졌다.

"당신은 나가지 않았군."

맬로리가 말했다. 말을 뱉을 때마다 가슴에 놓인 작은 돌을 하나씩 치우는 것 같았다.

"그래, 안 나갔어."

맬로리의 눈에 눈물이 차올랐다.

"돈이 고맙게도 날 도와줬지. 투표를 하면 내가 쫓겨날 거라고 예상했던 거야."

'돈. 무슨 짓을 한 거예요?'

개리가 그녀에게 몸을 숙였다.

"네가 이걸 하는 동안 내가 이야기 하나 해줄까?"

"뭐?"

"이야기. 네가 고통을 잊을 수 있을 만한 걸로. 네가 훌륭한 일을 하고 있다는 말을 해줄게. 내 아내가 한 것보다 훨씬 나아."

올림피아의 숨소리가 심상치 않았다. 그녀의 숨소리가 무척 힘겹게 들렸다. 도저히 이 고통에서 살아남을 것 같지 않았다.

"앞으로 벌어질 일은 둘 중 하나야."

개리가 말했다.

그때 맬로리가 그의 말허리를 끊었다.

"제발 나를 그냥 내버려둬!"

"내 철학이 옳거나 아니면, 이런 말을 하고 싶지 않지만, 나는 **면역**이 된 거지."

이제 아기가 그녀의 몸 밖으로 나오기 직전인 것 같았다. 하지만 아기는 나오기에는 너무 큰 것 같았다. 맬로리는 숨을 들이쉬고 눈을 꼭 감았다. 하지만 고통은 사방에 있었다. 어둠 속에서도 마찬가지였다.

'그들은 개리가 여기에 있는 줄 몰라. 오, 세상에, 여기에 있는 줄 몰라.'

"나는 오랫동안 이 거리를 지켜봤어. 톰과 줄스가 비틀거리며 동네를 돌아다니는 모습도 봤지. 톰이 내가 지내던 바로 그 텐트를 조사할 때 바로 코앞에 있기도 했어."

"그만해. 그만하라고!"

고함을 지른 탓에 진통만 더 심해졌다. 맬로리는 정신을 집중했다. 그리고 힘을 줘서 아기를 밀어냈다. 계속 호흡을 했다. 하지만 개리의 이야기가 들리는 건 어쩔 수 없었다.

"저 남자가 어디까지 갈 수 있을까. 몹시 궁금해졌어. 나는 크리처에게 아무 해도 입지 않은 채 그걸 지켜봤지. 그동안에도 크리처들이 밤낮으로 이 거리를 지나다녔어. 한 번에 열 놈도 넘게 돌아다니기도 했어. 그래서 내가 이 거리에 정착한 거야, 맬로리. 너는 저 밖이 얼마나 부산스러운지 상상도 못 할걸."

'제발 제발 제발 제발 제발 제발 제발 제발 제발 제발.'

아래층에서 톰의 목소리가 들렸다.

"줄스! 여기로 와줘!"

바로 그때 다다다 아래로 내려가는 발소리가 들렸다.

"톰! 우리 좀 도와줘요! 개리가 여기 있어요! 톰!"

"톰은 지금 다른 일로 바빠. 저 아래 진짜 난리가 났거든."

개리가 일어났다. 그는 다락방 문으로 다가가더니 조용히 그 문을 닫았다.

그리고 잠갔다.

"이러면 더 낫겠지?"

"무슨 짓을 한 거야!"

맬로리가 쉿소리로 말했다.

이제 아래층에서 더 큰 소리가 들렸다. 모두 한꺼번에 움직이는 것 같았다. 순간 맬로리는 자신이 미쳐버렸다고 생각했다. 이곳이 아무리 안전하다고 해도 새 세상의 광기로부터 숨을 곳이 없는 것 같았다.

누군가 잠긴 다락방 문 바로 아래 복도에서 비명을 질렀다. 펠릭스의 목소리 같았다.

"내 아내는 아직 준비가 되지 않았지. 나는 그녀가 그걸 보는 모습을 다 봤어. 그놈이 온다고 미처 알려주지도 못했지. 나는."

"왜 우리에게 말하지 않았어!"

맬로리가 힘을 주면서 울부짖었다.

"왜냐하면 다른 사람들처럼 너희도 아무도 나를 믿지 않았으니까. 돈만 빼고."

"너는 미쳤어."

개리가 활짝 웃었다.

"아래층에서 무슨 일이 벌어진 거야? 맬로리! 무슨 일이야!"

올림피아가 소리쳤다.

"나도 몰라!"

"돈이야. 내가 가르쳐준 것들을 다른 사람들에게 납득시키려는 중이지."

"돈이 그랬어!"

아래에서 들리는 목소리가 다락에서 나는 소리처럼 똑똑히 들렸다.

"돈이 담요를 모두 걷었어! 담요를 모두 걷었다고!"

"그들은 우리를 해치지 않아."

개리가 속삭였다. 축축해진 그의 턱수염이 맬로리의 귀에 와 닿았다.

하지만 그녀는 더 이상 그의 말을 듣고 있지 않았다.

"맬로리?"

올림피아가 속삭이듯 그녀를 불렀다.

"돈이 담요를 모두 걷고 문을 열었어! 그놈들이 집 안에 있어! 내 말 들려? 그놈들이 집 안에 있다고!"

'아기가 나오고 있어 아기가 나오고 있어 아기가 나오고 있어.'

"맬로리?"

"올림피아. 그래, 그것들이 지금 집 안으로 들어왔대."

대답하는 맬로리의 목소리는 희망이라고는 찾아볼 수 없이 절망적이었다. (그게 사실이야? 그녀의 목소리가 이렇게 묻는 것 같았다.)

거센 폭풍우가 집을 때렸다.

아래층에 일어난 혼란은 비현실적으로 들렸다.

"늑대가 울부짖는 것 같아. 늑대가 울부짖는 것 같다고!"

올림피아가 울부짖었다.

'돈 돈 돈 돈 돈 돈 돈 돈 돈 돈.'

담요를 모두 뜯어냈다.

그놈들을 안으로 들였다.

누군가 그놈들을 봤다.

그놈들을 안으로 들였다.

누군가 미쳐버렸다. 누굴까?

돈이 담요를 모두 뜯어냈다.

돈은 그들이 우리를 해친다고 믿지 않는다.

돈은 그것들이 우리 마음에만 존재한다고 여긴다.

식당에서 개리는 의자에 앉은 돈 옆에 붙어 있었다.

지하실에서 개리는 태피스트리 뒤에서 돈에게 이야기를 했다.

돈이 담요를 모두 뜯어냈다.

개리가 그놈들은 다 지어낸 거라고 꼬드겼다. 그놈들은 아무해도 입히지 않는다고 말이다.

미칠지도 모른다고, 그게 누구야, 누가 미쳤대?

(힘 줘. 힘 줘. 아기를 낳아야 해. 아기에게만 집중해. 필요하다면 눈을 감아. 그리고 힘 줘. 힘 줘.)

그놈들이 지금 집 안에 들어와 있다.

그리고 동료들 모두 집 안에 있다.

늑대가 울부짖는 것 같다.

맬로리는 히스테리 상태에서 문득 새를 떠올렸다.

'새들은 좋은 생각이었어요, 톰. 대단한 아이디어였어요.'

올림피아는 미친 듯이 질문을 퍼부었다. 하지만 맬로리는 아무 대답도 해줄 수 없었다. 그녀의 머리는 이미 온갖 생각으로 꽉 차 있었다.

"사실이야? 그것들이 정말 집 안에 들어와 있어? 사실일 리 없어. 우리는 절대 그렇게 하지 않잖아. 집에 정말 들어와 있는 거야? 바로 지금?"

아래층에서 뭔가가 벽을 쿵 하고 쳤다. 누군가의 몸일 것이다. 개들이 마구 짖었다.

'누군가 개를 벽에 던진 거야.'

"돈이 담요를 뜯어냈어!"

저 아래 누가 눈을 감았을까? 누가 아직도 이성을 가지고 있을까? 맬로리라면? 맬로리는 동료들이 모두 미쳐 돌아갈 때 눈을 감을 수 있었을까?

'오, 세상에. 저 아래서 사람들이 죽어가고 있어.'

맬로리는 아기 때문에 죽을 것만 같았다.

개리는 여전히 그녀의 귀에 대고 이야기했다.

"네가 지금 듣고 있는 아래층 소란이 바로 내가 말하려는 거야, 맬로리. 저들은 자신들이 미칠 거라고 생각하는 거야. 하지만 그럴 필요가 없어. 나는 계절이 몇 번이나 바뀔 동안 저 밖에서 지냈어. 나는 한 번에 몇 주씩 그들을 봤어."

"말도 안 돼."

맬로리가 말했다. 맬로리는 자신의 말이 개리를 향한 것인지, 저 아래에서 들리는 소란을 향한 것인지, 아니면 결코 끝나지 않을 것 같은 진통을 향한 것인지 알 수 없었다.

"내가 그걸 처음 봤을 때 나도 내가 미쳐버릴 줄 알았어."

개리가 신경질적인 웃음을 터트렸다.

"그런데 안 미쳤어. 서서히 내가 여전히 제정신이라는 사실을 깨닫게 되자 무슨 일이 벌어지고 있는지 비로소 이해하게 되었지. 내 친구들에게. 내 가족에게. 이 세상 사람들 모두에게."

"그런 소리 더 이상 듣고 싶지 않아!"

맬로리가 비명을 질렀다. 몸의 중심부가 둘로 쪼개지는 것만 같았다. 뭔가 착오가 있었던 거야. 문득 이런 생각이 들었다. 아기는 그녀를 빠져나오려고 발버둥 치다가 너무 커서 못 나오자 이번에는 그녀를 찢어버리려는 것이다.

'아들이야.'

맬로리는 그렇게 믿었다.

"그거 알아?"

"그만해!"

"그거 아냐고?"

"싫어! 싫어! 싫어!"

올림피아가 악을 썼다. 하늘이 목 놓아 울었다. 아래층에서 개들이 울부짖었다. 맬로리는 유독 줄스의 소리가 들리는 것 같았다. 줄스가 아래층을 마구 뛰어다니는 소리가 들렸다. 욕실에서 뭔가를 갈가리 찢어놓으려고 애쓰는 소리가 들렸다.

"나는 면역이 된 건가 봐, 맬로리. 아니면 나는 그냥 아는 걸지도 모르지."

그녀는 이렇게 퍼부어주고 싶었다.

'당신이 우리에게 얼마나 많은 일을 해줄 수 있었는지 알아? 당신이 우리를 얼마나 더 안전하게 만들어줄 수 있었는지 아냐고!'

하지만 개리는 미쳤다.

그리고 그는 아마 이미 미쳐 있었을 것이다.

'돈이 담요를 모두 뜯어냈어.'

식당에서 개리는 의자에 앉은 돈 옆에 붙어 있었다.

지하실에서 개리는 태피스트리 뒤에서 돈에게 이야기했다.

개리는 돈의 나약한 어깨에 앉은 악마였다.

바로 그때 다락방 바닥 문을 미친 듯이 두드리는 소리가 났다.

"들여보내줘요!"

누군가 소리쳤다.

'펠릭스야. 아니, 돈일까.'

"제발, 나를 들여보내줘요!"

둘 다 아니었다.

톰이었다.

"문을 열어줘!"

맬로리가 개리에게 소리쳤다.

"정말 그러고 싶어? 그랬다가 위험해질 수도 있을 것 같은데."

개리가 말했다.

"제발, 제발, 제발! 들어오게 해!"

'톰이야, 오 하느님, 톰이에요. 톰. 오 하느님, 톰이에요.'

그녀가 세게 힘을 주었다. 오 하느님. 다시 힘껏 밀어냈다.

"숨을 쉬어. 숨을. 거의 다 됐어."

개리가 말했다.

"제발. 제발!"

맬로리가 애원했다.

"나를 들여보내줘요! 거기 올라가게 해줘요!"

올림피아가 다시 비명을 지르기 시작했다.

"문을 열어줘! 톰이란 말이야!"

아래층에서 광기가 문을 두드렸다.

톰은 미쳤다. 톰이 크리처를 보았다.

톰이 미쳤다.

'톰의 소리를 들었어? 그의 목소리를 들었어? 저게 톰이 내는 소리야. 이성을 잃은 톰은, 아름다운 마음을 잃은 톰은 저런 소리를 내.'

개리가 일어나서 다락방을 가로질렀다. 빗줄기가 거세게 지붕을 두드렸다.

다락방 바닥 문을 두드리던 소리가 뚝 그쳤다.

맬로리가 맞은편의 올림피아를 보았다.

올림피아의 검은 머리카락은 그림자와 뒤섞여 잘 구분되지 않았다. 그 어둠 속에서 두 눈만이 형형하게 빛났다.

"우리…… 이제 거의 다…… 됐어."

올림피아의 아기가 나오고 있었다. 촛불의 어스름한 불빛 사이로 반쯤 나온 아기가 보였다.

아기가 저 앞쪽 바닥에 있는데도 맬로리는 본능적으로 아기를 향해 손을 뻗었다.

"올림피아! 잊지 마! 아기의 눈을 가려! 잊지……."

바로 그때 바닥의 문이 우지끈 하며 열렸다. 빗장이 뚝 부러져 버렸다.

맬로리는 비명을 질렀지만 그녀의 귀에는 오로지 자신의 심장 뛰는 소리만 들렸다. 새 세상의 그 무엇보다 더 크게 울렸다.

그녀는 입을 다물었다.

개리가 일어나서 창문으로 뒷걸음질 쳤다.

그녀 뒤에서 육중한 발소리가 들렸다.

맬로리의 아기가 나오려고 했다.

계단이 신음을 냈다.

"누구예요? 누구예요? 모두 괜찮은 거예요? 톰? 누구예요?"

맬로리가 소리쳤다.

그녀가 볼 수 없는 누군가가 계단을 올라와서 그들과 함께 있었다.

계단을 등지고 있던 맬로리는 고통에 찬 올림피아의 표정이 경외감으로 밝아지는 모습을 지켜보았다.

'올림피아. 보지 마. 지금까지 잘 버텼잖아. 너무나 용감하게 견뎠잖아. 보지 마. 아기부터 지켜. 그게 완전히 나갈 때까지 아기의 눈을 가려. 눈을 가려. 그리고 네 눈도 가려. 보지 마. 올림피아. 보지 마.'

하지만 맬로리는 이미 늦었다는 사실을 깨달았다.

올림피아가 앞으로 몸을 숙였다. 눈을 휘둥그레 뜨고 입을 헤벌쭉 벌린 채. 마치 얼굴에 완벽한 원 세 개가 만들어진 것 같았다. 잠시 그녀의 얼굴이 뒤틀리나 싶더니 이윽고 환하게 빛났다. 맬로리는 그 모습을 모두 지켜보았다.

"우리 아기 참 예쁘구나."

올림피아가 미소를 지으며 말했다. 일그러지고 어딘가 망가진 미소였다.

"너도 그렇게 나쁘지 않아. 내 아기를 보고 싶어? 내 아기를 보고 싶으냐고?"

'아기, 아기. 그녀가 아기를 안고 있어. 그녀는 미쳤어. 오, 하느님. 올림피아가 미쳤어요. 오, 하느님. 그게 내 뒤에 있어요. 그게 내 아기 뒤에 있어요.'

맬로리는 눈을 질끈 감았다.

눈을 감아도 개리의 이미지는 사라지지 않았다. 그는 여전히 양초의 빛이 비치는 가장자리에 서 있었다. 하지만 지금껏 떠벌린 것만큼 자신만만해 보이지 않았다. 오히려 겁먹은 아이 같았다.

"올림피아. 아기 눈을 덮어. 아래로 내려가. 아기를 위해서."

맬로리가 구슬려보려고 했다.

맬로리는 친구의 표정을 볼 수 없었다. 하지만 그녀의 목소리에서 내면의 뭔가가 변하고 있다는 사실을 직감했다.

"뭐라고? 네가 지금 나보고 애를 어떻게 키우라고 가르치려는 거야? 네가 뭔데? 네까짓 게……."

올림피아의 말소리가 목구멍 깊은 곳에서 나는 으르렁 소리로 바뀌었다.

'발광을 하고 소란을 피웠다.'

개리가 내뱉었던, 병에 찌든 위험한 말들.

올림피아가 으르렁거렸다.

맬로리에게서 마침내 아기의 머리가 나왔다. 그녀는 힘을 주어 밀어냈다.

그녀는 자신에게 있는 줄도 몰랐던 힘을 모조리 쥐어짜 타월 위에서 앞으로 조금씩 나아갔다. 올림피아의 아기를 데려오고 싶었다. 아기를 지켜야 했다.

바로 그때 이 모든 광기와 고통 속에서 올림피아의 아기가 터트린 첫 울음소리가 들렸다.

'아기의 눈을 가려야 해.'

그때 마침내 맬로리의 아기가 밖으로 나왔다. 그녀는 재빨리 아기의 눈으로 손을 가져가 덮었다. 아기의 머리는 너무나 부드러웠다. 그녀는 제때에 아기를 안아 올렸다 싶었다.

"이리 와. 이리 와. 그리고 눈을 감아."

그녀는 아기를 가슴으로 가져가며 말했다.

맞은편에서 개리가 불안한 듯 웃음을 터트렸다.

"믿을 수가 없군."

그가 말했다.

맬로리는 손으로 더듬어 스테이크 나이프를 찾았다. 그것으로 탯줄을 잘랐다. 그리고 자신이 깔고 앉아 있던 피투성이 타월을 두 갈래로 잘랐다. 아기의 아랫도리를 만져보니 아들이었다. 하지만 이 사실을 알려줄 사람이 이제 아무도 없다. 언니도. 엄마도. 아빠도. 간호사도. 톰도. 그녀는 아기를 꼭 안았다.

천천히 타월 한 조각을 잘라서, 아기의 눈을 가리고 뒤로 묶었다.

'아기가 이 세상에 처음 나온 순간 제 엄마의 얼굴을 보는 게 얼마나 중요할까?'

크리처가 뒤쪽에서 움직이는 소리가 났다.

"아가. 내 아가."

올림피아가 말했다. 목소리는 잔뜩 갈라졌다. 늙은 여자가 말을 하는 것 같았다. 그녀가 수탉처럼 울었다.

맬로리가 앞으로 몸을 움직였다. 온몸의 근육이 저항했다. 그녀는 올림피아의 아기를 향해 손을 내밀었다.

"이리 줘봐. 이리 줘바, 올림피아. 나도 한번 안아보자. 아기를 보게 해줘."

앞도 보이지 않는 상태에서 그녀가 말했다.

그러자 올림피아가 투덜거리듯 괴성을 냈다.

"내가 왜? 왜 내 아기를 달라는 거야? 너 미쳤어?"

"아니야. 그냥 한번 보고 싶어서 그래."

맬로리는 여전히 눈을 꼭 감고 있었다. 다락은 이제 조용했다. 어느새 지붕에 떨어지는 빗줄기가 한결 가늘어졌다. 맬로리는 여전히 피를 흘리면서도 앞으로 계속 움직였다.

"내가 봐도 돼? 한 번 봐도 될까? 딸이지, 그렇지? 딸이라 좋지 않아?"

맬로리는 뭔가 섬뜩한 소리를 듣고 앞으로 움직이는 도중에 그대로 멈췄다.

올림피아가 뭔가를 물어뜯고 있었다. 맬로리는 친구가 물어뜯고 있는 것이 아기의 탯줄이라고 직감했다.

속이 뒤집어질 것 같았다. 그녀는 눈을 계속 꼭 감았다. 구역질이 나왔다.

"내가 좀 봐도 돼?"

맬로리가 간신히 물었다.

"여기. 여기 와봐! 아기를 봐. 아기를 보라고!"

올림피아가 말했다.

마침내 맬로리의 손이 올림피아의 아기에게 닿았다. 딸이었다.

올림피아가 벌떡 일어섰다. 빗물이 고인 웅덩이를 저벅저벅 걷는 것 같았다. 빗물일 리 없었다. 피였다. 그동안 흘린 땀과 피와 태반일 것이다.

"고마워. 고마워, 올림피아."

맬로리가 속삭였다.

자신의 아기를 내어준 올림피아의 마지막 행동을 맬로리는 언제나 기억할 것이다. 올림피아는 이미 실성했지만 그 순간만큼은 자신의 아기를 위해 옳은 행동을 했기 때문이다.

올림피아는 커튼을 친 창문으로 비틀거리며 걸어갔다. 그곳에 개리가 서 있었다.

맬로리 뒤에 있는 그것은 가만히 기다렸다.

맬로리는 두 아기를 꼭 안고 피와 땀에 젖은 손가락으로 최선을 다해 아기들의 눈을 가렸다. 아기들이 울음을 터트렸다.

갑자기 올림피아가 뭘 하는지 버둥거리는 소리가 나더니 미끄러지는 소리가 났다.

마치 어딘가로 올라가려는 것 같았다.

"올림피아?"

올림피아가 뭔가를 쌓아올리는 것 같기도 했다.

"올림피아? 뭐 하는 거야, 올림피아? 개리, 좀 말려요. 제발요, 개리."

그녀가 무슨 말로 애원해도 아무 소용이 없었다. 개리는 그 누구보다 미치광이였으니까.

"이제 나갈 거예요. 이 안에서 너무 오래 지냈거든요."

아마도 근처에 있을 개리에게 올림피아가 말했다.

"올림피아, 그만해!"

"나는 밖으로 나갈 거야!"

그녀의 목소리는 아이 같기도 하면서 동시에 임종을 맞이한 1백 살 넘은 노인 같기도 했다.

"올림피아!"

너무 늦었다. 맬로리는 다락방의 유리창이 산산이 부서지는 소리를 들었다. 그 직후에 뭔가가 집에 세게 부딪히는 소리도 났다.

이윽고 사방이 조용해졌다. 아래층도. 다락방도. 마침내 개리가 말문을 열었다.

"그 여자가 목을 맸어. 탯줄로 목을 맸다고!"

그만해. 제발, 오 하느님……. 이 남자가 더 이상 저런 말을 못하게 해주세요.

"탯줄로 목을 맸어! 지금까지 본 것 중에 제일 신기한 일이야! 탯줄로 목을 매다니!"

그러더니 웃음을 터트렸다. 환희에 찬 웃음소리였다.

그녀 뒤에 있던 그것이 움직였다. 맬로리는 이 모든 광기의 정중앙에 자리해 있었다. 과거의 광기. 전쟁이나 이혼, 가난에서 비롯되거나 친구의 본색을 알게 되었을 때 나타나는 종류의 광기.

"탯줄로 목을 맸다고! 자기 탯줄로!"

"닥쳐! 닥치라고!"

맬로리는 눈을 감은 채 소리쳤다.

하지만 그녀 뒤의 그것이 몸을 기울이는 것 같은 느낌에 튀어나오려던 말들이 목에서 그대로 멈춰버렸다. 그것의 일부분(얼굴일까?)이 그녀의 입술 주위에서 움직이고 있었다.

맬로리는 간신히 숨만 쉬었다. 꼼짝도 할 수 없었다. 다락방이 다시 고요해졌다.

온기가 느껴지는 것 같았다. 그녀 옆에 있는 뭔가가 발산하는 열기 같았다.

'새년, 저기 구름을 봐. 우리처럼 생겼어. 언니랑 나.'

그녀는 아기의 눈을 가린 손에 더 힘을 주었다.

그것이 물러나는 소리가 들렸다. 그녀에게서 떨어지는 것 같은 소리가 났다. 점점 더 멀리.

소리가 뚝 그쳤다. 멈춘 것이다.

나무 계단이 삐걱거리는 소리가 이어지고 누군가 내려가는 소리라는 사실을 확신했을 때 비로소 그 어느 곳보다 깊은 곳에서 흐느낌이 새어나왔다.

발소리가 조용해진다. 점점 더. 그러더니 사라졌다.

"여기서 나갔어."

그녀는 아기들에게 말했다.

마침내 개리도 움직이는 것 같았다.

"우리 곁으로 오지 마! 우리 몸에 손끝도 대지 마!"

그녀는 여전히 눈을 감은 채 소리 질렀다.

그는 그녀를 건드리지 않았다. 그저 옆을 지나갔다. 이윽고 계단이 삐걱거리는 소리가 또 들렸다.

'개리가 계단을 내려갔어. 누가 미쳤고 누가 미치지 않았는지 보러 간 거겠지.'

그녀는 한숨을 쉬었다. 기진맥진해 온몸이 아팠다. 피를 많이 흘렸기 때문이기도 했다. 몸은 자야 한다고 아우성을 쳤다. 자야 한다고. 이제 다락에는 그들 셋밖에 없었다. 맬로리와 아기들. 그녀는 누우려고 몸을 뒤로 젖혔다. 누워야 했다. 하지만 잠시 기다렸다. 귀를 기울였다. 잠시 후 마침내 몸을 뉘였다.

'시간이 얼마나 흘렀을까? 내가 아기들을 얼마나 끌어안고 있었을까?'

그런데 새로운 소리에 잠깐의 휴식조차 깨지고 말았다. 아래층에서 나는 소리였다. 옛 세상에서 자주 들었던 소리였다.

올림피아는 다락방 창문에 목을 매었다. (그렇다고 그가 말했지. 그가 말했어.)

불어오는 바람에 그녀의 시체가 쿵 하고 집에 부딪혔다.

그런데 뭔가가 아래층에서 울리고 있었다.

전화였다. 전화가 울리고 있었다.

맬로리는 전화벨 소리에 최면이라도 걸릴 것만 같았다. 이런 소리를 들은 지 얼마나 오래 되었을까?

누군가 그들에게 전화를 걸고 있었다.

누군가 그들에게 답신을 보내고 있었다.

맬로리는 몸을 돌리다가 태반에 미끄러졌다. 일단 올림피아의 아기를 허벅지에 내려놓은 후 자신의 셔츠로 아기를 정성껏 감쌌다. 빈손으로 사다리 계단의 윗부분을 더듬거려 찾았다. 계단이 가팔랐다. 낡기도 했다. 막 몸을 푼 여자라면 무슨 일이 있어도 그 계단을 내려가서는 안 될 것 같았다.

하지만 전화가 울리고 있다. 누군가 톰이 남긴 메시지에 회신하고 있다. 맬로리는 그 전화를 반드시 받아야 했다.

따르르르르르르르릉.

타월로 눈을 가렸는데도 맬로리는 계속 아기들에게 눈을 감고 있으라고 속삭였다.

이 명령은 앞으로 4년 동안 맬로리가 아이들에게 가장 많이 하는 말이 될 터였다. 그 무엇도 그녀가 그 말을 못 하도록 막을 수 없을 것이다. 아이들이 너무 어려 그녀의 말을 이해할 수 없거나 말거나 상관하지 않을 것이다.

따르르르르르르르르르르르릉.

그녀는 앉은 채로 바닥을 미끄러져 갔다. 마침내 두 다리가 허공으로 툭 떨어지면서 두 발이 첫 번째 계단에 닿았다. 온몸이 그만두라고 비명을 질렀다.

하지만 계속 내려가야만 했다.

이제 천천히 계단을 내려갔다. 그녀는 오른팔로 자신의 아기를 안은 채 손바닥으로 아기의 얼굴을 감쌌다. 올림피아의 아기는 셔츠 안에 있었다. 맬로리는 눈을 감은 상태였다. 온 세상이 검은색이었다. 어찌나 졸린지 계단에서 떨어져 그대로 잠이 들 것 같았다. 그래도 그녀는 한 걸음씩 발을 내디뎠다. 아래에서 울리는 전화벨 소리를 길잡이 삼아.

따르르르르르르르르르르르르르르릉.

그녀의 발이 2층의 하얀 복도에 깔린 연하늘색 카펫에 닿았다. 눈을 감고 있어 흰색도 하늘색도 볼 수는 없었다. 오른쪽 벽을 따라 길게 엎드려 있는 줄스를 볼 수 없었던 것처럼. 그 벽에 그녀의 머리 높이에서 줄스의 손이 놓여 있는 바닥까지 죽 이어진 핏줄기 다섯 개를 못 본 것처럼.

1층으로 이어지는 계단을 앞두고 그녀는 잠시 발걸음을 멈췄다. 그러고는 심호흡을 했다. 그녀는 할 수 있다고 각오를 다졌다.

그리고 천천히 내려갔다.

셰릴을 지나쳤지만 그 사실을 몰랐다. 아직은. 셰릴은 머리는 1층을 향하고 다리는 2층을 향해 있었다. 비정상적으로 뒤틀린 그녀의 시체는 보기에도 끔찍했다.

하지만 그런 사실을 알 리 없는 맬로리는 셰릴의 바로 곁을 지나갔다.

계단을 다 내려와서는 펠릭스를 건드릴 뻔했다. 하지만 그대로 지나쳤다. 후에 그의 얼굴에 난 구멍들이 만져졌을 때 그녀는 기겁을 하리라.

따르르르르르르르르르르르르르르르르르르르릉.

허스키 한 마리를 지나쳤지만 그 또한 알 길이 없었다. 벽으로 고꾸라진 상태였고 그 벽에는 짙은 보라색 얼룩이 생겼다.

그녀는 소리쳐 불러보고 싶었다. 아무도 없냐고 소리를 지르고 싶었다. 하지만 전화가 울리고 있었다. 그녀가 전화를 받을 때까지 계속 울리리라고 장담할 수 없었다.

그녀는 벽에 몸을 기댄 채 소리를 따라갔다.

'저 전화를 꼭 받아야 해.'

깨진 창문으로 빗줄기와 바람이 마구 들이쳤다.

설령 지금 눈을 뜬다고 해도 집 안이 얼마나 피범벅이 되었는지 다 알 수는 없으리라.

따르르르르르르르르르르르르르르르르르릉.

나중에 그녀는 이 모든 것을 빠짐없이 볼 것이다. 하지만 지금은 전화 소리가 너무나 크고 가까웠다.

맬로리는 몸을 돌려 등을 벽에 기댄 채 고통스럽게 카펫 쪽으로 미끄러졌다. 전화는 거실의 작은 탁자 위에 있었다. 온몸이 아프고 불에 댄 것처럼 화끈거렸다. 쉴 새도 없이 허벅지에 두 아기를 나란히 놓고 손을 뻗어 더듬거리며 간신히 수화기를 집었다.

"여보세요?"

"여보세요."

남자 목소리였다. 그의 목소리는 무척 차분했다. 무서우리만치 이곳과 어울리지 않는 목소리였다.

"누구세요?"

그녀는 자신이 지금 전화기로 통화하고 있다는 사실조차 어리둥절했다.

"나는 릭이라고 합니다. 며칠 전에 메시지를 받았습니다. 우리가 좀 바빴어요. 누구시죠?"

"누구세요?"

"다시 말하죠. 나는 릭이라고 합니다. 톰이라는 분이 우리에게 메시지를 남겼더군요."

"톰."

"그래요. 그곳에 사는 분이죠?"

"저는 맬로리라고 해요."

"괜찮아요, 맬로리? 몸이 안 좋은 것 같군요."

맬로리는 심호흡을 했다. 다시는 괜찮을 것 같지 않았다.

"아뇨. 나는 괜찮아요."

"우리는 지금 시간이 별로 없어요. 혹시 지금 있는 곳을 떠날 생각이 있나요? 좀 더 안전한 곳으로? 분명 그러고 싶을 것 같군요."

"네, 그래요."

"그렇다면 여기가 바로 그런 곳이죠. 가능하면 메모를 해두세요. 펜이 있나요?"

맬로리는 그렇다고 대답한 후 톰의 전화번호부 옆에 둔 펜을 집었다.

아기들이 울기 시작했다.

"아기가 있나 봐요."

"네."

"그래서 더 좋은 곳을 찾으려고 했겠군요. 자, 잘 들어요, 맬로리. 강을 타고 와요."

"뭐라고요?"

"강을 타고 오라고요. 강이 어디에 있는지는 알죠?"

"네. 알아요. 집 바로 뒤쪽에 강이 흘러요. 우물에서 70미터가량 떨어진 곳이라고 들었어요."

"잘됐네요. 그 강을 타고 와요. 직접 하려면 무척 위험할 거예요. 하지만 당신과 톰이 지금까지 그곳에서 그렇게 오래 버텼다면 잘해낼 거라 믿어요. 지도에서 주소를 확인해보니 강을 타고 적어도 30킬로미터는 와야 할 것 같아요. 그런 다음에 강이 갈라지는……"

"강이 뭐라고요?"

"미안해요. 내가 너무 서두른 것 같군요. 하지만 당신에게 더좋은 곳을 알려주려는 거예요."

"어떻게 좋다는 거죠?"

"음. 일단 우리가 사는 곳은 창문이 없어요. 수도가 나오고요. 먹을 것을 직접 키우죠. 자급자족을 하는 거예요. 침실도 많아요. 물론 상태도 좋고요. 우리 중에는 우리가 전보다 더 잘 지내게 되었다고 생각하는 사람들도 많아요."

"거기에는 몇 명이나 살아요?"

"108명이요."

맬로리에게 그 숫자가 뭐든 상관없었다. 무한할 수도 있었다.

"일단 여기에 오는 방법부터 말해줄게요. 오는 길도 모르는 채 전화가 불통이 되면 큰일이잖아요."

"알았어요."

"강이 네 갈래로 갈라질 거예요. 당신은 오른쪽에서 두 번째 물길을 타야 해요. 그러니까 제대로 하려면 오른쪽 강둑에 너무 바짝 붙으면 안 돼요. 까다로운 일이죠. 게다가 반드시 눈을 떠야 해요."

맬로리는 천천히 고개를 가로저었다.

'안 돼요.'

릭이 말을 계속했다.

"언제 그 지류로 접어들어야 하는지는 이렇게 알 수 있어요. 녹음된 소리가 들릴 겁니다. 사람 목소리요. 우리가 하루 종일 강가에서 당신을 기다릴 수는 없어요. 위험하기만 할 뿐이거든요. 대신 그곳에 스피커를 달아놓았어요. 스피커가 작동할 거예요. 우리는 그런 장비들을 활용한 덕분에 우리 시설 너머의 숲과 물길에 대해서 상세하게 파악하고 있어요. 일단 스피커가 작동하면 녹음된 소리가 30분씩 반복해서 재생될 거예요. 그 소리가 들릴 거예요. 똑같이 40초 단위로 반복이 될 거예요. 잘 들릴 거예요. 크고 또렷하니까요. 그 소리가 들리면 곧바로 눈을 떠야 해요."

"고맙습니다, 릭. 하지만 난 할 수 없어요."

그녀의 목소리는 무기력했다. 모든 것이 다 무너져버렸으니까.

"겁먹은 것 같군요. 왜 아니겠어요. 두려움이 문제긴 하죠. 하지만 다른 길이 없어요."

맬로리는 전화를 끊으려고 했다. 하지만 릭이 계속 말을 했다.

"여기에서 우리는 많은 일을 이루어냈어요. 매일 진보를 거두고 있죠. 물론 우리가 꿈꾸는 이상에 거의 접근했어요. 하지만 지금도 계속 노력하고 있어요."

맬로리가 와락 울음을 터트렸다. 지금 릭이라는 남자가 그녀에게 희망을 주려고 이런 말들을 하는 걸까? 아니면 이미 경험한 믿을 수 없는 절망의 더 지독한 다른 모습일까?

"말씀하신 대로 한다면 그곳에서 당신을 어떻게 찾죠?"

"강이 갈라지는 지점에서 말인가요?"

"네."

"경보 시스템이 있어요. 당신이 듣게 될 녹음기를 작동시킬 때 사용했던 것과 같은 기술이죠. 일단 정확한 물길로 접어들면 90미터가량 더 와야 해요. 그러면 경보 시스템이 작동하게 되죠. 울타리가 내려올 거예요. 그 안에 갇히는 거죠. 다시 말해서 당신은 우리가 만든 울타리 안에 갇히기 위해 오는 거예요."

맬로리가 몸을 떨었다.

"아, 그래요?"

"그래요. 목소리를 들어보니 내 제안에 회의적인 것 같군요."

옛 세상의 이미지들이 그녀의 머릿속으로 마구 쏟아져 들어왔다. 하지만 그 이미지마다 목줄과 사슬이 딸려 있었다. 릭이라는 남자와 그가 있는 곳이라면 괜찮을 수도 나쁠 수도 있고, 지금 있는 곳보다 더 나은 곳일 수도 나쁜 곳일 수도 있지만, 어디를 가든 다시는 자유를 누릴 수는 없을 거라는 생각이 본능적으로 들었다.

"거기에는 몇 명이나 있어요?"

릭이 물었다.

맬로리는 집 안에 내려앉은 정적에 귀를 기울였다. 유리창은 모두 깨졌고 문은 아마 열려 있을 것이다. 그녀는 당장 일어나야 했다. 문을 닫고 창문을 가려야 한다. 하지만 이 모든 일이 다른 사람에게 일어난 일인 것만 같다.

"셋이요."

그녀는 이렇게 대답한 후 생기 없는 목소리로 다시 덧붙였다.

"혹시 인원수가 변하……."

"그건 걱정하지 말아요, 맬로리. 얼마든지 괜찮으니까요. 몇백 명을 더 수용할 만한 공간이 있고 우리도 그에 대비해서 준비를 하고 있어요. 올 수 있을 때 오기만 하면 돼요."

"릭, 지금 여기에 와서 절 도와주실 수 있나요?"

릭이 길게 한숨을 쉬는 소리가 들렸다.

"미안해요, 맬로리. 그건 너무 위험해요. 여기에 내 도움이 필요하기도 하고요. 이기적인 소리로 들린다는 거 알아요. 하지만 되도록 당신이 여기까지 우리를 찾아와주면 좋겠군요."

맬로리는 말없이 고개만 끄덕였다. 고통과 상실감에 파묻힌 채 피바다 한가운데 홀로 있지만 그녀는 릭이 안전한 곳에 머물러야 한다는 의견을 존중해주었다.

'나는 지금 당장은 눈을 뜰 수 없어요. 지금 내 다리 위에는 두 눈으로 아직 세상을 보지도 못했는데 오줌과 피와 죽음의 냄새부터 맡은 갓 태어난 아기들이 둘이나 있으니까요. 바깥 공기가 쌩쌩 들어와요. 여긴 추워요. 이걸 보면 유리창이 다 깨졌거나 현관문이 활짝 열렸다는 뜻이죠. 너무나 무방비상태로요. 그래서 당신이 해준 이야기가 너무 좋아요, 릭. 진심이에요. 하지만 지금은 60킬로미터든 당신이 얼마나 와야 한다고 했건 강에 배를 띄우는 것은 고사하고 이 집에서 욕실까지 제대로 갈 수나 있을지 모르겠어요.'

"맬로리, 다시 연락할게요. 다시 전화할게요. 아니면 지금 당장 출발할 수 있을 것 같아요?"

"모르겠어요. 언제 갈 수 있을지 모르겠어요."

"알았어요."

"어쨌든 감사해요."

아마도 맬로리 평생에 가장 진심이 깃든 감사의 인사인 듯했다.

"그럼 일주일 후에 다시 전화할게요, 맬로리."

"네."

"맬로리?"

"네?"

"혹시라도 전화하지 않으면 우리 쪽 전화가 결국 끊어진 탓일 거예요. 어쩌면 당신 쪽 전화가 불통일 수도 있고요. 설령 그렇다고 해도 우리가 여기에서 계속 기다리고 있을 거라는 내 말을 꼭 믿어줘요. 언제든지 와요. 여기서 기다릴게요."

"알았어요."

맬로리가 대답했다.

릭이 그녀에게 전화번호를 알려주었다. 맬로리는 눈을 감은 채 펼쳐진 상태의 전화번호부 아무 페이지에나 전화번호를 삐뚤빼뚤 받아 적었다.

"잘 있어요, 맬로리."

"네, 당신도요."

너무나 단순한 대화였다. 너무나 평범한 대화였다.

맬로리는 전화를 끊었다. 그리고 고개를 떨군 채 울음을 터트렸다. 다리 위에 눕힌 아기들이 꼬물거렸다. 그렇게 쉬지 않고 20분을 목 놓아 울었다. 그러다가 뭔가가 지하실 문을 긁는 소리에 화들짝 놀라 비명을 질렀다. 빅터였다. 빅터가 내보내달라고 짖고 있었다. 어쩐 이유에서인지 다행스럽게도 지하실에 갇혀 있던 것이다. 아마도 무슨 일이 일어날지도 모른다고 예감한 줄스가 그렇게 했을 것이다.

그때부터 맬로리는 창마다 담요를 다시 걸고 문을 다 닫은 후 빗자루로 집 안에 크리처가 남아 있지 않은지 샅샅이 훑는다. 그렇게 6시간을 확인하고 또 확인한 후에야 용기를 내어 눈을 뜨게 된다. 그리고 자신이 아기를 낳는 동안 집에서 무슨 일이 벌어졌는지 처음으로 목격한다.

눈을 뜨기 직전, 그러니까 여전히 눈을 꼭 감은 상태로 맬로리는 일어나 거실을 나가 지하실 계단 입구까지 걸어간다.

그리고 톰의 시신을 지나친다.

그녀는 톰의 시신이 그곳에 있는지 알 길이 없다. 단지 자신과 아이들을 위해 힘겹고 고역스러운 청소를 시작하려고 양동이에 무릎을 꿇었을 때 자신의 발에 걸린 것이 설탕 봉지이겠거니 짐작할 뿐이다.

그녀는 그 후로 몇 달 동안 릭과 몇 번이고 이야기를 나눈다. 하지만 곧 전화는 불통이 될 것이다.

그녀가 홀로 시신을 수습하고 핏자국을 닦아내는 데 반년이 걸린다. 돈은 지하실로 통하는 부엌 바닥에서 발견된다. 마치 자신의 정신을 되찾을 수 있을지 개리에게 물어보려는 듯 미친 듯이 지하실로 질주한 것처럼 누워 있었다. 그녀는 개리가 근처에서 서성대지 않을지 확인할 것이다. 사방을. 하지만 그가 있는 흔적은 결코 찾지 못한다. 그녀는 앞으로 항상 그를 의식할 것이다. 이 세상 저 어딘가에 그가 살아 있을 가능성을.

그녀는 동료들 대부분을 뒷마당 우물 주변에 반원 형태로 매장할 것이다. 앞으로 언제나 불룩 튀어나온 지면을 느낄 것이다. 그녀가 자신이나 아기들에게 필요한 물을 길으러 나올 때마다 안대를 한 채 힘겹게 파서 묻어준 무덤들을 말이다.

하지만 톰만은 집에서 가장 가까운 곳에 묻을 것이다. 아이들에게 바람을 쐬어주기 위해 아이들에게 안대를 채우고 밖으로 나올 때마다 가는 작은 풀밭 아래에. 맬로리는 죽은 이들이 그곳에서 영혼만이라도 자유롭게 떠돌기를 바란다.

릭이 설명한 곳에 되든 안 되든 가겠다고 결심할 때까지 앞으로 4년이라는 세월이 더 흘러야 한다.

하지만 지금 그녀는 일단 자신의 몸부터 씻었다. 그리고 아기들을 깨끗하게 목욕시켰다. 그러자 아기들이 울음을 터트렸다.

43

녹음된 톰의 목소리가 반복해서 들린다.

그가 메시지를 남기고 있다.

"······실링엄 273번지······ 내 이름은 톰입니다······. 귀하의 자동응답기에 메시지를 남길 수 있어서 얼마나 위안과 안도감을 느꼈는지 귀하도 이해하리라 믿습니다······."

안대는 여전히 그녀의 감은 눈에서 3센티미터가량 떨어져 있다.

그녀는 한 손을 들어 올려 손가락을 검은 안대로 가져간다. 순간 그녀와 크리처가 동시에 그 안대를 움켜쥔다. 이 크리처 혹은 크리처 같은 것이 섀넌과 그녀의 부모님, 톰을 빼앗아갔다. 이것이 혹은 이것 같은 뭔가가 아이들에게서 유년기를 앗아갔다.

어떤 면에서 맬로리는 이제 두렵지 않다. 그것들이 그녀에게서 빼앗아갈 것이라고는 아무것도 남지 않았기 때문이다.

"안 돼. 이건 내 거야."

맬로리는 안대를 잡아당기며 소리쳤다.

순간 아무 일도 일어나지 않았다. 그러더니 뭔가가 그녀의 얼굴을 만진다. 맬로리가 인상을 썼다. 그것은 그녀의 코와 관자놀이로 다시 돌아온 안대의 감촉이다.

'이제 나는 눈을 떠야 해.'

그랬다. 녹음된 톰의 목소리가 들린다는 말은 릭이 말한 강물이 여러 줄기로 갈라지는 지점에 도착했다는 뜻일 테니 말이다. 예전에 톰이 거실에서 이런 말을 한 적이 있다.

"어쩌면 그것들은 우리를 해치려는 의도가 아니었을 수도 있어요. 자신들이 우리에게 한 짓을 보고 깜짝 놀랐을지도 모르죠. 이건 어쩌면 겹쳐서 발생한 현상일 거예요, 맬로리. 그것들의 세상과 우리의 세상. 그냥 사고인 거죠. 어쩌면 우리를 해치고 싶지 않을지도 몰라요."

그들의 의도가 뭐든 맬로리는 지금 눈을 떠야 한다. 적어도 한 놈이 바로 곁에 있는 순간에 말이다.

그녀는 두 아이가 믿을 수 없는 일을 해내는 모습을 몇 번이고 목격했다. 가령, 예전에 맬로리가 전화번호부의 페이지를 차라락 넘겼을 때의 일이다. 그러자 보이가 전화번호부는 106페이지에 펼쳐져 있다고 했다. 정답이나 다름없었다. 맬로리는 언젠가 아이들의 그와 같은 놀라운 재주가 필요할 때가 오리라고 믿었다. 그때가 바로 지금이다.

왼편 물속에서 어떤 움직임이 느껴진다. 크리처가 그녀의 안대에 더 이상 관심이 없어졌거나 그녀를 지켜보며 다음 행동을 기다리고 있을 것이다.

"보이?"

맬로리가 아들을 불렀다. 그 이상 다른 말은 필요하지 않다. 아이는 엄마의 의도를 잘 알고 있기 때문이다.

보이는 처음에는 아무 말도 하지 않았다. 듣고 있기 때문이다. 이윽고 아이가 대답한다.

"다른 데로 가고 있어요, 엄마."

저 멀리서 새들은 아직도 살육을 벌이는 중이고 톰의 잔잔하고 아름다운 목소리가 확성기에서는 계속 울리고 있지만 순간 다시 온 세상이 고요해진 기분이다. 크리처에게서 뿜어져 나오는 정적.

그것은 지금 어디에 있을까?

크리처에게서 풀려난 배는 이제 물살에 이끌려 둥실둥실 흘러간다. 앞에서 들리는 물소리로 볼 때 물줄기는 정말 갈라지기 시작했다. 이제 시간이 별로 없다.

"보이. 무슨 소리가 들리니?"

맬로리는 목이 바짝바짝 타는 것 같다.

보이는 말이 없다.

"보이?"

"아뇨, 엄마. 안 들려요."

"확실해? 아무것도 안 들려?"

그녀는 히스테리에 빠질 것만 같다. 그녀가 각오를 했든 안 했든 눈을 떠야 할 때가 왔다.

"네, 엄마. 이제 우리뿐이에요."

"어디로 갔어?"

"멀리요."

"어느 방향으로?"

말이 없다. 바로 그때였다.

"우리 뒤에 있어요, 엄마."

"걸?"

"네. 우리 뒤에 있어요."

맬로리는 입을 다문다.

아이들은 그것이 자신들 뒤에 있다고 한다.

만약 이 새로운 세상에서 그녀가 의지할 만한 것이 있다면 아이들을 훌륭하게 훈련시켰다는 사실일 것이다.

그녀는 아이들을 믿는다.

그래야만 한다.

이제 톰의 목소리가 바로 옆에서 들린다. 마치 그가 배에 같이 타고 있는 것 같다.

그녀는 힘껏 노를 젓는다.

침을 꿀꺽 삼킨다.

입술로 흘러내린 눈물을 닦는다.

깊이 숨을 들이쉰다.

그리고 그것을 느낀다. 그들이 톰과 줄스를 집 안으로 들인 순간처럼. 그들이 개리를 내보냈다고 생각했던 순간처럼.

사이의 순간을.

눈을 뜨기로 마음먹은 순간부터 정말 눈을 뜰 때까지의 시간 말이다.

맬로리는 고개를 지류들 쪽으로 돌린 후 눈을 뜬다.

처음에는 눈을 찡그릴 수밖에 없었다. 햇살 때문이 아니라 빛

깔 때문이다.

그녀는 한 손을 입으로 가져가며 헉 하고 놀란다.

그녀의 마음속에서 온갖 생각과 걱정, 불안, 희망마저 스르르 사라진다. 눈에 들어온 광경을 어떻게 설명해야 할지 알 수 없다.

흡사 주마등을 보는 듯하다. 끝없이 이어지는 풍경들. 실로 장엄 하다!

'저기 봐, 섀넌! 저 구름이 우리 반 앤절라 마클처럼 생겼어!'

옛 세상에서 그녀는 지금보다 두 배는 더 선명하게 세상을 볼 수 있었다. 눈을 찡그릴 필요도 없었다. 하지만 지금 눈에 들어오 는 아름다운 풍경은 그녀의 마음을 아프게만 한다.

영원히 볼 수 있을 것 같다. 단 몇 초라도 더 보고 싶다. 하지만 톰의 목소리가 그녀에게 서두르라고 한다.

마치 느리게 재생하는 영상처럼 그녀는 그의 목소리가 들리는 곳으로 몸을 기울인다. 그가 발음하는 단어 하나하나를 음미하면 서. 꼭 그가 저쪽에 서 있는 것만 같다. 거의 다 왔다고 말해주는 것만 같다. 방금 본 색깔을 계속 보고 있을 수 없다는 사실을 맬로 리는 안다. 다시 눈을 감아야만 한다. 다시 이 세계의 모든 경이로 움에 등을 돌려야 한다.

그녀가 눈을 감는다.

너무나 익숙한 암흑 속으로 되돌아왔다.

다시 노를 젓기 시작한다.

오른쪽에서 두 번째 지류에 다가갈 무렵에는 노를 젓기 시작한 후로 몇 년이 흐른 것만 같았다. 온갖 기억들이 떠오른다. 임신한 사실을 처음 알았을 때와 죽은 섀넌을 발견했을 때, 신문에 난 광고를 보고 그곳으로 찾아갔던 때의 자신과 함께 노를 젓는다. 그 집에 도착했을 때와 처음으로 동료들을 만났을 때, 올림피아를 받아들이기로 했을 때의 자신과 함께 노를 젓는다. 개리가 도착했을 때의 자신과 함께 노를 젓는다. 돈이 아래층 창문을 가린 담요를 모두 걷어버렸던 날 다락에서 타월을 깔고 앉아 있었던 자신과도 함께 노를 젓는다.

그녀는 이제 더 강해졌다. 더 용감해졌다. 혼자 힘으로 '이' 세상에서 아이 둘을 키웠다.

맬로리는 변했다.

배가 지류의 강둑 어딘가에 부딪혀서 갑자기 출렁거린다. 맬로리는 마침내 지류로 접어들었다고 추측한다.

여기부터 그녀는 홀로 아이들을 키운 여자로서 노를 젓기 시작한다. 지난 4년 동안 두 아이를 훈련하고, 두 아이를 키우고, 두 아이를 매일 더 위험해지기만 했을 바깥세상으로부터 안전하게 지켜온 여자로서. 그녀는 톰과 함께 노를 젓는다. 그가 들려준 수십 가지 아이디어와 그가 한 셀 수 없이 많은 일들도 이 자리에 함께 있다. 그녀를 일깨우고, 그녀에게 용기를 불어넣어주고, 가만히 앉아서 그것이 당신을 산산조각 내기 전에 살 방도를 도모해 광기와 맞서는 편이 훨씬 낫다고 믿게 해준 희망도 노를 젓는 그녀 옆에 있다.

이제 배가 빠른 속도로 나아간다. 릭은 울타리를 작동시킬 장치까지 대략 90미터만 오면 된다고 했다.

그녀는 오늘 아침에 눈뜬 자기 자신과 함께 노를 젓는다. 안개 속으로 들어가면 아직도 그 거리를 서성이며 그들이 강으로 가는 것을 지켜보고 있을지 모르는 개리로부터, 자신과 아이들이 몸을 숨길 수 있을 거라고 믿었던 오늘 아침의 맬로리 말이다. 그녀는 늑대의 공격을 받았을 때의 자신과 함께 노를 젓는다. 보트의 남자가 미쳐갔을 때와 새들이 미쳐갔을 때, 이 세상 그 무엇보다 두려운 존재인 크리처가 그녀에게 유일한 보호 장비인 안대로 장난질을 했을 때의 자신과도 함께 노를 젓는다.

'안대라.'

고작 천 조각에 불과한 안대와 그녀에게 소중한 모든 것들에 대한 생각에 잠겨 있는데 어디선가 금속성 폭발음 같은 소리가 들렸다.

보트가 뭔가에 세게 부딪힌다. 그러자 맬로리는 아이들의 안전부터 확인했다.

울타리가 내려온 게 분명하다. 그들이 릭의 경보장치를 작동시킨 것이다.

더 이상 노를 저을 필요가 없어지자 심장이 미친 듯이 뛰기 시작한다. 맬로리는 고개를 들고 하늘을 향해 소리를 지른다. 안도와 분노와 모든 것이 뒤섞인 절규다.

"우리가 도착했어요. 우리가 왔다고요!"

강둑에서 뭔가가 움직이는 소리가 들렸다. 뭔가가 그들을 향해 빠르게 다가오는 중이다.

맬로리는 노를 단단히 쥔다. 그녀의 양손은 항상 이렇게 노를 움켜쥐고 있었던 것 같다.

뭔가가 팔을 건드리자 그녀는 본능적으로 몸을 움츠렸다.

"괜찮아요! 난 콘스탄스예요. 괜찮아요. 릭과 함께 있어요."

자신을 콘스탄스라고 소개한 사람이 다시 물었다.

"눈을 뜨고 있나요?"

"아뇨. 안대를 하고 있어요."

맬로리의 마음은 어딘지 낯익은 소리들로 가득 찬다.

'여자의 목소리가 이랬지.'

그녀는 올림피아가 미쳐버린 후 다른 여자의 목소리를 한 번도 못 들었다.

"아이 두 명과 함께 있어요. 우리는 모두 세 명이에요."

"아이들이라고요? 내 손을 잡아요. 배에서 나오게 도와줄게요. 당신을 터커로 데려다줄게요."

콘스탄스의 목소리에서 흥분한 기색이 느껴진다.

"터커요?"

맬로리가 되묻는다.

"네. 내가 보여줄게요. 우리가 사는 곳이요. 우리 시설."

콘스탄스는 맬로리가 아이들을 먼저 이끌 수 있도록 도왔다. 맬로리까지 배에서 나오자 세 식구의 손이 겹쳐진다.

"일단 내가 총을 가지고 있다는 사실부터 양해를 구할게요."

콘스탄스가 머뭇거리며 말했다.

"총이요?"

"지금까지 어떤 짐승들이 우리 울타리를 작동시켰는지 당신은 아마 상상도 못 할 거예요. 혹시 다쳤나요?"

"네. 부상을 입었어요."

"우리한테 약이 있어요. 의사도 있고요."

지난 4년 동안 지금처럼 환하게 웃었던 적이 있었을까. 너무나 환한 미소였기에 그 미소 한 번에도 그녀의 입술이 고통스럽게 갈라져버렸다.

"약이라고요?"

"네. 약이요. 이런저런 공구도 있고 종이도 있죠. 온갖 것이 다 있어요."

그들은 천천히 걷기 시작했다. 맬로리는 팔을 콘스탄스의 어깨에 걸쳤다. 혼자 걸을 수가 없기 때문이다. 아이들도 여전히 안대를 한 채 맬로리의 바지를 붙잡고 뒤를 따른다.

"아이가 둘이네요. 오늘 여기까지 오느라 얼마나 고생했을지 상상도 못 하겠군요."

콘스탄스의 목소리가 맬로리의 마음을 어루만져주었다.

비록 '오늘'이라고 말했지만 지난 몇 년간이라는 사실을 굳이 말하지 않아도 두 사람 다 안다.

그들은 언덕을 올라갔다. 맬로리는 통증이 너무 심해 몸이 덜덜 떨렸다. 그들이 밟고 가는 땅의 느낌이 별안간 바뀌었다. 콘크리트다. 인도로 접어든 것이다. 또각또각 소리가 들렸다.

"이 소리가 뭐죠?"

"이 소리요? 지팡이 소리예요. 하지만 이제 지팡이는 필요 없어요. 다 왔으니까요."

콘스탄스가 재빨리 문을 두드리는 소리가 들린다.

육중한 금속 문이 끼익 하며 열리는 듯한 소리가 나자 콘스탄스가 그들을 안으로 안내했다.

문이 쾅 소리를 내며 닫혔다.

맬로리는 몇 년 동안 맡은 적 없는 냄새를 맡았다. 음식이었다. '조리된' 음식 말이다. 누군가 뭔가를 만드는 중인지 톱밥 냄새도 났다. 톱질하는 소리도 들린다. 그리고 기계가 낮게 윙윙거리는 소리. 기계 몇 대가 동시에 돌아가는 것 같다. 공기는 깨끗하고 상쾌하다. 사람들이 대화를 나누는 소리가 저 멀리서 들린다.

"이제 눈을 떠도 괜찮아요."

콘스탄스가 상냥하게 말해주었다.

"안 돼요! 아이들은 아직 안 돼요! 일단 나부터 벗은 다음에요."

맬로리는 보이와 걸을 꼭 잡으며 소리쳤다.

누군가 다가온다. 남자다.

"세상에. 혹시 당신이에요, 맬로리?"

그 사람이 물었다.

그녀는 목이 쉰 듯하고 느릿한 남자의 목소리가 누구인지 금세 알아차렸다. 몇 년 전 전화기 저편에서 이 목소리를 듣지 않았던가. 지난 4년 동안 맬로리는 그의 목소리를 다시 들을 수 있을지 자신과 갑론을박을 벌이곤 했다.

릭이었다.

맬로리는 안대를 끌어내리고 천천히 눈을 떴다. 자신이 들어온 시설이라는 곳에서 눈이 따가울 정도로 하얀 불빛이 쏟아지는 바람에 처음에는 눈을 잘 뜨지 못했다.

그들은 빛으로 넘실대는 넓은 복도에 서 있었다. 너무 밝아서 눈을 뜨고 있기도 힘들 지경이다. 그곳은 거대한 학교였다. 돔 형태인 천장은 훌쩍 높고 패널 조명이 여러 개 달려 있어서 마치 야외에 있는 듯한 느낌을 받을 정도로 밝다. 높은 벽이 천장까지 닿아 있고 벽마다 벽보가 따닥따닥 붙어 있다. 책상도 많고 유리 진열대도 있다. 하지만 창문은 없다. 그런데도 야외에 있는 것처럼 공기가 맑고 상쾌하다. 바닥은 시원하고 깔끔하고 벽돌이 깔린 복도는 상당히 길게 뻗어 있다. 릭을 향해 돌아서서 쭈글쭈글한 그의 얼굴을 본 순간 그녀는 모든 것을 이해했다.

그는 눈을 뜨고 있었지만 어느 것에도 초점을 맞추지 못했다. 회색 유리알 같은 안구는 빙글빙글 돌기만 할 뿐 반짝이는 빛을 잃은 지 오래였다. 풍성한 갈색 머리는 아무렇게나 길게 자라 귀를 덮었다. 하지만 왼쪽 눈언저리에 난 흉터를 숨겨주지는 못했다. 깊이 난 흉터는 이제 꽤 많이 엷어진 상태였다. 그는 맬로리의 시선을 느꼈는지 다 안다는 듯 흉터를 만진다. 그의 지팡이가 그제야 눈에 들어왔다. 낡고 괴상하게 부러진 나뭇가지로 만든 지팡이다.

"릭. 당신은 앞을 못 보는군요."

그녀는 아이들을 자신에게 끌어당기며 말했다.

릭이 고개를 끄덕였다.

"그래요, 맬로리. 여기에는 그런 사람들이 많아요. 하지만 콘스탄스는 당신만큼 앞이 잘 보이죠. 우리는 오랫동안 함께했어요."

맬로리는 천천히 주위를 둘러보며 눈에 보이는 모든 것을 흡

수했다. 손으로 쓴 여러 현수막에는 그들의 복구 정도가 표시되어 있고, 게시판에는 농사일과 정수 작업의 일일 할당량이며 예약으로 가득 찬 의료검진 시간표도 있었다.

그녀의 시선이 머리 위에서 멈췄다. 벽돌 아치에는 청동 글자들이 박혀 있다.

제인 터커 맹인 학교

"그 남자분, 녹음기의 그 목소리 말이에요. 그분은 같이 오지 않았나요?"

릭이 문득 물었다.

맬로리는 순간 가슴이 너무 아파서 목이 메어와 힘겹게 감정을 억눌러야 했다.

"맬로리?"

그가 걱정스러운 듯 다시 묻는다.

콘스탄스가 릭의 어깨를 만지며 살며시 속삭였다.

"아뇨, 릭. 같이 있지 않았어요."

맬로리는 아이들을 붙잡은 채로 뒷걸음질을 치며 문으로 간다.

"그 사람은 죽었어요."

그녀는 딱딱한 목소리로 그렇게 대답하며 복도의 다른 사람들을 살폈다. 아직은 신뢰할 수 없다. 아직은 아니다.

릭이 지팡이로 바닥을 두드리며 앞으로 나와 맬로리에게 다가갔다. 그리고 팔을 뻗어 그녀를 살짝 건드렸다.

"맬로리, 우리는 지난 몇 년 동안 수많은 사람들과 접촉했어요. 하지만 당신이 짐작할 만한 수보다 훨씬 적은 수였죠. 저밖에 얼마나 많은 사람이 살아 있는지 누가 알겠어요? 제정신인 사람이 얼마나 될지 누가 알겠어요? 강을 타고 여기까지 올 거라고 우리가 예상한 사람은 당신이 유일했어요. 그렇다고 다른 사람은 아무도 올 수 없으리라는 뜻은 아니에요. 하지만 우리는 심사숙고 끝에 톰의 목소리를 틀어놓기로 했어요. 그렇게 하면 무엇보다 당신이 도착했을 때 그 사실을 금방 알아차릴 수 있을 테고 혹시나 다른 사람이 먼저 이곳에 왔다가 울타리에 갇힌다고 하더라도 일종의 문명사회가 존재한다고 짐작할 수 있으리라 생각했거든요. 그가 당신 곁에 더 이상 없다는 사실을 미리 알았다면 나는 다른 소리로 바꾸라고 했을 거예요. 부디, 내 사과를 받아줘요."

그녀는 릭을 자세히 보았다. 그의 목소리는 희망과 낙관으로 가득 차 평온했다. 맬로리는 오랫동안 이런 목소리를 듣지 못했다. 그래도 여전히 그의 얼굴에는 그녀처럼 새 세상에서 살아야 했던 시간과 스트레스의 흔적이 자리 잡고 있었다. 오래전 동료들이 그랬던 것처럼.

그와 콘스탄스가 시설이 어떻게 운영되며 감자와 호박밭이며 여름철 장과류 수확, 빗물을 정수하는 방법 등을 설명해주는 동안 맬로리는 릭의 머리 뒤로 움직이는 사람이 어슴푸레하게 보였다.

검소한 느낌의 하늘색 옷을 입은 젊은 여자들 한 무리가 방에서 나왔다. 그들은 지팡이로 바닥을 두드리고 앞으로 뻗은 손을 흔들며 걸었다. 여자들은 조용히 유령처럼 맬로리를 스쳐 지나갔다. 그들의 동굴처럼 텅 빈 눈을 본 순간 배 속이 뒤틀리는 것 같았다. 그녀는 머리가 아찔하고 금방이라도 구역질을 할 것처럼 속이 안 좋았다.

여자들의 눈이 있어야 할 곳에는 시커멓고 거대한 흉터만이 남아 있었다.

맬로리는 아이들을 더 세게 안았다. 아이들은 맬로리의 허벅지에 얼굴을 파묻었다.

콘스탄스가 그녀에게 다가왔지만 맬로리는 땅에 떨어진 안대를 미친 듯이 찾으며 아이들을 잡아당겨 멀리 떨어지게 했다.

"맬로리가 그들을 봤어요."

콘스탄스가 릭에게 말했다.

그가 고개를 끄덕였다.

"우리한테서 떨어져! 우리를 건드리지 마! 근처에도 오지 마! 여기서 무슨 일이 벌어지는 거야?"

맬로리가 소리쳤다.

콘스탄스가 어깨 너머로 돌아보자 아까 그 여자들이 복도를 빠져나갔다. 이제 그곳은 맬로리가 숨을 헐떡이며 조용히 흐느끼는 소리밖에 들리지 않았다.

"맬로리. 전에는 우리가 그런 짓을 했어요. 그럴 수밖에 없었어요. 선택의 여지가 없었죠. 여기 도착했을 때 우리는 먹을 게 없었어요. 이국의 황무지로 보내졌지만 그대로 잊힌 개척자들 같았죠. 지금 같은 편의시설을 그때는 꿈도 꿀 수 없었어요. 우리는 먹을 게 필요했어요. 그래서 사냥을 했죠. 불행하게도 당시엔 보안도 지금처럼 확실하지 않았어요. 어느 날 밤 몇 명이 먹을 것을 찾아서 밖으로 나갔는데 그 틈에 크리처가 들어왔어요. 그날 밤 수많은 사람들이 목숨을 잃었죠. 너무나 이성적이었던 엄마가 어느 순간 미쳐 광기로 네 아이를 모두 죽여버린 일도 있었어요. 그 사건으로부터 회복되고 이곳을 재건하기까지 몇 달이 걸렸어요. 우리는 다시는 위험을 감수하지 않기로 맹세를 했죠. 공동체 전체를 위해서 말이에요."

맬로리는 콘스탄스를 보았다. 그녀의 얼굴에는 그런 흉터가 없었다.

"선택을 하고 말고의 문제가 아니었어요. 우리는 포크든, 식칼이든, 자신의 손가락이든 뭐든 되는 대로 써서 자신의 눈을 멀게 했어요. 시력을 잃어버리는 것이야말로 완벽한 보호책이었어요, 맬로리. 하지만 그건 과거의 방식이에요. 이제 더 이상 그런 짓은 하지 않아요. 1년이 지난 후에야 우리는 우리 어깨에 얹힌 이 끔찍한 짐을 가볍게 해도 될 정도로 이곳의 보안이 강화되었다는 사실을 깨달았어요. 지금까지 우리는 단 한 번도 보안 문제에서 실수를 한 적이 없답니다."

맬로리는 조지와 그의 비디오, 실패한 실험을 떠올렸다. 절망감에 빠져 아기들의 눈을 멀게 하려고 했던 기억이 떠올랐다

'콘스탄스는 앞을 볼 수 있어. 이 여자는 맹인이 아니야. 4년 전에 용기를 냈다면 나는 지금쯤 어떻게 되었을까. 그리고 이 아이들은⋯⋯.'

릭은 콘스탄스에게 같이 설득해달라고 했다.

"그때 당신도 여기에 있었다면 그 상황을 이해했을 거예요."

맬로리는 겁에 질렸다. 그랬다, 이해했을 것이다. 그녀는 너무나 절망적으로 이들을 믿고 싶다. 그녀는 아이들을 좀 더 나은 곳으로 인도해왔다고 믿고 싶다.

맬로리가 몸을 돌리자 사무실 창문에 자신의 모습이 비쳤다. 욕실에서 납작한 배를 거울에 비춰보고 섀넌이 다른 방에서 TV에 나온 속보를 전하던 그 시절의 모습은 전혀 찾아볼 수 없다. 숱이 많이 줄어든 머리는 덥수룩하고 먼지와 수많은 새들의 피가 엉겨붙어 있다. 탈모로 발갛게 드러난 두피가 군데군데 보인다. 몸은 야윌 대로 야위었다. 얼굴의 윤곽도 완전히 바뀌어서 섬세하고 고왔던 얼굴이 날카롭고 각진 얼굴이 되었다. 피부도 거칠고 탄력이 없다. 입을 살짝 벌리니 깨진 치아가 보였다. 피부는 멍이 들고 피가 흐르고 창백하다. 늑대의 공격으로 생긴 깊은 상처로 팔이 퉁퉁 부었다. 하지만 여전히 유리에 비친 여인의 내면에서 강력한 뭔가가 활활 타오르는 모습이 보인다. 4년 하고도 반년 동안 그녀를 이끌어주고, 살아남으라고 요구하고, 아이들이 더 나은 삶을 살게 해주라고 명령한 불덩이였다.

집과 강에서 벗어나 탈진해버린 맬로리는 그대로 무릎으로 털썩 주저앉았다. 그리고 아이들 얼굴에서 안대를 끌어내렸다. 아이들은 눈을 뜨고 강렬한 불빛에 적응하려는 듯 눈을 깜박거렸다. 보이와 걸은 어리둥절한 채 아무 말도 없이 경외감에 찬 표정으로 두리번거리기만 한다. 둘은 자신이 어디에 있는지 알 수 없으니 얼른 알려달라는 듯 맬로리를 본다. 이곳은 태어나서 처음으로 집 밖에서 자신들의 눈으로 본 곳이다.

둘 다 울지 않는다. 불평을 하지도 않는다. 그들은 귀를 쫑긋 세운 채 릭을 바라볼 뿐이다.

릭이 조심스럽게 말문을 열었다.

"아까 말한 것처럼 우리가 여기서 할 수 있는 일이 많아요. 이 시설은 이 복도로 가늠할 수 있는 것보다 훨씬 크죠. 우리는 직접 먹을 것을 재배하고 동물도 잡아들일 수 있었어요. 신선한 달걀을 낳는 닭이 있고 우유를 짤 수 있는 젖소가 있죠. 번식을 시킬 수 있는 염소도 두 마리 있어요. 조만간 언젠가는 더 많은 짐승들을 찾아서 작은 농장을 운영하려는 꿈이 있어요."

그녀는 심호흡을 하며 처음으로 희망에 찬 표정으로 릭을 바라보았다.

'염소라고? 아이들은 여태껏 살아 있는 동물이라고는 물고기밖에 못 봤는데.'

"터커에서는 완전한 자급자족이 가능해요. 우리는 맹인이 된 사람들의 재활을 돕는 의료진을 제대로 갖추고 있어요. 이곳에서 다시 평화를 찾을 수 있을 거예요, 맬로리. 나도 매일 평화를 얻으니까요."

바로 그때 콘스탄스가 아이들 곁으로 무릎을 꿇으며 말을 붙였다.

"얘들아. 너희들은 이름이 뭐야?"

맬로리는 그때 처음으로 아이들에게 이름을 지어주어야 한다는 생각을 지금껏 단 한 번도 하지 않았다는 사실을 깨달았다. 그런데 이제 아이들 이름을 생각할 마음의 여유가 생겼다.

맬로리가 피투성이인 팔을 걸의 머리에 내려놓으며 말했다.

"이 애는 올림피아예요."

걸이 맬로리의 얼굴을 재빨리 보았다. 아이는 얼굴을 붉히며 미소를 짓는다. 이름이 마음에 든 것이다.

"그리고 이 아이는 톰이에요."

맬로리는 보이를 자신의 몸에 꼭 대며 말했다.

톰이 부끄러우면서도 행복한 듯 밝게 웃는다.

무릎으로 선 채 맬로리는 두 아이를 꼭 안고 뜨거운 눈물을 흘렸다. 그 눈물은 지금껏 지었던 그 어떤 웃음보다 더 좋았다.

안도의 눈물이었으니까.

하염없이 눈물이 흐르는데 문득 그 옛날 동료들이 힘을 합쳐 우물에서 물을 길어오고, 거실 바닥에서 잠을 자면서도 새 세상에 대해 열띤 토론을 벌였던 모습이 떠올랐다. 섀넌이 깔깔거리고 웃으며 하늘에 흘러가는 구름들 속에서 낯익은 형태와 사람을 찾으며 따사로움과 상냥함이 어린 표정으로 맬로리를 바라보는 모습이 보였다.

맬로리는 톰을 떠올렸다. 그의 지성은 해결책을 찾기 위해 언제나 바쁘게 움직였다. 그는 절대 포기하지 않았다.

그녀는 삶을 향한 사랑을 생각했다.

저 멀리, 죽 뻗은 복도 저편 여기저기에서 사람들이 나온다. 릭이 콘스탄스의 어깨에 손을 올리며 시설 안으로 걸어가기 시작했다. 마치 이 장소가 맬로리와 아이들에게 그들만의 시간을 줘야 한다는 사실을 아는 것 같다. 모든 사람과 모든 사물이 이 세 사람이 마침내 안전한 곳을 찾았다는 사실을 아는 것 같다.

더 안전한 곳을.

맬로리는 이곳에서 아이들을 품에 꼭 안고 있으니 그들이 떠나온 집과 강이 영원 속 어딘가로 사라져버린 신화 속 장소라도 되는 것 같다.

하지만 맬로리는 이제 안다. 이곳에서 그들은 결코 그렇게 사라지지 않으리라는 걸.

이제 혼자가 아니라는 걸.

작가의 말

나는 이 책을 쓰는 동안 '변호사'로 알려진 신화 속 생명체에 대한 이야기를 들었다. 변호사에 대해 알려준 사람이 친한 친구였기에 나는 그 생명체를 기꺼이 만나보기로 했다. 만나러 가는 길에 나는 친구에게 나 같은 사람이 '변호사'에게 무슨 볼일이 있겠냐고 털어놓았다. "나는 법하고는 아무 상관도 없는 사람이라고!" 하지만 친구는 상관이 있다고 했고 그의 말은 옳았다. 웨인 알렉산더는 이 이야기를 읽고 내게 자신의 온갖 이야기를 들려주었는데, 이야기는 매번 듣지 않고는 못 배길 정도로 점점 더 재미있어졌다. 그러니 그는 내게 '법'보다 더한 일을 해준 셈이다.

그러더니 웨인이 우화 속 등장인물에 대해 말해주었다. 이번에는 '프로듀서'였다. 나는 이렇게 고백하지 않을 수 없었다. "내가 프로듀서에게 무슨 볼일이 있겠어!" 하지만 웨인은 내 말을 들은 척도 않고 두 명이나 소개해주었다. 컨덴스 레이크와 라이언 루이스였다. 그 두 사람도 웨인처럼 '프로듀서'라는 직업만으로는 상상할 수 없는 이야기를 잔뜩 들려주었다. 우리는 《버드 박스》를 함께 읽었을 뿐만 아니라 서로 의견을 나누게 되었다. 아마 우리가 전자우편으로 주고받은 이야기들을 모두 모으면 이 소설보다 훨씬 더 길 것이다. 그렇게 우리는 친구가 되어갔다. (특히 라이언의 전화는 내게 일종의 공책 같은 것이 되었다. "이봐, 관리인 사물함들은 으스스하지 않아?" 같은 소소한 아이디어에서 "1천 페이지짜리 영화 대본에 대해서 어떻게 생각해?" 같은 어마어마한 아이디어가 철철 넘치는 공책 말이다.)

결국 컨덴스와 라이언은 세 번째로 도저히 존재할 수 없는 존재를 만나보라고 내 등을 떠밀었다. 이번에는 '에이전트'였다. "내가 에이전트에게 무슨 볼일이 있겠어!" 그들은 관대하게도 징징대는 나를 에이전트에게 떠밀어주었다. 크리스틴 넬슨은 내게 1천 가지 아이디어를 품고 있는 것도 재미있지만 그보다는 그 가운데 하나에게 실체를 부여하는 일이 더욱 중요하다는 사실을 깨닫게 해주었다. 우리는 《버드 박스》를 샅샅이 읽었다. 우리는 그 이야기를 탐식하고 그 이야기를 먹지 못해 허기가 느껴지면 또다시 그 이야기를 탐식했다. 우리는 우스꽝스러운 옷을 입었는데, 때로는 모자 하나나 장갑 한 짝만 끼고 있기도 했다. 이 이야기는 몇 번이고 우리에게 노래를 들려주었다. 기분이 좋아지면 그 사실을 알려주는 톰의 새들과 흡사했다.

마침내 《버드 박스》가 완성되자 크리스틴은 네 번째이자 마지막으로 흐릿하게만 보였던 존재를 소개해주었다. 편집자였다. 이번에는 무서웠다. "하지만 나는 아직 고칠 게 있어! 안 돼!" 내 상상 속의 편집자는 산속의 동굴 같은 곳에서 명상을 하고 문법 규칙을 칼같이 지키고, 말도 안 되는 소설에 인상을 쓰는 사람이었다. 하지만 직접 만나보니 내 상상이 엉터리였다. 리 부드로는 함께 작업하는 작가들만큼 뛰어난 예술가였다. 그녀가 들려주는 아이디어들은 대단하고 독창적이어서 때로는 무서울 정도였다.

리와 에코 사의 모든 분들에게 감사드립니다. 영국의 하퍼 보이저에게도 감사드립니다. 데이브 심머, 친구야, 고마워. 네가 변호사를 소개해주지 않았다면 상상에서나 존재했을 그 문이 결코 열리지 않았을 거야.

옮긴이 **이경아**   한국외국어대학교 러시아어과와 같은 대학 통역번역대학원 한노과를 졸업했다. 현재 한국외대 통역번역대학원에서 강의하면서 전문 번역가로 활동하고 있다. 옮긴 책으로는 《맬로리》, 《더 걸 비포》, 《모두를 위한 페미니즘》, 《탐정 매뉴얼》, 《소설이 필요할 때》, 《여행하지 않을 자유》, 《오시리스의 눈》 등이 있다.

버드 박스

2015년 7월 24일 초판 1쇄 발행
2021년 8월 16일 개정판 1쇄 발행

지은이 | 조시 맬러먼
옮긴이 | 이경아
발행인 | 윤호권·박헌용
본부장 | 김경섭
책임편집 | 김지연

발행처 | (주)시공사
출판등록 | 1989년 5월 10일(제3-248호)

주소 | 서울시 성동구 상원1길 22 7층(우편번호 04779)
전화 | 편집(02)2046-2869·마케팅(02)2046-2800
팩스 | 편집·마케팅(02)585-1755
홈페이지 | www.sigongsa.com

ISBN 979-11-6579-643-3 (04840)
ISBN 979-11-6579-642-6 (set)